传说彭城广场的地下，
隐藏着折叠时空的秘钥，
拿到就能穿梭于古今……
千年古城，三重时空，
一群勤劳勇敢的人。

下一站，彭城广场

The next stop is
Pengcheng Square.

骁骑校 著

作家出版社

Contents

引子一

大　水

大明天启四年，六月，彭城。

北门大街上有个铁匠铺与豆腐坊紧邻，都说“行船、打铁、磨豆腐”是人间三苦，铁匠彭武和磨豆腐的徐六既是志趣相投的好友，二人的浑家还是同乡近邻，所以自然而然地，两家成了通家之好，共用一口水井。

大雨连绵，下了七日，今日终于放晴，太阳晒了大半天犹嫌不足，门前的石板路仍是湿漉漉的。彭武的浑家抱着笸箩坐在门口，翻翻捡捡着还没被雨水完全打湿的布头，三岁的幼子赤着脚在街上玩耍，赤膊的男人们挥汗如雨，正往藤条筐里装土。

藤条筐里装满土，插上木桩固定好，再沿着大街两侧排开，半人高的筐子就成了简易防洪的堤坝。彭城往年也发大水，都是靠这个保住一家老小平安的。

忽然，州衙的快马疾驰而过，向着卫所方向去了，马蹄溅起一片片水花，引得众人侧目，气氛变得紧张起来。

彭武问徐六，兄弟，你说大水能进城吗?

徐六望天，说，天要漏了。

徐六家的妇人身怀六甲，捧着盐豆子和麦饭从屋里出来，招呼男人们用饭，彭武家的从笸箩里拿出一枚锡做的凤钗和妯娌闲扯起来，说，恁肚里的娃娃如果是女孩，咱就定个娃娃亲。

白光划破天际，闷雷在乌云中翻滚不绝。

雨瓢泼而下，整座城池被雨雾笼罩，彭武再三检查自家房屋院墙，全是用石块垒成的，稳固非常。彭城毕竟有高大的石头城墙保护，大水进不来，据说四野乡村已经尽成泽国。

事实上，人们心中固若金汤的城墙是夯土包砖筑成的，在连日洪水冲刷浸泡下已经悄悄松动，全城竟无人知晓。

当晚，彭武睡不踏实，寻了个木盆放在床边，四更时，西南方万马奔腾，水声如雷，城墙终于倒塌。洪水灌入城内，彭武骤然惊醒，只顾得上将幼子放入木盆中，待再去救其他人时，大水已经沿着北门大街呼啸而来，白天堆积的藤筐全然抵挡不住，狂涛浊流冲垮了院墙，许多人在睡梦中被夺去了生命。

天亮了，彭城全城汪洋一片，彭家和徐家老少十四口丧命于大水，只剩徐六家的孕妇趴在树干上，以及不知随着木盆漂向何处的彭家幼子。

史书记载：河决奎山堤，由西南灌城，水深一丈三尺，官舍民庐尽没。

四年后，崇祯元年，徐六家的妇人牵着稚子回到城里。北门大街已经不见了踪迹，泥沙掩埋了一切，青天之下，旷野悠悠，除却四边青灰色的半截城池，唯余满地黄泥，连断壁残垣都已不见，徐六家的寻了块地方，化了黄钱，燃了香烛，让孩子磕了三个头。

新的豆腐坊就建在了此处。

引子二

难 民

民国三十六年，八月，彭城。

大水终于退却，与路面齐平的奎河水位降到了往日的高度。据说新沭河百余处决口，淹没苏北徐海千万亩田地，受灾民众百余万人，不少人背井离乡逃难至此。

徐宏昌祖祖辈辈都生活在彭城，早先姓李，道光年间才认祖归宗改姓徐，到了徐宏昌父亲这一代，从仕途路线改成了经商，开了造纸厂和打蛋厂，彭城沦陷后所有财产化为乌有。日本投降后，徐宏昌借钱开了个小蜡烛厂养活一家老小。

厂子生产缺东少西，上头苛捐杂税不断，家中大小等米下锅，徐宏昌被生活压得喘不过气，深觉疲惫。今天放晴，他借着去铁货街买旧家具的由头，到处转转散散心。

先从马市街走到大同街，早先彭城的大商店都在这儿，什么天成百货、顾长兴银楼、老同昌、老凤祥、亨得利、杏花村……满街霓虹闪耀。现在都转到中正街上，正所谓风水轮流转，抗战期间那些耀武扬威的日本人、朝鲜人如今只能靠变卖家具杂物筹措回国路费。

卖旧货的地方在故黄河西岸铁货街的建国市场里，徐宏昌和“兴隆盛”的老板张云龙是老朋友，才在“兴隆盛”挑了两个黄铜镇纸、三本旧书，忽然一股异味飘来，路人无不掩鼻。

这是从河岸边沙滩泥地里飘来的臭气。早年打蛋厂抛弃的蛋壳皆堆积于此，一到夏天蚊蝇滋生，恶臭难闻。现下又聚居了大批水灾难民，用棺材板、破草席和烂布头搭建出一个叫“太平洼”的棚户区来，成千上万人在此吃喝拉撒，污物遍地，气味更加刺鼻。东风一吹，满城遭殃。

张云龙说，太平洼里卖孩子、卖女人的多的是，“金谷里”的老鸨昨天从那儿带走了七八个小大姐哩，为了一口饭，脸都不是脸了。

灾年的人和牲口没啥不一样的。徐宏昌说完，揣上东西踱步到了太平洼。

这是一片河边的洼地，每到阴雨天，遍地泥泞，人住在这里，真如猪狗一般。

世道如此，百业凋敝，物价飞涨，难民无以谋生，确实是为了一口吃的，什么都能出卖。

徐宏昌想给自己买个儿子，他生了四个女儿，眼瞅着老婆再也生不动了，只能用这种方式延续香火。买儿子是听了张云龙的话之后突如其来的想法，犹犹豫豫也不敢明着问，只好在太平洼里踩着烂泥东走西顾，边走边思量，若是有十七八岁腰圆屁股大好生养的小大姐，不要钱只图一口饭吃，也不是不能收一个。

忽然一阵琅琅书声打断了徐宏昌的思绪，贫民窟里有人读书，真真是稀罕了！他循声找过去，看到一个十四五岁的少年郎捧着书本在草棚下朗读。书是正经书，国民政府教育部编纂的小学课本；人是正经人，小小年纪腰杆笔直，势如青松。

就是岁数大了些，养不熟了。

徐宏昌扼腕叹息，还是忍不住上前搭讪了两句。少年姓彭，跟随父母从沭阳逃难投亲至此，寻不到亲戚只好栖居太平洼。见他应对得体，不卑不亢，徐宏昌更感可惜，搜罗身上的零钱，将几张关金券夹在新买的旧书里送给了这姓彭的孩子。这孩子眉眼带笑，站在树下干净挺拔，徐宏昌心里一叹再叹。树上知了好似知道人心里的犹疑和烦难，象征性叫几下就偃旗息鼓，这个夏天终于要过去了。

第 1 章

时空之门

自从去过城下城博物馆之后，徐良发现自己每天都能穿梭时空。

最初是一场昏天黑地的酒局，徐良喝多了，大脑和腿脚仿佛是互不相干的两个系统，双腿带着他徜徉在苏宁广场前的人海中，宛如海底游泳的鱼，陆地上的一切和他无关。他听不到声音，看不清人脸，信马由缰，漫无目的。

眼前是一个水泥原色的拱形大门，阶梯向下延伸，顺着阶梯走下去，眼前是两扇红色大门，缀着铜钉。被酒精烧灼着大脑的徐良走进红门，看到了地铁的闸机门，他拿出手机刷地铁二维码，闸机没有反应。似乎旁边有人说了些什么，声音先进入徐良的耳朵，再传递到他那被酒精烧灼的大脑时，大脑指挥行动，已经是十秒钟后了。

他不记得是怎么进去的，仿佛先是过了闸机，慢慢向前走，两边熙熙攘攘，鼎沸的人声中夹杂着马鸣驴叫，杂乱的声响混着土腥味、粪臭味、炸豆腐的香味——各类气味充斥着鼻腔，地铁站里什么时候变得如此热闹了？

徐良停下脚步，让理智追上迷糊的大脑，他静静站了一会儿，耳畔的嘈杂声渐渐消失，周围一片灰暗寂寥，哪有什么热闹繁华？眼前是玻璃栈桥、土堆和残骸，如同刘慈欣笔下被二向箔打击过的二维世界，只有长度和面积，没有高度。

保安上前询问徐良是否需要帮助，徐良反问这是哪儿，怎么找不到站台。保安说这里不是地铁站，是城下城博物馆，然后热心地将徐良送出大门，指明了彭城广场地铁站的方向。

徐良终于进入地铁站闸机，在月台上等了几分钟，然后踏上了回家的一号线列车。

……

梦境总是突如其来的，没有任何铺垫。徐良躺在自家床上，如往常般起来洗漱，拎着瓢从一口黑漆漆的半釉陶缸里舀水出来，倒在绿陶盆里，拿根柳枝刷牙，用布巾蘸水擦完脸，再将陶盆里的水倒进墙脚下尺把长的菜畦里。

低矮简陋的围墙，下半截是碎石砌成，上半截是黄土夯就，墙头铺着茅草，虚掩的木门上贴着褪色的春联，这就是徐良的家。

徐良穿上粗布短褐袍，戴上瓦楞帽子，蹬上布袜麻鞋，早饭也顾不上吃，挑担出门，一路吆喝，沿途尽是茅屋土墙。远远望去，一轮黯淡的红日映照着破败的城墙，敌楼檐上长满枯黄的野草。

一棵大树下，是石栏光滑的水井，徐良在水井旁放下担子，生起炭炉干活。陆续有些妇人拿着自家的铁锅瓷盆来修补，忙了半日，徐良收摊归家，路上恰逢有集，便买了块儿锅烧豆腐、几根小葱，回到家门口时，遇到对面邻居开门。

那妇人身量高挑，青袄素裙，端着水盆，瞥见徐良回来便急忙回避。惊鸿一瞥间，只看到她半张侧脸。

回到屋里，徐良把豆腐捏碎，拌上切碎的小葱，拿烙馍卷了，走到门口边吃边透过门缝窥视对面。烙馍坚韧，老和腮帮子、牙花子较劲。对门院门敞开，三两个妇人围坐在铁鏊子旁烙烙馍，青衣妇人手持竹劈，动作轻盈，摊、挑、摺一气呵成，徐良看得竟有些痴了。

家里忽有客来，高高的颧骨，黑抹额大红鞋，脸颊上赫然一块膏药，一枚黑痣，伶牙俐齿，唾沫横飞，时不时指向对门。

送走了媒婆，徐良数了数藏在米缸底下的钱：三十六枚黄澄澄的制钱，方孔上下左右铸着四个字——崇祯通宝。

……

“师傅醒醒。”

徐良睁开迷离醉眼，身穿地铁制服大衣的小伙子正蹲在面前关切着自己——原来这只是一个梦。

“要不要给您倒杯水？”小伙子问道。

徐良摆摆手，从联排椅上翻身起来，隧道深处，一束光先射出来，轰鸣中伴随着报站声：“彭城广场到了。”

小伙子转身站在月台边缘，立岗迎候列车到来。

……

李可健今年二十三岁，是地铁集团彭城广场站的正式工，制服肩章上一道杠，是集团三千两百名站务员中的一员。

今天李可健上小夜班，下班前遇到一个醉汉倒在长椅上不省人事，用对讲机向车控室报告后，他叫醒了这个人，询问对方是否需要帮助，确定他神志清醒并具备自行离去的能力后，李可健回到工作岗位，直到结束又一个乏味的工作日。

人在地铁站待久了，会忘记白天黑夜和气候变化，毕竟这里永远亮如白昼，无风无雨。当李可健换了便装，从出口走上地面时，瞬间被劈头盖脸的风雪上了一课，只穿一件单薄的冲锋衣是对冬季的极大不尊重。

雨雪天气是叫不到车的。李可健把冲锋衣的帽子兜在脑袋上，低着头眯着眼，塌着肩膀抱起膀子，沿着淮海路往东走。绿灯亮起，他横穿淮海路与解放路交叉处人行道的时候，一辆军用汽车自东向西而来，明明看到行人却丝毫不减速，雪亮的车灯把李可健照蒙了，那汽车猛打方向盘从他身边掠过，车上军人的怒骂声一路远去。

“解放军”怎么会这么没素质！李可健觉得不可思议，刚才的一幕在眼前回放，大檐帽、军装、黄呢子军大衣，好像哪儿都对，又好像哪儿都不对。

李可健猛然醒悟，那是一辆“二战”时期的美国造威利斯吉普车，车上军官头顶的是桃形的嘉禾环绕的青天白日徽！

那不是解放军叔叔，是国军！

脚下的路看不到人行道标识，前方影影绰绰的依然是花园饭店，楼还是原来那座楼，却又不像是原来那座楼。

李可健下意识地回望身后，高耸入云的苏宁广场消失不见，只有满眼乌泱泱的低矮平房，几根铁皮烟囱病恹恹地竖立，灰黑色的烟雾有气无力，路边一根根木质的路灯杆排向远方，每一盏顶着绿色搪瓷灯罩的昏黄白炽灯下，都能看到细碎密集的雪扑簌簌地落下。

这不是自己熟悉的城市！

李可健环顾四周，惊慌失措——不但环境变了，他的衣装也变了——毡帽、黑棉袄、缅裆裤，腰里扎着带子，脚下是稻草编的毛窝子，冻得通红的手里拎着一个盖着棉被套的提盒，沉甸甸的坠手，摸一摸脸上，近视眼镜也消失不见了。

我是谁，这是哪儿，我该往哪儿去，这三个问题在李可健的脑袋里炸裂开来。

踌躇几番，最终走向花园饭店，那是他对这个陌生世界唯一算得上熟悉的地方，可还没走到门口，他就后悔了。

只见这个花园饭店门前有岗亭和拒马，围墙上用白石灰刷着“戡乱剿匪”字样，还有两个穿着军大衣背着步枪的士兵在寒风中来回巡逻。

这应该是 1945 年到 1948 年间的彭城，李可健愈发慌乱起来。他左顾右盼，无计可施，只能想到去寻找自己的祖辈，谎称远房亲友，前来投亲。他为自己的机智沾沾自喜，可是转念一想眼下并非太平时节，就算找过去，曾祖怕是也不会认下自己。

他惧怕士兵的刺刀枪，更怕谍战剧带来的种种糟糕联想，都走到花园饭店门口了，却进退不定、犹豫迟疑，这自然引起了站岗士兵的注意。一个正在跺脚取暖的士兵冲他勾勾手，南腔北调听不出哪里口音，但能听出是喊自己过去。

李可健扭头就跑，毛窝子不合脚跑不快，没两步就绊倒在路牙石上，提盒摔落开来，杯子、盘子碎了一地，身后传来士兵们的哄笑声。

一只大手把他提了起来，替他拍打身上的雪和泥巴，这是个四十来岁的大叔，眉目粗豪，一口土到掉渣的老彭城口音，责问他送完餐为啥不赶紧回店里，看李可健不回答又换了缓和的口气问摔伤没有，无大碍的话就收拾东西跟他走。

李可健捡起提盒，跟在那人身后深一脚浅一脚踩着积雪前行，走着走着，一股旋风卷起雪雾袭来，眼前的路渐渐模糊了，只听到有人喊自己，李可健你瞎溜达啥呢？

回头看去，一辆新能源汽车缓缓而来，车窗降下，竟然是值班站站长小珍姐。

李可健愕然，再看前方，哪有什么中年大叔的身影，周遭一切恢复如常，苏宁广场屹立在风雪中，车水马龙依旧。

沧海桑田，只在顷刻之间。李可健百感交集，差点潸然泪下。

原来是小珍姐的男朋友来接她，碰巧看到李可健在路上像个游魂一般原地踏步，便叫上他顺路一起走。

李可健上了车，深吸一口气说，小珍姐，我刚才穿越了。

穿越到上次彩票中奖号码发布前吗？小珍姐笑问。

话噎在喉咙口，李可健不再言语。

只是刚才绊倒时磕到地面的膝盖还在隐隐作痛。

第 2 章

四个人的邂逅

如果想体会末世的孤独，那你就在黄昏独自醒来。

徐良醒来后的第一眼，看到的正是窗外的残阳。

昨夜的初雪只是西伯利亚寒流的斥候，一个白天就融化殆尽，不留踪迹。外面清冷，屋里更冷，1998 年建造的老房子是没有暖气供应的，封闭的阳台上原本有个烧煤的取暖炉，母亲去世后就没再点燃过。

徐良望着天花板良久，时间在这所房子里是不迈步的，他似乎仍能听到父亲的咳嗽声和母亲在厨房忙碌的动静，仿佛一切回到十五年前那样。

扭头，床头柜上放着一株小小的盆栽，那是一株袖珍椰子，也是徐良唯一的家人。

离开上海的最后一天，他去住处附近的家乐福退卡，看到这株小小的植物孤零零地剩在货架子上，便花了十六块八买下来，从上海带回彭城。

徐良抓起床头柜上的烟盒捏了一下，是瘪的，又拿起手机瞄了一眼，除了几条广告短信之外，没有人给自己留言，连昨天喝酒临时拉的小群都寂静无声。

世界的运行规律就是如此，多你一个不多，少你一个不少。

忍着宿醉的剧烈头痛，徐良终于起床。昨晚仓促睡下，他连外裤和袜子都没脱，此刻感觉全身上下连骨头缝里都在疼，趿拉上棉拖鞋——这也是母亲在的时候买的，柔软的绒毛已经板结变硬，不再保暖。走到客厅，饮水机没插电，接了一杯冷水饮下，在嘴里停留片刻稍稍变得温暖才咽下去。

徐良把两室一厅包括厨卫的灯全部打开，蜷缩在客厅沙发上，他在认真考虑一个问题，今天还要不要吃饭？厨房是冷清的，冰箱是空荡荡的，能下肚的，除了半桶冷水，就是橱子里的几瓶烈酒。

全家人都在墙上注视着徐良，全家福中的自己英姿勃发，下巴光滑，而沙发上的自己蓬头垢面，胡子拉碴。

最终徐良还是套上衣服出门续命，他走到小区西门外的沙县小吃店，点了蛋炒饭和馄饨面，汤面、饭、馄饨全有，慢慢地吃下，感受到活力一点点回归身体。吃完回家，顺路去超市买烟，看到路边大婶在卖烙馍，心念不由一动。

在梦中，他吃着烙馍卷小葱豆腐。

徐良对这个似真似幻的梦境念念不忘，他想再次回到梦中，眼下这个世界他待够了，想换个地方重新做人。

想进入梦境，最简单的办法就是睡觉，可是刚醒来的徐良毫无困意，这时候五十二度的白酒就派上了用场。

徐良是一名酒精依赖症患者，通俗点说就是酒鬼。

每个人来到世上都是肩负着任务的。徐良的任务就是体验各式各样失败的滋味。体验完了还得用酒精疗伤，每次大醉都像去了半条命，但喝醉了可以忘记一切，那就敞开了喝吧。

刚才他买了梦境里的同款套餐：烙馍、豆腐和小葱，配上半瓶“天之蓝”，这还是上上次喝酒剩下的，连同剩菜一同带回家，剩菜吃了三天，“天之蓝”存着没动。毕竟以徐良现在的经济水平，平日里只喝得起十几块钱一瓶的劣质白酒。

把袖珍椰子摆在对面，酒倒满，烙馍摊开，豆腐捏碎了和小葱搅和好，仪式感满满地准备开喝，忽然手机响了，是初中同学张小斌喊他喝酒。

从上海回到彭城后，起初隔三岔五就有酒局，老同学、老朋友们给自己接风洗尘，鼓劲加油。时间越久，酒局越少，毕竟都得上班，都得养家过日子。

只有张小斌是个例外，平日里闲得蛋疼，又住得近，电动车都不用骑，步行五分钟就能把酒约上。

“还有谁？”徐良问了一句，他担心没人买单。

“没谁，就咱兄弟俩。”张小斌说，“恁弟妹上大夜班管不了我，出来尅一口，不走远，就桥头那家常去的，我给你发定位。”

徐良找了个干净的塑料袋，把小葱、豆腐装起来，也算是一道自带的菜肴，想了想把半瓶“天之蓝”也带上，用社区发的反诈宣传布袋装上，拎在手中出门赴宴。

五分钟后，桥头香辣鱼馆门口，徐良给张小斌发信息问他到哪儿了，嘴里发着语音，眼睛跟着一辆白色的奥迪 Q5 转动，那车前轮爬上路牙石，硬是在一个容不下汽车的位置停了下来。这条街全是苍蝇馆子，一到饭点儿车位难求，能找到犄角旮旯停下，那都是闪闪发光的生活经验。

驾车的是个身材颀长的女人，扎着丸子头，黑色短款羽绒服配牛仔裤，看侧影像个活力四射的女孩子，关车门的一刹那，徐良看到她的容颜，不由得一怔。青衣素裙，柴门杏花。

搁这儿踅摸啥呢？张小斌从背后揽住了徐良的肩膀，一股夹杂着口臭、烟草味、脑油味的专属中年男人的气息灌进鼻腔，老同学总是如此热情。你怎么还提一瓶酒？这不巧了嘛，我带的也是“天之蓝”。

两人进香辣鱼馆前，徐良又瞥了一眼白色 Q5，女人已经钻进了路边某家小饭馆，不酒足饭饱不会出来了。

张小斌熟门熟路点完菜，问徐良：怎么这么惆怅？也是，老大不小的人没个暖被窝的可不行，回头让恁弟妹给你络合一个，你要求也别太高，二婚的、带孩子的也别嫌弃人家。

说着，张小斌撕开一次性餐具的包装薄膜，问服务员要了一壶热水，慢条斯理地给餐具消毒，把“紫树”香烟和打火机丢在桌上，让徐良自己点上。

我这个情况，就别拖累人家了。徐良说。

小饭馆的菜上得很快，花生米和拌黄瓜摆上来，两只酒杯撞在一处。

尅一个。张小斌仰脖一饮而尽，龇牙咧嘴，发出“嘶”的一声。

……

隔着一条马路的家常菜馆里，韩霓正心不在焉地给客户回着信息，她身边坐的是小表妹刘婕，对面坐的是这次的相亲对象，一个四十来岁的大哥。

大哥是干工程的，穿一身始祖鸟，胸口有玉，腕上有串，抽的是细支的九五之尊，开口闭口都是社会嗑。谈得还算投机，没有一句话落在地上的，但是半个钟头后大哥接了个电话就先撤了，说是工地上出点事儿不得不去处理。

微信加了就行，以后慢慢聊。刘婕说。

“我一点都不急。”韩霓说，窗外大哥在倒车，卡宴的尾灯在夜色中闪着妖光，符合他干工程的人设。

“你不急，俺大姑急。”刘婕又说。

“你家那口子啥时候回来？”韩霓岔开话题。

“他可没日子探亲，平时连个电话都不打的，老的小的，全靠我一个人照顾，早知道这样，打死我也不找当兵的。”刘婕开始抱怨，也只有对表姐她才畅所欲言，在单位里她从不叫苦，毕竟一个三十岁的女站长要想保持威信，让众人服膺，必须表现得刀枪不入。

姐妹俩探讨着关于孩子和家庭的问题，不知不觉又一个小时过去了，刘婕叫服务员结账，服务员过来说已经有人结过了。

“你看看，人家人品还是不孬的。”刘婕继续推销着干工程的大哥，但韩霓丝毫没往心里去，这个岁数的男人真的想续弦，优先考虑的总会是二十出头的年轻女孩，脑子被驴踢了才会娶三十大几的单亲妈妈。

掀开饭馆的夹棉门帘，外面冷风呼啸，韩霓拿出车钥匙遥控开门的时候，马路对面香辣鱼馆里走出一个人来，四目相对半秒钟不到，韩霓移开视线，开锁上车。

……

李可健打游戏打得忘了时间，等他从网咖里出来，距离接班时间只有十分钟了，他顾不上捶胸顿足，赶紧拿出手机叫车，偏巧这会儿网约车紧张，前面排了十六个人，猴年马月才能轮得上自己。

危急时刻，救命天使出现了，路边有辆摩托，夜色下LED的小灯牌闪烁着“摩的”两个红字。

彭城街头什么时候有“摩的”运营，李可健已经顾不上，他再迟到一次，这个月的考评就得倒数第一。

李可健跑过去直接跨上摩托车后座：“师傅，彭城广场，快乎儿的。”

“摩的佬”回头过来：“你谁啊，信不信我掏你一顿。”

是个女生，半盔加风镜遮住了秀发和面容，护具齐全看不出女性特征，一张口倒是正宗的彭城女孩风格，动辄就要以勾拳问候别人的腹部。

李可健大为惭愧，他意识到“摩的”前面的LED牌子只是人家戏谑的玩笑而已，只有自己这个傻子当了真。

正要下车道歉，女孩问道：“地铁的？”

李可健一愣：“嗯！”

“哪个组的？”

“小珍姐的组。”

女孩变戏法一般拿出一顶半盔来：“戴上，扣紧，别搂腰，扒肩膀。”

接下来李可健就体验了一把生死时速，正值交通拥堵时段，其他车辆龟速蠕动，一眼望不到尽头的红色刹车尾灯令人绝望，而这时候有一辆摩托车，左冲右突，穿梭前进，如同车海中劈波斩浪的蓝鳍金枪鱼。

到了彭城广场站地铁进口处，李可健的脸已经冻僵，他想道谢，却嘴瓢得说不出半个字。

“咱们还是同事呢。”女孩摘下头盔、风镜和面巾，李可健就想笑，这粉嘟嘟的婴儿肥腮帮子，活像一只花栗鼠。

第 3 章

车马炮

彭城广场站是本市最大的地铁站，有三十多名员工，加上站区的保洁、安检足有六十人，分三班倒、四班倒，所以员工之间不可能彼此都认识。

千言万语只化成了一句闲扯：“摩托车挺好看的，什么牌子？”

花栗鼠一拧油门走了，“金吉拉”三个字在风中飘荡。

巡航复古摩托车是比电动车帅许多倍，尤其配上可爱的女孩子。

这回总算是有惊无险按时赶到，李可健刷卡进入工作区域，在更衣室里换上地铁员工制服——藏青色的西服套装，细条纹衬衫配蓝白条领带，外罩同色柴斯特款工装大衣，用老妈的话说，一年下来省了不少买衣服的钱。

李可健的第一班岗在票亭，这年头用现金买票的人少之又少，所以票亭的工作相对枯燥乏味。

从票亭的窗口望出去，外包的安检员例行公事地拿金属探测仪在乘客身上刷着，警务岗上驻站的辅警屹立不动，钢制的防爆桶静静躲在角落里。

坐在售票机前的李可健开始走神，他在思考前日的神奇事件，自己似乎是穿越了，但只有短暂的几分钟，也没有任何证据来证明，所以满脑子震惊、恍然、错愕，竟然无处叙说。他试着告诉朋友、同学，可大家都觉得他在开玩笑，刚才在网咖，他本来是去寻找答案的，可网上搜索了半天全是穿越小说，没一点扎实的硬货，索性打起了游戏，害自己差点迟到。

一小时后，李可健转岗站厅巡视。彭城广场站有四个出入口，站厅面积上千平方米，还有告示牌、灯箱、闸机、灯管、扶梯、直梯、栏杆等服务设施设备，这都是站务员的工作范围，巡视设备运行情况，观察有无特殊乘客进站，客流量大时引导乘客购票和进出站，一旦出现紧急情况，就按照《站务应急处置程序》执行，只可惜从来没有过任何让人肾上腺素急剧分泌的大事件发生。

“小伙子，你看看我这个二维码怎么不能乘车？”一个白发苍苍的老奶奶把手机屏幕伸到李可健面前向他求助，这种事儿常有，年纪大的人不会用自助购票机，不会下载 app，但这个老奶奶不一样，她手机上打开的是支付宝乘车码。

李可健耐心解释：“您打开的是南京的乘车码，我们彭城还没开通支付宝乘车。”

“那应该怎么办？这是我儿子帮我弄的，是不是要下其他的 app ？”老奶奶还挺新潮，问个不停，但李可健直接指向服务中心，“您去那边购票就行了。”

与其费劲巴拉地教老人下载app，还不如让票亭的同事动动手，用纸币购票是最传统最简便的方式，总要为不适应时代发展的老人们留条“活路”吧。李可健目送着老奶奶，直到白头发出现在服务中心窗口前才继续巡视。

忽然对讲机里传来车控室的指令，值班员从监控里看到站台上有情况，让李可健前往查看。一群人围着一对母子，孩子三四岁模样，正哭闹不已，怎么哄都哄不好，年轻的母亲背着大包袱、小行李自顾不暇，无计可施。

“孩子是病了吧，摸摸头看看发热不？”热心的大妈在支招。

“给个糖吃，哄哄就好了。”有个大姐说着便摸索自己的提包，找了半天也没摸出糖来。

“孩子病了，过来住院的，哪有糖啊，饭都没吃呢。”年轻的妈妈是县区口音，一脑门的汗水，正要抱起孩子离开，旅行包的拉链绷开了，大堆杂物掉落出来，一地鸡毛。

李可健本不愿多管闲事，通常情况下，只需要帮着这样的乘客离开站厅，自己的本职工作就算完成了，但是他看着这个哭闹的孩子，想起来自己小时候被妈妈带着来市里看病，也曾经这样闹过。

彼时是在一辆公交车上，年幼的自己撒泼打滚，一定要吃糖，诱因是看到邻座有个小女孩在吃糖，勾起了幼年李可健的馋虫。那女孩子粉雕玉琢的，至今脑海深处还有印象，印象更深的是女孩子递过来的小孩酥糖，黑白相间的糖纸上印着黑猫，糖块是小孩形状，白得晶莹透亮，甜到心里。

撕心裂肺的哭声将李可健拉回现实，他兜里就有几块小孩酥糖，这是为低血糖的乘客预备的，此刻派上了用场，尝到甜味的孩子瞬间就不哭了。年轻妈妈连连道谢，此时她的行李已经被其他好心的乘客收拾好了，她下错站了，现在继续乘车前往下一站。

年轻妈妈独自带孩子来看病住院，却并不觉得多辛苦，男人在外面挣钱养家，女人也得肩负起照顾家的责任。

……

徐良走出香辣鱼馆，看到马路对面的女人，女人也在望着他，他想搭讪，却找不到理由和勇气。这时一辆折叠电动车滑行过来，红色的LED代驾牌子映照着年轻的面孔。

“老板，要代驾吗？”

代驾们来回穿梭，等待在那些喝了酒正在门口交谈的醉鬼身边，希望能接到一单大生意。

王亚军就是其中一个代驾，他来自八十公里外的乡下，父亲是个泥瓦匠，攒了半辈子钱只为盖新楼娶儿媳，在王亚军二十三岁时，这个重大目标就完成了。

但老家的两层小楼并不足以让王亚军心满意足。他想在城里买房，做点属于自己的小买卖，让孩子接受城里的教育，这一套流程是父亲用实际行动刻在他脑子里的，和少年王亚军的真正理想背道而驰。

十七岁的王亚军有自己的理想，他想做一个诗人。

未遂诗人王亚军最终有所斩获，一个大佬叫了他的代驾，连夜跨省开去邻市。彭城位于苏鲁豫皖交界处，一不小心就出了省，王亚军在凌晨一点抵达目的地，他的小电车没那么足的电量开回来，更舍不得花钱住旅馆，只能等电量耗尽了再蹬回去。

天蒙蒙亮时，王亚军回到了彭城，清洁工抡着大扫帚清扫着马路，时不时有上早班的人骑着电动车经过，车把上套着花花绿绿的风挡，熟悉的场景让王亚军心安，待会儿回到出租屋，把电动车充上电，小眯一会儿就去儿童医院，接替老婆照顾住院的孩子。

八点多钟，王亚军带着早点上了地铁，早晨的地铁是最忙碌拥挤的。王亚军命好，上车就捡了个座位，刚坐下就发现眼前站了个头发花白的大爷，正拿犀利的眼神盯着自己。

王亚军赶紧让位，大爷道谢，大咧咧坐下，问王亚军哪一站下，如果自己下得早，就把座位还给他。

大爷很健谈，说他们以前去哪儿要么骑自行车，要么坐公交，现在坐地铁更方便。自己以前就在公交公司上班，开的那种中间带绞盘的大公交，年轻人根本没见过。

王亚军确实没见过，他在农村长大，只见过拖拉机、农用车和风尘仆仆车顶堆满货物的城际客车，站在国道边招招手，那车便会停下，一个拿着票夹子的中年妇女收钱、撕票，再拿出马扎子给你当座位，王亚军第一次进城务工乘坐的就是这样的汽车。

开过绞盘大公交的大爷姓车，他保持着和老朋友老马聚会小酌的习惯，每周必须聚一次，不是老车去找老马，就是老马来找他。两人住得离地铁站都近，抬脚就到，所以地铁就成了最好的交通工具，比公交车方便，比电动车安全，比打车便宜。

老车下了地铁，走了几步路，来到一栋居民楼下，也不上楼，就在下面扯着嗓子喊一声。片刻后，老马拎着装酒的塑料桶下楼，两人直奔附近的菜市场，找了个早点摊，包子、辣汤、黑咸菜，两个一次性塑料杯，倒满白酒，尅起来。

早酒是夜班工人的喜好，工作了一夜，早上喝一杯好睡觉，后来养成了习惯，不上夜班也喝一盅，用他俩的话说，喝的不是酒，是感情；下酒的不是菜，是话。

老车和老马是同年生人、同年上学、同年毕业、同年参加工作、同年结婚、同年退休，又是街坊邻居，一辈子同步进行，又都好喝两口，感情不好才奇怪。

“听说你又让人薅回来了？”老马把自带的油炸花生米倒进盘子，眯起眼睛，略带戏谑地看着老车。

老车掰开一次性筷子，神气活现：“怎么说话呢，怎么能是薅，是请，这帮熊孩子见我不得客客气气的，一口一个大爷，路上好烟好酒伺候着，跟请爹一样把我请回来的。”

“要我说，你也该消停消停了。”老马说。老车这么多年来一直孜孜不倦地上访，政府不烦老马看着都烦了，十年前为了修建地铁拆迁，拆到他们单位小区，别人都签字同意了，就老车和几个人嫌补偿太少，最终导致地铁站规划变更，不拆了。同意拆迁的都拿了钱搬走了，不同意的几家依旧住在老楼里，这也是老车和老马不再是邻居的原因。

为了这个，老车坚持上访，以前上访是为了阻止拆迁，现在上访是要求拆迁，每次去省城去首都，都被本地街道办派人接回来，逢年过节都有人上家里来慰问，显然是怕了他这种专业上访户。老车愈发地得意，反正退休了，没事就溜达一圈呗，他也知道没希望了，成心就是恶心人，刷存在感。

“聊这个我可急眼了。”老车端起杯子，“聊点国际大事不好么，你知道嘛，俄罗斯又增兵了，这回乌克兰绝对要完蛋，核弹一出，美国佬都得吓尿。”

国际大事是退休老人们永恒的话题。很快旁边一个吃早点的老头也加入进来，但他的观点和老车不一样，他认为普大帝应该早点下台，这下惹怒了大帝的忠实粉丝老车，差点和对方干起来。

四两早酒下肚，两个老家伙红光满面，精神焕发，决定结伴去公园遛个弯，找下棋的老赵对弈两把。

“我让孙女帮我下了一个关于象棋的 app，专破老赵的残局。”老马神秘兮兮道。

“你看这猫多可怜。”老车瞅见角落里一只脏兮兮的白猫，摸摸口袋，没有可以投喂的食物。

“猫有啥可怜的，不用上班，不用养老的、小的，也不用还贷供房子。”老马感慨道，“人啊，有时候过得还不如猫呢，走吧走吧，老赵等着呢。”

目送两人离开，白猫穿过树丛和公园的围栏，外面是配货站，停着几辆等活儿的卡车，长途货运司机老包端着碗蹲在车旁吃早饭，时不时挑出一两片肉打发围绕在身边的野猫们。

眺望一番后，白猫加入了讨饭阵营。在野猫圈子里，纯白色的猫是最弱势的群体，必须比其他猫更谄媚卑微，更懂得和人类打交道才能活得更久。

白猫已经六岁了，算是一只见过世面，深谙生存法则的老猫，它能感觉到这个看起来不太体面的中年汉子是个善良的人，于是上前拿头拱老包，去贴贴，去蹭蹭，甚至跟着老包爬进了卡车的驾驶室。

驾驶室里有人类长期不洗澡的烘臭，有食物的香味，有同类的气息，综合起来就是家的味道。

“你以后就叫大白。”老包说，“这是小橘，三花，你们仨要相亲相爱。”

驾驶室里有老包搭建的猫窝，凌乱却柔软温暖，两只先来者虎视眈眈。

第 4 章

烙馍、米线、羊肉串

如果一个人命中注定和你有缘，那么你们总会以各种各样的方式很快再见。

中午，徐良醒来，依旧独自面对冰冷的房子，他躺在床上，点起一支烟，回味昨晚的梦境。

做个梦，还做成了连续剧，梦中自己又回到柴门小院，还是干着小炉匠的营生，对门女子的面容愈加清晰，和开 Q5 的女人逐渐重叠，似乎预示着某种前世今生的神秘联系。

胃部的抽搐让徐良开始想念食物，他忽然馋起了米线。

彭城人把吃米线叫喝米线，以此来形容米线的爽口丝滑。

徐良第一次喝米线是十五岁时在黄河新村菜市场的米线摊儿，班上的女同学带他去喝了一碗牛肉米线，大碗两块五，小碗两块，加一个茶叶蛋五毛钱。

高三毕业那年暑假，徐良每天骑着自行车去云龙湖万人游泳场游泳，中午顶着大毒日头出去，半路上在巨龙商厦喝一杯饮料机现打的苹果芬达，让二氧化碳带走暑气。黄昏时分回家，去母校操场上练一会儿单双杠，最后以一碗米线结束一天的好时光。

那个夏天充满了湖水的腥味、芬达的气泡、米线的鲜香、张学友的歌，还有少年对未来的憧憬。

后来徐良离家千里读大学，在北上广漂泊，每次回老家，总会喝一碗米线以解乡愁。九八年年底，家从黄河新村搬到东三环外的民富园，徐良喝米线的地点也变成了民富园路口往南几十米的红旭米线。

等徐良起床洗漱完毕，已经是下午了，他不喜欢扎堆，中午米线店需要排队，充斥着附近学校的中学生们，太闹腾，不如下午闲逛过去，慢悠悠地享用，顺路再买一包烙馍当晚饭。

红旭米线店充当着东苑中学的第二食堂。学校周边遍布文具店、眼镜店和小吃店，且常年门头不变，说明都是长期经营的老商户，不像在上海，徐良家门口的商业街总是隔三岔五就重新装修，换来换去最终全变成了房屋中介。

此刻店里没有其他顾客，老板娘坐在柜台后面打毛衣，挂在墙上的电视机里放着综艺节目，徐良点了一碗牛肉米线，老板娘放下毛衣，动作娴熟地开始操作。

徐良背对着门坐着，听到门帘掀起的动静，未见人影，先嗅到一股淡淡的香味，回头，竟然是Q5女人，真是人生何处不相逢！徐良悄悄把座位朝向调整了一下。

女人显然是常客，进门就喊："大姐给我来一碗米线，大乎儿的辣椒。"

大姐笑答："自己舀，吃多少舀多少。"

女人坐在另一张桌子旁，和徐良斜对脸，今天丸子头变成了披肩发，围着厚厚的围巾。她将LV包包放在椅子上，掰开一次性筷子，仔细地刮着木屑。

徐良想说点什么，又无从开口，他本就是社恐的人，再说了，总不能对陌生异性说我梦里有你吧，这女人还这么漂亮，简直就是骚扰了。

米线烫好了，一大碗摆在面前，鲜红的是榨菜，深褐的是肉酱，碧绿的是蒜苗和香菜，雪白的是米线。桌上有饮料瓶装的香醋，有自家炸的辣椒酱，红亮亮的勾人食欲。

女人落落大方走上前来，拿起了徐良桌上的醋瓶子："借用一下。"

"拿去用，我不放醋。"徐良说。

两人各自低头喝米线，墙上的电视机传来播音员的声音："中央气象台预计，从明天开始，新一股冷空气将来袭，这也将是今年下半年以来最强的冷空气……"

小时候每到寒冬腊月，院子里的水龙头总会冻结，需要烧热开水往上浇才能化冻——徐良的思绪回到了当年，那是他最幸福的时光。

"大姐，明天得给孩子加毛裤了。"女人说，得到回应后又转向徐良，"师傅，你穿得也不多啊，不冷吗？"

"还行。"徐良有点束手束脚，他有心想继续话题，畅聊一下，但是转念一想又何必呢？女人背LV，开Q5，就算单身，和落魄的自己也没有可发展的空间，与其浪费精力，不如做个鸵鸟，没有期待，就没有失望。

"师傅，门口的车是你的不？"女人很健谈，思维跳跃也很大，迅速转换了话题，得到否定的回答后也不气馁，直接甩出必杀技，“需要车险的话可以了解一下，这是我的名片。”

原来是个做保险的，徐良释然，他还寻思人家为啥对自己情有独钟呢，答案在这儿等着呢。

“加个微信呗。”女人得寸进尺，徐良顺水推舟。这些做保险的推销员无孔不入，总是这样热情似火，路上遇到陌生人都能聊半天，这都属于基本操作。

女人的微信名叫“AAA 平安保险韩霓”，头像是标准的职业照，穿着职业装抱着膀子昂首挺胸，朋友圈也没什么私人内容，全都与保险相关。

徐良很快喝完了米线，放下碗，扫码付款，向韩霓点头道别：“走了。”

韩霓碗里一片红艳艳全是辣椒，她客气地回应：“慢着点。”

走出红旭米线店，徐良没看到昨晚的奥迪 Q5，路边一黑一白，黑的帕萨特、白的宝马三系，大概韩霓以为帕萨特是自己的座驾吧，所以才热情推销保险。

回去的路上，徐良买了一包烙馍，卖烙馍的大姨慈眉善目，小板凳上放着保温的泡沫箱，装着上午刚烙出的烙馍，两块五一包，比在烧烤摊上点烙馍便宜多了。

徐良心中顶级的美食，就是烙馍卷羊肉串。

想什么来什么，这不就接到老同学钟科长的电话，约他晚饭出来尅点。

“上回你们喝酒我还在北京，昨天刚回来，今天把欠你的酒补上，就你我还有张小斌。”

钟科长和张小斌都是徐良的初中同学，货真价实的发小，独生子女的时代兄弟姐妹缺席，从小一起长大的同学就是最好的平替。

于是徐良又去超市买了一包双汇王中王的火腿肠，和烙馍一样留着晚上烧烤摊派用场。

傍晚，徐良见到了钟科长，烟火缭绕的烧烤摊上，多年不变的是低矮的桌子和小马扎，还有桌上的自助炭火炉、装着孜然辣椒粉的料碗和永远也擦不干净的油渍。钟科长大马金刀地坐着，一米八五的身躯有点委屈，他是街道办事处的副主任，正科级干部，以前管拆迁，现在负责接访，就是把那些去首都上访的人接回来，这是一个苦活儿、受气活儿，憋了一肚子的委屈还没地方说。

这和徐良此前的认知大为不同，他印象中去上访的人都是苦大仇深的平民百姓，接访或者说截访的才是反面角色，事实证明世间一切事情都有两面性，钟勇给他讲了几个案例，都是贪得无厌的刁民典型。

以前拆迁时遇到的那些龌龊事儿就不说了，千奇百怪，什么都有，父子兄弟反目成仇的不在少数。就说这回去北京接回来的老家伙，十年前规划地铁拆迁赔偿，给钱给房子，当时签字都同意了的，现在都过去这么久了，居然还能反悔上访，要求多给一套房，这谁能同意。

老钟将啤酒杯蹾在桌上，眼里尽是血丝，他四十多岁的人了，这辈子止步于科级，唯一骄傲的是儿子学习成绩很好，将来能考个好大学走出去。

张小斌姗姗来迟，他匆匆坐下，从怀里摸出一瓶白酒，边拆边抱怨，自己马上就要下岗了。

“我得想出路了，预备几条新赛道。”张小斌说，有三个备选方案，一是送外卖，成本最低效益最高，还机动灵活不受气，比快递员强，一天能挣一两百就满足；第二个方案是托人找关系继续当保安，给人家看夜那种，光干夜班，一个月一千二，但是总觉得这种活儿没有挑战性，只适合六七十岁的老大爷，自己年富力强，应该再闯一闯。第三个方案，也是张小斌心里已经下了决定的，做一名网约车司机，和第一个方案有重叠之处，优势是更具备技术性，开汽车的技术含量总比开电动车要高，而且刮风下雨也不怕，大不了不接单就是。

都窘迫成这样了还想着偷懒，徐良赞叹张小斌的心真宽。

“那行啊，拿我的车去练练。”钟勇将一把大众车钥匙拍在桌子上。

谁不知道张小斌啊，几年前就嚷嚷着要提前为可能的下岗谋出路，学了个驾照出来，却一直没摸过方向盘，真想干网约车司机，首先得把车技练出来。

钟勇有车，徐良有人，这不就齐活了嘛。

“今天谁也别和我抢，我买单。”张小斌说。

大事已定，三人默契地开始卷烙馍，圆形的烙馍折叠起来，拿三四串肥瘦相间的烤肉串卷着撸下来，卷上下叠封口，一咬滋滋冒油，打耳光都不撒口。

最终还是老钟结的账，三个人吃了三百多块钱，徐良记忆中以前三人吃一顿顶破天不到一百，看来这烧烤是越来越吃不起了。

钟勇的车是一辆大众朗逸自动挡，中规中矩的家用车，提速不快，正适合练手。

次日下午，徐良开着朗逸接了张小斌，找个空旷的路段开始练车。

张小斌有点兴奋，驾驶着朗逸直线向前，驶入了车流稍多的道路，载重卡车呼啸而过。张小斌肉眼可见地开始紧张，一紧张就出错，变道没打方向灯，砰的一声，被追尾了。

徐良一个脑袋两个大，借的车练车就算了，还出事故，怎么向人家老钟交代。下车查看情况，撞得不算严重，后杠一个大坑，肯定是要换件了，肇事车辆司机也下车查看，气势汹汹："你变道怎么不打灯，这个责任是你们的。"

若是在上海遇到这种事情，报警就完事了，反正车辆都有保险，徐良正要报警，张小斌悄悄拉住他说了一句话，差点没把他气死。

张小斌居然没有驾照！

无证驾驶是要拘留的，徐良哪敢报警，安抚对方说："没事你走吧。"可是对方却来了劲，说："那不行，我车撞坏了，你们得赔我。"

惹了事的张小斌不敢出大气，躲在后面让徐良解决。

这种时候小不忍则乱大谋，徐良当即拿出五百元钱打发了对方，他身上就这点现金了，平时消费都是电子支付，留现金是为了防身，倒也算得上是物尽其用。

肇事司机拿了钱，骂骂咧咧地去了，可是人家老钟的车还得修啊，徐良打电话向钟勇通报了情况，钟勇爽朗一笑说没事儿，报保险就是了。

这种小事走保险是最便捷的，虽然明年保费会有增加，但买保险不就是图的方便处理现在这种情况嘛。

拿起手机，徐良忽然想起了AAA平安保险韩霓，这正是搭讪的好机会。

一条微信发过去，韩霓秒回，说自己虽然不是专业做车险的，但认识这方面的朋友，也具备一定的经验，这种情况就当自己倒车不小心撞的就行，保险也能理赔，找个石头墩子倒车撞一下就行。

徐良依计行事，找了个高度差不多的花坛，倒车轻轻撑上去，蹭掉了一片漆，二十分钟后，韩霓驾车赶到，这回开的竟然是一辆奔驰GLC，天知道这女人家里到底有几辆车。

有韩霓帮着和保险公司交涉，这种没伤到人的单方小事故处理起来其实挺简单的，甚至理赔员都不需要出现场就能搞定。

即便如此，还是欠了韩霓一个人情，那就可以名正言顺地进行下一步接触了。

徐良发出邀约，韩霓爽快答应：“不过今天明天都有安排了，等我得闲了联系你，我知道一家烧烤可好吃了，手擀面绝对办肆。”

第 5 章

小炉匠赴宴

“办肆”是彭城方言，形容事物优秀绝伦，据说来源于苏轼担任地方官时期，尝到某种地方美食，大赞一声“巴适”，千百年之后，四川话“巴适”被一代代彭城人民演绎成了“办肆”。

想到即将和韩霓共进晚餐，徐良竟然有些小激动，这对长期处于颓废丧气状态的他来说是一件好事，证明这个世界还有值得留恋的人，还有美好的东西值得追求。

他烧了一壶开水，给自己泡了茶，许久没尝到酒精之外的滋味了。等茶凉了，徐良含了一口喷在袖珍椰子上，枝叶瞬间变得葱绿，似乎比刚买来时茁壮了一些。也许度过这个冬天是无虞的。

晚饭是自个儿在家吃的，徐良焖了满满一锅米饭，热气腾腾吃得开心，一高兴，徐良就喝大了，用一斤红星二锅头把自己送回了明朝。

如同默片时代的电影，没有声音没有字幕，剧情全靠猜测想象。

集市，人头攒动，各色篷布下尽是小摊小贩，路边狗尾草上沾着露珠。

大树下，小炉匠远远眺望着徐六娘的豆腐摊，城里十余家豆腐坊，就数六娘的生意最好，时不时就有人光顾，头戴方巾的酸秀才、大腹便便的和尚、挎篮子的富家仆妇、挑担卖柴的农民……六娘手持铲刀，按照要求铲出相应的豆腐块，拿荷叶包了交与客人，分量竟一点不差。

附近猪肉摊上的杀猪匠，敞着衣襟露出一巴掌宽护心毛，棉袄油光锃亮，在豆腐摊前絮叨半天，自家摊前有买肉的催了才回去。

牵着四蹄踏雪小黑驴路过的赶脚儿驴夫，拴上驴就过来买豆腐，褡裢里没钱，觍着脸要赊账，六娘还就真给切了一块豆腐。这厮还不肯走，盯着六娘秀丽的面庞，好歹又消磨了半天，胡拉八扯个不停。

蹲在屋檐下的是卖梨的小哥儿，嘴里兜售着自家的甜梨，一双贼眼尽在六娘身上踅摸。

一个黑铁塔般的打铁汉子风风火火走过来，半吊铜钱丢在豆腐案上，六娘摆手推辞，汉子拿起荷叶包的两方豆腐，雄赳赳地去了，竟无半句废话。

小炉匠锔着漏底的铁锅，目送六娘收摊离去。她家豆腐卖得就是快，人麻利不说，身段模样也标致，三十多岁的妇人了，还是杨柳腰细长条，怪不得惹得一帮光棍汉鬼迷双眼。

按说这样的女子该是妇人们的公敌，偏偏六娘和左邻右里的姊妹们亲如一家，没事儿就聚在一处烧鏊子烙烙馍。烙馍是彭城人的主食，一个人做不了，必须集体行动，烙一次够吃十天半个月的，更是联络感情的好机会。

小炉匠收摊回家时，一群大姑娘小媳妇正聚集在对门六娘家热火朝天地干着，一位大嫂登门，不由分说塞过来一沓刚烙好的烙馍，这是邻居们自己的默契，拿面粉换烙馍，扣除柴火手工的损耗，女人们能稍稍有些盈余，而徐良这样的单身汉也省了生火的麻烦，是个双赢的好事。

小炉匠要给大嫂拿面粉，大嫂坚决不要，掰扯一番后大嫂甩手走了，小炉匠要根据烙馍的数量舀出相应的麦面，拿面口袋装了给人家送过去。

这是登门六娘家的大好时机，小炉匠上门送面，免不得一番撕扯，最终女人们还是收下了小半袋麦面，把面倒进缸里。还口袋时，小炉匠看到窗下读书的少年郎，那是六娘唯一的儿子，十岁的徐徵。

回到自家，小炉匠再次清点现金，米缸下的铜钱增加了十八枚。

……

回到现实世界的徐良躺在床上意犹未尽，他喜欢这个梦，虽然不能操控角色的生活轨迹，但能体会到主角的心情波动：小炉匠喜欢徐六娘，想娶她。

在生产力落后的古代，城市小手工业者仅靠勤劳是无法发家致富的，小炉匠锔一口锅也就是三五文钱，猴年马月才能娶上媳妇，遑论是像六娘这样颇有些姿色，勤快利落的“抢手货”。

漫说是市集上那些杀猪的、赶脚儿的、卖梨的、打铁的，就是有功名在身的秀才、吃斋念佛的大和尚，怕是也觊觎着六娘哩。

徐良从床头柜上拿过氟西汀，取了一片用水吞服，又点上一支烟，饶有兴趣地复盘分析起来。

为什么媒婆会登门给小炉匠介绍对门的六娘？

徐六娘看起来是个机敏的女子，这件事应该是她自己主导推动的，媒婆广撒网多敛鱼，小炉匠只是候选人之一。

徐徵已经十岁，算是半个大人了，在最需要男人帮衬的时期，六娘没有改嫁，为什么现如今生活步入正轨，却想寻个男人嫁了呢？

读书的少年郎和豆腐坊的环境格格不入，这给了徐良启示：六娘不想让儿子继承豆腐坊，而是要让他读书上进，出人头地。

俗话说“穷文富武”，读书进学，取得功名，才是穷人唯一的出路。但读书也是要花钱的，大概是六娘为了儿子的前程，才不得已把自己嫁了吧。

转念又一想，六娘是个风华正茂的妇人，即便身处封建礼教严苛的明末，也不能忽略人类自身的生理需求啊，人家就是单纯地需要男人，何罪之有呢。

明末……徐良这才意识到历史时期的特殊性，崇祯通宝的出现，预示着最多十几年内，就会发生饥荒战乱，朝代更迭，中原十室九空，这些梦中的人们，大多会在不久的未来死于战祸。

中午饭吃的是方便面泡饭，昨天剩下的大半锅冷饭，尽数被泡在红烧牛肉面里，徐良风卷残云吃得大汗淋漓，吃饱喝足，在阳台上抽烟晒太阳。

他家在一楼，朝南的窗外本来是绿化带，这几年被邻居种上了菜，冬天藤蔓枯萎，一片萧瑟，各种颜色的塑料袋挂在竹竿篱笆上，杂乱而缺乏生机。

徐良把袖珍椰子端过来，放在窗台上，享受着这仅有的一抹春色。

手机在振动，他心一动，会不会是韩霓发来的信息？一看还真是，她发来一段语音："就今天晚上吧，六点半，我把地址发给你。"

紧跟着是地址定位信息。

徐良也回一句语音，他想说"好的，回头见"。开口却发觉自己声音嘶哑，赶紧取消发送，改为文字发出去。

计划提前了，徐良先打开洗手间里的电热水器，然后翻出衣服上身试穿，他很久没捯饬自己了，因为懒得洗澡，身上都馊了。

水热了，徐良洗了个久违的热水澡，对着镜子刮胡子，刷牙，牙龈出血，洗手池都染红了。

洗漱完毕才发现手机上有一条未读信息，是韩霓发来的，就一句话："家里有蒜吗，那家值得带蒜去吃。"

徐良家里没有蒜，他临时去超市买了两头蒜揣着，提前三个钟头出门赴宴。

地铁上，徐良想起了自己的前女友。

恋爱谈得越久，分手概率越大，徐良对她没有恨也没有怨，毕竟互相陪伴走过十年最美好的岁月。大城市，居不易，自己一直没能混出头，给不了人家想要的物质基础，分开才是对成年人来说最合情合理的选择。

地铁一号线坐到彭城广场站，徐良下车，与站务员李可健擦肩而过。

距离约定时间还早，徐良漫无目的地转悠，这里四通八达，地下通道能抵达苏宁广场和金鹰商厦，他走着走着，忽然看到水泥原色的通道，红色的大门，记忆的闸门轰然开启，那天醉酒后，自己似乎到过这地方。

地下城博物馆的故地重游让徐良骇然，墙上写着大明天启四年，彭城遭遇洪水灭顶之灾，四年后大水始退，人们在旧址上建设了新的城市，这里是挖掘地基时发现的明代城市遗址，在这一层截面之下，还有更久远的历史时期的遗址，最深的是一口汉代的水井。

井在更深的位置被护栏保护着，游客不能入内，却隐约可见井水的幽光。

整个博物馆面积不算大，展品也不算多，却直观地展示了彭城的历史。徐良逛了一圈，从后门出去，顺台阶上了地面，眺望马路对面，就是著名的富国街和醒狮小区。

徐良还是个小青年的时候，富国街是彭城的夜市一条街，这条年代久远的街道在民国时期就是繁华所在，一百年后，居然成了网络上闻名的美食聚集地，无数外地人慕名而来。

记不得有多少年没从富国街走过了，这些网红美食店对徐良没有吸引力，他关注的是岁月的变迁。建筑还是原来的建筑，一层全都成了沿街商铺，各色美食店铺前不乏拎着行李箱的特种兵游客。

徐良信马由缰走进了醒狮小区，这里早年叫醒狮巷，他有个老同学就住在此处，九十年代中期醒狮巷原拆原建，升级成了小区，又过了十年，突然就因为各种特色小店红透了半边天。

一座居民楼的楼下，没有花哨的门头和霓虹灯，没有潮流的海报和吉祥物，只有一张用红油漆写着“蛙鱼”两个字的破三合板，再就是小马扎和矮桌子。

童年的记忆瞬间被唤醒，徐良要了一碗蛙鱼，还是记忆中的铁皮勺子，蛙鱼里放了甜醋、红色的萝卜咸菜和米色的花生仁，爽滑中带着酸甜。

在城里闲逛了许久，徐良终于来到约定地点——值得带蒜去吃的二姐烧烤。

这也是家红了二十年的老字号了，徐良早有耳闻，却还是第一回吃，他不爱排队扎堆，若不是韩霓邀约，他压根儿不会来。

但是让人失望的是，来的不只是韩霓，还有四个陌生人，有男有女，都是三四十岁正当年，估计都是韩霓的客户或者潜在客户。

韩霓是社交达人，二姐烧烤是她的主场，从安排包间酒水、饮料到手擀面，大乎儿辣椒大乎儿油，推杯换盏，觥筹交错，就没冷过场。

徐良是个例外，他不善言辞，也不愿意开口，他有些后悔过来，饭桌上两位男性分明都对韩霓有点那个意思。

就像杀猪的、赶脚儿的、打铁的对六娘有同样的意思。

第 6 章

崇祯通宝与自闭症少年

徐良并无不悦，他很清楚一个事实，自己不是小炉匠，韩霓也不是六娘。都是成年男女，又不是少男少女，谁跟谁看对眼了当夜就睡到一起也不是没可能，自己只是一个不合时宜的旁观者而已。

烧烤配啤酒才是适宜的，但是一个老几拿了四瓶五十二度的“梦之蓝”，霸气地拿过桌上的杯子全都倒满，大有不喝完不让走的架势。

这就叫先声夺人，能不能喝完另说，先把气势做足咯。

很快徐良就教他做人，旁观者做了搅局者，满满一杯一口闷，然后是第二杯、第三杯，喝完一抹嘴，说自己有点事先走了，在一片瞠目结舌中先行离席而去。

韩霓追出来问他咋回事，这种喝法分明是不给面子，徐良随口敷衍了几句，只说自己家里有事心情不好。毕竟只是刚认识的熟人，韩霓也不好计较追问，只能客气地道别让他慢点走。

很快徐良就有点懊丧，这件事别人没做错什么，是自己想多了。成年人的绝交理应是无声无息的，想到这里他觉得自己冲动且不体面。回是肯定回不去了，酒瘾却被勾了上来，他暂且还不想回家，沿着解放路南行，走到大同街附近，寻了个小面馆，点了一碗面，踌躇片刻，指了指货架上的二锅头。

十几块钱一瓶的二锅头是酒精依赖症患者最合适的口粮酒之一。徐良吃了面，拎着半瓶酒出来，感觉有些疲乏，身体累，心也累。眼前是一座方形五层砖塔，钟鼓楼到了，于是徐良索性坐在台阶前小憩。

车水马龙，没人在意一个枯坐的醉汉。

什么东西滚动的声音传入耳朵，徐良睁开眼，一枚硬币缓缓滚到面前，躺平。捡起来查看，竟然是一枚铜钱，“崇祯通宝”四个字瞬间让他想到了梦境中小炉匠藏在米缸底下的老婆本儿。区别在于，老婆本儿是黄灿灿的新铸钱，手心中的铜钱在街灯下呈现出几百年风霜沧桑铸就的古朴青铜色。

钱不会无缘无故滚到面前。徐良环顾四周，一个少年径直走来，站在徐良面前死死盯着他，徐良被盯得发毛，将那枚崇祯通宝递过去。

少年接了铜钱，随手一抛，崇祯通宝呈抛物线飞出，继续在马路上滚动着，少年紧随其后，跟着铜钱的方向前进。

徐良起身，酒劲这会儿已经上头，不需要任何理由，他跟在少年身后。

夜幕下车流滚滚，铜钱诡异地在车轮和行人脚下滚过，消失在马路对面。

车灯雪亮，刺耳的急刹车声，就差一步，少年便会葬身轮下，是徐良拉住了他。

汽车留下一声怒骂开走了，徐良责备少年：“你怎么走路不看车？”

少年不加理睬，挣脱开来，继续寻找铜钱，经过刚才这一折腾，铜钱不知所终，这可把他急坏了，捶胸顿足，大吼大叫。

徐良终于明白，这孩子精神方面多少有点毛病。

一番发泄后，少年居然摸出另一枚钱币随手抛出，仍然是滚到哪儿走到哪儿。

徐良放心不下，一路尾随，他既担心少年的安危，也记挂着这枚诡异的崇祯通宝，或许是冥冥之中命运的指引也未可知。

就这样一路走，一路跟，不知道过了多久，少年停了下来，在路边坐下，徐良也挨着坐下，但他们都没说话，两人就这样默默无言地静坐，面前经过的车辆逐渐稀少，城市从喧嚣变得寂静。

不知道过了多久，一辆电动车停在他俩面前，车上下来的人竟然是韩霓。满脸掩饰不住的焦灼，在看到少年的一刹那化为乌有，取而代之的是安心和惊讶。惊讶的是，陪着儿子的人竟然是三杯退席的徐良。

徐良很平静，看来崇祯通宝的出现确实有着科学难以解释的原因，他问韩霓，孩子怎么回事。

“从小就这样，自闭症。”韩霓叹了口气，转向少年，“韩轩，谢谢叔叔了吗？”

少年手里拿着面包，吃得摇头晃脑，这是刚才徐良在小超市买的，顺便给自己买了一包花生米，搭配剩下的半瓶二锅头。

“家里没大人吗？”徐良又问。

“老人年纪大了，睡得早，我给他买了电话手表能定位的，他就是不愿意戴，我真是一点办法都没有。”韩霓说，“孩子十四岁了，我总不能把他拿铁链子拴上，我一个人又要挣钱又要带孩子，真忙不过来。”

徐良点点头，原来韩霓和六娘一样没男人，是个单亲妈妈。

韩霓絮絮叨叨，说自己宴请客户，一直没顾得上看家里的监控，等发现已经晚了，赶紧报警，派出所调沿途监控，一路找下来，总算是有惊无险。

“我也是路上碰巧遇到，觉得不大对劲，就陪着他了。”徐良说。

韩霓让儿子坐在电动车后座上，向徐良道别：“谢谢啊，改天我单独请你。”

徐良挥手送别母子，心情忽然愉快起来，沿着来路走回去，走到丢失铜钱的地方，打开手机手电仔细搜寻了一番，无果，也只能打个车回家睡觉。

次日，韩霓再次邀约徐良吃饭，特地声明没有其他人，地点是徐良家门口的一个小饭店的二楼包间。

徐良按时赴约，包间里果然没有第三个人，韩霓换了一身装束，不似昨天那般光彩照人，倒有些居家主妇的味道，墙脚放着一个纸袋，里面是两瓶剑南春，桌上摆的则是一瓶海之蓝。

韩霓已经点好了菜，给徐良倒上茶，斟满酒，四个凉菜上来，先喝了三杯，吃几口菜，短暂寒暄，白酒下肚后就开始叙说自己的经历。

“我就是传说中的那种恋爱脑，初中爱上混混，高中爱上老师，军训爱上教官的傻子类型，十九岁有了韩轩，他爸爸敢做不敢当，我只能生下来自己养，是个正常孩子也就算了，偏偏有了这个病……”

痛得久了，也就麻木了，韩霓叙说往事时仿佛在说外人的事情，不带任何情绪。

徐良静静地听着，他总觉得韩霓的目的不仅仅是感谢自己，还有其他。

“徐总最近在忙什么？”果然韩霓开始试探。

“我最近干点工程。”徐良说。

“哪方面的？”韩霓问。

徐良笑了：“开个玩笑，其实我是无业游民，之前在上海奋斗了十几年，最终还是失败了，一场幻梦一场空，回到老家整天借酒浇愁。也有朋友给我介绍工作的，可我什么都不想干了。”

“这个岁数还能东山再起的，也没组织家庭吗？”韩霓很关切地询问，这让徐良更加纳闷，难道说这也是崇祯通宝带来的缘分？

“有个谈了十年的女朋友，分手了。”徐良说。

“这样不行啊，你还年轻。”

“也不年轻了，半辈子过去了，四十不惑，能干什么、不能干什么，心里再没点数，这把年纪就真的活在狗身上了。我这个人，不适合创业，不适合打工，不适合做学问，我来到人世间，就是充当一个LV1的NPC，仅此而已。”

徐良自斟自饮，酒下得很快，他喝一杯，韩霓陪一杯，这娘们的酒量很是可以，一瓶海之蓝见底了，热菜竟还没上完。

“徐总，再来点啤酒吧。”韩霓不等徐良答应，就呼唤服务员上四罐“奥古特”。

“韩轩没办法和人正常沟通，他没有正常人的喜怒哀乐，连个小猫小狗都不如，至少小猫小狗知道主人疼自己，这孩子是什么都不懂。生活也不能自理，需要一个整人照顾着，小时候他外爷爷外奶奶还能照顾着，现在我爸老年痴呆，我妈既要照顾我爸，又要照管孩子，根本管不过来，我还要挣钱养家……”

韩霓举杯，一饮而尽。

徐良想到了六娘，脱口而出：“你这些年没再找一个？”

“谁愿意找我这样的，拖油瓶不说，还是个男孩，还是个自闭症男孩。”韩霓自嘲地笑了笑，“想占便宜的不少，真心想帮我的，我还没遇到过。”

“是挺难的。”徐良不好接茬了，就算换成自己，也不敢轻易接这个烫手山芋。

“韩轩平时根本不愿意和外人接触，你是个特例，他竟然和你一起坐了那么久，还吃你买的面包，说实话我挺惊讶的。”韩霓喝多了酒，脸上红扑扑的，发丝坠在额前，在徐良眼中，幻化成了六娘。

“韩轩有一枚古钱。”徐良说。

韩霓解释：“他外爷爷喜欢收集这个，早年在花鸟市场淘了很多，家里有一大箱子，秦半两汉五铢，大五帝小五帝，我耳朵都听出茧子了。现在我爸病了，顾不上他的收藏了，韩轩就拿来玩，坐地上排列古钱，排得整整齐齐的，然后打乱了再排，玩一整天不带困的，还不能打断他，不然就发脾气。”

“他拿着古钱在外面乱扔，跟着古钱滚动的方向瞎走，这事儿你知道吗？”

“我还真不知道，小时候在家里玩古钱，长大了就憋不住要出门，出门就跑丢，在派出所都是常客了。我在家里，还有醒狮小区我爸妈家里都装了监控，还是关不住他。自闭症到底不是傻子、瘸子，人长腿就是为了走路，这么大的孩子，不能当成动物一样关在家里啊，就算是小狗，每天还得遛一圈呢。”

“不说这些了，撤吧。”韩霓说到伤心处，不愿意继续，起身披上羽绒服外套，“结过账了，给你带了两瓶剑南春，千万别客气。”

徐良没客气，对好酒他没抵抗力，拎起袋子，看着梨花带雨的韩霓，鬼使神差一般来了一句：“要不然我帮你带孩子，平时没事带他出去走走。”

韩霓惊喜无限：“这怎么好意思呢？”

后来徐良才明白，自己属于愿者上钩。

第 7 章

一切都是最好的安排

两瓶剑南春拎到手里，命运的齿轮开始转动。

第二天一早韩霓就骑着电动车把儿子送过来了，她解释如此着急是因为孩子外爷爷要住院，母亲一个人没法老的小的一起照顾，不得已才麻烦他徐叔叔。

徐良把家里收拾得干干净净，地也拖过了，饮水机上换了一桶新水，韩霓连一分钟都没坐满就着急忙慌地走了，说约好的客户已经等急了。

韩霓走了，屋里只剩下徐良和韩轩，安静得不像话。

昨晚徐良上网查过自闭症相关资料，知道这种患儿没有正常人的感情，更无法沟通交往，不夸张地说，猫狗都比他们通人性。

徐良很紧张，生怕这孩子突然暴起，歇斯底里。

韩轩安静地坐着，仿佛沉浸在自己的宇宙中，患病并没有耽误他的生长发育，十四岁的他随妈妈，长了个一米七八的大高个，白皙文静，睫毛低垂，鬓角和后脑勺的头发整齐干净，乍一看，简直就是中学里的校草。

徐良紧盯着韩轩，对照着脑海中徐徵的模样，也就是六娘的儿子，这两个孩子简直是一个模子里刻出来的。男孩随母亲，六娘和韩霓长得像，韩轩和徐徵自然相貌也接近，这是符合遗传学规律的，漫长的历史长河中，长相接近的人也很多，秦俑中不就发现和今人面貌重叠的案例嘛……

墙上的石英钟嘀嘀嗒嗒地走着，韩轩依旧纹丝不动，徐良也在思绪的海洋中徜徉，一大一小两个男人，就这样坐着，没有互动，没有交流，任时间悄悄流逝。

手机在裤兜里振动，韩霓发来信息，问孩子是不是乖，如果闹腾的话，就让徐良从包里拿玩具出来。

徐良拍了一段韩轩乖乖坐着的视频发给韩霓。

韩霓深感意外，以前不是没找过保姆，韩轩不喜欢生人，每次都闹得不可开交，把人家保姆也吓得不轻，一来二去，再没有人敢接这个招。

偏偏遇到徐良，儿子就化身为小天使了。本来她只是抱着试试看的心态，没想到真的成功了！一直以来儿子牵扯了她大量的精力，一个人没办法既照顾儿子又挣钱养家，十几年的辛酸无人倾诉，一时间百感交集，心绪涌动，捧着手机打字，写了删，删了写，最后发了一行文字过来：“一切都是最好的安排。”

徐良放下手机，目光放在韩轩身边的双肩背包上，包里是韩霓预备的午饭和一盒古钱币。

午饭很简单，一盒牛奶、一块面包，还有几个小番茄。盒子沉甸甸的，几百枚古钱币密密麻麻叠放着，这是韩轩外爷爷的藏品，也是韩轩的玩具。

正在长身体的孩子就吃这点东西，显然是不合适的，于是徐良对韩轩说：“咱们出去喝米线吧。”

韩轩置若罔闻，没有任何反应。

徐良拿了帆布袋子，反锁门出去。走到红旭米线店打包了两份牛肉米线回来，中途又去超市买了一些糖果，当他回家打开门的一刹那，被眼前的一幕震惊了。

韩轩跪在地上，将数百枚古钱币如排兵布阵一般列成一排排一组组，面积本就不大的客厅现在连个落脚的地方都没有。

徐良端详这些阵列，毫无规则可言，不分大小成色，好像随机排列的一般，他拿出手机拍了一张发给韩霓，不一会儿韩霓回复：“小轩在自己玩儿，别打扰他就行。”

果然，韩轩排列完毕之后，又将钱币统一收集打乱，再次重复排列。徐良静静地观察着，等他排列完，又在相同的角度拍了一张照片，和上一张对比，赫然发现，竟然完全一致！

这里面应该是有些道理的，徐良检查组合中的清代钱币，发现一些端倪，原来这些钱是按照历史年号排的，顺治、康熙、雍正、乾隆、嘉庆，一直到光绪和宣统。

明清时期一帝一号，这是很容易查证的，再往前的年号就复杂了，徐良随便选取一组阵列查看，熙宁重宝后面跟着的是元丰通宝、元祐通宝、绍圣元宝、元符通宝、建国通宝、崇宁元宝。

他拿出手机查询宋代年号谱系，熙宁、元丰是宋神宗使用的年号，元祐、绍圣和元符是宋哲宗的年号，而建国通宝则代表宋徽宗的年号建中靖国。

不用再看了，所有的古钱币都是按照它们在历史上应有的顺序进行排列的。

韩霓晚上九点钟来接孩子，客厅电视机里放着动画片，猫和老鼠在追逐打闹，音量调到最低，韩轩已经盖着毯子在沙发上睡着了，徐良说:“中午我们吃的米线，晚饭我炒了两个菜，做的米饭。孩子很乖，一直自己玩……”

徐良说着说着，不见韩霓回应，扭头看去，女人眼中噙着泪，哽咽到说不出只言片语。

半晌，韩霓才感叹一句:“老徐，你是不知道这孩子以前有多难带。”

徐良怎么会不知道呢，昨晚他刷了半夜手机，看的全是抖音上自闭症儿童的视频，不论是穿衣吃饭还是识字说话，家长都要付出超普通人百倍千倍的努力，往往生活工作也会变得一团糟。

“得空我请你吃饭。”韩霓擦了把涕泪，没等徐良讲起古钱排列的事儿，就把儿子唤醒带走了。

徐良送他们出门，回到恢复了寂静的客厅，在沙发上坐下，还能感觉到韩轩的余温。墙上挂着的家庭合影上，父母慈祥地注视着自己，或许他们也希望儿子能组建属于自己的小家庭吧。

屋里有人，才配叫家。徐良不禁浮想联翩，假如韩轩是自己的孩子，韩霓是孩子妈，一家三口会是怎样的生活状态。

小区道路上，韩霓戴着帽子、裹着围巾，载着儿子不紧不慢地骑行着，道路坑洼，稍有颠簸，她的心也七上八下的。

今天见的客户是上回刘婕介绍的那位干工程的老板，人不错，给自己介绍了大单，提成能拿上万块，男人说得含蓄而清楚，很欣赏韩霓，想继续交往，奔着结婚那种。

但韩霓不是一个人，娶自己，就得接纳自己的儿子。

这些年来，她遇到过合适的男人，但总是因为儿子最终没能走到一起，也怨不得他们，就算是亲爹也未必能承受这种折磨，自闭症患儿妈妈群里，就有好几位单亲妈妈，男人不是玩失踪就是离婚，总之，不愿意共同承担义务。

……

徐良用剩菜和一斤剑南春把自己送回了崇祯年间的默片时代。

再次代入小炉匠的视角后，徐良发现自己错过了至少十几集的连续剧，这边的剧情发展跨度还挺大的。

小炉匠坐在桌案前，手握一支羊毫，在纸上歪歪扭扭写下名字：李茂。

提笔写字本是一件美事，但不知为何，徐良感受到此刻小炉匠的心情是忧郁的，哀伤的。

写完名字，小炉匠李茂就被先生请出了门。

从屋里出来，满眼尽是恢宏庞大的建筑，仿佛身处王府深宫，树木掩映下是红色的砖墙和绿色的琉璃瓦，重檐巍峨，斗拱密布，见惯了柴门小院的小炉匠不由得两股战战。

但来自二十一世纪的徐良却明白这些五脊六兽并不代表官府衙门的权威，而是文庙学宫至圣先师的体统所在。

身后是个头戴方巾的斯文先生，三绺灰黄色的老鼠胡子，青色道袍前襟上一块油渍，小拇指翘起，指甲三寸长，手里捧着一把绛色的茶壶，壶盖上有锔钉一枚，想必是小炉匠的手艺。

李茂似乎向先生乞求着什么，老鼠胡子不耐烦地挥手，如同撵猫狗一般将小炉匠驱逐。后者点头哈腰，溜边一路往南走，文庙三路五进的大院子，比寻常百姓家大了不知道多少倍，出了棂星门，看到影壁墙对面的三个牌坊上写着“道冠古今、天下文枢、德配天地”十二个浓墨大字。

小炉匠驻足片刻，胸中那股仰望、拜服、崇敬的心理让同一视角的徐良都能切切实实地感受到。

从东边仪门出去是石板小桥，整个文庙被小河围绕保护着，岸边垂柳正在迸发嫩芽，隔着河水是文庙的照壁墙，旁边是一座建在高台上的两层六角亭，叫奎星楼，奎星就是文曲星，考中了举人，就可以被人夸成文曲星下凡了。

再往南则是一片池塘，有妇人在塘边淘洗衣物和菜米。

徐良忽然醒悟，这一带在后世叫河清路，本以为名不副实，从小到大自己都没在这儿见过河，又哪来的河清啊，没想到河确实存在，只是在几百年前而已。

小炉匠的家就在附近北门大街上，应该往西走，为什么要沿着东城墙往南走呢，俄顷徐良就知道了答案，小炉匠是去铁佛寺烧香拜佛的。

城东南角有个庙宇叫作铁佛寺，顾名思义这寺里主殿的佛像是铁铸的，小炉匠在这里盘桓了一会儿，向和尚献上几个铜板作为虔诚笃信的象征，胡乱磕了十几个头才回去。

北门大街是灰墙、灰瓦、灰色的铺路石，灰蒙蒙的世界里只有六娘家篱笆墙内的杏花呈现无瑕的洁白。

三五个婆娘在六娘家门口站着，神色焦灼，不一会儿里面出来个郎中，仙风道骨，背着药匣子，捋着胡须摇头叹气地去了。

徐良的视角随着小炉匠的脚步走进了六娘家小院，杏花春雨，踟蹰不前，犹豫许久才走到窗前。只见屋内六娘病卧在床，脸色蜡黄。六娘的儿子徐徵垂手而立，虚岁十五的少年瘦削高挑，脸上有指痕，肩膀耸动，像是在抽泣。

一张药方从窗口飘出，龙飞凤舞写满字，徐良一把抓住，小炉匠不识字，他可是认识几个繁体字的，方子上开的是桂枝、炙甘草、生姜、煅牡蛎、煅龙骨、大枣、蜀漆。

郎中开方子，病家自己抓药，医药分开，科学合理。

小炉匠回家，掀起米缸，下面已经积攒了不少铜钱。他先是留下十枚钱，将其余的装进褡裢，想了想又掀起米缸，把剩下的十个钱也装上。

南门大街就有药铺，酱红色的药柜抽屉密密麻麻，一直排到天花板，抓药先生先划价，算盘珠子一阵响，毛笔写出一两二钱三分银子的价码。

明代货币双轨制，白银和铜钱通用，但二者的兑换比率是浮动的，银价贵时一两银子能换一吊多铜钱，银价低时一两银子也就是七八百文钱，但不论高低，这笔钱都不是小炉匠的经济实力能承受的。

徐良瞬间明白今天这几幕戏的个中情由。

六娘劳碌过度生病卧床，小炉匠拓展业务只为多挣两个铜板，他给教书先生锔茶壶却没拿到钱，戴方巾的老鼠胡子用“教写名字”抵了账。

徐徵为母治病，不惜放弃学业，这年头可没有九年义务教育，读书是要花钱的，就老鼠胡子那个德性，肯定不会免费教学。

六娘听闻儿子弃学，打了他一个巴掌，母子相对而泣。

好邻居拿着药方兴冲冲去抓药，迎头一瓢冷水浇下。这药，买不起；这病，看不起；这命，活不起。

春雨淅淅沥沥，小炉匠头戴斗笠身披蓑衣，独自走在烟雨山水中。彭城四面环山，雨天远山呈现出水墨画才有的黛色。远处诗情画意，近前脚步匆匆。

小炉匠不光在城里锔锅补碗，彭城周边三十里内的村庄他都用草鞋丈量了一遍，哪个村有郎中、有“神妈妈”他很清楚。

最终，小炉匠带回了偏方草药。

六娘服下煎好的草药，脸色红润许多，但依然愁容满面，想来豆腐坊停工数日，别说儿子的学费，就是隔夜的粮食都所剩无几了。

徐徵捧来一串铜钱，六娘满眼都是黄澄澄的光彩，这是儿子在书桌上发现的，铜钱旁边有一个练字用的沙盘，木框内盛着细箩过了几遍的沙子，沙盘上工工整整写着“读书”两个字。

娘的病有救了，学费不用愁了，买面的钱也有了。

一切都是最好的安排。

第 8 章

美味砂锅与新来的值班站长

李可健向姜展顺诉说心事的时候，这位舍友正在炮制美食。

煤气灶的两个灶头上，一个炖着砂锅米饭，一个撑着鏊子炼猪油，用小勺子将炼出来的猪油浇在砂锅里的米饭上，让猪油的香味慢慢渗进去。米饭焖好了就端上桌，焦脆的猪油渣铺在白饭上，再撒一把细细的白砂糖、一勺海鲜酱油、两块豆腐乳，好吃到打嘴巴都不松口。

姜展顺比李可健大两岁，也是地铁集团的同事，在一个相对偏远的小站做站务员。两人在上岗培训班里认识，既是同乡，又都是外县人，就合租了这一处民富园六楼的两居室，共同负担房租和水电煤宽带费用。

“咱配不上人家。”姜展顺搅拌着猪油腐乳饭，终于给予了回应和建议，他没有说“你配不上人家”，而是使用了“咱”来突出两人的共同短板，那就是家境不好，没房没车。这年头没这些硬件，谈什么婚嫁。

“是我喜欢的类型，你知道吗，她骑一辆摩托车，可飒了。”李可健回忆着花栗鼠的英姿，一脸神往。

“你能看上的，百分之八十看不上你。”姜展顺舀了一勺子饭放进嘴里，烫到了口腔也不忍吐出，他又给李可健上了一课，“农村起码还明码标价，彩礼多少万，房子多大，车子什么价位，奔着这个方向努力就行了。城里是无形的价码，你不知道标杆在哪里，你啊，还是洗洗睡吧。”

李可健才不会放弃。他今天上夜班，从民富园北门出去，穿过车流滚滚的和平大道时再一次腹诽，为啥不在路南设一个出口。

地铁员工的福利是免费乘车，从黄山垄站到彭城广场站只需要十分钟，比打车还快。

地铁站通常四班倒，一个班七个人，一个值班站长带两个值班员、四个站务员。李可健所在的班组里有个男同事王一晨，大家私下里叫他傻白甜，是个长相帅气又纯情专一的男孩子，据说有好几个女同事喜欢他，可他毫不动心，一心挂念着外地读研的女朋友。李可健找不到明师求教，王一晨也能勉强凑合。

“假如，我是说假如，我喜欢上咱们站的一个女同事，应该怎么追？”李可健发出灵魂提问，顿时引起王一晨的兴趣：“是谁？”

“我都说了假如，没有具体的目标。”李可健倒也不打算吊人胃口或者故意隐瞒，只是他偷偷查过同事们的资料，也在大群里仔细搜索了一遍，都没找到上回那位女骑手的踪迹。

“其实很简单，打直球就行，别曲里拐弯用那些花招，直接问能不能处，行就是行，不行就是不行。”王一晨认真回答，这是他的经验之谈，肺腑之言。

李可健看了看镜子里的自己，再看看王一晨，想到了小马过河的故事，你王一晨可以打直球打得有来有往，不亦乐乎，我打直球怕是只有一个结果，就是已读不回。

在车控室交接班完毕，正要上岗的时候，王一晨这个大嘴巴当众点破了李可健的心事，他说可健想追一个女同事，大家要帮忙啊。

几个同事顿时眼睛都亮了，小珍姐代表大家表态：“可健，你看上谁了，给姐说，帮你制造机会。”

李可健扭扭捏捏：“不知道叫什么呢，上回骑摩托带了我一程，说是同事，可是咱站里没有这个人。”

小珍姐恍然大悟：“过两天要来一批实习生，可能你说的这个女孩也在其中，放心，到时候姐安排。”

夜班结束后，李可健有两天休息时间。

几乎每个地铁员工都有点第三产业，因为业余时间比较充裕，不拿来赚点外快都对不起老天的馈赠。李可健接了个小时工的活儿，帮某健身房发传单，缘分来的时候挡都挡不住，和他一起发传单的搭档，竟然就是骑摩托的花栗鼠。

苏宁广场前的寒风里，李可健主动搭讪：“金吉拉！”

“这么巧！我叫张宇宁。”女孩笑道，粉色羽绒服、白色裤子，穿得像个标准南方小土豆。

“我叫李可健，你还没正式过来上班是吧？”

“是的，还在培训期，过两天就能上岗了。”

两个人你来我往聊得开心，连枯燥乏味的发传单工作也变得津津有味起来，工作结束时天色已晚，正是请吃饭的好时机。

李可健说：“我请你吃顿饭吧，感谢你上回捎我一程。”

“那就去吃砂锅吧，美味又热乎。”张宇宁说。

“你的摩托车呢？”李可健问。

“这一片是摩托禁区，所以我上回送你是冒了被罚款的风险的，确实该让你请一顿。”张宇宁说，“那家店不远，走两步就到了。”

这家店确实不远，就在市中心的美人巷，店名也占一个美字，叫“美味砂锅居”，据说是开了几十年的老店了，十六个头的灶台上，火苗子舔着锅底，窗户上一层白茫茫的雾，食客们早已在门口排起了小队。

等了十来分钟，两人进店落座点单，张宇宁飞速点了砂锅牛肉、鸡蛋饺、带鱼、肥肠、排骨豆角、茄合，然后把菜单递给李可健。

“我来个青菜粉丝。”李可健指着最便宜的一道说。

砂锅既是灶具也是餐具，加热方便还出菜快捷，很快满满当当摆了一桌，砂锅里咕嘟着泡泡，沸腾的热油表面点缀着碧绿的香菜，美味四溢。

两人边吃边聊，李可健说：“你来彭城广场地铁站上班的话，最好能分到小珍姐这一组，她人可好了。”

“戚小珍吗，我听说过她，是挺优秀的。”张宇宁说。

“反正到时候有什么不懂的直接问我就行，咱们加了微信的。”李可健自觉作为资深员工，指导一下实习生还是绰绰有余的。

“那你觉得站务员岗位最大的难点在哪儿？”张宇宁停了筷子，歪着脑袋看对面的李师傅。

李可健凝神思索：“其实工作相对简单，只要死记硬背就行了，怕的是无聊、走神。站台岗还好点，在票亭里半天都没啥业务，不过我有办法解决。”

见他突然眉飞色舞，张宇宁也来了兴趣：“你说说看。”

“不是不能玩手机吗，咱们站务员上班时要上缴手机，但是可以戴智能手表，闲着没事就玩一下，主要是为了提精神。”李可健亮出腕子上的手表，向张宇宁展示游戏画面。

张宇宁笑了：“尝尝这个大肠，一咬一汪油，可下饭了。”

这是一顿愉快难忘的晚餐，回到民富园出租屋里，李可健向躺在沙发上刷手机的姜展顺炫耀，现有不仅有女神的微信了，甚至还一起吃了晚饭哩。

姜展顺一跃而起：“你小子可以啊！女方家哪儿的？父母干吗的？家里几套房？”

李可健不响了，他觉得姜展顺和自己关心的完全不是一路，鸡同鸭讲，毫无兴致。

姜展顺继续语重心长：“市区的家庭，谁家没两三套房，二十来岁的人基本上都是独生子女，爷爷奶奶一套，外爷爷外奶奶一套，爸妈一套，这是最基础的，有条件的还会给孩子预备一套，找这样的老婆，入赘都不吃亏。”

“我觉得能聊得来才是重要的。”李可健终于忍不住出言反驳。

“谈恋爱需要聊得来，结婚就得谈条件。”姜展顺说，“那你们目前聊得咋样？”

“聊得来，没让一句话掉在地上。”李可健回忆起每一句来言去语，都觉得幸福得冒油，一汪油下米饭的那种。

“那是人家的情商高，对你向下兼容了。”姜展顺冷笑道。

李可健说不过他，只得另辟战线反唇相讥：“老姜你别混吃等死，也复习复习，考个值班员啥的，最起码也往市区大站挪挪，守着一天没多少人的小站，你不无聊吗？”

姜展顺说：“小站好啊，对我来说，工作等同于修行。”

李可健无言以对。

之后几天，只要不当班，李可健就抱着手机和张宇宁聊天，天南海北地扯，从原神到塞尔达，从新能源到复古车，这个女孩的知识储备确实惊人。但李可健几年的网也不是白上的，算得上是棋逢对手将遇良才，至少他自己是这样认为的。

终于到了再次见面的时刻，实习生补充到了一线，张宇宁就在这一批人里面，来之前李可健还对她千叮咛万嘱咐，一定要嘴甜勤快眼头活，不打勤快不打懒，专打没眼色。

张宇宁甜甜回应：“我记住啦。”

对讲机里传来值班站长的呼叫，不在岗的人员到会议室集合，认识一下新人们。

当李可健走进会议室时是带着笑容的，但是很快他就笑不出来了，因为站在会议桌尽头刘站身边的三道杠就是张宇宁。

什么新人实习生，纯属扮猪吃老虎，张宇宁不是新人菜鸟，而是新来的值班站长！

李可健很受伤，因为小珍姐调去邻站当站长了，而张宇宁成为他们这一组新的值班站长。

刘站介绍着新同事们，王一晨这个不开眼的还在旁边拿胳膊捣李可健：“哎，你相中的那个在里面吗？”

“不在。”李可健没好气回道。

在任何一个单位里，女同事总是瞧不上本单位男同事，她们总想着往上嫁。普通站务员和值班站长的差距，可不是肩膀上一道杠和三道杠的区别，那是年资、考核、评优、笔试、面试、竞聘上岗的一连串先发优势。李可健没魄力泡值班站长，他这辈子都没希望，这一刻他沮丧得想哭，姜展顺可恶归可恶，话说得没错，原来女神确实是向下兼容自己来着。

接下来就是张值站给大家开小会，她比小珍姐还要平易近人，作风也很爽利，寥寥几句交代完工作，直接安排了明天的饭局：给小珍姐送行加庆祝的晚宴。

“有男女朋友的带上，人多热闹，我请客。”张宇宁说。

新值站会做人，当即赢得大家拥戴，紧跟着张宇宁又宣布了一项规定，上岗时最好别戴智能手表，说这话的时候，故意没看李可健。

可怜的小李默默摘下了手表。

第二天在饭店集合时，李可健早早来到，在门口等着，就想看看张宇宁带没带男朋友来。如他所愿，张值站是一个人骑着金吉拉来的，大冬天还骑摩托，对摩托车算是真爱了。

这是一场单身狗局，除了小珍姐有男朋友，其余人全是孤家寡人，王一晨也不例外，他虽然不是真单身，但没法把女友从南京瞬移过来。

饭局完毕，张宇宁又安排了第二场：唱歌，量贩式KTV，可乐软饮摆了满桌，大家尽情挥洒歌喉，一个愉快的晚上就这样度过了。

最终也没人来接张宇宁，她是一个人离开的，李可健忽然觉得自己还有希望。

……

元旦晚上，市中心人潮涌动，像这种特殊日子，地铁都要延时运行，会一直忙碌到午夜，这也是彭城广场站从上到下最紧张的时刻，人流量大暴增，对地铁运营造成巨大的压力，今天是全员上岗，严阵以待。

李可健在站台值班，这一晚上可把他累得不轻，值完这一岗回去休息的时候，王一晨悄悄对他说："张宇宁刚才被人骂哭了。"

"出什么事了？"李可健的心被揪起了。

"没出事，调度指挥中心那边通过监控找毛病，说咱们没有及时启动大客流应急预案，调度长亲自打电话来骂了值班站长一通，活生生把张宇宁骂哭了。"

"调度长真是吹毛求疵。"李可健咕哝了一句，也只敢小声嘀咕。调度长在地铁运行体系中就是天一样的存在，是站务员们仰视的对象。

想成为一名实习调度员，先要有值班员、值班站长或者工班主任、客车司机的经验，经过严格考察才能成为正式调度员，然后晋升为高级调度员，最终佩戴上麦穗加地铁标识的调度长肩章，在地铁大厦的调度指挥中心里睥睨天下，指挥全市地铁所有车辆和站点的全部工作人员。

如果说调度长是总管一切的将军，那李可健这样的站务员就是最基层的小兵。

上岗培训时，培训老师就反复强调过，地铁是当前城市交通运输最重要的组成部分，尤其是地铁大部分时间都处在地下运行，不出事则已，出事就是人命关天的大事，所以对于上级指令必须严格执行。也正因如此，地铁运行人员在岗期间都要按规定穿着制服，佩戴等级肩章，要做到绝对的令行禁止，实行类似于准军事化的管理。

“你知道今天是谁当班吗，是陈维。”王一晨继续添油加醋，“铁面陈维，狠的一比。”

“就不信他这辈子都不犯错。”李可健不满地回应。

“号称最强大脑的调度员们是永远不可能犯错的。”王一晨似乎一点不心疼自家的值站，反而有点小兴奋，“这辈子能当上调度长，死都瞑目。”

李可健撇撇嘴，心说你就这点出息啊。

元旦之夜，最终有惊无险地度过。

一天后，傍晚正常下班，李可健换了便装出来，来到广场地面上，捏着手机正想着要不要约张宇宁呢，想曹操，曹操到，张宇宁从电梯口出来，走向路边的汽车。今天风大，她没骑摩托通勤上下班，而是让别人开车来接。

李可健心里一阵翻江倒海，不是痛苦，反而是一种如释重负的轻快。

路边停着的是一辆造型犀利的小鹏电车，开车的男子下车绕到副驾驶门旁，很绅士地帮张宇宁开门，李可健忍不住望过去，男子身材伟岸，一米八几大高个，海军蓝的羊绒大衣，精神抖擞，看起来年龄不大，顶多三十来岁。

李可健认识这个人，这就是前天把张宇宁骂到哭的地铁调度指挥中心调度长，陈维。

原来是经典言情剧的戏码，男女主角由恨转爱，欢喜冤家，值班站长配调度长，天造地设的一双璧人，岂能由得你这个妖精不同意。

李可健心里有点凌乱，有点想哭，不抽烟的他还有点想抽一根的冲动。他转过身来，仰面朝天，不让眼泪流下来。天阴沉沉的，空气冰冷而湿润，就让冰雨在脸上胡乱地拍吧……不活了，忽然手机响了，是张宇宁发来的语音通话。

“我看见你了，我就在你后面，上车，带你玩去。”张宇宁欢快的声音让李可健更加痛苦——割开我的心还不算，你还要往上面撒盐啊！

不对，既然是二人世界，为啥要带我一个第三者去当电灯泡呢？

李可健驻足，等着陈维的车开过来，果不其然，车里除了张宇宁，还坐着王一晨这货呢。

第 9 章

另类剧本杀

有王一晨在，说明这是集体活动，李可健略微宽慰了一点点，但还是有一点犹豫，连同一点点抗拒。

“上车。”张宇宁降下车窗招呼道。

作为活动的发起人，调度长陈维也很亲民地亲自发出邀请：“走，一起玩去。”

恰好手机又响了，是室友姜展顺发信息过来，要他下班路上帮忙带一包酱油，要最便宜的那种。

“我就不去了吧，我还要打酱油呢。”李可健说。

“这不巧了嘛，这边也是喊你打酱油。”王一晨钻出来将李可健硬生生拉进车里。

车内空气清新，是一种混合着新车皮革和男士爽肤水的味道。李可健坐在后排，看陈维单手揉动方向盘的潇洒动作，暗下决心，等有了钱先买一辆车。

目的地并不算远，从彭城路向南，左转进入马市街，这是一条古色古香的道路，白墙、灰瓦、梧桐树，沿街有许多茶叶铺子和文玩店，店门口大多挂着过年的红灯笼，为冬日增添了一些暖色。

陈维在路边找停车位，让张宇宁带大家先上去，值站熟门熟路，显然已经不是第一次来了，李可健心里酸溜溜的，跟着上了二楼，进了房间，原来这是玩剧本杀的地方。

临街楼上的房间，门口挂着 306 号的金属牌，室内是深红色的木地板和木墙裙，墙上挂着中山先生的画像，两边对联文字是：革命尚未成功，同志仍须努力。皮转椅、木沙发，有年代感的写字台上放着手摇电话机和绿色灯罩的台灯，旁边一张小桌子上摆着打字机，角落里的留声机传出靡靡之音……这是典型的民国风路线。

室内有四个小伙子先到，他们也是地铁集团的员工，大家互相看着都面熟，寒暄几句，陈维停好车上来了，环顾一圈说今天是个“皇后局”。

皇后局的意思是只有一个女玩家，其余全是男的。张宇宁就是那个皇后，她不用选取角色，唯一的女主角就是为她预留的。其他玩家纷纷抓阄选定了角色，李可健选到的角色名字叫陈东。

先是读本，陈东的人设是浙江慈溪人，黄埔六期毕业后，又在美国康奈尔大学进修法学，参加过昆仑关战役，后在驻印军中担任联络官，抗战胜利后擢升为国防部监察司副司长，陆军少将军衔，被派驻彭城陆军司令部负责军纪监察工作。陈将军有一个女秘书叫林小姐，也就是这场游戏里唯一的女性角色，另有一名勤务兵叫成丰，这是他在彭城的班底。他在慈溪老家还有妻儿老小一套班子。

张宇宁扮演自己的秘书，李可健忽然对这个游戏兴致勃勃。

为了更好地沉浸进剧情中，大家需要更换戏服行头，李可健穿上陈东的将官服，领子上两颗金色梅花，软肩袢上一颗金星，胸前排满勋略，大檐帽上是嘉禾环绕的青天白日。虽然是戏服，但真下本钱，马裤呢厚实笔挺，穿上后威风凛凛。

王一晨就惨了，抽到的是勤务兵的角色，穿一身土黄色棉布军装，扎着牛皮腰带，挎一个驳壳枪的木盒子。

张宇宁则换了一身阴丹士林蓝的棉旗袍。

李可健提意见："不对啊，女秘书不该是船形帽配马靴、军装吗？"

担任DM的陈维解释说林小姐不是军籍，只是私人秘书，所以不穿军装。

这是一个本格本，一切依托于史实，没有妖魔鬼怪灵异物之类。剧本杀，顾名思义离不开一个杀字，别管变换什么场景和剧情，总归是要破命案，随着DM的娓娓道来，故事背景缓缓展开：

1948年，解放战争如火如荼，彭城市区发生一起命案，大中银行襄理林泽源死在办公室里，是被人用枪击中头部而死的。嫌疑人若干，包括银行实控人段登岳、监察官少将陈东、陈东的勤务兵成丰，还有专门盗窃保险箱的大盗燕子飞和欠了银行大笔贷款的期货商人谢老板。

这里面的关键人物是林泽源的女儿，林小姐是有妇之夫陈少将的秘书，孤男寡女暗生情愫，林泽源坚决反对，陈东有动机杀人，亦有可能是派勤务兵下手；另外一组嫌疑人都是和银行业务相关的人员，动机也很明显，每个人都有不在场证据，但又都显得漏洞百出。怎么才能寻找盟友，联合侦破，这很考验玩家的逻辑分析和推理能力，以及观察和合作能力，更重要的是，还得会演戏。

“咱们这个游戏和常规的剧本杀不一样，不设标准答案，看谁分析得最合理最透彻，谁就是赢家。”陈维的普通话很标准，有播音员的质感。从李可健的视角看过去，那是一张刮得铁青的英俊的侧脸，有点像靳东。为了配合游戏，他大衣里面穿的是复古款英国花呢三件套西装，配领针和袖扣，骚气得不行。

再看张宇宁那能滴出蜜的拉丝眼神，李可健明白自己真的是来打酱油的。

没有标准答案的游戏大家还是头一回玩，顿时兴趣都上来了，王一晨问：“那怎么玩，自己认领凶手吗？”

陈维说：“对，每个人详细读自己的脚本，沉浸进去，决定要不要杀人，然后在上交的纸条上写下自己的决定，我会回复大家，确定其中一个人是凶手，当然只有本人才知道，我们的剧本也不是固定不变的，是随着大家一起推演，慢慢丰富的，也就是说，一次可能玩不完哦。”

李可健看着手上厚厚的文本，猜到这个游戏怕是已经进行过很多次了，历经无数玩家的智慧加持，细节丰富，人物立体，还真不是普通的剧本杀能比的。

比如身处的这间房，模拟的就是1948年时陈东位于花园饭店南楼的办公室。一个将军常年住酒店似乎有点奇怪，但是根据历史记载，花园饭店在当时就是军方招待所，经常召开各种重要军事会议，国军将领们来往出差也都首选在这里下榻，陈东作为国防部监察司驻本地特派员，又有少将军衔，长包一个房间也在情理之中。

茶几上铺着一张巨大的七八十年前的彭城地图，一万比一的大图，应该是复制版本。地图上面还带着原始图片上的痕迹：黑色和红色铅笔在地图边缘书写的连笔字，右上角一个紫色圆圈里大大的“密”字，还有江苏省地政局土地测量总队测绘人员的姓名，落款是“中华民国三十六年十月绘制”，这一切都彰显着道具的严谨和用功，这地图，怕是真家伙。

在游戏剧情的设定中，李可健扮演的角色已经四十岁了，是标准的中年大叔，而林小姐年方二九，容色动人，在旧社会，如此大的年龄差，父女关系都有可能成立，当然，老爷和姨太太的关系也是普遍存在的。

作为一个已婚却独身居住且位高权重的男人，身在异乡，面对年轻貌美的女秘书，要说不心动，纯属自欺欺人。但是仅仅因为人家女孩的爸爸不同意，就悄悄过去把人干掉，似乎又太冲动了些，实在不像一位将军会做出来的事，真是说不过去。李可健几乎不假思索，就放弃了当凶手的念头。

反而是惯偷“燕子飞”嫌疑极大。“燕子飞”本是当地商户家的少爷，自幼习武，家境优渥。父亲借了大中银行的贷款经营实业，本来蒸蒸日上，却因竞争对手勾结林襄理突然撤贷逼债陷入窘境。父亲悬梁自尽，家破人亡，“燕子飞”为报父仇，杀人灭口绝对算得上情理之中。

又或者，还有同样被逼上绝路的谢老板，也有着充分的杀人动机。

游戏开始，套路初看和普通的剧本杀差不多，大家抽丝剥茧，梳理线索，互相指责，撇清自己，玩得不亦乐乎，一直搞到深夜也没抓出凶手。陈维点了夜宵，大伙儿边吃边玩，最终将凶手的罪名套在了扮演陈东勤务兵的王一晨头上。

王一晨嬉笑着认罪，原来勤务兵和林小姐年龄相仿，暗生情愫，林泽源一向虐待女儿，是个人渣父亲。正苦于无从下手，适逢陈将军又想老牛吃嫩草，勤务兵就心生计谋，一石二鸟，偷了陈东的马牌撸子配枪，将林泽源打死，而后企图嫁祸于他。

这个答案很曲折离奇，符合剧本杀的规律，大家心满意足地散场各自回家睡觉。看到张宇宁再次上了陈维的车，李可健满腹酸水，无可奈何，一个人走在马市街上。走着走着，周围风云突变，地形、地貌、建筑物都扭曲变化，路灯照耀的大马路变成了昏黄的巷口，大厦变成了低矮的瓦屋。

“这回别摔倒了！”食盒的提手再次回到自己手中，还是上回那个魁梧仁厚的中年大叔，剧情这是又续上了！

这次李可健学聪明了，他问大叔：“这盒饭菜往哪儿送啊？”

大叔说：“这孩子，左耳朵进右耳朵出，送陆军俱乐部南楼 306，交给陈司长的勤务兵就行。”说罢拍拍他的肩膀回身走了。

李可健脑子里有什么东西炸裂开来，陆军俱乐部就是花园饭店，306 就是陈东的办公室房间号码，怎么还和剧本杀挂上钩了！

这几天他一直在和别人说自己穿越了，没人相信，反而觉得他精神出了问题，这让李可健困扰又迷惑，现在验证自己没撒谎的机会来了，高低得带点证据回去。

依然是暗黑的夜晚，前面有个西式建筑，影影绰绰的字样是中山堂，这是重要的坐标。中山堂东边就是花园饭店，也就是陆军俱乐部，李可健在脑海中回忆着剧本杀中的地图，拎着食盒走向花园饭店。

饭店门口依然肃杀之气蔓延，背着刺刀枪的士兵在整肃地巡逻，李可健胆子大了许多，上前表明来意，自己是来给陈司长送外卖的。

“哪家饭馆的？”守门的大兵随口一问。

李可健张口结舌，他不知道自己是哪家饭馆的跑堂，答不上来如何是好？情急之下看向食盒，上面用烙铁烫了三个字：全兴楼。

“全兴楼的。”李可健说。

“进去吧。”大兵说，棉帽子下一张脸冻得泛红。

“老总您辛苦。”李可健道了句辛苦，点头哈腰，拎着食盒进了大门，稍松一口气，第一关过去了，不知道前面还有什么艰难险阻，但愿遇到危险时能迅速退出游戏。

彭城自古乃兵家必争之地，花园饭店又是彭城最高级的西式宾馆，张勋复辟、蒋冯联合、台儿庄战役，诸多密谋和会议就在此发生。日据时期，这里成了鹤家屋旅馆，抗战胜利后又成了美国空军俱乐部，随后国共军事调停三人小组在此商讨酝酿军队整编，现在又成了陆军的高级招待所。若干年后，它依然屹立不倒，只是出入其间的不再是军阀武夫、政客要人，而是普通民众了。

院子里停着吉普车和道奇十轮卡，楼顶上架着天线，不像是饭店倒像是军事基地，李可健来不及感慨岁月沧桑，提着食盒匆匆上到三楼，寻得306的房号，敲了敲门。片刻后有人来开门，只见其满脸的胡楂子，通红的双眼，军装敞着上面三粒扣子，肩膀上一颗将星闪烁。

李可健心中剧震，这想必就是剧本杀里的陈东将军吧，自己刚才扮演过的角色，眼下就见到活的了。

陈少将见是饭馆小伙计，冷峻地点点头："你进来吧。"

李可健走进房间，这是一个大套房，外间放着行军床，想必是勤务兵睡觉的地方，衣架上挂着军大衣和军帽，桌上是电话机和来往公文档案。一张小桌子摆在侧面，想来是林秘书的办公桌。

饭馆伙计和外卖员是有区别的，伙计不但要把饭菜送到，还要伺候用餐，李可健问将军在哪儿用饭，将军指了指另一张书案。

书案上有一幅字，写的是辛弃疾的词，墨迹未干，应该是刚写的，但是末尾署名并不是陈东，而是陈庭晖。

李可健先将书法作品收起，再把食盒里的六菜一汤摆在饭桌上，筷子和调羹放好，汤都给盛好，这才鞠躬道："您慢用。"

陈将军摸出一叠金圆券没数就递过来，李可健接了钞票，刚出门就看到一群挎着卡宾枪的宪兵上楼，把路都堵住了，为首的一名军官向陈庭晖敬礼道："陈司长，刚接到公安局通报，大中银行的襄理林泽源被人枪杀了。"

就是这么巧！

第 10 章

穿越七十年的疑案

李可健还沉浸在剧本杀的热乎劲儿里，对民国时期的各种元素耳熟能详，比如眼前的少校军官，他就能从桃红色的领章底色和两杠一星分辨出这是个宪兵少校，据说宪兵见官大三级，也就是说少校这种中下级军官刚好能管住少将。

当然现实不是下军棋，单论军衔和官阶是不科学的，要从诸多方面来衡量一个人的实力。李可健打算做一个安静的看客，看一幕活生生的现实版剧本杀。

幸运的是，因为他站在角落里，走廊里满满当当全是兵，所有人自动忽略了这个不起眼的小伙计，这才让他有机会目睹一出堪比人艺话剧级别的对话。

听到自己女秘书的父亲被杀，陈庭晖虎躯一震，薅住宪兵少校的衣领子问道：“林然怎么了！”

宪兵少校吓了一跳，急忙答道：“报告长官，林秘书没事，受了些惊吓，正在公安局做证人。”

陈庭晖意识到了自己的失态，松开手，踱步到窗前，背对着宪兵们，从军装口袋里摸出一个扁扁的纯银烟盒来，取出一支烟在烟盒上磕了磕，叼在嘴上，用小巧的英国造纯银抬臂打火机点燃，猛吸一口，问道："凶手是什么人？"

"凶手暂时尚未归案……"宪兵少校迟疑了一下，仿佛在筹措语言，或者只是作为礼貌的铺垫，最终他还是说道，"还想请陈司长去公安局稍坐。"

陈庭晖冷笑，坐到自己办公桌前，面对一帮宪兵，仿佛自己是审案的青天，下面都是自家拿杀威棍喊威武的衙役。

"民间凶案，传我一个国防部监察司的少将军官做什么？既然是公安局请我，为何他们不来，反倒是你们宪兵跑得这么勤快？"

"老百姓的案子，宪兵管不着，但是牵扯到军人，就归我们宪兵管了。"少校不卑不亢，向前迈了一步。

"哦？"陈庭晖将只抽了两口的烟掐灭在烟灰缸里，声色俱厉起来，"那你是怀疑我了？"

"卑职不敢。"少校说道，"请问陈司长的配枪在不在身边？"

陈庭晖拉开抽屉，平时他的马牌撸子就在抽屉里，此刻却不翼而飞了。

林泽源是被枪杀的，随即宪兵大队的人马就上门了，事情是明摆着的，自己成了疑凶。

陈庭晖思忖片刻，从办公桌后转出来，将银质烟盒打开递到少校面前。

"谢谢长官，不会。"宪兵少校立正回应，一副毕恭毕敬又公事公办的样子。

陈庭晖自己又点燃一支烟，深深吸了一口，吐出烟雾，徐徐道：“他们终于还是动手了。”

宪兵少校军容严整，戴着白手套的右手扶在腰间左轮枪柄上，一言不发，静静看着陈庭晖施展风度。

裹着白绑腿、戴着白袖章的宪兵们也没有任何动作，不得不说，一大群拿枪的爷们堵在门口，即使什么也不做，对目标人物造成的心理压力也是巨大的。

陈庭晖拿起桌上的电话机：“总机，给我接南京国防部。”

长途电话岂是那么容易打通的，从彭城到南京，需要层层转接中继，这个时间点，南京国防部各个办公室也早就下班了，所以这番动作除了表达陈司长的无能狂怒，并无实际作用。

电话打不通，陈庭晖又问道：“你们此次前来，张司令知不知道？”

少校上前一步道：“卑职就是奉了张司令的手令来的，张司令还说……”

“张醴泉说什么？”

“张司令说王子犯法与庶民同罪。”少校语气里捎带了一丝讥讽和不耐烦。

陈庭晖默然，主管宪兵部队的警备司令定下了调子，自己这桩官司是真的说不清楚了。但他没有立刻就范，而是走到书案前沉吟着。

李可健见状，赶忙将杯、盘、碗、筷挪到一旁，贴心地铺开宣纸。

陈庭晖拿起毛笔，挥毫写下四个草书大字——“千古奇冤”！笔枯墨干，尽显绝境之态。

写完将笔一丢，将军系上军装扣子，拿上军帽和派克短大衣，环顾自己的办公室，目光落在全兴楼的小伙计身上。

“你把东西收拾一下拿走吧。”陈庭晖说，意思是说这顿饭自己吃不上了，这一去凶多吉少，不能耽误你收餐具。

“这间屋里所有的东西都不许带出去。”宪兵少校毫不客气地说道，现在他才是这里说了算的人。

陈庭晖昂然出门，宪兵们一拥而上，簇拥着他下楼，钉着铁掌的皮靴铿锵着远去了。

宪兵少校在屋里踱了几步，拿出自己的烟盒来，这是一种黄色烟盒上印着骆驼和金字塔的美国香烟，在军队中很流行。少校抽着烟，四下里看看，翻翻抽屉，没看到什么有价值的线索，留下两个兵善后，也急匆匆地去了。

两个宪兵拿出盖着警备司令部关防的封条贴在门上，挎着枪站在门口，禁止任何人进入。

李可健站在楼梯拐角处，仍陷在真实版剧本杀带来的震撼中，他先复盘了陈庭晖和宪兵少校的对话，虽然只是一些简单的话语和动作，但是从中可以分析出很多东西：

首先，陈庭晖的状态不太好，不修边幅，形销骨立，烟灰缸里满满的烟蒂，说明这段时间他遇到烦心事了，而且是严重影响心情且解决不了的大麻烦。

其次，宪兵登门通报案情，陈庭晖的第一反应并不是震惊，而是对林小姐安危的担心，得知林小姐安然无恙后，立刻恢复镇定从容，但还是抽了一支烟来定神，然后像个上级领导一般询问宪兵凶手的身份。这时宪兵少校将矛头指向了陈庭晖，陈将军依然保持着冷静，厉声质问对方，得知自己的配枪失踪，且很有可能是杀人凶器后，陈庭晖终于情绪失控。

人遇到危难时，首先想到的是最靠谱的关系，他打电话给南京国防部，说明在本地并没有过硬的靠山。电话打不通，才立马给少校敬烟，与之形成鲜明对比的是，先前他可是自顾自抽烟，连客套一下都懒得演。

紧跟着，陈庭晖又问张司令知不知道，根据先前剧本杀的资料表明，此时彭城的警备司令叫张醴泉，这个人的本职是宪兵三团的团长，少将军衔，还是陈庭晖的黄埔六期同学，按理说关系应该不错的，可是丝毫不予通融，说明陈庭晖这个人在官场上的人缘不怎么样，情商不高。

但是他对底层百姓的态度，又表明这是一个善良的好人。

相比之下，宪兵少校的举动就严丝合缝，秉公执法，对高级军官保持礼貌的同时，坚决把人带走，连烟都不抽你的，完事还把房间封上，做事流程一点毛病都没有。

陈庭晖被宪兵带走了，那自己下一步怎么办，回全兴楼交差吗？自己穿越时空，就是为了送个外卖然后继续下一单吗？既然上天安排这场大戏，那自己必然是肩负了重要的使命的。

使命很明确，就是破案，利用信息差，侦破这桩七十多年前的疑案。

李可健信心满满，在原地等待，他在等一个战略性的盟友，没有这个人，接下来的任务没法继续。

这个盟友就是陈庭晖的勤务兵成丰。

成丰是陈庭晖从家乡带出来的远房亲戚，二十岁不到的岁数。小勤务兵加饭馆小伙计，这一对搭档在年龄、身份、地位上都极为接近，容易沟通相处，只是要确认一点，成丰是不是真凶，会不会回来。如果他也卷进案子，那今晚自己怕是白等了。

王一晨扮演勤务兵，不是还自认凶手了吗？成丰真是凶手的话，那就有意思了。

不管怎么样，自己只能守在这儿，花园饭店就是游戏中的小酒馆，故事在这里发生，人物在这里交集，情报在这里勾兑，任务也是在这里领取。

不大工夫，一个上了年纪的中尉军官路过，狐疑地看了看李可健，问他找谁。

“我等着结饭钱。”李可健指了指楼上，“306 的账。”

那老中尉讥笑道：“那你有的等了。”

只要他不驱赶自己就无妨，李可健继续等，坐在台阶上打着瞌睡。忽然一阵急促的脚步声传来，楼下上来一个年纪不大的士兵，穿着黄布军装，腰间扎一条牛皮带，没配枪，红领章上缀着一颗星，这是二等兵的标志。

二等兵焦灼万分，直奔 306，当然进不去房间，俩宪兵在门口把着呢。他争辩了几句差点挨打，只好悻悻下楼，在三楼和二楼的楼梯转角平台上，两个年轻人四目相对。

“老总。”李可健招呼道，“我是全兴楼的伙计，我……”

“我记得你，彭秀章是吧，你怎么还没走？我没钱给你结账，你也看到了，门都封了。”成丰说的是南方口音很重的国语，这年头的国语也是以北京官话为基础的语言，不然两人都没法交流。

原来小伙计的真名叫彭秀章。

李可健说：“刚才我来送饭，亲眼看见宪兵把陈长官带走了，好像和林秘书的父亲被杀有牵连。”

成丰急得直挠头，看他憨厚的神态就知道肯定不是真凶。大难临头，树倒猢狲散，他一个浙江籍的勤务兵在本地无亲无故、没根没梢的，完全拿不出任何主意来。还不如一个小伙计管用呢。

“咱得搭救陈长官，他是俺们店大客户，给钱爽利不拖不欠的，这样的好人，必须得帮一把。”李可健压低声音说道。为了给自己的参与增加合法性，话说得冠冕堂皇。

但是对成丰这样的年轻小伙，这种话还真管用，他问李可健：“你说现在应该怎么办？”

李可健早有预谋，他说现在能洗清陈长官冤情的只有一个人，而且是他身边的人。

“我可没这个本事。”成丰摇头。

“我说的是林秘书。”李可健说。

“哦哦哦，那我们现在就去找她。”成丰恍然大悟，“我认识林家，就在户部山下面。”

李可健看看外面深沉的夜色，担忧道：“这个时间不会宵禁了吧。”

“宵禁是宵禁，没人较真。”成丰说。

于是两人出了花园饭店，直奔户部山而去。

户部山是徐州南城一座小山包，明朝天启四年发大水，州衙户部分司搬到山上躲避水患，之后这座小山就叫户部山了，俗话说穷北关，富南关，有钱人都住户部山。户部山周边全是高门大户的宅邸院落，崔家、翟家、李家等十余个大家族，林秘书的家是在接近户部山范围的马市街上，算不上富贵人家，只能叫殷实小户。

路上黑灯瞎火，没有执勤巡逻的军警，偶尔有犬吠和更夫敲梆子的声音，两个年轻人深一脚浅一脚来到林宅门前。林家的亲朋好友都已经到了，商量着老林的身后事呢，火盆里烧着黄纸，棉袍臃肿的男人们嘴里叼着香烟，堂屋里烟雾缭绕。

见有人登门，管事的上前询问来意，便让林小姐出来招呼客人。

林宅的厢房里，李可健见到了林秘书。她叫林然，中学刚毕业，年方二九，苗条纤细，齐刘海、齐耳短发，靛蓝的棉袍子，眉宇间有一股清秀脱俗的英气，难怪陈庭晖会忘了老家的糟糠原配。

“陈司长是被冤枉的，我爹的事和他没有关系。”林然愤然道，“这是陷害，是嫁祸！”

成丰说：“林秘书，你想想办法救救司长吧。”

林然手按着额角，不断喃喃道：“让我想想，让我想想。”不过看她的状态，怕是早就心乱如麻，想不出什么好办法的。

李可健提醒道：“令尊的职业是关键，会不会是专门盗窃银行的大盗干的？或是被大中银行的高利贷逼到走投无路的商户当成了泄愤的替罪羊……”

“有可能，但是……但是……”林然结结巴巴，说不出个所以然，看来想让她作为陈庭晖翻案的主心骨是高估她的能耐了。

此时又有人来吊唁，院门外灯火通明，在雪佛兰大轿车的车灯照耀下，一个穿貂皮大衣的中年男人走了进来，身后还有人举着伞遮住天上纷纷扬扬的雪花，看这非富即贵的排场，他在彭城的地位必定数一数二。

林然透过窗子，死死盯着貂皮大衣，那人进了堂屋，对牌位鞠躬，点了三炷香，转身离开，所有人都出门恭送。

“这个人就是段老板吗？”李可健虽然不认识貂皮大衣，但从细节可以分析出这人的身份，大概就是大中银行的实控人，林泽源的雇主，彭城有名的富豪段登岳。

“你是谁，怎么知道那么多？”林然忽然转向李可健，对这个小伙计的身份产生了怀疑。

“我是全兴楼的伙计，读过几本侦探小说，江湖上的轶事奇闻，都是听店里客人讲的。”李可健信奉一个真理，出门在外，身份都是自己给的。不过他能骗得了成丰，却骗不了冰雪聪明的林然。

“我谢谢你，你们回去吧，今晚家里人多，我暂时没办法帮你们。”林然忽然变了脸色，下了逐客令。

“那我们给令尊上炷香吧。”李可健提出的要求没人能拒绝。于是两人走进堂屋，墙上挂着一幅炭笔画的肖像，是画师用林泽源的证件照，按比例放大画的黑白遗像，画技精湛，神韵皆在。两人鞠躬上香，家属答谢，然后离开。

林然把他俩送出门就回去了，雪还在下，马市街上寂静无比，远处邻家房子山墙下，有个人影在朝这边窥视着，见有人出来急忙回避。

李可健觉得哪里不太对劲，下意识拔腿就追，两人一前一后在路上狂奔，忽然斜刺里走来一队夜巡的士兵，枪声响起。

李可健一哆嗦，眼前的雪夜马市街变成了路灯照耀下的高楼大厦。

被迫下线，存盘点到了。

游戏玩家久久不能自拔，他极其确定刚才看到的那个鬼鬼祟祟的人影就是已经死了的林泽源！这案子，越来越有意思了。

第11章

“钢管批发你张哥”的休息日

“恍如隔世”说的就是李可健此时的感受，他先确定身上有没有枪伤——自然是没有的。若按照穿越方式细分，他属于魂穿，真挨了子弹，也是那个叫彭秀章的人倒霉。

李可健拿出手机打开微信，置顶的人中有个叫“钢管批发你张哥”的，头像用的是马东锡，这就是他暗恋的对象，值班站长张宇宁。

他想把刚才的惊天大奇遇告诉张宇宁，就像睡眼蒙眬时迫不及待想把刚才那个精彩的梦分享给最亲近的人一样。

发了一段语音之后，李可健却上滑取消了。他忽然想到张宇宁是跟陈维走的，保不齐两个人已经在滚床单了，他被自己的联想伤到了，不由自主地陷入纠结矛盾，要不要发个信息试一下，艰难抉择了几分钟，终于还是发了一句话过去：“安全到家了吗？”

如果不回，就说明和陈维在一起；如果回了，也不能说明没和陈维在一起。

正胡思乱想，“钢管批发你张哥”回了：“早就到家了，正在吃我妈给我留的夜宵呢。”

李可健顿时放心了，这肯定是回自己家了，噼里啪啦一通语音，语无伦次地将自己刚才的经历描述了一番。

再精彩纷呈的梦，逻辑也是扭曲变形的；再离奇惊险的穿越，也是不科学的，遑论单薄的语言很难尽善尽美地表达画面和心情，发完语音他就后悔了，这说的都是啥啊，跟乱码似的。

张宇宁很快回复：你玩剧本杀中毒了吧，我马上打排位，你要不要上号？

李可健哪有心思打游戏，敷衍了几句，自己打辆车回家了。

张宇宁打游戏刷抖音玩到凌晨才睡觉，一觉醒来日上三竿。十二点整，老妈拎着鸡毛掸子进来了，作势欲抽，将女儿一通数落：“都二十六岁马上奔三的大人了，还和小时候一样赖床。说过多少回了，别躺在床上玩手机，眼会瞎的！你是要气死我吗？”

“你不也一样，有空就抱着手机看老头老太相亲，看假靳东和腹肌男，还好意思说我……”张宇宁把头蒙在被子里犟着嘴，宁死不屈。

老妈没辙，只能撂下几句狠话出去了。过了一会儿，穿着毛熊睡衣的女儿打着哈欠出来，看到餐桌上没饭，奇怪道：“护士长，饭呢？”

“喂狗了。”老妈没好气道，“你是不是要我端到你嘴边，一勺勺地喂给你吃？”

“老妈最好了，不和我一般见识。”张宇宁秒㞞，一个滑铲溜到沙发前给老妈捶腿谄媚。

“饭在锅里，你吃饱喝足去一趟你外奶奶家，代表咱们家送节礼，我和你爸这几天太忙了，就这样吧，我该上班去了。”老妈起身拿了包，穿上羽绒服出门上班。张宇宁妈妈是二院的护士长，单位离家特别近，走路几分钟就到，所以中午也能跑回来给女儿做午饭。

墙脚放着几个色彩鲜艳的礼盒，应该是别人送给老爸的。锅里热着稀饭和包子，张宇宁吃完饭，空碗原样丢在餐桌上，回屋浅浅撸了个妆，拎起礼物，叫了辆网约车，出门下楼。

在电梯里遇到了隔壁邻居母子，男孩子眉清目秀，母亲四十岁上下，打扮体面，好像是体制内人士，住楼房的优点是邻居们互相不打扰，隐私性很强。缺点是各扫门前雪，除了偶尔打个招呼之外，几乎没有任何交集。

“出去啊？”张宇宁客气了一句。

母亲敷衍道：“哎，出去有点事。”孩子却认真回答道：“下午英语辅导班……”

“少年宫组织的活动，不是辅导班。”母亲欲盖弥彰地解释着，张宇宁撇撇嘴，是不是辅导班自己根本不在乎，这位大姐真是内心戏贼多。

来到一楼，迎面走来一位精神矍铄的老太太，但张宇宁和那位母亲都视若无睹，只有小孩子喊了一声“奶奶好”，老太太点点头，算是打了个招呼。张宇宁听老妈说过，这老太太无亲无故、性格孤僻，连续几个保姆都受不了她，纷纷辞职不干。

网约车已经停在嘉禾小区门前，张宇宁上了车，戴上耳机开始听音乐，中午不堵车，半小时不到就来到位于奎山的外奶奶家。

这是二十年前的老小区，老小区停车难，犄角旮旯都停着汽车，每一个都是车技精湛的老司机，这也是张宇宁不自己开车的原因。

外奶奶和外爷爷已经做好饭在家等着了，宝贝外孙女进门就挨了责备："来就来，还拿什么东西。"

张宇宁说反正也是别人送的，礼品都是送来送去，看看能不能转回到原点。

"怎么没有凉皮，我要吃那家的凉皮。"被宠溺得没规矩的张宇宁瞄一眼桌上的几道菜就噘起了嘴。

"你怎么不提前买好？"老头埋怨老伴。

外奶奶拿出手机："没事，我叫谢大姐送一份过来，我加了她微信的。"

老头说："人家看着摊子，哪有空给你送。"

外奶奶说："你不知道有一种新事物叫外卖吗？"

不大工夫，真有外卖上门，不过不是穿黄蓝马甲的专业外卖员，而是一个青涩的少年，看起来也就是高中生岁数，将凉皮放下，说把钱转给他妈就行。

"微信上给恁妈转了，这孩子真乖。"外奶奶扭头对张宇宁说："谢大姐的儿子，上高三，真懂事。宁宁你啥时候能这么懂事就好了。"

张宇宁说："我不是一直很懂事的吗？"

谢大姐调制的凉皮确实美味，张宇宁每次来必点，中午饭别的菜基本没动，就吃凉皮了，把外奶奶心疼得不得了，说这样可不行，会营养不良的。

张宇宁没好意思说其实自己中午吃过了，她看了看沙发上趴着的大胖猫说：你放心吧，咱家就没有瘦的基因。”

过了一会儿，妗子来了，她是带着目的的，就是帮张宇宁介绍对象。

妗子年轻时是单位里的一枝花，清高骄傲，人到中年也免不了化身媒婆的命运，她进门就嚷嚷道：“宁宁，你那个微信名字怎么回事，人家以为我给错了。我自己一看，怎么叫‘钢管批发你张哥’？”

外奶奶哈哈大笑：“这孩子就是调皮。”

张宇宁没解释什么，和隔着巨大代沟的中年人没啥好说的。今天就是老妈设的局，为的就是给自己介绍对象，直接对抗是无效的，只会遭到更加疯狂的报复，这事儿，必须智取。

妗子开始介绍相亲对象：“男孩比你大两岁，刚考上公务员，虽然在下面乡镇，但是三五年就能调到市区来。小伙子人不错，稳重踏实，本科学历，正在考研。家庭条件也可以，父母都在事业单位上班。宁宁，趁早把婚姻大事解决了，以后想怎么玩怎么玩。”

张宇宁爽快答应：“妗子，你这样说我不和你犟，已经帮我约好了是吧？几点钟，在哪儿？我去见见。”

大家都很欣慰，外奶奶就差抹眼泪了：“宁宁终于懂事了。”

相亲定在傍晚六点半，就在附近一家饭店，张宇宁看了看前两天加了微信的相亲对象，头像是一张山水画，名字叫“风轻云淡”，朋友圈是三天可见，嗯，果然很稳重。

在外奶奶家沙发上和大胖猫一起躺了几个钟头，张宇宁出发了，谁也不曾留意，出门前她把外爷爷放在茶几上的半包“紫树”顺走了。

饭店很普通，没什么亮点。对方已经先到了，选择大厅角落里的双人座，他起身迎接时，张宇宁注意到小伙身高最多一米七，但体重最低一百七，微微有些秃顶，羽绒服里面是格子衬衫，不知道的还以为是个程序员。

双方落座寒暄，小伙点了六个菜，两瓶饮料，一切都进行得中规中矩，严丝合缝。直到聊起考公的话题，张宇宁随口问他考了几年，小伙说本科毕业就开始备考，今年才考上。

“你很有毅力。”张宇宁赞道。

“确实不容易，总算是上岸了。”小伙感慨着，眼神中有一丝迷离，一丝惆怅，一丝忏悔，被张宇宁迅速捕捉到。

“和你一起考公的女朋友呢？”张宁宁一箭穿心。

“哦，她……我家里不同意，她又是外地的，只能放弃……”小伙叹了口气，倒也实话实说，没敢隐瞒，因为他不知道张宇宁到底掌握多少自己的底细。

“呵呵，没毛病，上岸第一剑，先斩意中人。”张宇宁掏出了“紫树”，弹出一支烟来丢在对方面前，又自己叼上一支，在身上摸索打火机。

“有火吗？”张宇宁问。

小伙愕然了几秒钟，从裤兜里摸出一个印着某某洗浴中心的打火机来，帮张宇宁点上，然后自己也点上烟。

“其实我是个拉拉。”张宇宁喷出一股烟，“家里逼着来相亲，没办法，想必你也一样吧，咱们互相圆个场，交个差，今晚这顿我请。”

小伙苦笑着点头同意，两人开始常规聊天，小伙说自己确实很内疚，亏欠前女友，但是很多事情没法改变，个人在宏大的社会规则面前实在是太渺小了。

张宇宁严肃颔首，表示认可，这场相亲在亲切友好的氛围中结束，中途小伙借故小便去把单买了，张宇宁要转钱给他，被谢绝。

“要不下次你请。”小伙说。

张宇宁想骂娘，哪还有什么下次。

回去之后，妗子第一时间发来信息，说人家男孩对你很满意。

张宇宁心说白瞎了半包“紫树”。

第 12 章

相亲引起的买房计划

张宇宁回到嘉禾小区的家里时，老妈已经和妗子同步了消息，上来就是一脸暧昧关切的笑容，问张宇宁觉得男孩怎么样。

“相亲就是让最不会谈恋爱的男人去追最难搞定的女人。”张宇宁一边脱靴子，一边出口成章。

“我和你爸就是相亲认识的，这么多年不也过来了，你妗子说这孩子踏实肯干，你不许把人家删了，先聊着，互相了解了解。”老妈絮叨着，拿起 75% 的酒精喷雾往女儿的靴子底喷洒，又叮嘱女儿去洗手，“现在外面病毒多，一定要做好消毒和防护。”

张宇宁本来想直接进卧室闭关，看到茶几上一大袋砂糖橘就改了主意，坐在沙发上陪老妈八卦，顺便狂扫砂糖橘。

老妈说楼下的拐老太太又作妖了，傍晚和对面楼上另一个老太太为了几个废纸盒子杠上了。“真是精力旺盛，我要是像她们这么大岁数还能整天在外面吵架，那就谢天谢地了。”

张宇宁说：“这些老太太退休金那么高，还为了卖纸盒子的几毛钱玩儿命。妈，人老了都这样吗？等你退休了，我拆快递的纸盒子都给你留着。”

老妈嗤之以鼻：“那是他们老一代人，你妈我属于七零后，赶上改革开放的好时候了，没有捡破烂、吃剩饭的基因。”

“后来两个老太谁吵赢了？”张宇宁看了看硕果仅存的几个砂糖橘，决定虚晃一枪就撤了。

“拐老太太赢了，靠岁数取胜，她都九十岁的人了，谁敢和她吵架，万一出点事赔不起啊。”老妈答道。伸手去拿砂糖橘，发现没几个了，正要飞起一脚，张宇宁预判了她的动作，闪身进了卧室：“老妈晚安。”

“你不洗脚了吗！”老妈怒吼。

张宇宁躺在床上刷手机，“风轻云淡”发了一大堆消息过来，碍于面子只能陪着尬聊，有一搭没一搭地发着笑脸和“呵呵”，希望对方能识趣闭麦。可是架不住这家伙剃头挑子一头热，不但没有知难而退，反而聊到掏心掏肺，深刻地展示了什么叫交浅言深。

“风轻云淡”说起自己和前女友之间的种种细节，从大二开始谈，毕业后一起找工作、一起考研、一起考公，算得上相濡以沫了。分手那天，两人抱头痛哭，前女友说爱就是成全，而他将全部积蓄八千块钱都转给了前女友，还发誓等自己有了大出息，一定不会忘了她。

张宇宁都不知道怎么回应了，她甚至能想象到此时“风轻云淡”通红的眼圈，人家主打一个真诚，可惜自己实在没兴趣接这个盘。

“我去洗澡了。”张宇宁强行收尾，退出和“风轻云淡”的聊天界面。微信对话框往下划拉，找到李可健之前发的语音重新听了一遍，觉得这个离谱的穿越故事其实还挺有逻辑性的。

她发信息给陈维：“陈庭晖和陈东什么关系？”

陈维秒回：“你怎么知道陈庭晖这个名字的？”

李可健趁着休息日回了一趟老家，没有私家车的他想回家就得乘坐公共交通工具，可以从老火车站旁的长途客运站坐中巴到镇上。也可以从宣武市场花四块钱坐 81 路公交到大许，再转私人营运的车到镇上。还有一种比较麻烦的方式是坐火车到县里，再坐 19 路公交往回折返。总而言之，不管哪种方式，都要先到镇上，再打一辆电动三轮车开上十分钟才能到小王庄。

今天是赶大集的日子，镇上主路非常拥堵，道路两旁全是由折叠伸缩钢管支撑的红色大棚，售卖各种衣食住行相关的小商品，蒙着防寒塑料布的三轮车、破败掉漆的自行车，还有套着各色挡风被的电动车满满当当，几乎是一寸寸地往前挪动。

李可健有先见之明，他选择步行回小王庄，硬化路面两边是碧绿的庄稼地，冬小麦长势喜人。村口几个穿着珊瑚绒睡衣的妇女站着唠闲嗑，老头子们蹲坐在秫秸堆里晒太阳。水泥外墙自建楼房门口，停着外地牌照的汽车。快过年了，在南方打工的乡亲们陆续回来了，年纪大点的聚在一起打牌喝酒，年纪小的就一件事：相亲。

家里的黄狗本来跟着狗群一起玩耍，闻到小主人的味道便冲出来，在前面活蹦乱跳着引路，接李可健回家。

家里没盖楼，爹娘一直留着钱计划给儿子在城里买房，依然是早年爷爷盖的大瓦屋。大红铁门上贴着去年的春联，院子里几只鸡悠闲地转悠着，墙头上狸猫在舔爪子，房门虚掩，家里没人。

黄狗再次奔出去，将李可健的母亲叫回家，过了一会儿，父亲也回来了，一家三口难得团圆。平时母亲在家照顾六亩大蒜，父亲在工地上干活，儿子在市里上班，全员凑齐的日子真不多。

见儿子回家，母亲当即喊上媒人带儿子去相亲，女方家在邻村，媒人骑着电动三轮车载他们母子过去。两个村子之间有个废弃的砖窑，烟囱依旧耸立，坍塌的砖窑旁矗立着一栋古怪的建筑，那是一个拾荒的女人用捡来的砖石一点点垒起来的，李可健上高三时只有一层，现在已经四层，村里人也都见怪不怪了。

到了女方家门口，李可健按照流程掏出香烟，这是刚才父亲让带的苏烟，给门口看热闹的所有长辈敬烟，不分男女。

散了一圈烟，进了院门，女方父母在院子里等着呢，女孩站在门内，白色羽绒服、牛仔裤和长筒靴，只是靴子上的黄泥巴破坏了时尚的调调。

相亲的流程很简单，无非互相展示实力，李可健的条件不差，在正经国企工作，父母也都年纪不大，能带孙子能挣钱；女方这边二十三岁，早年在苏州电子厂打工，现在回县城开了个美甲店，也算自主创业女老板了。

女方要求必须有县里的婚房，有汽车，还要有二十八万的彩礼，毕竟丫头下面还有一个弟弟。

媒人表示，房子车子都不成问题，房子还打算买在彭城市里呢，彩礼啥的也不算过分要求，一个地区有一个地区的价码，没哄抬物价就算讲良心。

双方说着客气话，互相恭维着，李可健和女孩加了微信，距离近到能闻到对方身上的香水味，看见脸上廉价粉饼抹出来的脸的白色和淡黄的脖子之间的色差。

李可健有点想念张宇宁。

相亲流程结束，李可健等人出门的时候，看到外面有个年龄相仿的小伙子正在散烟，路边停着帕萨特，相亲需排队，女孩永远处于卖方市场。

媒人问咋样，李可健推辞说还想再看看。

母亲也说再看看，她是不满意对方提的条件太高，又是车又是房的，就是不提陪嫁多少东西，不要你陪嫁一辆车，起码装修和全屋家电得有吧。

“那就再看看。”媒人说。

“说成了，村东头置一桌请你。”母亲说。

回到家里，李可健告诉母亲，自己想找彭城市里的女孩。

“市里不要彩礼。”他补充道。

晚上母亲炒了个盐豆鸡蛋给父亲下酒，李更生喝了几杯酒，做出一个重大决策——买房。

这是一个农村男人自打儿子出生那天就肩负的责任，苦钱，攒钱，娶儿媳妇，只是这十来年责任兑现的标准上涨飞速，农村自建房升级为县城的商品房。

“咱不买县城的楼，买彭城的楼盘，砸锅卖铁也得买。”李更生下了狠心。

李可健不知道的是，晚饭前媒人那边发来消息，说女方也没瞧上自己，就因为李家没房子，这深深刺激到了要强的父亲。

“你能拿得出首付吗，现在彭城的房子可贵，一平方一两万。”母亲揶揄道。

“家里亲戚帮帮忙，不够的找我那些仁兄弟凑一凑，首付还是有的。”父亲下了决心的事情，八头牛也拉不回来。

“就你那些仁兄弟，一个个只知道喝酒，那个谁，前年你借给他的三千块钱，到现在都没还。”母亲用香油盐豆卷了个煎饼，塞到丈夫手里，她一向如此，刀子嘴豆腐心，在买房娶儿媳妇这件事上，夫妻俩意见一致。

“我还有其他靠谱的仁兄弟呢。对了，永超的儿在市里打工，比可健大几岁，我和他爹是一拜的仁兄弟，你们小一辈的也应该经常走动，互相帮忙。”李更生咬了一口煎饼，咬肌卖力地工作着。

母亲回忆道：“永超的儿早就结婚了，孩子都得有三岁了吧，那年吃喜面咱还上了两百的礼呢。”

“那孩子上学的时候光想着写小说，用作业本写了几十万字，被永超一把火烧了，打那以后，才知道正干。”李更生看了看儿子，眼神中有一点敲打警示的意思，“你看看同龄的小孩，有几个进国企上班的，人家求都求不来的好工作，你可别不当回事瞎折腾，搞什么辞职创业。”

李可健点头如捣蒜，他没那么大野心，也知道自己的斤两。辞职创业，那是属于城市家庭孩子的特权，是张宇宁、王一晨之流才敢干的事。

确定好要买市里的房子，下一步就是打探楼盘的情况，太贵的肯定买不起，初步计划是城市东部，地铁沿线，一百平米以上，房间要多，将来父母也能过去照顾孙子。

次日，李更生和儿子一起启程，去彭城看房子，找仁兄弟借钱。

父子俩先去了县城，找了几个仁兄弟提起借钱买房的事儿，结果自然是碰了一鼻子灰。从县城坐火车来到彭城，转地铁去了民富园儿子的出租房落脚，在小区里见到一个人，李更生的记忆被唤起，那人都走过去了，他扭头喊了一声：“徐良。”

中年人驻足回望，似乎从脑海中搜索着人脸，却始终没对上号。

“我是更生啊。”李更生说。

徐良终于想起来：“是更生啊，这是你儿子？这么大了都，走，咱喝点去。”

李可健也觉得眼前的中年人有点面熟，他年轻记忆力好，很快想起自己第一次穿越之前，在站里帮助过一个醉汉，就是这位大叔。

第 13 章

仁兄弟

人的记忆往往是由印象深刻的碎片组成的。

徐良的父亲和李更生的父亲是老相识，很小的时候俩孩子就认识了，彼时在小王庄的晒谷场上，两个光着屁股蛋的男孩躺在地上摆字，李更生摊开手脚说这是“大”字，徐良指着小鸡鸡说自己是“太”字，引起一片哄笑。

二人算得上发小了，1984 年全家回城，两家人依然保持着联系。徐良十八岁那年考上大学，更生的父亲带着他来道贺。那时徐良一家还住在市区亲爱巷的老房子里，炎炎夏夜，家里摆了一桌酒菜，两个已经生分的少年谈着理想和未来，更生说家里给他说好媳妇了，国庆节就结婚，结了婚就去工地干活。徐良说自己本科上完继续读研，然后留在上海发展。

后来，更生媳妇带孩子来市里看病，见过徐良的父母。更生在上海金茂大厦工地上干活的时候，去浦西找过徐良，徐良请他吃了一顿本帮菜。再往后，双方老人都不在了，徐良也换了手机，联系便断了。

“对，这是我儿子李可健。可健，这是你徐良叔，还记得吗？”李更生沧桑的脸上洋溢着喜悦，两人明明是同龄人，更生明显更加苍老一些，花白而蓬乱的头发，穿了十几年的旧外套，肩膀上一层头皮屑。

久别重逢是大喜事，怎么着也得喝两杯庆祝一下，两个中年男人一拍即合，家也不回了，现在就去喝酒。

李更生说：“走，咱上同仁居置一桌。”

徐良说：“你有多少年没来市里了，早就不开了。我带你去桥头小馆子吃干煸菜。”

李更生说：“小馆子哪行！我确实十几年没来市里了，这样，让俺儿找地方，他们年轻人知道的地方多。”

李可健拿出手机上某app搜索附近的美食，他虽然是年轻人，但吃外卖比较多，还真不清楚附近有什么既排场又廉价，还适合中年人喝酒的场所。

趁着这个空当，李更生迅速在路边小超市买了包四十五块钱的苏烟，当儿子的知道，老爹好面子的劲儿上来了，中午这一场，眼瞅着是奔着大几百的消费去的。再看这位徐叔，似乎经济状况也不怎么优越，不行，得阻止他们这种愚蠢的行为。

李可健灵机一动：“我知道有一家不错，你们跟我走就行。”

李更生说：“听年轻人的，咱跟他走。”手里的苏烟拆了封，拿出一支来递给徐良，又帮对方点燃。李可健注意到父亲稍有不悦之色，又迅速消失，他猜是因为徐叔不大懂规矩，别人帮你点火的时候要伸手罩着护火，还要在对方手背上轻点几下以示感谢。

徐良确实不大懂这些，他刚学会抽烟没多久。和发小边走边聊，互相叙述这些年来的经历，两人皆是一番唏嘘，岁月无情，大半辈子就这样稀里糊涂地过去了。

李可健带他们去的是德政路和绿苑路交叉口的“郑记牛肉城”，从外面看不像个正经饭店的样子，房屋和棚子都很潦草，但是从门前停着的车辆又能得出结论，这家店生意绝对火爆。

到了门口，又免不了一阵撕扯，李更生虽然心里认可了这一家的档次和价位，但是碍于面子，又说换一家，要去市里的大饭店吃。徐良说不用，就这一家，自己来吃过几次，他们家炒素鸡味道不错。

“那就这一家，我去拿一瓶酒。”李更生从善如流，但还有自己的小坚持。

这回是李可健劝谏：“大中午的喝啥，下午还得去看房呢，满嘴酒气多不好。”

徐良也跟着说：“晚上再喝，我家里有好酒。”

但是李更生还是去柜上拿了一瓶洋河和三个一次性杯子来。这边李可健点了三碗牛肉汤，一盘炒素鸡，一盘炒牛杂，一盘拌牛脸。汤有十五元、二十元、三十元的不同规格。深谙老爸性格的李可健点了最贵的一种。汤里碧绿的蒜苗，拌上牛油辣椒，扑鼻地香，两块钱一个的壮馍拿了六个，这一顿下来，也不少钱。

室内客满，只能坐在雨棚下进餐，看着排队的食客和用铁钩子吊在屋檐下的整条带毛牛腿，有种在乡下赶集的感觉。

喝牛肉汤的地方终究不适合喝酒畅聊，看着排队等位的顾客也于心不忍，三人喝了汤吃了菜，下了半斤白酒，打道回府。

二两五下肚，人就亢奋起来了。李更生眉飞色舞地说：“我这趟进城是给俺儿买婚房的，必须是一百平方以上的三室两厅，带电梯的，住着宽敞。俺儿在国企工作，能贷款，我这些年在外面打拼，也苦了不少钱。

“苦钱，苦钱，钱真是苦来的。”徐良对“苦”字用作动词感慨不已，想到自己在上海拼搏的那些日子，每一分钱都是拿辛苦、艰苦、心里苦换来的。

走到黄山垄地铁站时，李更生和徐良握手话别，说下午还要去找一个老乡谈点事，晚上再聚。

“反正加上微信了，晚上我安排地方。”徐良说。

……

王亚军是王永超的儿子，十八岁高中毕业后跟着本家叔叔在中建一局的工地上当小工。那几年工程项目多，结款也爽利，干了五年，王亚军就娶了媳妇生了儿子，为了家庭，王亚军离开了工程队，开始自主创业。

所谓创业，就是两口子带着孩子在城里一个干代驾，一个当保姆，苦是苦了点，但是一家人在一起，再苦的日子也有奔头。

代驾的活儿一般都在晚上，所以王亚军白天带孩子，他媳妇刘淑娴做四份家政工作，忙得脚不沾地。为了通勤方便，一家人选择住在二院地铁站附近的事业小区，租了个顶楼一居室的房子，在朝北的窗口，能看见逶迤远去的故黄河。

家政公司安排刘淑娴接一个距离近的活儿，就在隔着一条西安北路的嘉禾小区，帮孤寡老人打扫卫生，工时费不低。但天上不会掉馅饼，以刘淑娴被生活反复戏弄的经验可以判断出，这位老人绝对不好伺候。

可是这对曾经在大上海做过保姆的刘淑娴不算事儿。她今天第一次登门试工，进门就觉得不对劲，收拾得太干净了，可以说一尘不染、窗明几净的，连厨房里都看不到油烟痕迹。如果是没经验的家政服务员，可能会庆幸自己不用干活儿了，但刘淑娴明白，这反而说明客户要求极高。

一个满头银发精神矍铄的老太站在面前，不苟言笑，也不客套，直接安排工作。果然，林老太对清洁的要求是变态级的，全屋无死角保洁，食物掉在地板上能直接捡起来吃的那种。厨卫尤其要干净，家里光是各种清洁剂、洗洁精、地板蜡、沙发油就七八种。

刘淑娴没蒙圈，她在上海浦东世茂滨江的豪宅里见过比这还苛刻的业主，二话不说拿出自己的家伙什一通忙乎。全屋地板拖三遍，地毯吸尘，窗帘拆下来清洗，厨卫的边边角角都擦一遍，沙发用保养剂擦拭一新，干得汗流浃背，完事儿还把家里的废纸盒子收集起来，捆扎成一堆准备带走。

“你这是准备拿去卖吗？”林老太忽然出现，阴冷的脸上没有任何表情。

“黄纸箱九毛钱一斤，白纸箱六毛，书纸一块钱，白纸八毛。铝四块五一斤，铁一块钱一斤。我帮您带去卖了，钱给您。”刘淑娴解释道，她知道越是有钱人越是锱铢必较，尤其老太太们对纸壳子有种科学无法解释的爱，所以她不会也不敢夺人所爱，反而会帮忙处理，算是结个善缘。

林老太点点头，同意了。

刘淑娴拎着废纸出门，长出一口气，心里还有点忐忑，她得等家政公司电话，才能知道试工有没有通过。

想什么来什么，手机响了。接了才知道不是家政公司，而是公爹的仁兄弟李更生，自己和王亚军的号码就差一位数字，经常被人搞错，于是她把正确的号码告诉了更生叔。

正在家带孩子的王亚军接到李更生的电话，喊他晚上聚聚，王亚军顿时有些犹豫，因为晚上是他的工作时段，一个代驾怎么能喝酒呢？但是犹豫了几秒钟他还是答应了，更生叔话都说出来了，这个面子必须得给。

晚上五点半，刘淑娴回家接班带孩子，王亚军戴上头盔，背上装着充电器、地垫、方向盘套和反光马甲的双肩包，骑上折叠电动车，奔赴东区的烙馍村。

全市的饭店，王亚军都熟，烙馍村是正宗彭城本地菜，生意不错，地方也够排场，饭点儿门口都不好停车。叠好电动车，来到约定的包间里，看到满屋都是生面孔，他和更生叔也有日子没见了。

李更生向王亚军介绍："这是俺一拜的仁兄弟徐良，这是徐良的朋友韩总，这是俺儿李可健，还有他同事小姜。"

"姜展顺。"小姜站起来自我介绍，"在地铁上班。"

今天这个局，理应徐良做东，他是长辈，又是地主，但他不擅长搞接待，于是请韩霓帮忙。韩霓干这个确实在行，先问大家有什么忌口，这种场合大家自然百无禁忌，只有王亚军说自己刚吃了头孢不能喝酒。

"头孢就酒，越喝越有，高低尅两杯。"李更生看出这位大侄子是想躲酒。

"以茶代酒吧，吃了头孢喝酒真的会出大事的。"韩霓拿出女主人的派头，李更生也只能客随主便。

烙馍村的菜是在点菜台看着实物现场点的，韩霓吃过无数次，那么招牌菜地锅老公鸡必不可少，然后是特色地方菜烙馍卷馓子，薄薄的烙馍配上油炸的馓子，还有花生碎、盐豆子、甜面酱、海带丝、小葱，五颜六色、琳琅满目，看着就高级。

“来个麻汁豆角，油炸花生米，拍个黄瓜，再拌个皮蛋。”安排下酒菜更是韩霓的强项，总体来说，这一桌搭配既能吃好吃饱，钱也不会超标，徐良的面子里子都有了。

徐良把韩霓送的剑南春拿来了，大家按照规矩先来三杯酒，然后各自打圈。酒酣耳热之际，地锅鸡驾到，是穿着红马褂的服务员用轿子抬进来的，音箱里放着百鸟朝凤的唢呐曲，还有一面铜锣开道，可谓仪式感满满。

李更生喝得兴奋，端起酒杯提到此行的目标，“给俺儿买房”这几个字他说得自豪无比，对于一个农村汉子而言，给儿子买房娶媳妇绝对是头等大事。

“看好哪个楼盘了吗？我帮你找熟人。”果然这些场面上的事情，韩霓全都在行，得知李更生想买东区的楼盘后，更是如数家珍，“金龙湖周边的美的公馆、东方雅园、国际花都、华润万象城，咱都能找到熟人。”

李更生问了价钱就不响了。

韩霓继续介绍：“再往东也有，一直到大庙都有楼盘，但是买住宅买的就是地段，如果不差那点钱的话，尽量往西靠，沿着黄山大道的和平上东、翡翠之光都不错。不排斥二手房的话，万达北面的香榭兰庭，和平路南的橡树湾、碧桂园，都是成熟社区，不过基本上都得一百万往上了，还是小户型。”

“慢慢看，买房是大事。”李更生说，“俺儿有公积金，能贷款，大不了多贷点。我这个当爹的再辛苦二十年帮他还，现如今，没有房子就娶不上媳妇，恁说咋整。”

李可健闷头吃菜不说话。

王亚军有点听出意思来了，更生叔这醉翁之意不在酒，在借钱啊。

徐良叹气道：“房贷车贷传宗接代，人活着怎么这么累。”

……

韩霓多剔透的人儿，也跟着搭腔：“房子和婚姻不是必然挂钩的，你们看我徐哥，有房子也不愿意娶媳妇，一个人活得多潇洒。”

姜展顺喝了几杯酒，人就有些放飞，醉眼迷离道：“徐叔，你年纪这么大了还没结婚，一定存了不少钱吧？”

徐良说：“小姜，你这句话不长，但是伤害了我三次。”

众人哈哈大笑，包间里洋溢着欢乐的气氛。

李可健觉得尴尬，一直插不上话，裤兜里的手机在振动，掏出来一看，是张宇宁发来的信息：“陈维问你，怎么知道陈庭晖这个名字的？”

第 14 章

老六的债务

看到陈维的名字，李可健的小暴脾气就上来了，反问张宇宁，为啥陈维不自己来问，还要转一道弯子。张宇宁说陈维没有他的微信。李可健说没有不会加吗，两人就这样你来我往地在非关键性问题上扯了几个回合。

看到儿子在酒席上旁若无人地玩手机，李更生干咳一声以示警告，但李可健不理不睬，手机耍得入神，还自顾自地傻笑了一声。

李更生劈头一巴掌："不出趟的熊孩子，给恁叔敬酒！光知道玩！"

李可健捂着头辩解："我谈工作呢。"

姜展顺帮腔道："对，可健和领导谈工作呢，工作恋爱两不误。他们新来的值班站长不错，女孩子年纪不大，官当得不小。"

这下大家来了精神，话题重心立刻转移到李可健的终身大事上。李更生眼睛里的光彩肉眼可见，儿子可以啊，眼见着平时三棍打不出个屁来，竟闷不吭声找了城里的女朋友。

他更加确定自己在市区买房的想法正确无误，当即表示别管人家女孩家有几套房，自家的诚意得拿出来，这意思似乎是儿媳妇人选已经笃定不会变化了。

李可健恶狠狠瞪了一眼姜展顺，徒劳地解释说：“值班站长不是我女朋友，我们只是单纯上下级关系，真是在聊工作呢。”

姜展顺探头窥屏，李可健赶紧锁屏，但还是被他瞄到几个字眼，这小子大笑道：“明明是在聊剧本杀，还是穿越类的，你骗我没关系，别骗俺叔啊。”

李可健真是跳进黄河洗不清了，他涨红了脸说：“是调度长叫值站来问我点事。哎呀，咱能不说这事儿了吗，反正说了你们也不懂。”

韩霓打圆场道：“看把孩子急的，谈什么不重要，重要的是关系很好，从朋友转换成恋人，那就是水到渠成的事情。来，咱们敬李大哥一杯，祝他早日买上新房，娶上儿媳妇。”

于是又回到买房的正题上，李更生表示，自己也不排斥二手房，但是一定要装修好的，没住过人的那种。

“行，我帮你打听打听。”韩霓说，正好还有一道汤没上来，她起身去催菜，不一会儿汆的汤端上来了，主食也上了，这预示着酒局接近尾声。

李更生几次欲言又止，最终借着酒劲还是开口了：“兄弟，恁大侄儿买房，你手头要是宽裕，就支援两个，咱立字据，按贷款利息来，该怎么办就怎么办，亲兄弟还明算账呢。”

气氛忽然就变得不自然起来，连擅长解围的韩霓都接不上话茬了。

徐良想到曾经有个失联多年的大学同学突然加上自己的微信，上来就开口借钱，当然最终婉拒了，可眼前喝得醉醺醺的男人，不是没什么感情的大学同学，而是从小光屁股长大的发小啊。

还记得上小学时，更生写信来，说想要一副象棋，自己用积攒了很久的零花钱帮他完成了愿望，那时候徐良觉得自己所拥有的一切都可以送给更生。三十年过去了，更生真的需要帮助了，自己却迟疑了。

“今天这顿我安排。”李更生倒也没强求徐良当场表态，脚步踉跄着去柜台买单，被韩霓告知已经买过了，就有些讪讪，脚下也稳了许多。

韩霓开车来的，能把他们一车全拉走，除了王亚军，他没喝酒，这会儿正好能接单干活。

……

天蒙蒙亮的时候，李更生从梦中醒来，日出而作是打工人的习惯，有活干的时候从来都是日出而作日落而息，没活干的时候更是要凌晨三四点就去劳务市场上蹲活儿。

他睡在儿子出租屋的客厅沙发上，此刻点起一支烟思索着，剑南春酒不孬，宿醉醒来脑袋一点都不疼，反而有种莫名的清醒。他开始后悔昨晚饭局上向徐良开口借钱，不管是徐良还是王亚军，也包括儿子的同事兼室友姜展顺，都不是有钱人，也没义务为自家儿子买房出资。

李更生掐灭烟蒂，披衣起床，昨晚打包的剩菜都被姜展顺拎来了，微波炉热一下就行。更生帮孩子们把稀饭烧好，自己胡乱垫了两口，背上包下楼去了。

当天下午，李更生蹲在西区城乡接合部的一栋综合楼对面的巷子里，面前摆了一个捡来的易拉罐，里面放满了烟蒂，他已经在这儿等了五个小时。

一辆轿车驶来，车上下来个夹着皮包的男子，寸头短发，提提裤子，踢两脚轮胎，迈着社会步上楼去了，李更生拔腿跟上，在男子开防盗门时喊了一声："老六！"

男子回头，错愕之后是大喜："哎哟五哥，什么风把你刮来了，快进屋坐会儿。"

这是一间办公室，白墙瓷砖地，猪肝红的大班台搭配黑皮沙发，铁皮文件柜，茶几上摆着成套的功夫茶具，墙上挂一幅字：诚信赢天下！

老六忙着烧水泡茶递烟，社会人抽烟只抽炫赫门，但不能只备炫赫门，桌上苏烟、中华、九五之尊都有，老六行云流水一般捯饬着他的功夫茶，李更生解释了自己的来意："打你电话不接，托永超问了好几个人才打听到你的办公地址，今天专门就是来等你的。"

"五哥，我在淮北办点事，手机信号不好。"老六解释道，"去那边要账，奶奶的，现在生意真难干。老话说得好，屎难吃，钱难挣，其实最难的是要钱，外面该我几百个。这快过年了，我一分钱都要不来，下面工人嗷嗷等着开支，你说我咋办？"

李更生语塞，老六不等自己开口就把路堵死了。前年自己在对方这里放了七万五千块钱，当时说是借了救急的，后来老六说算入股得了，给他八分利。老六前后给了几千块的利息，自己也就一直没讨这笔债，现在儿子要买房，这七万五千块是首付里的主力军。

“俺儿结婚要买房，不然我也不会张这个嘴。”李更生还是道明了来意。

“五哥，你还记得当年咱兄弟俩在风华园工地干活的时候吗？”老六忽然回忆起往事来，“那时候南三环上车还不多，咱俩半夜躺在被太阳晒得滚烫的楼面上，看着满天星星，你说要去上海发展，我说想去深圳闯世界。这一晃都二十多年了，你都该娶儿媳妇了，时间真是太快了。五哥，咱俩不但是仁兄弟，还是亲老表，我李荣雄可以亏欠任何人，但绝不会亏欠你。”

李更生叹气道：“头发白了，腰也弯了，啥都没混出来。咱们这一拜的仁兄弟里，你混得最好。老六，不是我不相信你，这七万五千块我拿不回去，恁嫂子能活剥了我。”

“我去找甲方结款，一百四十万的工程款，抵给我四辆二手车，我真是哭都哭不出来，要不这样，你开一辆走吧。”老六从皮包里拿出两把车钥匙，磨损严重的车钥匙上贴着车号的标签纸，一个是大众，一个是丰田。

七万五就换一辆不知道几手的破车，李更生当然不傻，说：“要不你先给我点应急。”

李荣雄调出自己手机里的微信余额给李更生看，只有一百多块钱，又翻出皮包里的鸡零狗碎：车钥匙、公章、财务章、优盾、税控盘，还有几张商业承兑汇票。

“商票你要不？”李荣雄注意到了李更生的目光，但立刻又否定，“这玩意儿狗都不要，和废纸一样，我不能坑你。”

“想想办法吧。”李更生已经绝望了，七万五千块啊，儿子新房里的半间屋，就这样消失了。

“要不这样，我给你介绍个工作，你不是会操作切割机么，过年前干一波，能挣个几千块，就在市区不用走远……”李荣雄又给出一个方案，李更生根本没得选择，反正最近没啥活儿，闲着也是闲着，他只能答应。

“五哥晚上别走了，我安排一场。”李荣雄说。

“不喝了，老三的爹老了，我得回去一趟。”李更生说。

“帮我烧个纸，我人就不过去了。”李荣雄拿出手机，将微信里的一百块转给了李更生。

李更生辞别了老六，坐地铁直奔火车站，他本来是不习惯坐地铁的，但是儿子在地铁上班，当爹的必须支持，而且每次乘坐都要站在门口，希望能看到正在值班的儿子。

很不巧，儿子这会儿是票亭岗，不在接发车岗位上。

老火车站还有去县里的绿皮车，票价十二块五，到地方之后有住在县城的仁兄弟开车来接，一起去给老三的爹烧纸。

他们一拜的有八个人，永超老二，李更生是老五，李荣雄是老六，来接他的是老八，乡下特别讲究人情往来，红白事上尤甚。

俗话说买木头讲寸，买布头讲尺，灵棚底下分远近，没有血缘关系的仁兄弟们连棚角子下都没位置，也无须披麻戴孝，每人一顶孝帽子一朵白花即可。

仁兄弟们凑在角落里抽烟，更生提起买房娶儿媳妇的事情，大家就都叹气，说这几年大环境不好，苦不到钱。

永超说：“更生，咱兄弟几个里面，恁儿的工作最好，国企有公积金，多贷点，反正你们两口子还年轻，贷三十年，慢慢还就是。”

李更生默默抽烟。

清晨，守了一夜灵的李更生往家走，他踩着露水走在冬日的原野上，一轮红日在地平线上冉冉升起，映照着旧砖窑的烟囱和拾荒女人的城堡。

在城堡下，李更生递给女人一支烟，问她为什么要垒这么个玩意儿。

女人没说话，将烟夹在耳朵上，大笑着走远了。

第 15 章

十八个羊球

李可健上的是四班倒，第一天白班早上八点十五和夜班同事交接班，一直干到傍晚七点；第二天傍晚六点四十五到岗，七点接班干到次日八点半，这是夜班。然后两个整天的休息，第五天又开始白上夜休地循环。

就在白班快要结束的时候，彭城广场站车控室里的内线电话响了，这是调度指挥中心传达命令的电话，用的不是电信线路，而是地铁系统独立的专线，不响则已，响了就是大事儿。

车控室内正在进行白夜交接班，电话铃一响，室内顿时安静下来，静得能听到挂钟的秒针在嘀嘀嗒嗒跳动。值班员接起电话，转向值班站长说：“调度长要李可健听电话。”

高高在上统筹全局的调度长找一个普普通通的站务员干吗？咱也不知道，咱也不敢问，所有的目光集中在李可健身上，有怜悯、有好奇，也有幸灾乐祸。

李可健战战兢兢地拿起电话，那边传来陈维不容置疑的命令："下班后到调度中心来一下。"然后就挂了。

大家叽叽喳喳起来，纷纷询问调度长找李可健啥事，李可健故作风轻云淡："有点小事。"

真正的原因他心里一清二楚。上回陈维托张宇宁打听关于陈庭晖的事情，李可健故意啥都不说，也不加陈维的微信，这下可把骄傲的调度长惹怒了，甚至通过专线电话用调度长的身份私事公办，命令李可健登门说明情况。

光脚的不怕穿鞋的，李可健虽然只是站务员，和调度长的身份差距巨大，可只要他躺平不想进步也无所畏惧，反正国企员工不犯大错谁也不能开除。

更衣室内，李可健小声嘴硬着"去就去呗谁怕谁"，但还是央求王一晨陪自己壮胆。好奇心驱使下，王一晨爽快答应，两人换了便装，乘坐一号线去往乔家湖站，这个站点上方就是地铁大厦，调度指挥中心在大厦的四层。

站务员没事是不会到集团总部来的。两人进了大厦就如同进了校长室的调皮学生，举手投足都不大自在。在前台登记后，上到四层，已经有一名实习调度员在电梯口等他们了。

实习调度员的名头听起来像个新人，实际上是从有着列车司机、站长或者工程师经验的人员中选拔出来的精英，他比李可健、王一晨的年龄要大不少，制服肩章上是一个彭城地铁的刺绣标志。

王一晨和人家套近乎，说："让你久等了，不好意思。"那位实习调度员微微一笑，说："你俩的行程我一直掌握着，分秒不差。"

没错，调度员的工作就是计算每一辆列车的运行时间，分秒不差。

实习调度员按密码开门，带两人经过走廊，来到了调度指挥中心。眼前的一幕让两人瞬间上头：上千平方米的圆形大厅，灯火通明，堂皇气派，巨大的扇形屏幕展示着三条地铁线路的客运组织、行车设备的状态。李可健知道，那一个个红色的线条，代表的是一辆辆正在行驶的地铁列车。

面对屏幕的三排长长的扇形排列的工作台，数十个工作岗位，每个人面前都有三四块显示屏，键盘、麦克风、电话机等工作设备摆放有序，有条不紊地工作着。

这气势这场面，哪里是地铁调度指挥中心，分明像是国家航天局卫星发射中心的现场！

朝圣的感觉袭上心头，两人如同站在紫禁城午门前的番邦使者一般彷徨无措，驻足不前，直到陈维过来打招呼。

调度长有些憔悴，也许是连续值班的原因，络腮胡楂钻了出来，更显阳刚之气。他穿着制服，肩膀上嘉禾拱卫着“彭”字标志，整个地铁制服体系中，这种肩章是最高等级的存在。

“不好意思，我们上班时手机也要上缴的，所以只能用内线电话打给你。”陈维解释道，“我刚交接完，走，咱们吃饭去，尅点烧烤。”

李可健松了一口气，表示同意，王一晨却有点舍不得走的意思，恨不得多看几眼，调度指挥中心的吸引力对他来说，不亚于迪士尼之于小朋友。

“想到 OCC 来工作，那可要加倍努力了。”陈维拍了拍王一晨的肩膀，“等我一下，我去换衣服。”

地下停车场，陈维一边系着安全带，一边吩咐李可健：“有熟悉的朋友多叫几个来，人多热闹。”

李可健还在迟疑，王一晨欢快嚷道：“我来联系，让张宇宁再叫几个女孩来。”

陈维开车带着两个站务员来到响山路和大庆路交叉口的星辉时代广场，停车上三楼，“不二烤场”的大招牌赫然在目，场地宽敞，排烟良好，柜台内各种串琳琅满目。一个穿皮衣、梳油头的英俊青年上前招呼：“陈总来了，还是老样子吗？”

“今天多来点，十五个羊球、五个素烤、五个蘸料、五个卷烙馍。”陈维径直走向自己的保留位置，角落里的六人桌。

除了羊球套餐之外，陈维又点了一大堆腰子、羊鞭、球皮、板筋、鲳鱼、鸡翅膀。啤酒只喝青岛小棕金，成箱地上，豪迈到两个年轻人咂舌不已。这一顿尅下来不得上千块？一星期的工资全砸进去了，也只有财大气粗的调度长请得起。

“这家伙怕是有所图啊。”李可健始终保持着警惕之心。

炭炉子刚摆上来，张宇宁就到了，不是一个人来的，后面还跟着一位帅哥。再定睛一看，不是帅哥，是位身材颀长的短发姑娘。

“这腿，比我的命都长。”王一晨附耳对李可健说道。

俩姑娘都是英姿飒爽的皮衣打扮，张宇宁手里还拎着两顶头盔，她介绍说：“这位叫车绫子，是一起玩摩托的朋友。”

“车厘子，这名字甜，不知道几个J的。”王一晨又说。

“欢迎新朋友，坐下慢慢聊。”陈维招呼道。

肉串摆上炭炉，孜然粒、辣椒面和油脂的香气被炭火激发出来，弥漫在空气中，让人食指大动，涎水满喉。

“我要吃豆腐皮卷香菜。”张宇宁大马金刀坐下，一点都不矜持地自助点菜，而“新人”车绫子略显羞涩放不开。

先前那位皮衣油头青年拿着两个淡黄色一升装的啤酒罐过来说：“陈总，这是青岛发过来的原浆，咱尝尝。”

陈维说：“这位是‘不二烤场’的老板，你们跟我喊柔哥就行。”

柔哥陪客人喝了两杯之后继续忙碌去了。陈维环视一圈，两个女生只顾着闷头猛吃，王一晨欲言又止，李可健若有所思。

“调度长，我想问一个问题，站务员能转岗做调度吗？”王一晨对上陈维的目光，似乎是得到了鼓励，开口请教。

“你学的什么专业？”陈维将烤好的羊球递给张宇宁，遭到嫌弃。

“我是学轨道交通车辆技术专业的。”王一晨又补充了一句，“驾驶方向。”

“那有机会，你先转岗去开几年车，再考调度。”陈维答道，言简意赅。王一晨不满意，追问到底需要几年，能不能快一点，走个捷径啥的。

陈维拿起一根串羊球的钢扦子说：“这样一根扦子，使用完了之后，要和其他几百上千个扦子一起在火碱水里泡一夜，捞出来用毛巾卷起来，加上洗涤剂搓，互相摩擦几百遍，再用清水冲洗，最后上炉子用火烤一遍，整个回收清洁流程才算结束。”

王一晨肃然起敬：“你是说学习历练的过程环节缺一不可，做事必须脚踏实地？”

陈维说：“我是说扦子整得挺卫生的……每人五个羊球，不许剩哦。”

今天是彻底实现了羊球自由，女生不吃，每人五个吃到顶，李可健被羊球烫嘴的时候，陈维点上一支烟，终于点到正题。

“小李，你是怎么知道陈庭晖这个名字的？”

“你想听真话还是假话？”李可健早就打好了腹稿。

“真话怎么讲，假话怎么讲？”陈维饶有兴趣。

李可健侃侃而谈：“我做了调查研究，去图书馆查阅档案资料，发现剧本杀里的陈东确有其人，但真名叫陈庭晖，而且那个案子也是确实存在的，可林泽源并没有死，他是假死。”

陈维断然否定：“图书馆里根本没有相关记载，这个案子也不在公安局接收的解放前档案里，你不可能查到。”

李可健一摊手：“我没说这是真的啊，这就是假话，只是比较符合逻辑而已。”

陈维说：“那我想听真话。”

李可健正要开口，忽然邻桌的男人拖着椅子靠过来，坐在他们三个男的之间，扬起手机，屏幕上是男人的媳妇正在视频查岗。

“我和几个朋友在一起呢，喝完就回去了。”男人解释道，“你看，没女的，整天冤枉我。”

张宇宁和车绫子很配合地往旁边让了让。

查岗完毕，男人连声道谢，每人敬了一支烟，这才回到自己的座位上，他对面赫然是个妖艳的美妇。

过了一会儿，伙计又送了三串烤羊球过来。李可健大惊：“怎么还有！”

陈维也纳闷：“我没点啊。”

邻桌男人举起酒杯：“哥们，这是我的一点感谢，别客气。”

现在是每人六个羊球了。

“真话还没说呢。”陈维道。

李可健说：“真话就是我能穿越时空，目睹当年事情的发生过程，我和陈庭晖的勤务兵成丰一起去林家烧纸，出门的时候看到林泽源了，这里面一定有蹊跷。”

陈维盯着李可健看了半天，从牙缝里挤出两个字：“荒谬！”

说真话成了荒谬，那还有什么好说的。

羊球宴草草结束，陈维自己叫了个代驾先走了，压根儿没有送他们的意思，李可健和王一晨陪着俩姑娘下楼，看着车绫子跨上一辆硕大的白色摩托车，张宇宁则趴在后座上像一只大号花栗鼠。

“这是什么牌子的摩托？”李可健问道。

“春风 1250TR-G。”车绫子盖上面罩，一拧油门，大白绝尘而去。

“咱俩咋走？”李可健问王一晨。

“咱俩又不顺路，我住西边，你住东边。”王一晨说罢，随手拦了一辆出租车也走了。

只剩李可健一人在风中凌乱，考虑几秒钟后他决定能省则省，先骑共享单车到三号线白云山站，反向坐到火车站转一号线到黄山垄，不就省了一笔不菲的打车钱了吗。

从黄山垄站出来，要跨越车流繁忙的和平路，才能进入民富园北门，现在深夜时分车辆稀少，不然光过这条路就要花上大几分钟时间，还要冒着被车撞到的风险，真不知道为什么不在路南设一个出口。

李可健抵达北门时，正遇到徐良把韩霓母子送上车，今天又是带娃的一天，虽然枯燥但是开心充实。叔侄见面打了声招呼，李可健社恐，不想多说话正要加快步伐先走，徐叔说话了："那天你爸爸提的事，我考虑了一下，钱我可能真的拿不出来，但是你可以住到我这边，起码房租能省下来。"

"谢谢徐叔。"李可健没觉得感动，只觉得有点烦躁，年轻人谁愿意和长辈住一起啊，免房租也没兴趣。

但是徐良下面的话让他不得不打起精神来。

"这是搁哪儿喝的？唉，酒是好东西，喝到位了哪都能去，不受时间空间的限制。"徐良大约是嗅到了李可健身上的酒味，不由得感慨了一句。

李可健这些天来一直在琢磨，世界这么大，人这么多，关于穿越的网文那么多，如果只有自己一个人能穿越多无趣，也许暗地里许多人都具备这个能力，就像人类中暗藏着许多外星人一样。

"叔，你是能穿越还是咋地？"李可健试探道。

"喝醉了梦游，梦回大明。"他徐叔说。

原来是个酒鬼的呓语……

今晚注定无眠，李可健没喝醉，但是吃了六个羊球、两个素吃、两个蘸料、两个卷烙馍，雄性激素爆棚且没地方倾泻，在辗转反侧中流了一枕头的鼻血。

第 16 章

风和自由的力量

上夜班的人有资格睡一个懒觉。

美梦被手机的轰鸣惊扰，可是看到发信息的人的名字，李可健起床的勇气顿时消散了一大半，这个微信名叫“卡森”的家伙就是调度长陈维。昨晚上刚加的好友，人家请了上千块的烧烤，遑论还是大领导，于情于理李可健都不能发飙。

陈维发了几段语音，探讨林泽源假死的动机。看来最终他还是相信了自己的话。

可是这问题没法回答，回到案发现场需要先回到存盘点，可是如何触发穿越是个未知之谜，下次还不知道啥时候呢。

李可健抓耳挠腮之际，室友姜展顺推门进来：“借我点米，我花呗额度用完了。”

站务员工资低，每月也就三四千，经常入不敷出，好朋友之间周转一下是常事儿。李可健没多想便拿出手机准备转钱，忽然又停下说：“你的工资都花哪儿去了？”

姜展顺说：“不是我花得多，是挣得少。我给你算算，房租八百，水电两百，这就是一千了。每天吃饭再怎么节省也得花三十多，这又是一千。手机流量套餐，人情往来，偶尔打车，聚餐，一千根本不够花。我再上个专升本提升学历，考个驾照增加技能，一个月这么点工资怎么够。”

这话让李可健陷入沉思，是啊，工资这么少，连正常生活都覆盖不了，何谈买车买房？没有车房就不能娶媳妇，他不敢往下想了，赶紧转了两百元给姜展顺。

姜展顺说：“看你这么仗义，我免费送你一条忠告，别在站务员这棵树上吊死，趁年轻找点技术性强的副业。骑驴找马，机会只留给有准备的人。”

李可健深以为然，别看姜展顺平日里插科打诨，不务正业，但暗地里开拓了好几条赛道，自学外语和编程，还注册了滴滴司机和外卖骑手，这样勤勉的人不成功都没有天理了。

受到激励的李可健决定奋发图强，买个二手单反相机学摄影，但是在开始奋斗之前，要再睡两个小时。

今天的夜班岗，王一晨没来，他和其他班组的同事调了个班，据说是家里有事儿，但李可健知道，王一晨这个情种一定是去鹊桥相会了。

会议室门口的布告栏里贴着彭城广场站三十九名员工的大合影，王一晨站在最后一排，又高又帅，无比抢眼。这家伙平时在麦当劳做小时工都能被顾客索要微信号，可见外形之优越，可这样一个有着海王资本的帅哥却专情得很，别看他平时嘴上骚话不断，其实心里只有女朋友一个。

李可健掐指一算，今天应该是王一晨那位读研的女朋友的生日，这家伙调班跑去送温暖，今夜必然是炮火连天，温馨浪漫，可怜自己还得在冰冷的车站里值夜班。

与常人的想象有所不同，地铁站是二十四小时运营的，白天忙客运，晚上检修设备，时时刻刻不断人。

夜班辛苦且枯燥，李可健心心念念着穿越，思索这次会不会返回存盘点，他想了无数种应对可能，昏昏沉沉眯瞪过去，再醒来时已经是清晨了，洗把脸准备交接班。

六点半，王一晨出现在车控室，两眼通红，不知道是熬夜导致的还是哭红的，问他也不说，英俊的面庞阴云密布，李可健刨根问底，王一晨激动地说："你再问我可真急了！"

李可健拍拍王一晨的肩膀，叹口气，坐在会议室的椅子上沉默不语。

张宇宁走过来说："怎么王一晨失恋，你比他还难受？好哥们到这种程度了吗？"

李可健说："王一晨家里给他买好了婚房，一百三十平米精装修，还给他买了车，混动比亚迪秦 PLUS，他身高一米八，长得像明星的平替。"

张宇宁不解："所以呢？"

李可健说："这样的条件都能失恋，我这样的咋办？"

张宇宁想了想说："凉拌吧，我知道一家凉皮可好吃了，凉皮、面皮、面筋、撒上豆芽、黄瓜丝、红油、花生，就在我外奶奶家旁边。"

李可健舔了舔嘴唇："冬天吃凉皮不好吧？"

张宇宁说："反季吃才是老饕。"

王一晨确实是失恋了。他特地调了班，带着鲜花和蛋糕千里迢迢去南京某大学找自己的女朋友，只不过并非对方生日，而是两人相识两年的纪念日，他先故意说最近忙没法调休，就想来个突然袭击，给对方一个惊喜。

结果却是在女生宿舍楼下看到女朋友和一个男的手牵手，王一晨发信息问她在忙什么，然后就看到女朋友掏出手机看了看却不回复，又和那人耳鬓厮磨了半天，互相啄了好几口才上楼，几分钟后回复：我在上自习。

王一晨愤怒地质问："我都看见了，那个人是谁！"

女朋友理直气壮："我不知道你在说什么，随便你怎么想吧。"

事已至此，再死缠烂打、悲痛欲绝也是白搭，王一晨把鲜花和蛋糕放在女生宿舍一楼，失魂落魄地打道回府，在火车站坐了几个钟头，女朋友始终没有发信息打电话，无奈之下王一晨只好乘坐绿皮夜车回彭城，一早下车就过来接班了。

今天王一晨注定浑浑噩噩，他老是牵挂着已经上缴的手机，熬到中午休息时，冲回去拿到手机，打开一看，女朋友依然杳无音讯，再看对方朋友圈，已经屏蔽了自己。

王一晨万念俱灰，午饭也懒得吃了。

站长刘婕走了过来，关切地问道："小王，脸色怎么这么难看？哪儿不舒服吗？"

王一晨挤出笑容说："刘站我没事。"

下午，王一晨就像一具没有感情、没有触觉的行尸走肉。列车来了又走，乘客上上下下，川流不息，成千上万的人没有一个人能体会他的悲伤。

直到一只手搭到了王一晨的肩膀上，继而是浓烈的酒气扑面而来："你你你……怎么干工作的？不知道尊老爱幼吗！"

是个年纪挺大的老爷子，喝得真不少，一张大脸通红，脚步踉跄，语不成句。

遇到醉鬼的概率并不低，王一晨立刻按照流程请老人坐在长椅上，尝试沟通，提供帮助。

老头不分青红皂白抓住王一晨的衣领子开始骂人，骂着骂着劈头就是一巴掌。

王一晨被打蒙了，竟然不知道躲闪，又被抽了几记耳光。

车控室内的值班员通过监控看到这一幕，当即用对讲机安排其他同事过来支援，老头是个人来疯，人越多越激动，破口大骂，坐地发飙，一群年轻人还真拿他没办法。

很快巡警就赶到现场，将老醉鬼强行带离，先回所里醒酒。

王一晨坐在休息室里，左右面颊上都有红肿的指痕凸起，这老家伙手还挺重。刘婕用手机拍照取证之后，安排人带王一晨去医院做检查。

“做全面检查，这么重的耳光，很容易造成耳膜穿孔，甚至脑震荡。”刘婕愤怒又心疼，她虽然是管着上百号人的站长，其实不过比这些男孩、女孩大五六岁而已，都是九零后，遇到员工挨打还是头一回。

“王一晨你可摊上好事了，这回得讹一个首付出来。”旁边一个站务员戏谑道，立刻被刘婕瞪回去：“这种玩笑可不能乱开。”

“刘站，我没事。”王一晨依旧表情木讷，老头打的巴掌虽然疼，但远不及女朋友劈腿带来的伤害重。

次日早上，老车在派出所留置室的长椅上呼呼大睡，鼾打得肆无忌惮，无法无天。直到他被一个辅警叫醒：“老爷子，醒醒，家里来人接你了。”

门外站着一个身材高挑的女孩，一脸愠怒似火烧。老车擦擦嘴角的涎水问道：“绫子，你咋来了？”

“让你少喝，少喝，少喝，你就是不听，惹事了吧！把人打了，看怎么赔吧。”孙女车绫子没好气道。

“我啥时候打人了？我不记得，我怎么在这儿啊？”老车这才发现环境不对头，不是自家卧室，而是局子关人的地方，这一条条木质长椅上，遍布红色的印油指痕。

“监控视频我看了，你是二话不说劈脸就扇，人家小伙子是素质高让着你，换作我，早就还手了。”车绫子递过来一张纸，让爷爷签字按手印，走完程序就可以回去了。

老车意识到自己犯错了，他努力思索到底发生了什么事，人上年龄了，这脑子啊，喝点酒就一片空白。他只记得昨天去找老马喝酒，吃的是新出锅的老豆腐蘸鲜辣椒酱，喝的是老马从贵州带来的好酒，喝着喝着两个人就叨登起来，气得老马掀了桌子，让自己滚蛋，绝交。

“这事儿不能赖我，一个巴掌拍不响，那个人肯定惹我了。”老车依旧嘴硬得很。

车绫子也不和他啰唆，而是去和值班民警沟通，肩膀上两杠三花的老民警老王两鬓斑白，办事很讲人情味，他说：“你爷爷打的是地铁的工作人员，人家那边很讲道理，没有狮子大开口，基本上就是检查费用这一块，但是要求必须当面赔礼道歉。”

“应该的，该怎么赔就怎么赔。”车绫子非常爽快。

“铁骑太辛苦了，风里来雨里去的，小丫头还是干内勤好。”老民警说。

“谢谢王叔，我就是喜欢那种风驰电掣的感觉。”车绫子说。

办完了手续，老车被接回家里，回到主场的他又欢实起来，嚷嚷着这不舒服那不爽利，尤其是手腕疼。

“那孩子的脸太硬了，把我的手硌伤了，得赔我点医药费，绫子，把爷爷的红花油拿来。”老车大马金刀坐在沙发上发号施令。

“咱得给人家赔礼道歉，医药费、误工费啥的得几千块，还得当面说一声对不起。”车绫子稳坐不动，据理力争。

奶奶一贯弱势，嗫嚅着不敢明确站在孙女这边。

老车一瞪眼：“要钱没有，要命一条，讹人讹到我头上了，我还坚决就不道歉，就不赔钱，我倒要看看他们能把我怎么着。”

车绫子说：“人家有保留追究你行政责任的权利，拘留十五天，你受得了吗？”

老车乐了：“半个月管吃管住，我求之不得。”

摊上这么个奇葩爷爷，孙女是一点招都没有。倒是奶奶通情达理，把车绫子叫到一边，拿出存折说：“奶奶这里有钱，你取五千块赔人家，老头子就是死鸭子嘴硬，咱不和他一样。”

车绫子没办法，老头子惹的祸，最终还是得家人来背，奶奶出钱，自己出脸呗，拿存折取了五千块现金，又买了点礼品，去彭城广场站探望挨打的倒霉蛋。

听说自己班组的人被欺负，本来在休班的张宇宁当即召集人马，到站里给王一晨撑场面，李可健自然也到场，大家在会议室里摆开阵势，制定作战方案。

“到现在为止，打人的凶手还没来道歉，我看咱们没必要客气了，让他蹲号子，拘留！”张宇宁说。

“对，坚决维权！”李可健附和。

当事人王一晨倒是没那么激愤，一脸淡然地坐着，仿佛这事儿和自己无关。

刘婕一边通电话一边走进会议室，“好的，知道了，谢谢你。”她把手机摔在桌子上，“太过分了，派出所的人说老头不愿意道歉，他们尽量协调，能调解的就调解，实在不能调解再走司法程序。”

张宇宁说：“事情经过这么清晰明白，有什么好调解的，现在就走司法程序，我认识一个律师……”

同事敲门进来道：“道歉的人来了。”

然后大家就看到前几天一起吃饭的车绫子走了进来，捧着鲜花，拎着果篮。

“怎么是你？”两边同时发出惊叹。

既然是熟人，那事情就好解决了，车绫子先诚恳表达了歉意，说自家爷爷酒后无德，殴打他人，但是老人好面子，拉不下脸来赔礼道歉，只好全权委托自己这个孙女代劳。

“对不起！我替爷爷向你道歉，希望你能原谅他。”车绫子冲王一晨深深鞠躬，又向大家鞠躬，“给你们添麻烦了，实在不好意思。”

“算了算了，以后让老人家少喝点酒。”刘婕摆摆手，“你们聊，我忙去了。”

这事儿就算过去了，车绫子又拿出一沓现金来，说这是医药费，王一晨不愿意收，车绫子坚决要给，最终是张宇宁做主，只收了几百块检查费，毕竟这笔钱是其他同事垫付的，得还给人家。

“脸还疼吗？”车绫子问王一晨。

“他脸不疼，心疼。”李可健帮着回答，“失恋又挨大逼兜，双重暴击，谁能受得了。”

“啊？”车绫子没想到还有另外一重事。

经过一天两夜心理折磨的王一晨迫切需要找一个倾诉的出口，趁着有听众，就把自己和前女朋友的异地恋和绿帽故事叙述了一下，说到情深处，忍不住哽咽。

“我有个办法能医治你。”车绫子说，“很简单，我开着我的公升级摩托车带你去快速路上兜一圈，让你体验下速度与激情，风和自由的力量。”

张宇宁说：“我我我，我也去。”

李可健这时忽然觉得单反相机的计划可以往后捎一捎，先买辆摩托车才是正道。

第 17 章

我会贴饸饼

出去玩和干活一样，也要男女搭配才有意思。

四个年轻人分乘两辆摩托车，这并不稀奇，稀奇的是女骑士驾车带男乘客，两个男生还一脸紧张，手足无措，不敢搂腰扒肩，车绫子的公升级大摩托还好，随便就能找到抓手，张宇宁的 300 排量金吉拉本来就没预备带人的后座，再不抱住骑手，很容易摔下去。

张宇宁硬是抓住李可健的手放在自己腰上，示意他抱紧，这才消除了安全隐患。

但他们并没有去快速路兜风，这个季节高速行驶一般人还真扛不住，最后是张宇宁带路，去奎山菜市场吃凉皮。

半路上看到促销人员随机送小风车的，张宇宁去要了两个，插在摩托车仪表盘上，迎风行驶，小风车哗啦啦转个不停，倒也颇具童趣。

还是那家张宇宁常吃的凉皮摊子，早市高峰过去的菜市场略显冷清，拌凉皮的谢大姐坐在摊位里织毛衣，见客人上门也不说话，只腼腆一笑，放下毛衣起身待命。

“四份混合装，面筋多来点，中辣，一份多放豆芽。”张宇宁说。

谢大姐切凉皮拌调料，菜刀铿锵，小勺翻飞，动作娴熟麻利。她的摊位不大，收拾得干净整洁，橱窗上贴着的“谢记凉皮”四个红字已经有些褪色。

张宇宁对朋友们说：“我从上小学就在这儿吃凉皮，都吃了十几年了，绝对是忠实顾客。”

转身又问谢大姐：“阿姨您还记得我不？”

谢大姐微笑着点点头。

张宇宁说：“这是给儿子织的毛衣吧，我见过弟弟，今年上高三，准备上哪所大学啊？”

谢大姐终于开口，说的竟然不是本地方言，而是标准的普通话：“是啊，给孩子织的毛衣，上什么大学那得看成绩了。”

张宇宁说：“弟弟学习成绩咋样？”

谢大姐说：“中不溜。”

张宇宁说：“阿姨你谦虚了。”

李可健默不作声，张宇宁有时候是个话痨，这一点比自己强，站务员也属于服务行业，得腿勤、嘴甜才行。

王一晨接话了：“如果成绩不是特别优秀的话，可以考虑让孩子上交通职业技术学院，彭城地铁要扩建好多线路，用工缺口很大，到时候好找工作，我本来是想上医学院的，就是因为发挥失常才上了交通职业技术学院，然后就到地铁上班来了。”

谢大姐眼睛一亮，现在上大学不难，难的是毕业之后找工作，她问了王一晨一些问题，王一晨也都慢声细语地一一回答。李可健注意到，车绫子一直在盯着王一晨看，目光中带着赞许和欣赏。

李可健忽然有点明白，自己和王一晨之间差的也许不是身高和颜值，而是别的因素。

谢大姐的凉皮混合装确实地道，酸甜辣口，滋味层次分明，有嚼劲，关键是用了热水调制，冬天吃着也不冷，四人就站在菜市场里享用了张宇宁童年同款凉皮，可是大中午的吃一碗凉皮也不顶事儿啊，于是车绫子说："我请客吧，给王一晨压惊。"

"不用了不用了。"王一晨赶紧假客气。李可健已经打开美团 app 搜寻附近的口碑饭店了，他明白今天这一顿肯定跑不了，兴许晚饭都有着落了。

张宇宁说话了："最近想吃地锅鸡贴馅饼。"

车绫子说："我知道一家……"

张宇宁说："不，谁家的都没有我家的好吃，我妈亲传手艺。今天她当班，我家没人，买菜去我家做饭吃。"

一呼三应，二十出头的年轻人还是孩子，做饭对他们来说就是大型过家家，主打一个好玩。

说干就干，四人驱车兜到大润发，本来想买一只鸡的，张宇宁说一只哪够吃啊，必须两只走起。

从大润发出来，居然遇到堵车，摩托车的优势这时候显现出来，见缝插针地游走在车海中，原来前面路口并无事故，是一堆车互不相让导致的拥堵。张宇宁从后视镜里看到后面的摩托车停了下来，车绫子和王一晨居然下车疏导起交通来了，于是靠边停车，等他们忙完，交通恢复畅通再开路。

回到嘉禾小区，把摩托车停在楼前，后头走过来一个面生的年轻女人，手里拎着满满当当的购物袋，背上还有个幼儿，想必是拐老太太家新来的保姆。

张宇宁随手拿起小风车，递给女人背上的孩子。

“谢谢姐姐。”女人对孩子说。

小孩只顾鼓着腮帮子吹风车，嘴没空。

大家进了门厅等电梯，谈笑间张宇宁号称自己的手艺能把隔壁小孩馋哭。叮咚一声电梯到了，恰好楼上邻居推着电动车进来，二话不说就往电梯里推，大家都不言语，只有王一晨说话了：“哎，电动车严禁上楼，你看告示上都写着呢，容易引发火灾。”

邻居是个五六十岁的大爷，抬杠反问：“你是干吗的，你住这儿吗，怎么多管闲事？”

王一晨耐心劝解：“大爷，我不住这儿，我也不想多管闲事，我们家后面那栋楼就是因为电动车在家里充电失火，一家三口都没了，小孩才上小学，被爷爷奶奶保护着还是没能逃过一劫，太可怜了。”

大爷服气了，默默推着电动车出去了。

大家都冲王一晨挑起大拇指，这时隔壁家的中学生背着书包进了电梯，很礼貌地对张宇宁打招呼：“姐姐好。”众人想起刚才张宇宁的吹嘘，就都憋着笑，说曹操曹操到，隔壁小孩这不就来了吗，看张宇宁怎么把人家馋哭。

张宇宁干咳一声问道：“你妈妈呢？不在家？”

小孩说:“我妈今天有事，我自己回家。”

张宇宁说:“那你怎么吃饭？”

小孩说:“我妈给我叫了外卖，她让外卖员放在门口就行。”

张宇宁托了托小孩的书包，死沉死沉。

“不是放寒假了吗？怎么还上课啊？”车绫子问道。

“别瞎打听。”张宇宁递了个眼色过去，现在上辅导班属于违规，这个话题比较敏感。

到家门口，张宇宁按指纹开锁，向南的落地窗将正午的阳光洒满木地板，这是一套大户型，敞亮又干净，可谓一尘不染。

“你家真干净，比起来我家简直就是乱七八糟。”车绫子赞道。

“那我家就是狗窝了。”王一晨接茬道。

李可健没往下接，王一晨是在开玩笑，自己说出这样的话，就叫实话实说了。

“我妈在医院工作，有洁癖，不过还没到变态的程度。”张宇宁招呼大家把东西放下，各自找适合自己尺码的拖鞋，然后洗手做菜，男生负责洗菜、切菜、洗水果，女生负责掌勺。

张宇宁一边操作一边讲解，正宗的馅饼得用玉米面和白面混合，打一个鸡蛋能增加筋道，要用温水加盐和面，蒙上保鲜膜醒五分钟接着揉。

两只白条小公鸡在超市里已经剁好了，起锅烧油下姜片，倒入鸡肉定型，再放入葱、蒜、八角、白芷、老抽、生抽、料酒，最后啤酒倒两罐，加水淹没肉，盖上盖焖半小时。同时把发好的面切成一个个面剂子，等开锅之后，沿着锅边先擦一层油再贴上饸饼坯子，这样不会粘锅。

张宇宁切了十二个面剂子，每人负责贴和吃自己的三个饸饼，考验手艺的时候到了，四个人贴出了十二种形态的饸饼，圆的、方的、长的、短的，争奇斗艳。

炖鸡的时候，另一个灶头也没闲着，车绫子做了一道经典家常菜番茄炒蛋，红黄配色赏心悦目。

同时王一晨也露了一手，拍了个黄瓜，炸了个花生，还用酱油蒜末拌了个皮蛋。

“你这都是下酒菜啊，喝酒吗？我爸酒柜里有茅台。”张宇宁说。

“我是跟我爸学的做菜，他喜欢喝两口，锈铁钉都能拿来下酒，一星期喝八场大酒，五十出头就三高。所以我滴酒不沾，只喝快乐水。”王一晨说。

提到酗酒的长辈，车绫子更是感同身受，深恶痛绝。

李可健有点插不上话，他们三个都是城市里的孩子，和自己的成长经历完全不同。按理说穷人的孩子早当家，可是自己既没有多高的情商，也不会下厨做菜，连贴的饸饼都比别人丑。

门外传来电梯门的叮咚声，张宇宁还以为老妈翘班回来了，赶紧跑过去开门，却看到一个外卖小哥将袋子塞到自己手里，随着一句“用餐愉快”，小哥已经闪回电梯里。

张宇宁没反应过来，电梯已经关门，她只好嘀咕一声：“资本压榨打工人啊。”袋子上打印着隔壁的门牌号，再看里面只有可怜巴巴的一份炒面。她眼珠一转，先回自家厨房，捡了些刚出锅的鸡肉，连两个馅饼装进一次性打包盒，想了想又拿了一罐雪碧，装在袋子里放在隔壁门口。

午餐时间到，地锅鸡咸香醇厚，番茄炒蛋鲜甜可口，还有一锅紫菜蛋花汤，馅饼一边焦脆一边软糯，浸满了肉汤，入口弹牙，得亏买了两只鸡，不然都不够吃的。

一通风卷残云之后，两个男生去刷碗，张宇宁带车绫子去自己卧室说悄悄话。

门铃响了，李可健跑去开门，站在门口的是隔壁小孩，手里捧着一盒巧克力。

张宇宁也出来了，把小孩让进来落座，问他为什么送礼物。

“我妈是不会给我点碳酸饮料的，还有那个很好吃的鸡肉和饼子，谢谢姐姐、哥哥。”小孩很聪明，也很懂事，坦然接受了邻居的善意，且投桃报李，有来有往。

“你叫什么名字？”张宇宁问，虽然一墙之隔，她还真不知道人家的名字。

“我叫杜子涵，上初三了。”小孩答道，“我该回去写作业了。”

王一晨说：“你可以把作业拿到这边来写，哥哥姐姐们都是学霸，你不会的题目尽管问。”

杜子涵信以为真，还真就回家拿了奥数题来请教。

哥哥姐姐们看了题目之后略显尴尬，但是大话已经说出，只能拿手机拍了照片去各个群里疯狂求助。

一楼，刘淑娴正在厨房忙碌着，今天她男人接了一个活儿，要忙一整天。自已又要给拐老太太买菜做饭，实在没办法，她只能带着孩子来干家政。

自从上次卖废纸之后，刘淑娴又帮拐老太卖了一批废铜烂铁，是她用电动车载到废品收购站出售的，没经过二传手，虽然只多了十几块钱，却赢得了拐老太的信任。聪明的刘淑娴甚至觉得，这本身就是东家对自己的一场考验。

本来刘淑娴只负责打扫卫生，现在把买菜做饭的活儿也接过去了。拐老太对饮食的要求很高，吃白肉、五谷杂粮、水煮菜，严格控制油和盐的同时也不能少了蛋白质和脂肪的摄入，同时还要色香味俱全。

这难不倒曾在上海给东家专做营养餐的刘淑娴，她用一餐洋气、美观又营养的西蓝花鹰嘴豆、菠萝拌黄瓜、水煮基围虾和灵芝虫草花鸡汤征服了拐老太的味蕾。

刘淑娴接了一个电话，身边的毛蛋就不见了。毛蛋是她和王亚军的儿子，从出生就跟着父母四处漂泊打工，很乖很懂事，就是有时候有点闹人。拐老太喜欢清静，最讨厌小孩子哭闹，这让刘淑娴大为紧张，把煤气灶的火调小，拎着锅铲子去客厅找儿子。

眼前的一幕让她松了口气，拐老太和毛蛋一老一少面对面吹风车，你来我往好不热闹。

“小刘，你儿子的爸爸呢？”拐老太抬头问道，金丝框眼镜闪着寒光。

刘淑娴的心悬了起来，有些客户特别难伺候，表面上客客气气，背地里冷酷无情，自己没打招呼就把儿子带来，肯定让拐老太动怒了，她半年辞掉六个保姆的传言不是空穴来风。

“他爸接了个急活，跟人出车去山东了，晚上才能回来，我城里也没别的亲戚，孩子还不到上幼儿园的岁数，没地方安置，只好……”刘淑娴搓着手，满脸愧疚。

“下次提前说一声。”拐老太太扶了扶眼镜，没再继续这个话题。

刘淑娴做完午饭，带着孩子走了，娘俩回家吃了饭，紧跟着奔赴下一家去打扫卫生，在公交车上有人给他们让了座。恰好座位旁边的车窗可以开启，刘淑娴打开一条缝，把小风车伸了出去，风车迎风转动，毛蛋拍手大笑。

一阵风刮来，小风车随风远去，毛蛋哇哇大哭，刘淑娴赶紧哄孩子说：“下回妈妈给你买一个新的。”

小风车在车水马龙中颠沛流离，最终被环卫大爷的扫帚拦住，缺牙的嘴吹动风车，饱经沧桑的脸庞上露出笑容，他今天要回乡下看孙子，这不礼物就来了么。

傍晚，环卫大爷乘坐 81 路公交车回到家里，把小风车给了八岁的孙子，孙子举着小风车和伙伴们奔跑嬉戏，一不留神，小风车被大风刮走了，继续在田野上飘荡飞翔。

最终，小王庄外的疯女人捡到了小风车，将它插到自己城堡的顶端，弱小的风车用尽全身力气在西风中劲舞。

第 18 章

妈妈我爱你

徐良早上醒来的第一件事就是给袖珍椰子喷水，这个小小的盆栽陪伴他已经好几个月了，依旧郁郁葱葱。

以往徐良总是睡到中午才起，接了照顾韩轩的活儿之后反而勤快了，七点半就起来洗漱打扫买早点。八点钟左右，韩霓会把儿子送过来，而且每回都不会空着手来，肉蛋奶，米面油，都成箱成袋成桶地往这儿搬。

徐良开玩笑说：“你这跟儿媳妇往娘家倒腾东西差不多了。”他知道韩霓的用意，明着转账打钱太见外了，送东西，尤其是吃的东西，既能解决实际困难，又能把儿子的伙食一并搞定，这个女人聪慧着呢。

韩霓捧着两板鸡蛋进了厨房，看到阳台上刚喷完水湿漉漉的袖珍椰子，觉得挺有意思，拿起来看了两眼。

“对了，今天我要出个差，可能回来得比较晚。”韩霓说。

“没事儿，太晚的话，就让小轩在我这儿睡觉。”徐良说。

“那怎么好意思，已经很麻烦你了。”韩霓在客气，其实已经同意了。

徐良拿起袖珍椰子盆栽说："这个家里，平时有活气儿的就我和它，小轩给我做伴，填补我空虚寂寞的生活，我高兴还来不及呢。"

"那看情况吧，我回来得早就来接孩子，也是真不巧，今天我妈带我爸去复查，实在没精力管孩子。"韩霓出门的时候，扫了一眼客厅墙上挂着的全家福，徐良全家人都在对她微笑。

韩轩依旧很乖，坐下来就玩自己的古钱币，徐良打开电视机随便放着节目，好让屋里显得不那么安静。这孩子不算难带，能自己上厕所和吃饭，但终归得一个整人盯着才行。

时间接近中午，徐良正费劲巴拉地和韩轩沟通午饭吃什么的时候，电话来了，张小斌说："我在门口呢，开门！"

这家伙居然事先不打招呼就登门，看到客厅满地铺着的铜钱，他吓了一跳，问这是谁家孩子。

"我帮一个朋友带的。"徐良说。

"这么大了还要带？"张小斌很快反应过来，指了指自己的脑壳，徐良点点头。

"也不错，给你开多少钱一天？"张小斌大剌剌往沙发上一坐，毫无顾忌道，"是个憨子吧？乡下这种人可不少，每个村都有，叫什么'守村人'。"

徐良说："小轩是自闭症，当然有些自闭症患儿同时有智力障碍的迹象，但我觉得他挺聪明的。对了，你大中午跑来有啥事？"

张小斌说："我突然有一个重大决定，特地来和你商议一下，你先听听这个。”说着拿出手机放了一段人工智能朗读的小说，什么给丈母娘倒洗脚水，少主龙王三年期满之类的桥段。

“我考虑过了，送外卖太辛苦了，当保安工资太少，开网约车也不大行，我科目二总是过不去，所以……”他顿了顿，“我准备写小说，进军网文事业，人生只有弯道超车才能成功。”

徐良欲言又止，他不想打击张小斌的积极性，上学时写八百字的作文都跟要了他的命一样，现在要写小说，还是动辄几百万字的网络小说，只能说张同学的志向值得赞许，但严重缺乏可操作性。

“我笔名都想好了，‘小楼东风’，取的是小楼昨夜又东风的意思，雅致又有寓意。”张小斌洋洋自得，憧憬无限，“等我月入百万，换车换房换老婆，天天带你喝茅台。”

徐良强忍着没吐槽，李煜的词能有啥好意头啊，他顿了顿说：“弟妹对你不离不弃，你发达了先要换人家，不好吧？”

张小斌讪笑：“假设一下而已，中午咱喝点，你也帮我提供一点素材啥的。”

徐良看看韩轩，说中午走不开，在家吃得了。

“也行，我看天气预报说今天小雪，咱整个火锅呗。”张小斌兴奋得直搓手，仿佛已经成为知名写手。

徐良家里没有铜火锅和木炭，但是有电磁炉和铁锅，韩霓这些天送来的各种食材也派上了用场，一大锅牛羊肉、鱼丸、宽粉、豆腐泡在锅里咕嘟着，蒸汽形成的氤氲笼罩着张小斌微醺的脸，他点上一支烟，开始吹牛。

“我们家最牛的时候，半条淮海路都姓段。”张小斌说。

这话上初中的时候张小斌就说过，他祖上是金融大亨段登岳，四十年代彭城大中银行总裁。段家花园占地颇广，又有诸多商铺田产，说半条淮海路都是他们家的，不算太夸张。

“那你怎么混这么惨？”徐良是一个合格的捧哏，他不能让话掉地上，张小斌才能继续往下吹。

“我曾祖父跑路了，家产全被充公，我爷爷跟我曾祖母改姓张，从此家道中落，到我这一辈就更散熊了……哎，你不觉得我的命运和曹雪芹有些相似吗，都属于中道败落的世家贵公子，搞不好我能写出一本不亚于《红楼梦》的大作呢。”

“你得比曹雪芹的成就还高一点，直奔诺贝尔文学奖去。”徐良信口捧道。

“‘诺贝尔’我暂时不考虑，给俺儿买个房子预备着将来结婚是真的，唉，不容易。”张小斌眼中的火花忽然黯淡下来，大概他自己也明白吧，弯道超车哪有那么容易。

到了这个年纪，还在不停地寻找出路，这本身就挺可怜的。

徐良也好不到哪里去，人家张小斌至少还在努力尝试改变，他已经彻底放弃，躺平。如果不是韩霓母子的出现，也许哪天他就用白酒送服一瓶安眠药把自己终结了。

喝多了的张小斌直接在徐良床上挺尸，鼾声如雷。

他们喝酒吹牛的时候，韩轩沉浸在自己的世界里不能自拔，他像往常一样，一次次按照朝代排列古钱。徐良忽然意识到一件事，韩轩认识字。

自闭症儿童往往伴随有智力障碍、癫痫等疾病，但也有正常智商的，听韩霓说，韩轩自幼被学校排斥，压根儿就没上过学，家里人也没刻意教过，那么只有一种可能，韩轩智力不低——或者说，过目不忘。可能是看过外爷爷排列古钱，再或者是从相关书籍上看到过年号排序，这些古钱上的汉字对他来说不是文字，仅仅是一种符号而已。

这个发现让徐良有点小小的激动，他拿出白纸和记号笔，尝试着和韩轩沟通，试图教他写字。

被打断节奏的韩轩发了脾气，徐良耐心引导，说得口干舌燥，才让韩轩转移了注意力。他先写下“韩轩”两个字，把笔递过去，然后眼睁睁看着这孩子握拳一样握着笔，用匪夷所思的方式“画”出自己的名字。

虽然笔画顺序是乱的，但两个字却很漂亮，几乎是完美复刻了徐良的字。

徐良又写了一行字，韩轩毫不迟疑地复制了一遍，这孩子简直就是一台人形的复印机！

傍晚时分，张小斌终于酒醒，起来就要再拿两瓶啤酒透透，见没人答应，起身来到客厅，只见满地都是写了字的A4纸，韩轩还在孜孜不倦地写着，永不疲倦。

张小斌咧嘴笑了：“可以啊，你找个字帖来让他临摹多好。”

徐良说：“我已经下单了，字帖、毛笔都买好了。”

张小斌说：“晚上再喝点，‘晚来天欲雪，能饮一杯无’，外面飘起雪来了。”

徐良说没意见。可是张小斌的媳妇打电话过来了，即便没开免提，怒骂声依然震动着耳膜。

“我当初看上你真是瞎了眼！”

“要是没有孩子我早就离了！”

“能过过，不能过滚！”

张小斌没敢还嘴，等媳妇骂够了才回一句“我马上就回家”。

“下回再聚，我先回去平叛。”未来的大作家匆匆逃走，屋里又只剩下三个生灵，徐良、韩轩，还有那盆袖珍椰子。

按理说到了傍晚韩霓就该来个电话，但今天始终没有音讯，外面雪越下越大，气象台预报说道路结冰，高速路封闭，请广大市民做好防冻工作，减少出行。

徐良担心韩霓在驾驶途中，没敢直接打电话过去，等到八点钟发了条微信。过了十分钟，韩霓回复：被困在外地回不去，今天让韩轩在你那儿睡吧。

也只能这样了。

徐良把韩轩安排在次卧，睡之前帮他洗脸、洗脚，打开电热油汀。

半夜，睡得迷迷糊糊的徐良似乎听到有人在砸门，嘭嘭地响，起身开灯，先看手机上的时间，三点钟。披上衣服起来，侧耳聆听，确认真的有人敲门，走到门口先看了一下猫眼外的情况，然后打开家门。

外面站着的是韩霓，风尘仆仆，一身酒味，进门就问：“我儿子呢？”

“嘘——睡着了。”徐良走过去，将次卧的门打开一条缝。

韩霓看着熟睡的儿子，叹了口气说他真像个天使。

“咋回事，这么晚还赶过来，不是在外地吗？还下这么大雪。”徐良倒了一杯热水递过去。

韩霓捧着茶杯，身子陷在沙发里半天不说话，脸上挂着清晰的泪痕。

“有烟吗？”韩霓突然说。

徐良将自己的烟盒和打火机奉上，韩霓点了一支，沉默地抽完，依旧一言不发。

“是不是遇到什么事了？也许说出来会好很多。”徐良说。

“我太难了。”韩霓又点起一支烟，“有时候真想一了百了，但是我走了韩轩怎么办，老天爷对我太残忍了，一个女人能遭受的罪，我尝遍了！”

具体发生了什么事，她不想提，徐良也不刨根问底，能让一个女人半夜冒着大雪打车从外地赶回来，一定是遇到了她完全无法忍受的事情。

“你来看这个。”徐良回卧室拿出一张写着字的纸呈现在韩霓面前。

白纸上写的是“我爱你妈妈”，下面署名韩轩。

韩霓有些愣怔，这太出乎她的想象。

“这是我儿子写的？”

“还有呢，一大堆。”徐良从背后又拿出一大摞字纸，上面密密麻麻都是字。

韩轩并不知道这些汉字的含义，他只是当成符号来模仿而已，即便如此，也很惊人了。

“我觉得这孩子智力很高，就试着教他写字，没想到还真行……你怎么了？”

韩霓双手捂着脸，肩膀剧烈抖动，她在无声地哭泣。

徐良递过来面巾纸，韩霓摆摆手，走进洗手间过了许久才出来。脸洗过了，还抹了一点口红，脸上恢复了血色。

“老徐，谢谢你，真的谢谢你。”韩霓说。

“没事，应该的。”徐良有点手足无措，“那啥，太晚了，要不你和韩轩挤一下，早上再回去。”

韩霓深吸一口气，说：“太麻烦你了，还是自己家住得舒坦。”说着就去把韩轩叫醒，穿上衣服，带上儿子的手书，毫不迟疑地出门。徐良送韩霓出去，看到风雪中停着一辆卡宴，车灯雪亮。

韩霓母子上车走了，徐良有些讪讪地回了自家，在沙发上发了半小时的呆，上床躺着却辗转难眠。

早上八点钟，韩霓准时带着儿子又来了，她给徐良带了一个小喷雾壶。

“我平时拿来补水保湿的，送你了，下回喷你的花就不需要用嘴了。”韩霓笑道，她打扮得光彩夺目，完全没有昨夜的颓唐沮丧。

“那不是花，是袖珍椰子，属于绿植。”徐良说。

第 19 章

穿越密码

如同往常那样，韩霓把孩子丢下就走了，今天她没带粮油蛋奶，只是临走时塞给徐良两包九五之尊。

“烟要少抽，酒要少喝，实在戒不掉就抽点好烟，喝点好酒，今天要接待客户，我晚点来接孩子。”韩霓叮嘱了一句就匆匆离去，和平时一样，路上车流滚滚，那辆卡宴打着双闪停在路边。

上午，韩轩依旧玩他的古钱币，一遍遍地排列，再一遍遍地打乱。徐良拿出纸笔让他复习昨天写过的字，他就跟没听见似的。

中午，徐良正在阳台上拿着韩霓送的喷壶给袖珍椰子喷水，忽然听到开门关门的声音，他顿感不妙，跑回客厅一看，韩轩不见了，地上摆满的古钱币也不见了，这孩子随心所欲，说走就走。

徐良开门就追，还好及时发现，韩轩没走出多远，但想把他劝回来太难了，这孩子一旦想做什么事，八匹马都拽不回，徐良只能跟着他走，出来得太急，他连家门钥匙都没拿，手上还端着袖珍椰子，还好手机在口袋里，这年头购物、买票、打车统统都是有手机就行。

韩轩在前面走，徐良捧着袖珍椰子尾随，就像个狼狈的奶爸。这好大儿比当爹的个头都高，生的也是玉树临风，只可惜是个自闭症患者，沟通有障碍，就像个三岁孩子一样我行我素，想一出是一出。韩轩出门往北走，直奔地铁站，这孩子可以啊，徐良想，还会乘地铁。

但是韩轩不买票，径直往里闯，进不去闸机就生气，徐良赶紧买了票投进去，韩轩过了闸机，下楼，来到路窝方向的月台前，静静站着，看起来和平常人一般无二。

在彭城广场站，韩轩下车出站，徐良忙不迭地跟在旁边刷卡照顾。待他抽空去自动贩卖机买瓶水，一不留神孩子就跑远了，徐良拔腿就追，跑了两步又回来，袖珍椰子被忘在贩卖机上了。

彭城广场地面，艳阳高照，风和日丽，韩轩没有投掷钱币，径直向南走，一直走到了大同街的钟鼓楼砖塔，徐良记得，这是自己第一次遇到韩轩的地方。

韩轩继续前进，和上次两人相遇后的行进轨迹完全相同，一直走到快哉亭公园，这是他们上次分别的地方，就在公园门口，韩轩被妈妈接走。

韩轩停下，摸出了一枚钱币，随手一抛，跟着前行。

徐良都看傻了，这孩子就像是在游戏中回到存盘点一样，时隔多日还能继续上一段旅程。

如果把两人的步行轨迹画成图，大概会是杂乱无章的线团，走走停停，兜兜转转，民主路、回龙窝、宣武路、淮海路、老东门、黄河岸边，从东到北，在黄楼转向南，再在文庙街区溜达一圈，经河清路回到了彭城广场，终点和起点实现了重合。

韩轩继续用铜钱指路，一枚天启通宝叮叮咚咚滚下台阶，停留在一扇大红门前。

命运将他们指引到了彭城地下博物馆。

博物馆面积不算很大，展品也不多，韩轩并不是来看文物和遗址的，他连走马观花都算不上，仅仅是一个匆匆过客，连带着徐良也看不了几眼。进门右转，橱窗内是地下挖掘出来的瓷器铜钱和城墙砖，一片浅浅的水池内，巨龟驮着残破的石碑，据说是古代某个武将为彰显自己的功绩而立，断碑的头顶是一片镂空的窗，可以望见高耸入云的苏宁大厦。

徐良的手机响了，是个陌生的号码，接通之后，一个上了年纪的女声问道："请问是徐良同志吗？"

"我是。"

"我是韩霓的母亲，她把你的号码给我了，是这样的，我联系不上韩霓了，她爸爸刚才摔倒了……"

韩霓的父母就住在彭城广场不远处的醒狮小区，徐良问清楚具体地址和老头儿的情况之后，先帮他们打了120叫救护车，然后最让人头疼的问题来了，他该怎么说服一个自闭症患者跟自己走。

韩轩沉浸在自己的世界里时，是接触不到外界信号的，不过也分具体情况，这会儿大概是回到他比较熟悉的主场了，就能接收一点信息了。当徐良说"外爷爷摔着了，我们去看看他好不好”时，韩轩没有抗拒。

徐良带着孩子赶到的时候，救护车也到了，他帮着医护人员将老头送到救护车上，一路跟到二院，韩轩交给外奶奶带着，徐良忙前跑后，挂号交费做检查，用轮椅推着老头到处排队，X光核磁共振做一遍，孝顺得像亲儿子。

所幸只是压缩性骨折，并无大碍，医生很快给办了住院手续，不过这个时期病房紧张，只能住走廊里的加床。一切收拾停当，吊瓶挂上，韩霓的父母才有机会道谢。

“这都是小事儿，谁家没个老人啊，互相帮助是应该的。”徐良说。

“这孩子忙起来啥都能忘，电话也不接，真急人。”韩母说。

“可能在开车吧。”徐良替韩霓开脱，做检查的间隙，他也给韩霓打了几个语音电话，同样没人接。

忽然韩轩起身就走，就跟魔怔了似的，大家也都习惯了这孩子的我行我素，韩母说：“小徐你跟着他，这边不用担心。”

徐良跟着韩轩出了二院进了地铁站，这孩子还挺善于利用公共交通工具，直接下一站彭城广场下，从九号口出来，沿着彭城路向北。韩轩走得很快，徐良简直是一溜小跑跟在后面，他徒劳地喊道：“小轩，你去哪儿啊？”当然是得不到任何回应。

前方就是彭城壹号区域，这里早先是市级机关北院，后来改建成商业街，餐厅、酒吧、商铺、KTV一应俱全。韩轩熟门熟路得让人惊讶，进电梯，上楼，直接走进一家灯光闪耀、歌声震耳的量贩式KTV，来到888包房门口。

门上镶着玻璃，能看到这是一个大包间，里面起码十几个男女正在载歌载舞，徐良推开门，歌声瞬间喷涌而出，一对男女正在深情演绎《铁血丹心》，这是很考验唱功的经典粤语歌，而且是很有些难度的二重唱。

没想到韩霓唱歌这么好听，简直是专业水准，男的唱功也不赖，丹田气足，音色阳刚，个头不算高但很壮实，巴宝莉经典格纹的衬衣绷在身上。看到徐良和韩轩在门口，韩霓冲他们摆摆手，把歌唱完才出来。

徐良把刚才发生的事情说了一下，感叹道："这孩子太神了，他竟然能找到你。"

韩霓懊悔不已："我手机掉水里送去修了，幸亏有你，等我一下，我去拿包。"

包房里的音乐戛然而止，唱歌的男人将他们拉了进来，一众人等都起哄："姐夫带着孩子找过来了，下面请姐夫给我们露一手。"

这是把徐良当成韩霓的老公了。

徐良正要解释，男人调侃道："韩姐，你和姐夫不来一首？"

"不唱了，我爸摔倒住院了，我手机进水打不通，老徐是来找我的，不好意思我先撤，你们玩。"

众人哪还有心思玩，都说今晚差不多就到这吧，散了散了。

韩霓给徐良介绍道："这是孟总，孟庆元。"

两人握手，男人眼睛里精光四射，手掌粗粝有力。

“坐我车过去比较快，我医院有熟人。”孟庆元说。

徐良张了张嘴，本来他想告辞回去的，不知道出于什么心理，还是跟着上了车。卡宴的后排门的储物格里，放着半条九五之尊，早上韩霓给自己的两包烟想必就是出自此处。

从彭城壹号到二院距离不远，一脚油门就到，韩母看到女儿回来，终于放心，絮絮叨叨，说多亏人家小徐了。

韩霓说：“妈你回去吧，今晚我在这儿照顾爸爸。”

徐良说：“我来吧，男的方便一点。”

韩母说：“你们都别和我争，今夜我来值班，明天找个护工。”

正说着，孟庆元陪着主治医生来了，还拿来了片子，医生给韩霓讲了老人的情况：“没什么大危险，主要还是靠养，得照顾好。病房这边给你协调好了，晚上别睡走廊了，护工也让护士长给安排妥了。”

这一定是孟庆元的功劳，韩霓投过去一个感激的眼神。

“我那边还有点事先走了，有事给我打电话。”孟庆元将自己的备用机递给韩霓，冲徐良点点头，陪着医生去了。

把老父亲转到病房里睡上正式的病床，又领了一个折叠陪护椅，心里更踏实了。韩母坐在床边削苹果，韩轩在一旁发呆，韩霓递了个眼神，徐良跟她来到走廊里。

“相亲认识的，干工程的小老板，挺厚道，人脉也广，帮我搭线做成了几个大单，光提成就有六位数。”韩霓没提名字，徐良也知道是在说谁。

“挺合适的，人也不错。”徐良说。

成年人之间的这点事，不用点破，大家都明白。

“我得感谢你，多亏你了。”韩霓拿出手机，她把自己的SIM卡放进去了，各种功能都能使用，直接在微信上转给徐良五千元钱。

这个动作的意图很清晰，我需要你，但要和你划清界限，这也是对你的保护，免得你因为不切实际的想法而受伤。

徐良拒收这五千块，这是他最后的倔强。

护士长找了一个护工过来，徐良更没理由留下，走出二院，天寒地冻，世界之大，他抱着袖珍椰子竟然不知道向何处去。

兜里有一枚硬币，徐良信手一抛，跟着硬币的滚动走到哪儿算哪儿。

中枢街上的一家便利店门口，徐良用面包下酒，几分钟内就干光了一瓶五十二度的烈酒，酒精很快麻痹了他的神经，朝着大致方向踉跄地走着，迷迷糊糊中还知道过马路，走地下通道，似乎还撞到了别人，引来一通抱怨。

徐良进了彭城广场站，有些尿急想上厕所，踅摸了一圈似乎找到了洗手间的门，可是怎么都打不开，气得他撒手去了，坐在月台的长椅上，头一歪，睡着了。

列车进站出站，乘客上上下下、来来往往，无人惊扰沉睡的中年人和他的绿植。

此刻的徐良，已经化身小炉匠李茂，回到明末崇祯年间的彭城。

今天正好是李可健的夜班，他来到月台上，发现了醉酒的徐叔，晃了晃他，没动静。对讲机里传来值班员的指令，让他去站务员室取备品。

站务员室就在月台上，和设备房、洗手间一样都是白色的门，李可健拿出钥匙开门时，发现门把手松了，似乎被人暴力转动过。

谁会试图闯入站务员室呢？李可健想不出来，开门走进去，按开关开灯，灯亮了，不是熟悉的白光 LED 灯，而是一盏绿色搪瓷灯罩的白炽灯，古巷幽深，犬吠起伏，巡逻的士兵晃动着手电，枪口黑洞洞的。

猝不及防地就回到了存盘点。

第20章

真相岂会如此简单

能在枪口下不㞞的，要么是英雄，要么是憨熊。

李可健二者都不是，他只是一个普通人，从小到大，面对过的最大威胁不过是父亲的鞋底而已。当子弹从耳畔飞过，才知道什么叫命悬一线，当即，他的腿肚子就像是灌了铅一样，再也挪不动了。

不但挪不动，连站立都困难，李可健蹲在地上瑟瑟发抖，双手不由自主地抱着头，大脑一片空白，又是一枪飞过，吓得他当场尿失禁，棉裤里一片温热。

杂乱的脚步声，南腔北调的怒骂声，却不是冲着李可健来的，他小心翼翼地睁开眼，看到两伙人正在争执，一边是穿着臃肿棉袄军装、手持卡宾枪的宪兵，一边是穿着美式派克短大衣的军官，双方围着一辆美式吉普车各不相让，剑拔弩张。

远处墙脚，成丰冲自己招手，李可健终于回过神来，猫着腰，连滚带爬地逃过去，躲进墙脚终于松了一口气，心跳声大得自己都能听到。

“宪兵和空军三大队又干起来了。”成丰嘀咕道，“咱别掺和，赶紧溜。”

李可健说：“我刚才看见林泽源了。”

成丰目不转睛，林泽源死没死，对他意义重大，这意味着凶案是否成立，陈庭晖很可能是无辜的，小小勤务兵就不会沦为丧家犬。

“哪能办？”成丰情急之下家乡话都出来了。

“回林府。”李可健斩钉截铁。

准确地说，这户独门小院的房子不配称作“林府”。林泽源是会计出身，谨小慎微不爱交际，身后事也没太多人参与，这会儿已经接近深夜，吊唁烧纸的亲朋好友只剩下零星几个，敞开的院门内，孤灯火盆，白幡黄纸。

院门十几米外，避风的斜拐角处，李可健和成丰已经蹲得脚麻，成丰问啥时候过去，李可健说再等等。

“刚才吃了个闭门羹，再去还吃咋办？”成丰把手抄在袖筒里，鼻头上挂着一绺清水鼻涕，冻得。

李可健说：“林泽源还活着，而且就在自家门口徘徊，他不是应该藏起来才对吗？为什么要出现在这么容易暴露的地方？”

成丰摇头，鼻涕也随着脑袋的晃动甩来甩去。

“林泽源在看，谁来吊唁自己，他还在等待一个时机以便和女儿接触，事发之后，父女俩根本没有时间交流沟通，等烧纸的人都走了，就是最好的时机。”

成丰兴奋起来：“对对对，抓个正着，就能把陈司长的冤屈洗清了。”

李可健正色问道：“成丰，你说实话，有没有拿陈将军的配枪。”

成丰摇头的频率更高了，李可健相信他没撒谎，剧本杀里的成丰，和现实中的成丰截然不同。面对傻乎乎的勤务兵，李可健有一种智商上的碾压感，颇为骄傲自豪，只是裤裆里冰冷挺硬，被尿浇过的裤子冻结实了。

更夫敲着梆子喊着“天干物燥，小心火烛”的号子走过，这已经是第二趟了，守夜的邻居大爷熬不住也回去了，依然没等到林泽源现身。

“执行第二方案，直接杀进去。”李可健说。

“为啥？”成丰不解。

“我怀疑刚才打草惊蛇，林泽源今夜也许不会来了。”李可健煞有介事道，其实是他撑不下去了。想想若在这儿蹲守到明晨，怕是要冻成冰雕，倒不是说气温多么低，实在是穿得太少，没有棉毛内衣、羊毛衫做保温层，赤身外面裹一件棉花都板结了的破袄，实在是不抗冻。

“那你不早说。”成丰抱怨道，他也好不到哪里去，穿的是一双布面的单鞋，双脚已经冻麻木了。

办丧事的家门是不关的，门上贴了一张白纸，门两侧摆着五六个花圈，堂屋里守着火盆披麻戴孝的林然看到这俩人又回来了，顿时警惕起来，起身就要喊人。

“你爸爸没死！”李可健一句话就让林然放弃了呼救的想法。

在火盆旁坐下，李可健终于恢复了一点元气，他把谱摆得很足，让林然去倒两杯热茶来再慢慢解释。

喝着热茶，李可健娓娓道来，他拥有无与伦比的信息差，每一句话都让林然震惊无比，无言以对。

“首先，林泽源没死，这不是推理出的结果，而是事实真相，我看到他就在附近晃悠来着。”

此时林然的表情不是惊喜而是迷惑，这也验证了李可健的猜测，父女之间早有默契，林然是一定程度上的参与者，她知道真相。

那么就用自己江户川柯南一般强大的分析推理能力让她颤抖吧。

“令尊假死，手枪失窃，都是为了制造冤案，嫁祸给陈庭晖，陈司长是国防部监察司的长官，他手里一定有某人的把柄，而那个人又拿捏着令尊的软肋，以至于连你都不得不为虎作伥，盗走了陈庭晖的马牌撸子。”

“陈庭晖喜欢你，可令尊却坚决反对，这很不合理，你们林家并不是彭城老户，在本地举目无亲，迫切需要一个稳固的靠山背景。试想有一个国军少将做女婿，哪怕你是以姨太太身份嫁过去呢，也不算辱没了林家，可令尊就是不同意，那么只有一个可能，令尊知道有人要对付陈庭晖，陈庭晖命不久矣。更为戏剧性的是，这一任务的执行者，正是你们父女二人。”

成丰佩服得五体投地，林然徒劳辩解：“我不是……”

“就算你不是，沉默也等同于同谋。”李可健笃定道。

林秘书咬着有些干裂但依然红嫩的嘴唇，似乎是在做着某种抉择。

“一个无辜的人，被自己深爱的人送上断头台，这是何等的悲哀，林小姐，你是一个善良的人，你也不想让陈庭晖背负冤屈吧。”此刻的李可健化身柯南，完全掌控了节奏。

“我是知道一些事情，但没有参与进来陷害他。”林然说，“家父有一个账本藏在暗格里，兴许会有点用处。”说着就去东屋取东西。

李可健和成丰交换一下眼神，得意扬扬。

林然很快拿了一个红色漆皮的本子出来，递给李可健看。

这是一个银行存款的台账，李可健没学过会计，什么活期存款、贴现贷款、押汇贷款、临时贷款、往来透支贷款等科目他只能懂个似是而非，那些长串的金额数字更是让人眼晕，这都是动辄以亿为单位啊！

他装模作样看了半天，也没找到关键所在，成丰伸着头在旁边窥视，李可健鄙夷道：“你能看明白？”

没想到成丰指着账本上一个存款户头说：“看这个。”

户名叫“第七兵团军需处”，甲种活期存款账户里有五十六亿的余额。

李可健恍然大悟：“这是军饷！”

第七兵团就是著名的黄百韬兵团，十几万大军的军饷当然是一个天文数字，而且现在法币贬值严重，数字巨大是正常的。

有第七兵团的军饷存款做对比，再看其他数字就有了分寸，什么陆军剿总、第三绥靖区、空军三大队、装甲兵学校，都是存款大户，而且都是活期存款，在一大堆军事单位里面，居然掺杂着私人存款，这个人的名字叫张阿宽，名下二十亿活期。

李可健问林然，你知道彭城有个叫张阿宽的阔佬吗？

林然摇头。

成丰说：“什么张阿宽，就是账外款。”

一语惊醒梦中人，李可健顿时觉得成丰一直在扮猪吃老虎，忽悠自己玩呢，这小子的智商绝对不低。

用谐音化名，怪不得自己猜不出来，因为实在是太肆无忌惮了。其实李可健是缺乏背景常识，彭城比不得上海，民间工商业远远称不上发达，再加上货币贬值严重，人们手上有点钱会立刻兑换成金条、银圆。至于普通老百姓，拿到钞票第一时间奔米铺去了，谁会把大笔钱存在银行呢。

按照这个逻辑继续查，又看到一个叫“刘志福”的可疑账户，存着几个亿的资金，还有个叫“尹华瑞”的私人账户，也有十几亿余额。

李可健问成丰：“你的军饷能按时领到吗？”

成丰说：“我是国防部庶务科的兵，军饷不会拖欠，彭城这些当兵的就难说了，有时候半年都拿不到一毛钱。”

这就是了，国军向来有吃空饷、喝兵血的传统，把军饷扣下不发，存在银行里吃利息，光是这一条就能吃得嘴角流油，如果把钱拿到上海的股市上去炒股票期货、煤炭大米，那岂不是赚得更多。

而陈庭晖是国防部监察司的官员，他发现了这里面的猫腻，于是着手调查，找到了林泽源，希望他能作为污点证人协助侦办此案。只可惜道高一尺魔高一丈，陈庭晖手底下只有一个勤务兵，拿什么来惩办这些骄兵悍将，又值兵荒马乱，人家设计把他搞死，简直是轻而易举。

案子基本上已经告破。

李可健尽力将自己裤裆靠近火盆，冰冻的地方已经融化，进而被烤成蒸汽，空气中弥漫着淡淡的尿臊味，为了挽救形象，分散注意力，他威风凛凛地说了一句：“新机之蛙一子摸你肚子。”

成丰更佩服了：“你还会说日本话！”

林然蹙着眉头：“真相只有一个？”彭城日据时期，学校实行日文教育，所以林然能听得懂他的半吊子日语。

“对，真相只有一个，如果我分析得没错的话，幕后主使就是大中银行的总裁段登岳！”李可健掷地有声的断言，让他的形象瞬间高大起来。

门外传来一声叹息：“方向是对的，可是真相岂会如此简单。”

紧跟着一个中年男人推门进来，灰布棉袍，戴着圆形玳瑁框眼镜，一条眼镜腿还用胶布粘着，正是死而复生的林泽源。

第 21 章

螟　蛉

林泽源面如死灰，进屋落座不再言语，半晌才叹口气，往火盆里添了几张黄纸元宝，活人给自己烧纸，闻所未闻。供桌上摆着的林泽源本人的炭笔遗像、微笑着看着这吊诡的一幕，仿佛早已洞悉真相。

“你们知道彭城有多少兵吗？”林泽源以这句话作为开头，让人感觉莫名其妙。

这是个不需要回答的设问句，林泽源自问自答：“彭城有三十万人口，军队比老百姓还多，驻扎有陆军七个军部、十八个师部、独立团部十四个，空军第三大队，宪兵三团，剿总，联勤司令部，战车团，第三绥靖区。几十万大军啊，每个月光吃喝拉撒就得多少开销？”

“你们知道彭城有多少银行吗？”林泽源还在继续，“这么大点的城市，没什么像样的工商业，金融业却畸形地发达，足足有十八家银行、六家信用社，除了中字头的大行、省行市行县行，还有大中、四明、华侨、实业、亿中……银行是干什么的，是要拿钱挣钱的啊，得多少资金进出往来，才填得满这么多张血盆大口？”

“几十万大军的军饷能填满。”李可健说。

林泽源说：“当兵的军饷低，架不住人多啊，几十万人每个月光军饷开支就千亿规模。钞票用飞机从南京、上海空运过来，美国机器、美国印钞纸印刷出来的金圆券，成箱成箱地搬进中央银行的金库，各个部队的军需官开单子提款，出了中央银行的大门，就把钱存进别的银行，当兵的根本拿不到一个子儿。这么大规模的钱只有一个去处，就是涌入市场，炒白布、棉纱、面粉粮油、生漆、桐油、猪鬃……这可都是和老百姓生计息息相关的大宗物资，物价疯了一样涨，钱越来越不值钱，昨天能买一袋面粉，今天就只能买十斤了，等当兵的拿到军饷，连一盒洋火都买不起了。”

物价飞涨，民不聊生，这一段历史李可健在课本上学过，但课本知识和身临其境的感觉是完全不同的，他问道：“陈庭晖身为国防部监察司副司长，秉公执法，挡了你们的财路，你们就陷害他杀人。”

林泽源凄然一笑：“按照相关规定，公款是不能私存的，军饷更是禁止存入私营银行，可是大家都这么干，谁能挡得住？办法有的是，明的暗的两套账本，各种蝇营狗苟，‘刘志福’的意思是各种歪门邪道得来的钱，留给行里职员做制服的福利费；尹华瑞的意思是偷逃的印花税都集中在这个私户里，这都是明目张胆半公开的，谁也没法查，查出来也不了了之。”

“那为什么还要陷害陈将军？”李可健就纳闷了，你们都这么猖狂了，何苦制造一桩冤案，简直多此一举，不嫌麻烦嘛。

“军款总是要用的，大战在即，再不发军饷，恐怕不打就先败了。”林泽源又叹了一口气，“先前七兵团的一笔款子，被银行放给上海一个大亨在市场上做多棉纱，本来一路上涨，可惜被更有实力的大人物狙击了，全赔了，现在银行同业拆借救急也来不及，陈庭晖虽然不能扭转大局，但是制裁一家银行的能力还是有的。”

“你们！”成丰拍案而起，气得脸通红，他是陈庭晖的勤务兵，也是沾亲带故的小老乡，立场自然没得说。

林泽源摆摆手：“小兄弟别上火，陈司长没事的，还没到你死我活、水火不容的地步，上面就是想让他知难而退，别为难咱们。再说了，姓陈的是黄埔嫡系，美国留学生，想给他扣屎盆子，也得掂量掂量。”

成丰恍然大悟，合着就是一场恐吓啊。

李可健觉得这事儿没这么简单，他明白林泽源说这些只是在铺垫，主题还是查案，既然林泽源没死，那么死的就是另外一个人，依然是一桩杀人凶案，依然需要有人承担责任。

不等他开口，林泽源站起来面向李可健，撩起棉袍下摆，跪倒在地。

李可健硬是稳住了，没作声。

“都说徐宏昌认了个聪慧好学的义子，今日得见，名不虚传，彭小哥年龄不大，胆识不小。令尊大人的事情，我也很难过，你代他受我三个头吧。”说完林泽源就在地上磕了三个响头。

原来死人叫徐宏昌，这可是剧本杀里没有的角色，倒是有个谢老板的人设比较接近，是个被银行逼得走投无路的小工商业主，谢和徐的拼音首字母都是x，想必就是同一个人。

但是没想到的是，李可健所驾驭的这个躯体的身份，竟然就是徐宏昌的义子，叫什么来着，对，彭秀章。

义子替父报仇，天经地义。

李可健却茫然了，彭秀章是徐宏昌的义子，自己可不是，一没义务，二没驱动力去处理这件事情。

“令尊是自尽。”林泽源又抖搂出一个惊天内幕。

“说起来也是命，徐宏昌经营上出了岔子，贷款还不上，银行要收他的厂房机器，他一时想不开，就带了一瓶煤油来行里想要个说法……”

怪不得，徐宏昌自焚了，人烧煳了，所以才能被银行冒用尸体说成是林泽源被杀，这银行真是聪明到令人发指，连一具尸体的价值都能压榨到极致。

还是有哪里不对劲，按照宪兵的说法，林泽源是死于枪下，陈庭晖的配枪也确实失踪，出现在凶案现场，这个细节还没得到合理解释。

但是李可健提出这个问题后，林家父女俩矢口否认，林然甚至都要急哭了。当爹的假死，做女儿的偷枪，这爷俩可真的什么事儿都干得出来，不承认就不承认吧。

“徐家……”李可健语不成句，他预感到这又是一个悲哀的故事。

“徐宏昌四个女儿，夫人肚里还有一个，唉，墙倒屋塌啊。”林泽源摇摇头，又往火盆里丢了几个元宝，火焰腾空而起，在他眼镜片上倒映晃动，如同地狱的烈火。

一家孤儿寡妇，没人能帮徐宏昌伸张正义，除了自己这个义子。

“彭小哥，还有这位老总，这件事你俩知道就好，千万别声张，不然对你们不利，他们不敢动陈司长，动你们有一百种办法，再说了，徐宏昌是自焚，怨不得别人。”林泽源说这话的时候不是以威胁的口吻，而是带着同病相怜的悲哀。

李可健摇摇头，缓慢发出质问：“就没有天理了吗？”

林泽源说：“我只是银行里记账的，揽款放贷和我没关系，我谁也没招惹，这事儿就摊到我头上了，我又能找谁说理去？我人活着，可是林泽源这个名字却死了，我若是不就范，怕是就要真的死了。”

因为女儿和陈庭晖之间的关系，林泽源是最好的替死鬼，真死假死都是死，真死还更稳妥些，没毛病。

林然拿出一大堆白纸包，这是今晚来吊唁的人奉上的烧纸钱，林泽源全部打开清点了一遍，然后用手腕上的橡皮筋扎住，他数钞票的手势很娴熟，看得出是老财务了。

“这些钱，麻烦彭小哥送到徐府，不管以什么名义。”林泽源说着又要下跪，这回李可健搀扶住了他。

“再等会儿就天亮了，小然，拿点东西给两个小哥吃。”林泽源吩咐道。

林然去拿来一包点心，斟了两杯热茶，摆在饥肠辘辘的两个人面前，茶水热气蒸腾，散发着茉莉花的香味，蜜三刀红亮红亮，撒着芝麻，入口甜入心扉，心中却无比苦涩。

“真好吃。”成丰咕哝道，伸手又要去拿，却被李可健一巴掌打了回去。

李可健把蜜三刀用原包装包起来，他也不知道为什么自己的动作如此自然娴熟，草纸上垫着红纸片，细麻绳一绕，提溜着就是一份好礼物。

“现在就去我干爹家，家里的顶梁柱一天没信儿，干娘肯定急死了。”徐宏昌的螟蛉义子将金圆券塞进怀里，提一下大棉裤的裤腰，径直走出林家，成丰也紧跟着他出来。林泽源没敢出来送人，因为此时名义上他应该是一个死人。

此时已经过了五更，大约清晨五点半，城市里黑暗且寂静，两边尽是低矮的平房瓦屋，没有门牌号码，更没有路牌指示，但李可健心里却仿佛有一个罗盘在指引着他，往西走，走到一条宽阔的南北路，然后往北走一段距离，再往西。

大街上出现了行人，店铺在下门板，清洁工在扫落叶，十字路口堆积着沙袋工事，街角处伫立着钢筋混凝土的碉堡。

目的地终于到了，民房墙壁上钉着风化巷口 28 号的搪瓷牌子，门口立着红灯蜡烛厂的木头牌匾，这里既是徐宏昌的工厂，也是他的家。

老徐一夜未归，家里并不知道他的去向，徐伯母拖着大肚子给女儿们煮饭，家里的米缸见底了，厂房里空空如也，所有的蜡烛成品、石蜡原料，连同包装纸箱和商标纸，全被大中银行的人拉走抵债了。

三个女儿默默坐在桌旁，她们两岁的妹妹前天得病死了，爸爸用席子卷了小妹妹，带着铁锨出门后就再没回来。

一人一碗能照见人影的稀饭，徐伯母轻轻叹口气，说吃完了都去上学，家里不用她们操心。

忽然有人敲门，所有人都站了起来，先想到的是父亲回来了，可是父亲又怎么会敲自家的门呢，直接进来不就行了。

进来的是彭秀章和一个陌生的小伙子，徐伯母紧张起来，上前询问他为何这么早过来，是不是干爹有什么事。

“干爹让我交给你的。”李可健将厚厚一沓钞票递过来，这么多钱，应该能让徐家人支撑一阵子了吧。

“还有这个，给妹妹吃。”李可健又将蜜三刀递过去。徐伯母松了口气，接了钱物，又问“你干爹去哪儿了？”

“他说有事去忙了，让你们别担心。”李可健撒了谎，他原以为自己有勇气说出事实，但是看到可怜的一家人，他还是选择了逃避。

“那行吧，进来吃口饭。”徐伯母说，看得出来不是客气。

三个妹妹都出来了，补丁摞补丁的旧衣服，眼神怯怯地看着李可健。

“我还有事，先走了。”李可健扭头就走，他生怕再迟一秒钟，自己的眼泪就要夺眶而出。

成丰紧随其后：“现在干什么去？”

“去打电话，长途电话。”李可健说，“打给陈夫人。”

长途电话可不是那么好打的，必须到电信局去打，可是电信局在哪儿呢，李可健脑子里的导航再次开启，将他指引到了位于中正路和民主路交叉处的彭城电信局。

这里是彭城的核心区域，和电信局紧邻的是中央银行，一大早就围满乌泱乌泱的跑街，他们是等着提款的，林泽源说的那些滑头操作，每天都在照常进行。

隔着崇文路，东边是陆军联勤第一补给区司令部、陆总新闻处、空军粮仓库，北面是邮政局、农民银行、空军俱乐部和军用汽车修理厂，西边隔着民主路，是市党部和空军第三大队，全是有权、有钱、有油水的单位。

打电话要花钱，李可健留了几张钞票就是做这个准备的，可是当他将大面额钞票递进柜台，转瞬就被丢了出来，还被营业人员骂了一句，旁边有个兑银圆的黄牛路过，看到蹲地上捡钱的李可健，讥笑道："这点钱，买一支烟都不够，还想打电话。"

李可健首先想到的不是打不成电话，而是给徐伯母的那些看似很多的钞票，实际上可能解决不了多大问题。

他猜得没错，徐伯母拿到钱第一时间就去粮店门口排队了，计算着钱数和面粉的价钱，估量着能买半口袋面。可是一等下了门板，粮店的账房就换了新的水牌子，面粉又涨价三成！

群情骚动，账房嗤之以鼻："就是这个价，上午不买，下午还涨，吃不起进口的美国面粉，就掺点高粱面，怎么不是糊弄个肚饱。"

这话没毛病，老百姓怎么配吃白面呢，小米、红薯、高粱面才是他们吃得起的食物。

李可健身上还有钱，那是陈庭晖给他的饭钱，面额更大，一顿酒菜的价钱，总能打得起长途电话了吧，之所以没用，是因为这钱属于全兴楼，他不能擅自动用，不过事急从权，不该用也得用了。

这时候成丰说话了："你不会打一个对方付费的电话吗？"

李可健惊了，还有这种操作？自己真不懂，记事起爸爸就用起了手机，家里也没安装过固定电话，所以对于打长途电话这种事，他完全陌生。

“南京家里也没电话。”成丰又说，“你只能打到邻居家。”

“也行，你知道号码吗？”李可健又找到了希望。

“我不知道号码。”成丰摇头，“其实不急的话，可以拍电报，比打长途电话便宜。”

拍电报这种事物比长途电话还遥远，这是二十世纪的产物吧，不过成丰说得对，电报比刺刺啦啦杂音大、经常断线的长途电话靠谱得多，看那些在长途电话隔间里“喂、喂、喂”个不停的人就知道。

李可健决定拍电报，成丰提供了陈庭晖在南京的住址，升州路某某号，夫人姓潘，大户人家的小姐，和陈庭晖同是慈溪人，青梅竹马的那种。

能跟着将军做勤务兵，肯定不会是文盲，成丰会写字，但是不大擅长组织语言，电报这东西是按字收钱的，非常考验语言文字的简练。

李可健抓过蘸水笔，略一思忖，写下一行字：晖冤狱速救。

“五个字好，省钱。”成丰拿着钱跑去窗口交费，营业员给了他一张回执。这封电报将会进入柜台排序，会有一个电报员将这五个字翻译成电码发报出去，经过彭城、蚌埠沿线的电报电话线，传输到南京电信局，收报员接收之后，打印出来，交给邮递员送到相应地址，收到电报的人拿出电码本自己翻译成文字，整个流程才结束，要是一切顺利，明天就能收到了。

终于办妥了一件大事，李可健长出一口气，自己该回去了，可是怎么还没自动下线呢，万一永不下线，那岂不是要在这里度过余生了？

突然有人喊他：“彭秀章！”

虽然不是自己的名字，李可健还是下意识地回过头去，只看到一个留着刘海青年头，穿阴丹士林蓝布棉袍的女孩子站在面前，正是徐家的大女儿。

第 22 章

少年彭秀章

少年彭秀章是沭阳县人，自幼喜读书，曾在私塾上过几年学。民国三十六年，一场大水淹没家乡，彭秀章随父母逃难到了彭城，栖身故黄河畔的太平洼。

爹娘都出去找活干了，只留彭秀章在家守着，说是家，其实就是个用烂木头和破席子搭建的窝棚，破家也值万贯，窝棚里有一家人赖以生存的坛坛罐罐，还有一本小学课本。

难民吃不饱，彭秀章每天肚子里清汤寡水，饿到头晕眼花，唯有读书的时候能让他忘却饥饿的痛苦。读书的少年吸引了路人的目光，那是一个穿着葛布长衫的中年人，面目慈祥。

中年人和彭秀章聊了两句，还将一本旧书送给他，随即转身离去，少年翻开旧书，看到几张竖版钞票，他知道这是一元能兑法币五元的关金券，这些钱至少能让一家人三天饿不着。

一刹那彭秀章做了个大胆的决定，他叫住中年人，朗朗道："先生，授之以鱼不如授之以渔，收下我吧，我什么活都能干。"

中年人在犹豫，世道艰难，多一张嘴就多一份负担，他实在抠不出多余的粮食养一个半大小子，但是看着灼灼期待的目光，他又不忍心回绝。

"这样吧，你能找到活儿的话，我给你做铺保。"中年人说。

中年人就是红灯蜡烛厂的老板徐宏昌。

满城都是难民，饿殍遍地，就算本地人想找活儿干都不容易，遑论一个逃荒少年。徐宏昌自己的小作坊里只有两个工人，都是跟他干了十几年的老伙计了，每个人身后都是一个家庭，所以他只能答应帮彭秀章做铺保。萍水相逢，能做到这一步已经很仗义了。

回到风化巷的家里，徐宏昌心里不踏实，脑海中总是闪现彭秀章的身影，忍不住去找了几个相熟的朋友，问他们需不需要人手，管口饭就行。大家众口一词，都说养不起人了。

晚上，彭秀章把遇到贵人的事情对父母说了。

彭父白天在镇河铁牛旁等活儿，他没有一技之长只能出苦力，有时候一天下来都挣不到口粮钱。彭母在金谷里做杂工，偶尔能带一些残羹剩饭回来。

得知有人愿意做铺保，父母很高兴，铺保对于外地流民太重要了，找一份哪怕只管饭的活儿也是好的，有饭吃就能活下去，彭家就不会绝后。

但是工作得自己找，彭父帮着分析，百业凋零，唯有和军队挂钩的行当能吃上饭，澡堂、饭馆、妓院这三种行当是无论时局如何，都屹立不倒的，甚至世道越乱，生意越好。现在是夏季，澡堂歇业，整修锅炉，彭父也不想让读过书的儿子去妓院做龟奴，那么选择就只剩下一个，去饭馆做学徒。

彭城的饭馆酒家很多，大马路上的宴宾园、公园西巷的冯天兴、马市街的陈云记、津浦西马路的同心馆、中正街的华北饭庄、二府街路北的江南春……大大小小上百家总有，只要下功夫，总能找到愿意管饭的东家。

彭父领着儿子挨家挨户地上门推销，也是这孩子命好，才寻到大同街东头的全兴楼，就有了一番机缘巧合。

老板娘是个风风火火的爽快人，她说："大兄弟我们家小本经营用不起人，要不你们爷俩别处再问问吧。"

这样的夫妻档小馆子确实用不起人，哪怕是只管饭也不行，彭父道了谢，正要带孩子离开，店里出来一个四十来岁的汉子，拔出嘴里叼着的烟袋锅子，问了一句："小伙子识字不？"

彭秀章说："我《百家姓》《千字文》是念完了的，算术也学过，加减乘除都会，算盘也能拨弄几下。"

汉子把烟袋别在腰间，说："我做主，留下用了，但是咱们约法三章，三年内没有工钱只管吃喝住，而且学徒期间别想摸菜刀、案板，刷碗、洗菜、倒尿盆才是你的活儿。还有，你们爷俩得找个铺保才行。"

彭家父子喜出望外。彭秀章按照先前徐宏昌留下的地址找到红灯蜡烛厂。老徐得知孩子找到了工作，也大为欣慰，三方签字画押之后，彭秀章就成了全兴楼的小伙计。

全兴楼门脸不大，只能摆得下四张桌子，只因靠近火车站，不愁没生意，老板兼任红案白案和掌勺大厨，一个人在后厨忙乎；老板娘在前面招呼客人，迎来送往；还有一个整天叼着大烟袋的大舅爷老周，坐在门口条凳上，眯缝着眼睛看来来往往的人。

彭秀章加入之后，全兴楼的生意没啥变化，但老板两口子的工作量显著降低。晚上封炉子，早上生炉子，擦桌子扫地，扒蒜、剥葱、烧水、煮饭、洗衣服、倒尿盆……这个手脚勤快的半大小子全包了，他甚至能叫得出熟客们的姓氏和官衔，这可没人教过，只能说明这小子悟性高。

老板娘也是厚道人，本来说好的只管饭不给钱，到了一个月整，还是给了小彭一笔不菲的零花钱，名义上是买牙粉、毛巾用的，但也用不了这么多。

彭秀章拿了钱就跑了，半天才回来，送给老板娘一盒雪花膏，老板一盒仁丹，大老周也有份，是一盒美国好彩香烟。

老板娘喜笑颜开，说："你这孩子有良心，没白疼你，那个手上提的啥？"

彭秀章说："这一包蜜三刀给徐伯父，这一包羊角蜜给我爹娘。"

老板娘感叹这孩子懂事，知恩图报，孝顺爹娘，当个学徒怪可惜的。

彭秀章请了假去探望徐宏昌，一个月历练下来，小小少年待人接物更加成熟，衣服鞋子整洁干净。徐宏昌庆幸自己没帮错人，他说："你在那边干得还行吧？有啥事抹不开面给我说，我帮你提。"

"我想多看看书。"这是彭秀章唯一的需求。

"好！"徐宏昌简直要击节叫好了，小跑堂的还想着念书，这孩子将来必有大成！他再次动了心思，想把彭秀章收了当义子。

既然想看书，那课本是最合适的，徐宏昌的大女儿招娣和彭秀章年龄相仿，正在读国中，于是老徐把招娣上学期的课本拿出来给彭秀章，说："借给你看，要还的，你二妹妹读书时用得上。"

借书借书，有借就有还，就多了许多接触的机会，至于到底是收为义子，还是招为赘婿，视具体情况而定。

彭秀章在全兴楼干得如鱼得水，渐渐也发现了小饭馆能够屹立不倒的真正原因。全兴楼经常有一些熟面孔来喝酒，却从不付钱，只是神神秘秘交给大老周一些东西。还有些时候，半夜来客，火车站刚下车的旅客来敲门，一帮人聚在一起不知道商量些什么，这时候睡在店堂里的彭秀章就要给他们站岗放哨。

这世道，谁家没有点看家的绝活，还真活不下去。

彭秀章还亲自见证了一件大事的发生。

那天店里来了一个上了年纪的中尉军官，彭秀章会认军衔，抗战胜利后国军的军衔就变了样子，以前都是钉在领子上的金属方块和三角星，现在是肩章上的杠杠、梅花和五角星，一道杠是少尉，两道杠是中尉，以此类推，全兴楼接待的基本上以下级军官为主，最大的也只见过两朵梅花的中校而已，但这个中尉年纪大了点，年过半百才混成这样，属实有点可怜。

老中尉胡子拉碴，一身卡其布军装，怀里似乎揣着东西，坐下点了四两大曲，一个凉拌松花蛋，彭秀章问他要不再来一道热菜，忽然老中尉就开始骂人，不是骂跑堂的，而是骂长官。

“奶奶的，我也想吃热菜，军饷半年没动静，我有啥办法。小哥，还得劳烦你，看看这个够不够。”满嘴北方口音的老中尉说着从怀里掏出一包药粉、两盒针剂。

彭秀章认识字，但他的知识储备还不够鉴别药物的价格，这时大老周来救场了，他让彭秀章把药物交给老板娘，再添四两酒，上一道蒜爆鲤鱼。

老中尉就推辞，大老周的江湖气派上来，说：“我也是经常在外面跑的，到哪儿都是靠朋友帮衬，这点小意思，今天我伺候了。以后有什么难处，只管来找我。”

然后彭秀章就看着这两人喝得酒酣耳热，称兄道弟。

后来，老中尉又来了几次，都是大老周接待，四个凉四个热伺候着，就听到老中尉一直在骂娘，在抱怨，说他们杂牌都是后娘养的，只有邱李兵团是宋美龄养的之类的话。

大老周就低声劝解，手指蘸着酒在桌子上写写画画，老中尉频频点头。

又过了两天，半夜里忽然一声巨响传来，整个城市都在震动，把饭桌拼起来当床睡的彭秀章被惊醒，从门板缝看出去，西北方火光冲天，爆炸声不绝于耳，足足响了小半夜。

黑夜中大老周带着老中尉来到全兴楼，给他换上一身便衣，拿了一包银圆，两人握手而别，换下来的军装交给彭秀章塞进炉膛烧成了灰烬。

大老周啥也没说，彭秀章啥也没问，一切就当从未发生过。

天亮了，消息传遍了全城，原来是九里山军火库爆炸，据说焚毁坦克十几辆，美式十轮卡车十辆，美国造机枪、步枪、冲锋枪四万多支，子弹炮弹不计其数，足够战场上消耗大半年的军火就这样一把火全没了。

彭秀章隐隐猜到，大老周是八路的人。

八路早就不叫八路，改叫解放军了，但是民间还是习惯将他们称作八路，有些无知的人甚至以为八路就是“扒路”的意思，简直贻笑大方。

徐招娣肯定不属于无知的人，她是培正中学的学生，颇有些进步思想。上回父亲不打招呼就把她的课本借给陌生人，让招娣非常生气，对徐宏昌发了脾气，请他把课本要回来，徐宏昌说小彭是好孩子，在饭馆跑堂还不忘学习。

招娣只冷哼一声，她是大小姐，才瞧不上小跑堂的。

但当彭秀章将课本送回时，她的看法发生了转变，物归原主的课本没有任何损毁，反而包上了道林纸的书皮，能精心呵护课本的人，又怎么会是一个坏人呢？

全兴楼只能勉强提供青春期少年发育所需的营养，架不住彭秀章个头噌噌地长，穿一身洗得发白的制服，浑身上下收拾得利索无比，不像个跑堂的，倒像是国立师范学校的学长。

同龄人有共同语言，招娣很快和彭秀章成了好朋友，徐宏昌也不干涉，他高兴还来不及呢。

得知彭秀章最大的愿望就是进校园读书，招娣便趁着一个阳光明媚的礼拜天上午，邀请他参观了自己的母校培正中学，她已经毕业，正打算进一步升学，上师范学校，将来当个教书育人的女先生。

参观了培正中学还不够，招娣干脆又带他去看了北关的国立师范，最后二人又去了市政府专员署东隔壁的铜山县立中学，看门的大爷很好心地放他俩进去了。

秋色正好，铜山中学里绿树掩映，破败的学宫翘脊飞檐、杂草丛生，寂静的校园里没什么人，只有一双正值青春的小儿女。

招娣穿着蓝色的洋布裙子，坐在学宫石台上，两条白生生的小腿晃动着，秀发随风摇曳。鸟儿在歌唱，阳光从婆娑的树影中透射下来，恰似一幅画。

“这石头礓礤儿，有几百年历史了，据说是明朝时建造的。”招娣说。

礓礤儿是古语台阶的意思，在彭城话里却是当口语用的。

“明朝在清朝前面，距今有五六百年，传了十六个皇帝，最后一个崇祯皇帝，吊死在煤山上。”彭秀章开始掉书袋。

“那你说，明朝为什么会亡？”招娣眯着眼睛，拔了一根狗尾草在嘴里叼着，开始考他。

彭秀章抖擞精神，从袁崇焕冤死，李自成造反，洪承畴投降，吴三桂冲冠一怒为红颜讲起，洋洋洒洒，浩浩汤汤，俨然一个小说书先生。

“那你说，清朝为什么会亡？”招娣对历史不感兴趣，她只喜欢文学诗歌，但是看得出彭秀章喜欢讲这些，就故意逗他多说。

“清朝亡于闭关锁国，慈禧太后专权，戊戌变法六君子血洒菜市口……”少年依旧口若悬河。

“那你说，现在这个当局，为什么会亡？”招娣幽幽地提出致命的一击。

彭秀章哑巴了，不是他不敢说，而是想到了太多太多，往事一幕幕浮上心头：家乡的劣绅地主，苛捐杂税，大水之后民不聊生，卖儿鬻女，黑市猖獗，货币贬值，当局只知道进口美国面粉和枪炮，发动内战，所有的钱、物和人命，都拿来往战场这个无底洞里投，不亡才怪。

“当局不得民心，气数已尽。”彭秀章言简意赅地总结。

这个答案，招娣很满意，她从学宫大殿的台阶上跳了下去，倒退着走路：“彭秀章，咱们去操场跑步，看谁跑得快。”

绿草如茵，花香鸟语，和心爱的女孩并肩奔跑，挥洒青春，彭秀章只想让这一刻成为永恒。

……

“彭秀章，我爸究竟怎么了！”时间回到初冬的季节，电信局门前黄牛聚集，门庭若市，徐招娣眼含着泪水质问少年。

第 23 章

寻找过去的世界

李可健刚去过徐家，自然记得徐家大女儿，但他并未融合彭秀章的记忆，所以面对质问，只有不耐烦和心虚推脱。

“我也不清楚，你去别处找找吧。”李可健扭头就走，没想到人群中一个戴鸭舌帽的汉子拦住了去路：“秀哥儿，有美元吗？”

能叫出名字，自然是相熟的，可李可健并不认识这人。彭城有若干黑市，倒腾金银的黑市在丁字巷，兑换美元英镑的黑市在中央银行附近，那边有警察驱赶，黄牛就都聚集在隔壁电信局门口了。

李可健正要回答，忽然有人大喊警察来了，轰的一声黄牛们四散而逃，李可健被奔涌的人潮推倒在地，眼前一黑。

眼前是黑暗的，伸手不见五指，李可健发现自己躺在水泥地上，起身摸索墙壁，找到了电灯开关，灯光亮起，眼前是几个铝合金货架，这儿是站务员室，他回来了。

这次穿越让他很上头，站在原地清醒了一会儿，这才出去，出了门对讲机就响了，值班员问他备品拿到了吗，李可健才想起进站务员室的原因，这一趟穿得恍如隔世，让他对站务员室都有心理阴影了，找了个同事才敢一起进门，并没有再次发生穿越事件，他顺利拿到了备品。

回到月台上，李可健发现徐叔已经走了。

他看了看手表，此次穿越大约持续了五分钟，但在彼端至少经历了八小时，看来这玩意儿就跟做梦一样，梦境和现实的时间流速并不相同。

送走最后一趟列车后，彭城广场地铁站几个出入口的卷帘门缓缓降下，进入夜班模式，员工盘点清账、维护机器，工班进入轨行区检修。李可健忙完手上的活儿，来到站务员室门口，踌躇着要不要再试一把。

思量许久，他终于一把握住站务员室的门把手，推门，开灯，一气呵成，灯光雪亮，一切如故，什么都没发生。

早晨，夜班白班交接完成，本该回家补觉的李可健心事重重，沿着淮海路向东走，走到记忆中民国时期电信局的位置。这里现在是一座白色方塔建筑，与巨幅广告牌并列的是“中国电信”四个大字，但基本格局和当年没有太大变化，花园还是花园，道路还是道路，建筑还是建筑，只是中正路变成了淮海路，崇文路变成了文化路，路北的邮政局变成了邮储银行。

李可健折返向西，途经老东门，现在这里是文化街区，遍布饭馆酒吧，但是在他的童年记忆中，这里是彭城警备司令部。每次坐 1 路公交车经过的时候，总会对门口岗亭哨兵的枪和大门里的一切充满兴趣。以前不懂为什么警备司令部会设在这里，现在恍然大悟了。

新中国成立前，老东门这一块区域是国民党市党部、宪兵三团和空军三大队驻地，解放军接管后自然就成了军队的地盘，正如同国民党联勤总医院变成了解放军九七医院，国民党战车团驻地变成了解放军坦克师驻地一样。

一座城市不管经历多少沧桑，总能依稀找到发展的脉络痕迹。

在百度地图的指引下，李可健来到了风化街，民居变化太大了，完全找不到徐宏昌家的旧址，他尝试着询问路边的老人，可是这些六七十岁的人根本记不得如此久远的事情。

不过提起红灯蜡烛厂，倒是有人提供了线索。

据说八九十年代的时候，风化街小学有个校办工厂生产蜡烛，品牌就叫红灯。但是和姓徐的没啥关系。

李可健的寻访只得告一段落，打个哈欠回家睡觉。

今天休息，李可健一直睡到下午才被姜展顺叫起来，问他去不去玩。

“玩什么？”李可健很纳闷，姜展顺平日里小气巴拉，从不请客吃饭，今天发的什么疯。

“剧本杀缺人，救个场呗，管饭。”打扮停当的姜展顺硬是将李可健从床上拖了起来。

李可健只好跟着姜展顺打车赴约，随着目的地的接近，有种不祥的预感浮上心头，他要二刷某本了。

果不其然，这回剧本杀又是调度长陈维组的局，又是原来的场地、原来的道具，只是玩家全换了新人，除了担任DM的陈维。

陈维看到李可健出现，顿时皱起了眉头，同一个本不能玩两次，不然对其他玩家不公平。但是这回实在凑不够人，李可健没声张，陈维也就保持了沉默。

还是抽签定角色，这回李可健抽到了成丰的角色，姜展顺扮演陈东将军，还有个女孩扮演林然，陈维读本时，李可健发现剧本和上次比，进行了修订和改进，增加了一个饭店跑堂的角色，那不就是彭秀章？

李可健装作什么都不知道，正常进行，但是玩到一半他就开始作妖，不按套路出牌了，跳出了剧本的窠臼，说出一大堆自己的观点来，说什么林泽源是自杀身亡，和任何人都没有直接关系，但又都有间接关系，军款私存，通货膨胀，小企业面临生死危机，林泽源是被旧社会逼死的。

姜展顺说："你超纲了，这些剧本里没写啊。"

其他人也都嚷嚷说李可健纯属捣乱，不按规矩就没法玩了。

陈维见状说："今天就到这吧，我叫了火锅外卖大家一起吃，吃完一起去唱歌。"

他是发起者，大家也都是冲着他的面子来了，一场本来应该旷日持久的剧本杀提前结束，他必须负责善后，请吃火锅和唱歌是理所当然的。

别人唱K的时候，陈维把李可健叫了出去，在洗手间门口，陈维递给他一支烟，帮他点上火，问道："你怎么知道那么多？"

李可健说："我穿越了。"

陈维说："我现在是很严肃地和你谈话。"

李可健说：“我像是不严肃的样子吗？”

陈维说：“好吧，我先坦诚相待，陈东的真名，确实叫陈庭晖，而陈庭晖这个人，是我的祖父。”

李可健没觉得震惊，这很符合逻辑。

陈维接着说：“剧本杀的内容，是按照我祖父寄给我祖母的家信和电报整理而成的，和事实基本一致。当时确实发生了这样一起案件，而我祖父也确实和一个叫林然的女秘书过从甚密，后来这案子没有了下文，我祖父也失踪了。我们家查阅了很多档案卷宗，寻访了很多人，都没找到祖父的下落。”

李可健说：“你搞剧本杀，就是想找到陈庭晖的下落？”

陈维点点头。

李可健很想说一句“你不觉得这种方式很可笑，很没用吗”，但是碍于调度长的身份，他没敢直说。

“每次我都会找不同的人来扮演角色，我想利用人性来寻找真相，也许永远找不到真相，但至少能找到一个方向。”陈维深吸一口烟，将烟蒂狠狠塞进垃圾桶上的烟灰缸里。

“有这个必要吗？”李可健问。

“很有，这是我奶奶临终时的嘱托，找到祖父的尸骸，合葬。”陈维语气变得坚定起来，“我从苏州调到彭城，就是为了这个。”

李可健听说过陈维的事迹，这个人在苏州地铁就是调度长，是被彭城地铁集团挖墙脚过来的高级人才，甘愿减薪从苏南调到苏北，原来是出于这个原因。

“我对你没有隐瞒，也希望你真诚对我。”陈维说。

李可健说："我穿越了……"

陈维打断他："你够了！"旋即又一摊手做无奈状："好吧，随便你怎么说，你说穿越就穿越吧，那么你看到了什么，发现了什么，详细告诉我。"

李可健就开始重新讲述自己的穿越历程，当他说到陈庭晖的家在南京升州路某某号的时候，陈维一把按住他的肩膀："你怎么知道！"

"调度长，这个问题我解释无数遍了，我穿越了。"李可健拨开陈维的手，继续讲述，"我拍了一份电报过去，内容是'晖冤狱速救'，如果你整理家里的信件电报，想必见到过这一份。"

陈维用颤抖的手再次点上一支烟，他不敢相信超越常识的事情，但这事儿真就发生了，眼前这个看似普普通通的站务员似乎真的具有穿越时空的能力。

能做调度长的人，一定是思维缜密，逻辑清晰，且很有决断力的强人，他立刻意识到一件事，纠结于穿越是否存在毫无意义，搞清楚事实真相才是目的。陈维打定主意，哪怕眼前这家伙自称是玉皇大帝，也绝对不要质疑他，平常心就好。

"好吧，你是从哪儿穿越的？"陈维问道。

"最近的一次是从站务员室穿越的，上两次是走在外面突然就穿了，我也搞不懂触发因素是什么。"李可健挠挠头，颇为欣慰，这个世道啊，人和人之间都没啥信任了，说破了嘴皮子才让陈维相信了穿越的事实。

"好，下回带我一起，是彭城广场站的站务员室对吧？"

陈维努力控制着讥讽的笑容。

“对的，路窝方向月台，靠近1号线尽头，门口有个自动售货机，墙上有个电子显示屏。”李可健频频点头，他愿意带着陈维一起穿越，有同时空的人作伴多好啊，不用孤军作战了。

陈维看看时间，说：“咱们现在就去！”

“他们怎么办？”李可健话还没说完，就被陈维拉走了。

半小时后，两人出现在彭场广场站月台层的站务员室门口，李可健向值班的同事借了钥匙，开门开灯，两人走进站务员室。

“然后呢？”陈维环顾一周问道。

“没有然后，直接就穿了，要不再等一会儿。”李可健说。

就这样过了几分钟，李可健还没穿越，陈维问道：“是不是需要月光宝盒之类的道具。”

“那倒不用……”

“行吧，下回穿了告诉我，对了，帮我给我爷爷带句话，让他回南京，我奶奶等他等得很苦。”陈维拍拍李可健的肩膀，转身走了。

李可健也走出站务员室，不甘心失败，又再次进进出出了几次，依然无效，他只能还了钥匙，也没心思继续回去唱歌了，干脆坐地铁回家。

从1号线黄山垄站1号口出来，李可健穿越了火线一般的和平路，在民富园北门遇到了正送韩轩上车的徐叔。

“下班了？”徐良招呼了一声。

“今天休息，徐叔。”李可健对父亲的仁兄弟很客气。

“休息好啊，吃饭了吗？到我那儿喝一杯去吧。”徐叔发出邀请，看起来挺真诚的，不像是假客气。

“下回吧，等我爸来了，我约您。”李可健没兴趣和长辈一起喝酒，当即婉拒，但是徐良下一句就让他改主意了。

“年轻人不知道酒的好处啊，酒能让人逃离这个无趣的世界，在另一个维度存在。”

李可健有些狐疑，这话似乎不是第一次听说了，想起来了，上回陈维请吃烧烤，回来遇到徐叔，他就说什么喝到位了不受时间、空间的约束，哪儿都能去，当时觉得他是喝大了胡说八道，但是眼前的徐叔显然是清醒的。

“那我就陪您整两口。”李可健说。

有人对饮，徐良再开心不过了，他把李可健带到家里，豪爽地开了一瓶五粮春，下酒菜有点瓤，只有袋装花生米和火腿肠。

“冰箱里有鸡蛋，我炒两个菜。”徐良卷袖子要干活，被大侄子劝阻，“不用，这两个菜够下酒的了。”

但徐良还是坚持调了个极简单的凉菜，他剥了根大葱，把葱白斜着切成细丝，用生抽和香油拌了拌，就是一道很好的下酒菜。

徐良洗了新酒杯给大侄子用，摆上菜看觉得不对，菜不摆三，筷不成五，高低得再加一个菜，正琢磨是炒鸡蛋还是来个方便面汤，有人敲门，原来是李可健悄悄点了外卖，锡纸包裹的烧烤还散发着热气呢。

“还是年轻人有办法。”徐良感慨道，斟满酒，先对着窗外的月光举了举，“平时我都是举杯邀明月，对影成三人。”

李可健说：“叔，您真是出口成章。”

徐良说：“那当然，我们徐家是书香门第，我爸爸、我爷爷、我几个姑姑都是文化人。”

李可健说：“徐叔是老彭城人了？”

徐良说：“正宗地道老彭城，从我爷爷的爷爷的爷爷就在这儿生活，一度开枝散叶，徐家人丁兴旺。不过到了我爷爷这一辈就不行了，我爷爷生了四个女儿，最后一个遗腹子是我爸，我爸是三千里地一根独苗，我也是独生子女，我到现在没混上媳妇，老徐家就算是绝后了。”

李可健说：“徐叔，你们家以前是不是住风化巷一带。”

徐良端酒杯的手停住了。

李可健趁热打铁：“你们家是不是开蜡烛厂的，红灯牌蜡烛？”

第 24 章

你这辈子都别想当我爹

徐良愣怔了一会儿，只给出一个似是而非的答案：“好像是吧，我记得听家里人说过以前住风化街，我爷爷是小企业主，还够不到资本家的程度，具体是干什么生意的，他们没细说，我也没问，毕竟也不是啥光荣的事儿。”

年轻的李可健不会明白，资本家和贫雇农在政治身份上的鸿沟天堑，家里有矿是网上戏谑且艳羡的形容词，但是在几十年前，这就是政治原罪，是生下来就带着的贱民标签。

李可健不甘心，继续追问：“你爷爷是不是叫徐宏昌？”这回徐良点头承认，但是对于爷爷的死因他并不知晓，只知道爷爷失踪，活不见人死不见尸，有人说他投河自尽，有人说他漂泊出海去了南洋，总之这个人再也没出现过。

“你知道一个叫彭秀章的人吗？”李可健又问，“是你爷爷的干儿子。”

“我不知道。”徐良说，“那一辈人的故事，都埋进土里了。”

这话不假，每一位老人的去世，都会让一段故事永久尘封。

“徐叔，你不想追查真相吗？”李可健问道，“给家里人一个交代。”

徐良摇摇头：“不需要交代什么，我奶奶早就去世了，我几个姑姑也先后离去，我爸也没了，他们都在另一个世界团圆了，我不需要给他们交代什么，我也不关心七八十年前的事情，那已经属于历史。”

人和人的观念真是天差地别，人家调度长陈维，为了实现奶奶的遗愿，不惜下血本，全情投入；而徐良则淡定漠然，毫不在意。李可健无法做出评判，到底谁对谁错，反正这事儿自己已经深度掺和进来，别管你想不想知道，我总要给你一个交代。

“你是怎么知道这些的？”徐良终于反问。

“我能穿越。”李可健目光炯炯，期待回应。

“我也能。”徐良缓缓说道，“你是哪一个，咱们在过去打过照面吗？”

此时徐良的思维已经被酒精搅乱，他满心都是明朝故事，没在意李可健说的都是民国旧事，还以为对方化身崇祯年间彭城的某个 NPC 呢。

李可健只得解释：“我能够魂穿到 1948 年冬天，附身在一个叫彭秀章的人身上，这个人和你们老徐家有着很深的渊源，目前我正在调查你爷爷的死因真相。”

“不可能。”徐良打断他。

“穿越就像梦境，你只能随波逐流，不能主动去做什么，你这是假穿越。”徐良大笑着否定对方，这小子说谎不打草稿，正宗的穿越应该是自己这样式的，如同没有音效的默片，以第一人称视角观察而不是改变历史。

“那你的版本太低了，我这是 2.0 版本，参与度百分百。”年轻人当即反驳。

两人开始掰扯，谁也不能说服谁，一边吵吵一边喝酒。一斤五粮春见底，有八两五都进了徐良的肚子，李可健酒量不佳，一两五也上头，扶着墙回去睡觉了。

徐良也不收拾残局，拖鞋一甩，倒头就睡。

……

病来如山倒，病去如抽丝，服用了小炉匠带来的偏方草药，徐六娘一时半会儿死不了，但也下不了床，出不了不力，别说磨豆腐，就是挑劈子、烙烙馍的劲儿都没了。家里米缸早空了，好在左邻右舍帮衬，凑了些高粱、红薯、小米、盐豆子，十几日的嚼裹且有了。

集市上，小炉匠正在锔陶盆，邻居飞奔而来，附耳说了几句，李茂放下活计，摊子都不管不顾了，在围裙上胡乱擦一下手，跟着邻居回去，并非是家里失火遭窃，而是对门六娘有事。

病榻上的六娘脸色蜡黄，嗫嚅了几句就泪流满面，李茂转身就走，没回集市，而是去了学宫。学宫不但供奉着至圣先师，还是学生娃娃们读书的所在，书声琅琅，不可造次，李茂在教室前盘桓许久，终于见到了学宫的教书先生，那位老鼠胡子。

老鼠胡子挥手向南一指，李茂不敢多言，转身就走，回头望去，一群下学的少年里，已经没了徐徵的身影。

李茂出了彭城南门，过了吊桥，一条南北路横在眼前，这条街叫马市街。顾名思义，这里牛鸣马嘶，粪便横流，空气中弥漫着牲口的臭味，老客们把手伸进对方的袖筒讨价还价，修蹄子的摊位周围聚满了闲人看客。

一排毛驴静静地吃着草料，它们的主人等着揽活儿，赶车的叫车把式，赶驴的叫驴把式。老百姓走远道儿，雇不起车马，就只能骑驴。

读书郎徐徵就混在一帮驴把式中间，褐衣短打，光头赤脚，李茂上前揪住徐徵要带他回家，驴把式们不乐意了，抄起鞭子围住小炉匠，推推搡搡，进而拳脚相加。

李茂被揍得鼻青脸肿，其中一个经常光顾六娘豆腐摊的驴把式下手最狠，多多少少带了点私人恩怨。

打完了人，这家伙还把徐徵叫到身边，将赶驴的小鞭子交到他手中，大有传承衣钵的意味，一旁的四蹄踏雪小黑驴还应景似的嘶鸣了几声。

连旁观者徐良都看不下去，念书的孩子去学赶驴，有辱斯文!

血从头上滴下，糊住了眼睛，徐良的视野变得模糊起来，他只看到小炉匠再一次爬起来冲向驴把式。

大概是这股拼命的劲头震慑住了驴把式，他屈服了，答应放徐徵回去，还拿出褡裢，取了五个制钱、一块麦饼给徐徵。

褡裢上绣着一个“車”字。

这是徐徵第一次尝试打工养家，结局是被李茂强行拽回来，代价是小炉匠的脑袋被打了一个血窟窿。

第二次逃学，李茂是在城北八十里外的利国驿找到人的，徐徵青衣小帽，和一群头戴缠棕大帽、窄袖直裰的驿卒混迹一处。

崇祯二年，朝廷裁撤精简全国的水马驿、递运所、急递铺。彭城地接南北、贯通东西，是水路交通要冲，依然保留了周边部分水路驿站，也不晓得徐徵一个读书人为啥要和这帮大老粗厮混。小炉匠也不管那么多，依旧像上次一样硬拽徐徵回家，一个老卒出来劝阻，他褪色的红布对襟罩甲上一个大圆圈，圈里墨笔写着一个“馬”字。

李茂一番说辞，老卒点头称是，帮着劝说徐徵回家，虽然百般不乐意，但徐徵还是回去了，路上他没搭理李茂。

第三次是在运河旁储存漕粮的水次仓找到徐徵的，小小年纪扛着大包在跳板上颤巍巍地走着，一不留神差点落水，幸亏旁边的虬髯大汉仗义出手，拎小鸡崽一般将徐徵连大包一起丢到漕船甲板上。

徐徵再次被李茂带回家，他没反抗，也许是认命，也许是被这个男人的执着折服，一高一矮两个孤独的身影走在回家的路上，背后是长河落日，古渡昏鸦。

徐良有些纳闷，他能理解徐徵挣钱养家的急迫，可是为啥如此钟情运输行业，从赶驴到驿卒再到漕运苦力，三者有相通之处。不过细想就能理解，明末的城市贫民，择业范围极窄，没有土地，没有功名，没有本钱，能干啥？如果连这些都干不了，就只能揭竿而起了。

徐徵给出了答案，他向李茂坦白了自己的心路历程，母亲重病，自己无能为力，只好求助于占卜，这孩子用罗盘龟甲和铜钱为自己指明了方向，卜辞为《易经》里的天地交万物通，他尝试理解并化用，才做出了那些奇怪的选择。

善良的百姓用自己的价值观诠释了徐徵的行为，万般皆下品，唯有读书高，一个读书郎为了给母亲治病祈福甘做下九流，但是感动归感动，他们也做不了什么，六娘家的生计，终归要靠自己解决。

明月夜，秋风凉，小炉匠睡不着。

米缸下的铜钱全部花光，变成了缸里清水浸泡着的黄豆，一更天，李茂走出自家柴门，翻越对门的矮墙，墙角棚子下是一盘石磨，本该放豆浆的瓮是空的，六娘的豆腐坊已经许久没开张了。

石磨缓慢转动，一把把黄豆撒进去，李茂弯着腰转着圈，小心翼翼，生怕惊动了旁人。

磨盘戛然而止，徐徵站在棚外，四目相对片刻后，少年默默加入磨豆子的行列，石磨吱扭吱扭地转动，白花花的豆浆涓涓流出。

三更天，豆浆过滤好了，豆渣单独放一边，开始煮浆，点豆腐。徐徵从小耳濡目染，倒也不会出错糟蹋了原料。

五更天，豆腐脑上笼屉，上面压上石头挤出水分，做完这一步，全部流程就算完了，早上就可以出摊售卖。

李茂该回家了，徐徵送他到门口，说了一句话，因为是默片 1.0 模式，作为观摩者的徐良听不到说的什么。

梦醒了，徐良回到了现实，继续新的一天，拿起韩霓送的小喷壶给袖珍椰子喷水保湿，买早点，烧热水，打扫卫生，等候韩轩到来。想到这个自闭症的孩子，他有些心疼，又有些欣慰，这些天来，是韩轩稀释了自己的孤独，不然光这份寂寥就足以将一个人杀死。

床头柜上放着治疗抑郁症的药，还有一瓶安眠药，徐良本身也是个病人，病人之间就应该互相帮助，互相救赎，不是吗？

韩轩如果是个正常的孩子，会不会想让自己当他的爸爸呢？徐良开始胡思乱想，忽然月光下徐徵的脸出现在面前，那口型分明在说一句话：“你这辈子都别想当我爹！”

第 25 章

路边野餐

自打上次的事情之后，韩霓对徐良的态度发生了微妙的转变，七分的感谢、两分的讨好加一分的愧疚，混杂出一种礼貌且带着明显边界感的客气。

反而是徐良情绪稳定如常，如果说人生是一片水域，有人是汪洋大海，有人是滔滔大河，那他就是干涸龟裂的河床，已经失去了太多太多，不差这一桩本来就缥缈的爱情。

徐良把韩轩带回家里，这个被他妈收拾得整洁利索的半大小子的形象渐渐和徐徵重合。徐徵不愿意接受李茂做继父，韩轩却没有拒绝的能力，恶趣味涌上心头，他对韩轩说："叫爸爸。"

韩轩没有任何反应，他连亲妈都不叫，遑论这个野爸爸。

这并不耽误徐良自娱自乐，仿佛自己真的从天上掉下来一个十四五岁的儿子，就这样以爸爸自居了半天，忽然他就觉得索然无味——因为他明白，自己这辈子是不可能有后代了。

“走，爸爸带你逛街去。”徐良拍了拍便宜儿子的肩膀，这孩子虽然不会和人打交道，但心里什么都明白，一听要出去玩，顿时喜形于色。

徐良带着韩轩乘坐地铁进城，这已经形成了某种规律，通常都先乘车来到市中心彭城广场，然后以此为起始点，随机向各方向进发，走到哪儿算哪儿，不一定都步行，有时候也会坐地铁，坐公交，或者打车。

今天地铁上有新鲜事物，两个穿着汉服的女生坐在对面，徐良一眼就看出她们穿的叫比甲马面裙，玩得还挺专业，和他亲眼看见过的明末女装形制已经很接近了，区别仅仅在于配套的鞋子、发型以及人物的气质。

再看看身边唇红齿白的少年，徐良拿出手机上淘宝刷起了男式汉服。

旁边有个戴着皮帽子的老头搭讪道：“这是你儿子？”

徐良点点头，老头又问这个年纪为什么不去上学，徐良赶紧解释了一番，说孩子是自闭症患者，没办法融入社会，只能慢慢干预治疗，带孩子到处溜达，也是一种积极干预的疗法。

老头叹气说可惜了，这孩子看着挺聪明的，又说退休前单位一个同事家的孩子也是这个病，很难治愈，也不知道现在怎么样了。

这个老头就是老马，原来在铁路工作，一家子四辈都是铁路人，退休之后闲着没事，隔三岔五坐上地铁，穿过城市去找自己的老朋友老车喝酒，正如老车反方向过来找他一样。

前几天，两人为了万里遥远之外的欧洲发生的战争吵了一架，互相拉黑，割袍断义，发誓绝交。事后老马就后悔了，但他放不下面子主动求和，就等着老车找自己，等来等去没等到，老马急了，坐地铁直奔老车家兴师问罪。

下一站是彭城广场站，再坐几站才到老车家，自闭症患儿和他“爸爸”下车了，对面穿汉服招摇过市的俩女孩也下去了，又有许多人涌入车厢，老马闭上眼睛开始养神。

在月台的对面，开往高铁站方向的列车里，背对着这边也有个戴着同款皮帽子的老头。老车几乎在同一时刻做了和老马相同的决定，打上门去讨个说法。

老车是个老驾驶员，在运输公司、客运公司和公交公司都干过，开过的大客车牌子，现在的年轻人听都没听过：“扬州”“远征”“丹东黄海”。铰接式大通道，中间软连接的地方设有弯弯的香蕉座，小孩子最喜欢坐。那时候的方向盘不带助力，离合器死沉，高高隆起的引擎就在驾驶员右侧，冬天当个暖气用，夏天滚烫，出了什么毛病，掀开盖子自己就能修。后来换双层巴士，封闭式空调车，自动投币刷卡，连售票员都省了。再后来换纯电新能源车的时候，老车就退休了，这些老嗑也没人听了，只有半个同行的老马愿意听。那家伙是铁路分局客运段退休的，跑了一辈子火车，说起绿皮车、红皮车，比自己还嘴碎。

可惜这么好的朋友，就因为拌了几句嘴绝交了，老车觉得怪可惜的，带了一包自己调的秘制猪耳朵去找老马复合，他的计划是去老马常去的小公园找个石头桌凳自斟自饮，等老马自投罗网。

中午，老车坐在小公园四角亭里，石头桌子上放着凉菜和酒壶，失算了，今天小风飕飕的，平日里遛鸟、听戏、练书法、甩鞭子的老头们都窝在家里没出来。

老车按捺不住，收起酒菜，故意来到老马家楼下吊嗓子，喊了半天，那扇窗内也没有动静。

这老货肯定听见也看见了，就是记仇不愿意搭茬。散熊吧，谁离了谁都一样过！

他习惯性地摸出手机，打开微信才想起，两人已经互删拉黑，电话号码倒是还在，但是已经意兴阑珊，懒得打了。

回去的路上，老车把凉拌猪耳朵赠给一只没拴绳的狗，脏兮兮的串子狗将拌了葱丝香菜的猪耳朵一口气全尅了，这狗东西和老马一样，倒是不嫌弃香菜。

与此同时，老马正蹲在老车家门口，他敲了半天门没人应，按理说这个老东西中午一定要回家吃饭的，嫂子买菜也该回来了啊。他几次拿出手机想打个电话，还是忍住了，一切都看缘分，求来的不如等来的香。

楼道里冷飕飕的，水泥地更是冰凉，老马怀里揣着的铝饭盒里装满了凉拌腐竹木耳豆腐皮，为了照顾老车的口味，一点香菜都没搁。

时间差不多了，老马不打算继续等了，拍拍屁股起身，找了一家米线馆解决了午饭，然后步行来到新华书店三楼，在军事政治类书架上踅摸了几本书，《世界棋局》《大国博弈》，来到靠北的窗口下，一排供读者小憩阅读的椅子座无虚席。窗外是略显陈旧的古彭大厦，这栋楼代表了九十年代彭城的繁华喧嚣，目光向右转动，银蓝色的苏宁广场又是另一个世界，二十一世纪的新彭城。

老马戴上老花镜开始阅读，他看书的目的不是增长知识，而是为了和老车拌嘴争论时有理论和细节的支撑。津津有味地看了半天，忽然想到已经和老车绝交，以后没得人吵了，想到这书看了也白看，不禁有些黯然神伤。

徐良带着韩轩坐在608路公交车上，这是一条贯穿城市东西的线路，途经的每一个站名，都饱含了徐良的青春回忆。随着地铁的开通，乘坐公交车的人明显比以前少了，但座位依然稀缺，“父子俩”都站着。

韩轩好像很喜欢这种随着车辆启动转弯，身体为之倾斜的感觉，他抓着吊环，享受着晃来晃去的体验，甚至有了空座位也不要坐，就要站着玩儿。

就这样一直开到了东店子终点站，两人下车，韩轩还是漫无目的地瞎走，徐良背着包跟在后面，走呗，走哪儿算哪儿。

这里是城市的东部边缘，放眼望去，到处高楼林立，道路纵横，而二十年前此处尽是农田村落，徐良感慨着沧海桑田，而后竖起来衣领，郊外不比市中心，这西北风吹得属实有些冷了。

韩轩走进一条空旷的道路，路边有河沟，河沟里结冰，枯黄的茅草中惊现一只胆大的白猫，人猫四目相对，白猫猛地回头，奔向停在远处的红色卡车。

卡车旁，老包正在给卡斯炉上气罐，他刚从外地拉了一车货过来，在附近工厂卸了货，过来吃口饭，人和猫都需要补充能量。他把几只猫放出去拉野屎，自己也在路边尿了一泡，然后摆起全套阵仗，兴师动众地做饭、用餐。

食物的香味引来了两个路人，走南闯北多年的老包一眼就看出这对父子不大对劲，正常人是不会在这儿步行的，要么坐汽车，要么骑电动车，谁会在这前不着村后不着店的地方遛弯啊。

徐良也觉得很稀奇，一个卡车司机，在荒郊野外生火做饭，身边还围着三只尾巴高高竖起的猫，时不时蹭蹭司机，喵喵两声，案板、桌椅、卡斯炉、铁锅、电饭煲，还真是齐全。

“一块儿尅点。”老包对陌生人发起邀请。

他无家无口，只有三只猫做伴，有时候特别需要和人类说说话、唠唠嗑，他也不指望能得到回应，这年头，亲戚之间都冷漠着呢，何况萍水相逢的路人。

没想到真得到了回应，于是老包把自己的折叠椅给韩轩坐，又拿了两个木箱子当座位，还给徐良上烟。

徐良从双肩包里取出饭盒，这是他给韩轩预备的午饭，还有一个不锈钢酒壶，装的是烈酒，那是他不可或缺的寄托。

“老哥，喝点？”徐良扬了扬酒壶。

“白的啊，那真不行，万一需要挪车我就麻爪了。”老包摆手婉拒。

不需要寒暄，不需要深聊，两个男人就这样坐在冬日乡间无名的公路旁，默默地抽着烟，吃着简单的餐食。时不时有车经过，尘土飞扬，转瞬归于平静。

吃完了这顿饭，老包收拾刷碗，徐良带着韩轩继续上路，那只白猫盯着他们的背影看了许久，直到老包一声喊，才扭头狂奔，窜进驾驶室。

第 26 章

老包的移动城堡

老包开了三十年车。

起初，他是一个顽劣少年，热衷于街头斗殴和盗窃自行车，家里实在没办法，托人办了假的高中毕业证，把年轻的小包送到了军营这个大熔炉。

严酷的新兵连让小包脱胎换骨，然后被随机分配到高原上的汽车团。关于青春的记忆，对他而言是皑皑的雪山、路边怒放的格桑花，内地来探亲的嫂子们、还有细雨霏霏下兵站里成排的日野卡车。

退伍后，小包跟着师傅开出租车，师傅是个老油条，教他很多部队里都学不到的绝活，那时候满大街都是黄色的天津大发，人称“面的”，他和师傅白班夜班倒换着开，一个月能挣三四千。

后来，黄“面的”被成批淘汰，师傅贷款买了一辆当时很火爆的东风“八平柴”，相关参数老包至今倒背如流：仿造日产卡车，载重八吨，康明斯的涡轮增压柴油机，160 马力，

570 牛 / 米，五挡手动变速箱，还选装了空调，开长途不要太舒服。

跟着师傅，小包见识了不少世面，那年头高速公路不像现在这么发达，走南闯北的卡车司机们和江湖好汉没啥区别，师傅教小包如何应付交警和路政，绕路躲收费站，再在国道旁的野店和风尘女子来一段露水姻缘。

师傅最后一次出车，是送货去广州，小包前一天和人打架，胳膊骨折，没法陪同前往。师傅从广州配货回程的前一天晚上还和小包通了电话，然后就再无音信，二十多年了，人和车都没找到。

然后老包就自己买了辆车单干了，他在车上带了一只黑背犬，是同伴，也是保镖。

那些年月，国内的经济高速发展，高速公路的里程迅速增长，社会治安也越来越好，老包挣到了钱，家里给他介绍了对象，是个在蓝天大楼卖羽绒服的营业员。结婚之后，老包还是天南地北地跑，为了养家，他充满了干劲，哪承想还没来得及要孩子，就发现媳妇给自己戴了绿帽子，他平静地离婚，从此单身到现在。

黑背犬是在外地被人毒死的。这之后老包不再养小动物，直到他遇到懂事的大橘，才重新让驾驶室添丁进口，现在是三只猫，如果遇到有缘的，他还会再养。

闲暇时，老包就在群里瞎聊，他加了十几个不同的卡友群，各类信息群里都有，接单、配货甚至介绍对象的都有。

巧了，有人贴出一个拉板子的活儿，距离老包很近，他迅速接下，招呼猫们上车开拔。

老包的新车是徐工的汉风重卡，贷款买的，460马力的潍柴发动机，自动挡带助力，比当年的“八平柴”先进多了，他驾驶着卡车向前行驶，忽然从后视镜里看到闪烁的警灯。

是一辆花里胡哨的警用摩托车，老包不知道这种蓝黄相间的图案叫巴腾堡格纹，是国际流行的警车涂装，他只是将一张五十元的钞票塞进行驶证里，等待使用。

老包靠边停车，警用摩托也停了下来，老包降下车窗，居高临下递出驾驶证、行驶证，那交警穿一身蓝黄反光衣，紧身黑裤子配皮靴，头盔下一双含笑的眼睛亮晶晶的。

交警先敬礼，接过证件检查了一下，递回来，说：“师傅你有一个尾灯不亮，好像是接触不良，最好赶紧处理一下。”声音很甜，是个年轻女孩子。

“就这？”老包有些不可置信，女交警再次向他敬礼：“祝您一路平安！”然后跨上摩托走了，头盔后马尾一甩一甩的。

行驶证里，钞票原封未动，老包拧开大号保温杯喝了口水，他很久没和年轻女孩子打交道了，得缓缓神儿。

这个女交警勾起了老包的回忆。兵站的清晨，指导员的女朋友端着脸盆倒水，遇到年轻的士兵，也是这样甜美的笑容，和那“惊鸿一瞥”的马尾。

老包开车到厂里装了货，沿着104国道向北进发，途经两省交界处的韩庄古镇，看着道路两侧鳞次栉比的饭店和鱼馆，老司机不禁再次陷入对往事的追忆。

那是二十年前的一天，记不清具体的年份，只记得是个大雨如注的黎明，很冷，正值壮年的老包开了一夜车，睡眼惺忪地强撑着，雨刮器在疯狂工作，国道上没什么来往车辆。

忽然他看到路边有个人在艰难前行，浑身湿透。老包本来都开过去了，又倒车回来，鸣笛示意，但那人连头都没转一下。

那是一个女孩子，比今天这个女交警还要年轻一些，单衣贴裹在身上，脚上一双塑料拖鞋。老包看不过眼，喊她上车，女孩惊恐地拒绝，老包就没强求，上车走了，开出去足有一公里，还是忍不住掉头回去，拿了自己当兵时的一对上士军衔给女孩看，说：“我是老兵，不是坏人。”

墨绿色的绒布套软肩章，一道粗三道细的黄杠，简简单单的物件，却成功说服了女孩，爬进了老包的驾驶室。

老包至今记得清楚，那女孩牙齿在打战，睫毛在滴水，蜷缩在座位上像一只无助的猫。他拿了毛巾和热水壶给女孩，又给她半饭盒韭菜鸡蛋馅的饺子，说：“这是我妈包的，你吃吧。”

女孩擦干了湿漉漉的头发，喝了几口热水，吃了几个饺子，然后怔怔地看着前方不言语。

雨中的104国道，漫长没有尽头。

老包就问她：“你家在哪儿，我送你回家。”

女孩茫然摇头。

老包有些烦躁，点上一支烟，沉默开车，他岂能不知道女孩的遭遇？一定是家破人亡，被亲戚拐到韩庄当所谓的服务员，大车司机都知道这种服务员意味着什么。她回不去家，可是自己又能做什么呢？

彼时，老包刚离婚没多久，父亲去世了，母亲思念成疾，自己整天在外面跑车，也顾不上照顾家，又哪来多余的善心和精力照管一个陌生的女孩。

但他也没办法无动于衷，最终，老包在彭城市郊的公交站把女孩放下，硬塞给她五百块钱就走了。自始至终，他没问过女孩的姓名，女孩也没问过他叫什么。

没多久，母亲也病逝了，老包再无牵挂，把老房子卖了，从此以车为家，漂泊四海。这些年他走遍了山川大河，吹过海南岛的海风，吃过吐鲁番的沙子，卡车就是他的起居室，卧室、储藏室、电炉子、煤气炉、空调、电视、游戏机，还有一年四季的衣服鞋子，全都在车上。有段时间他差点赶潮流在鹤岗买了房，想想还是算了，比起固定的家，他更喜欢这种风餐露宿的感觉。

……

车绫子是蓝剑突击队的一名辅警，今天中队在郊外拉练，她顺路值了个勤，那卡车司机在行驶证里塞了五十元钱，真搞笑，这是考验姐呢？

当辅警之前，车绫子从军两年，在西部战区某部通讯连服役，当兵是继承父亲遗志。在她五岁的时候，父亲出车途中遭遇塌方，牺牲了，至今刻着军徽的墓碑还屹立在喀喇昆仑山下。

当过兵的女孩，个头高，纪律性强，这都是车绫子的优势，但是进入蓝剑并不容易，她得能降服等于自己五倍体重的重型摩托车才行。车绫子下了苦功夫训练，练到肤色晒得黝黑，一个人就能扶起倒下的摩托，考场上穿梭过弯更是行云流水一般。

车绫子追上编队，摩托车队雁翅排开，在公路上翱翔。

“先干两年，然后转内勤，再考编转正，女孩子终归要结婚嫁人，整天在外面骑个摩托乱跑算什么事儿。”这是爷爷的原话，车绫子不以为然，她就是喜欢一线，喜欢骑着大摩托满世界跑，又酷又飒。

或许是从小被当成男孩子养，车绫子性格刚猛，反而喜欢温和腼腆的男生，上回一起玩摩托的朋友张宇宁介绍的王一晨就挺不错的，无论是个头相貌还是人品工作，都很合车绫子的意。

但她不打算这么快结婚，首先工作不允许，单位正是让你出力的时候，你结婚生娃去了，这算哪门子事。再说她也不想年纪轻轻就围着奶瓶打转。

拉练结束，车队凯旋而归，一个同事指着远处，头盔耳机里传来惊奇的声音：“看！”

遥远的村落之间，夕阳下，耸立着造型奇特的城堡。

第 27 章

在能看到烟花的地方过年

每年春节，都是一次人类大迁徙。

“又该春运了。”老马坐在陈旧的布沙发上说道，他住的是房龄不到十年的新房子，用的却是结婚时的旧家具。这套实木家具是托工务段的朋友用旧枕木打的，结实耐用，用老马的话说，人走了，家具都还在。

铁路人最忙的时节，莫过于春运，就连机务段工人老马也有几次被临时调到客运段帮忙的经历，那年月一票难求，别说卧铺了，就是座号都得托关系加钱买，售票处排的长龙一眼望不到头。现在可好，手机上点一下，就能把好几天之后的票给订了，听孙女说，还有什么抢票软件，邪乎得很。

上回没找到老车，老马便把这事儿暂时搁置，一心考虑孙女的婚姻大事。他孙女在动车段当列车员，但不是正式工，属于第三方劳务派遣，现在工作算是稳定了，下一步该找对象了。

他的老友老车却不急着让孙女嫁人，家家都是独生子女，孙女出嫁，这个家就空了，老头儿舍不得。

老车记得，每一年的春节联欢晚会，总有向坚守在一线的群体拜年的环节，以前不觉得有啥了不起，现在孙女做了警察，又是入党积极分子，除夕夜肯定要抢着值班的，想到这个，老车觉得骄傲又心疼。

两个老家伙都不知道，他们的孙女此刻直线距离不超过三百米。铁骑女警车绫子驾驶着摩托车在公路上风驰电掣，忽然一列流线型的高铁列车从后方追来，摩托车与列车并行了几秒钟，还是败给了三百五十公里每小时的中国速度。

乘务员马明歌坐在两节车厢连接处的折叠座位上，她刚做完车厢行李架调整，检查了洗手间的清洁卫生，稍微有了片刻的闲暇，窗外是高速掠过的熟悉景色。列车一路向南，燕子也一路向南。

与高铁轨道并行的是 G2 高速公路的一段，南来北往的汽车穿梭不断，正值春运，公路运输愈加繁忙。以前的旅客出行，长途汽车是重要选项，现在有了高铁和私家车，选项就更多了。马明歌注意到公路上有一辆涂装很可爱的红色卡车，司机师傅一定是个很有爱的人吧，也许某个女孩子网购的商品就在这辆车上。

她猜错了，这辆南下的货车是老包驾驶的，他无牵无挂，每年春节都会前往温暖的南方，就像南下过冬的候鸟一样。

耳机里传来列车长的呼唤，马明歌赶紧起身，列车长只比自己大五岁而已，整天板着脸熊人，哎呀，哪天自己也能当上列车长啊，一定不随便熊人。

……

刘淑娴正在打扫卫生，一如既往地认真，就算是看起来一尘不染的地方，也要用干、湿两块抹布擦拭一遍。客厅里，电视机传来关于春运的新闻，说往年常见的归乡摩托车大军不见了，这是因为高铁的便捷和私家车的普及云云。

对于过年这种事，刘淑娴有着刻骨铭心的记忆，她从小就跟着父母在广州生活，每逢春运格外头大，买票难、排队难，回乡之路何其漫漫。她记得有一年雪灾泛滥，使用电力的火车头都趴窝了，广州火车站聚集了好多好多人，那年春节，她和家人滞留在广州，过了一个无比冷清的春节。

后来刘淑娴结了婚，跟着王亚军在外地过了两次年，对于过年一定要回家的执念淡了许多。是啊，家并不一定是那个生我养我的故乡，亲人在的地方就是家。

过一会儿还要去干两个家政活儿，今天雨夹雪，天气很不好，刘淑娴有些为难，她不舍得把孩子一个人留在家里，但更不可能带着去雇主家里干活，不是每个雇主都像拐老太太这么通情达理。

说来也好笑，彭城方言里，形容一个人脾气坏难相处，就用“拐”做形容词，可是拐老太太一点都不拐，相反，很好说话，也许人和人的关系是动态的，遇到不喜欢的人，就拐起来，遇到对脾气的人，就春风化雨。

拐老太太说话了：“小刘啊，不然把孩子放在我这儿吧，大冷的天，别冻着孩子。”

刘淑娴手一抖，正在擦拭的镜框差点落地，书架上摆着几个镜框，都是西部地区希望小学发的捐赠证书。

“孩子太吵了……”刘淑娴放下抹布，来到客厅当面推辞。

“你看看外面，雨夹雪，你骑着电动车让孩子跟着受罪吗？把他一个人放家里更不放心。听我的，就放我这儿，陪我说说话。”拐老太太说话带着一股不容辩驳的权威性，刘淑娴想想还是妥协了。

“毛蛋，在奶奶这儿要乖哦。”刘淑娴随口说道。

拐老太太不乐意了，脸一沉：“小刘，你父母多大岁数？”

刘淑娴说：“他们七零后。”

拐老太太说：“我是三零后。”

喊奶奶确实不合适，这岁数在农村若是还活着的话，得五世同堂了，得被人称作老太太了。

于是刘淑娴又犯了一个错：“毛蛋，在老太太这儿要乖哦。”

毛蛋接话道：“拐老太太。”

空气顿时尴尬起来。

刘淑娴和王亚军两口子每天工作结束躺在床上时，会互相吐槽当天遇到的奇葩，拐老太太就是刘淑娴对这位雇主的背地里的称谓，毛蛋两三岁正是会学话又不懂事的年龄，童言无忌就把这个词儿说出来了。

一时间刘淑娴不知道该怎么解释才好，出乎意料的是，拐老太太没大发雷霆，而是讲了一个故事，她告诉刘淑娴，上次和邻居老太太因为捡废纸引发冲突的根本原因。

“人到了走投无路的时候，捡捡废纸、空瓶，也能吃上一口饭，这是社会底层最后的依赖。王姨一个月退休金五六千，还要和拾荒的抢这三五毛钱的利，所以我才和她争执。还有和十二楼那家人吵架，是因为他们总喜欢把电动车推进家里充电，这万一失火，遭殃的是全楼。还有四楼那家，半夜放音乐，我也和他们理论过，最后还报警了……”

刘淑娴明白了，这哪是什么拐老太，分明是嘉禾小区之光啊。

有了这番解释，什么隔膜误解统统烟消云散，刘淑娴放心地把毛蛋留下，自己骑着电动车去下一家干活了。

等她忙完工作，回来接走儿子，到家后发现毛蛋嘴里嘟嘟囔囔，仔细听原来是在背诵着什么：“人之初，性本善，性相近，习相远。”

刘淑娴用手机百度了一下，原来是《三字经》，她一把抱住孩子，又亲又笑又感动。作为农村出来的孩子，刘淑娴最大的幸福就是没做留守女童，被村里的老光棍和学校里的人渣教师欺负，但她的父母文化水平低，又忙于工作，实在没时间也没能力教育孩子。自己生了孩子之后，也是有心无力，只要孩子别耽误大人挣钱就谢天谢地了。没想到啊没想到，自己缺失的，竟然在儿子这里补回来了，而且是一个无亲无故的人义务帮忙，岂不让人动容。

等王亚军回到家，刘淑娴把这件事和他说了，王亚军说：“你明天带点水果过去，谢谢人家。”

忽然刘淑娴愁容满面，叹了口气，王亚军问她咋回事，刘淑娴幽幽道：“我干了这一段时间，就没见人来探望过她，家里也没有合影照片啥的，就连她的手机也没响过几回。”

王亚军说：“这是一个孤寡老人，五保户。人各有命，这也是没办法的事儿。”

刘淑娴说：“你说一个人过年是啥滋味。”

王亚军不应，鼾声传来，男人太累了。

次日，刘淑娴买了菜来到拐老太家，送上新鲜的草莓。拐老太接受了她的谢意，又说自己就喜欢毛蛋这么聪明的孩子，学东西学得快，将来一定能考上好大学。

刘淑娴就问拐老太以前是不是做老师的，得到了肯定的回答。

“我以前在中学里教书，你喊我林老师就行。”拐老太说。

打扫不是每天都进行，但做饭是按天来的，刘淑娴把今天的两顿饭一次性做好，然后留下孩子，又去干其他活儿。接到电话是下午四点半，一个陌生号码打进来的，她怕是电诈或者推销就没接。对方锲而不舍地打，于是接了。一个女孩子告诉她：“出事了，你赶紧来医院吧。”

刘淑娴失魂落魄地赶到二院急诊，先看到安然无恙的毛蛋，心就放回了肚里，楼上邻居告诉她，拐老太带着孩子在花园里散步，被另一家没拴绳的狗冲撞了，拐老太拿自己的躯体垫住毛蛋，这一下摔得可不轻。

三零后的老骨头啊，摔一下不得半条命都出去了，刘淑娴眼泪都出来了。

女邻居还拿出手机给她看调出来的监控视频，拐老太像护命根子一样保护着毛蛋，宁愿自己摔伤也不让这个保姆家的孩子受一丝一毫伤害。

“你们谁是家属？”医生拿着 X 光片子走了过来。

“我们都不是，病人没有家属。”楼上的女邻居说。

“我是。”刘淑娴说，“费用我来出。”

医生才不管他们之间的关系，他说病人岁数比较大，骨头脆，虽然倒地的地面上铺了塑胶，还是骨折了，要住院观察一段时间，这个年怕是要在病房里过了。

刘淑娴点点头，俨然真的是家属一般。

楼上的热心邻居正是休班的张宇宁，她在阳台晒衣服的时候目睹了这一幕，当即下楼主持正义。其实闯祸的那条边牧也不是什么恶贯满盈的坏蛋，它只是想和小朋友玩而已。张宇宁当即就要报案，反而是拐老太不让她报警，说以后注意就行，狗也是一条性命，报警了，这狗命怕是就保不住了。

把伤员就近送到二院急诊室，狗主人承担医疗费用，但是拐老太这边没有家人出面也不合适，于是张宇宁就根据被老太保护的孩子脖子上挂的号码，联系上了刘淑娴。既然保姆愿意充当亲人出面，张宇宁任务完成，回家继续休息，这两个班休完，她就要值一个除夕夜班了。

除夕夜班不算忙，只是不能和家人团圆过年而已，站里的原则是结了婚的不用值夜班，单身的顶上，张宇宁身为唯一的单身值班站长，自然要率领手下一班单身狗守在一线。

她给妈妈说了这事儿，妈妈一脸的无所谓，身为护士长，她不知道值了多少个除夕的夜班，妈妈说："反正你爸爸过年不回来，咱娘俩各自值班就是。"

大年三十下午，王亚军给父亲王永超打了个电话："除夕晚上活儿多，平台给的奖励也多，我想加个班，等年初一再回家给你们拜年。"

王永超是个开明的爹，同意了儿子的做法，挣钱比过年更重要，如果人人都回家过年，那这个社会还怎么运转。

王亚军松了口气，他没说实话，其实不回去过年不是为了跑活儿挣钱，而是为了拐老太。当妻子给他说了事情原委之后，王亚军当即就决定，一家三口陪无亲无故孑然一身的拐老太过一个团圆年。

刘淑娴和面剁馅，包了一顿猪肉大葱馅的饺子，一家三口来到医院，依偎在病床旁，陪老人家过年。邻床病友问："这是你家什么人啊？"刘淑娴抢答说："我是她孙女，这是孙女婿，这个小的是重孙子。"

病友就说："老姐姐你真是好福气啊。"拐老太笑得很慈祥，问毛蛋背到哪里了。

正在玩小汽车的毛蛋头也不抬地说："窦燕山，有义方，教五子，名俱扬。"

忽然窗外有烟花升起，在半空中炸开，绚烂多彩，半个夜空都被映得通红。

彭城广场地铁站内，夜班人员已经全员到岗。今天的客流量比较大，但是傍晚之后就骤然减少，车控室内既听不到外面的鞭炮声，也看不到烟花的灿烂。张宇宁坐在值班位置上，黑色内线电话响起，立刻拿起听筒，原来是调度指挥中心打来的贺岁电话。

"祝彭城广场站坚守一线的同志们新年快乐！"这是调度长陈维的声音，他值的也是除夕夜班。

刚放下电话，刘站就来了，她给值班的同事们带来了自己包的饺子，还说里面有一个包了硬币，谁吃到谁中大奖。

大家兴奋起来，奋力吃饺子，李可健呜哇大叫，从嘴里取出一枚硬币。地铁站内欢乐祥和。

徐良却过着一个人的除夕，面前摆着最后一瓶剑南春，他孤家寡人一个，也不怎么在乎团圆不团圆，窗外鞭炮声嘈杂无比，比春晚的聒噪还吵人。

手机响了，是韩霓打来的视频电话，徐良接了，那边是韩霓的笑脸和无表情的韩轩。“老徐，新年好啊。韩轩，给叔叔拜年。”韩霓今天穿了一件红毛衣，喜庆且曲线毕露。

“新年好！”徐良大声喊道，窗外炮声更隆。

遥远的广东惠州，绿树成荫，海浪滔滔，海滨公路上停着一辆红色卡车，老包坐在路边，他的三个小伙伴盘着尾巴，乖巧地坐成一排，烟花灿烂，映红了大海。

第 28 章

死在大年初一的爱情

大年初一，二院门口，王亚军一家三口拎着礼盒上了一辆顺风车，他们刚从住院部骨科病房出来，毛蛋兜里的压岁钱还是热乎的。

昨晚上陪拐老太太吃过饺子之后，王亚军难得地给自己放了个假，回家陪老婆孩子看电视的时候，他突然想到一个问题：明早大年初一，肯定得去给拐老太拜年，万一人家给毛蛋压岁钱，收还是不收呢？刘淑娴说按理说不该收，但不收又怕老人伤心，得想个两全其美的办法才行。

王亚军说："要不咱给她买一份贵重礼物？"刘淑娴说："人家啥也不缺，比咱有钱，人家缺的就是一个亲情关怀。"王亚军看到乱涂乱画的儿子，计上心来："咱让毛蛋画一张贺卡不就成了！"

这张儿童在白卡纸上涂鸦的贺卡果然得到拐老太的青睐，开心得合不拢嘴。拐老太也按照王亚军预料的那般拿出了红包，一番象征性的推辞后，刘淑娴还是代表儿子收下了。

本来说坐地铁转公交回小王庄的，王亚军嫌太耽误时间，打了一辆顺风车，三个人坐后排，其乐融融地回家过年了。

病房里，拐老太欣赏完毛蛋的贺卡，正要装回信封，却发现信封里有东西，仔细一看，里面塞了一千元钱。她不由得苦笑起来，昨晚她特意拜托护士帮自己去 ATM 上取了一千元现金给孩子发压岁钱，早知道这样，就不费这个事儿了。

王亚军一家人乘坐的顺风车开到和平路民富园北门的时候，另一位拼车的客人上来了，竟然是同村小老乡李可健，两人的父亲是仁兄弟，论起来也算是世兄弟了。

驾车的这位，也算一个镇的老乡，同样在市里打工，昨晚来不及回老家，初一回去顺便拉个活儿，油钱也就挣回来了，大家颇有共同语言，一路笑语不断。

顺风车车主好人做到底，一直把他们送到小王庄村口，下了车，首先看到的是满地的红色鞭炮碎屑和村口秫秸堆里晒太阳的几个老棺材瓤子，其中之一是王亚军的爷爷，王永超的爹，九十岁的王贵堂。

王贵堂已经老糊涂了，时而清醒，时而痴傻，也记不清谁是谁，经常把给他送饭的儿媳妇当成已经不在了的老伴。孙子带着重孙来了，他也认不出来，把毛蛋当成了年幼的小亚军，干枯的手在兜里摸索着，没牙的嘴咕哝着“爷爷给你糖疙瘩吃”。

王亚军给爷爷点了一支烟，刘淑娴埋怨他，说：“咱爷爷一到冬天就咳嗽吐痰，你还给他吸烟，不想好了吗？”

老婆的话在理，但王亚军也有自己的道理，孝顺孝顺，既要孝，也要顺，老爷子抽了一辈子烟，不给他烟吸比杀了他还难受，都活到这个岁数了，还在乎啥呢，图个痛快得了。

其实他爹永超也是这种理念，否则也不会大年初一让亲爹在村口秫秸堆里坐着了。

王亚军又给另外几位老人上了烟，这才带着老婆孩子回家。老王家人丁兴旺，王贵堂有三个儿子两个闺女，永超是老小，这一圈走亲戚就得费不少工夫。

吃午饭的时候，王亚军向父亲讲了自己的规划，无论如何都要在彭城立足，等毛蛋念书的时候，把房子买下，他有这个信心。

永超赞同儿子："与其花钱在老家盖屋，不如一步到位，直接在市里买房，咱老王家的下一辈，要吃商品粮，当城里人。"

刘淑娴笑道："现在和以前不一样了，农村户口值钱。"

永超笑笑，儿媳妇说得对，可是人要往高处走，乡下人进城，城里人去更大的城市，大城市的人移民出国，老王家的孩子，难道注定只能一辈子面朝黄土背朝天？

王亚军说，先买辆续航里程足够的电动车送外卖，攒点钱买辆车跑网约车，同时给媳妇弄个水果摊子，两口子一起努力，三年内房子首付搞定。

"爸支援你一部分。"王永超说。

与此同时，李可健也在讲述自己的规划，他眉飞色舞地向父母讲述着摩托车的好处，比汽车便宜，比电动车跑得快，没有里程焦虑，还不用充电，最主要是可以和小伙伴一起组队远行，去看诗和远方。

李更生嗤之以鼻："市区禁行摩托车你不知道吗，那玩意儿又危险又费油，你真有通勤的需求，老老实实买辆电动车就够用了。”

李可健不死心，可是没有家庭的支持，他还真买不起几万块的摩托车，死缠烂打也没用，求妈帮腔也白搭，老妈果断站在父亲这一边，还说当务之急是攒钱买房：“你买个摩托，花掉的是一个洗手间的钱。”

然后父母就不再搭理李可健，更生对媳妇说：“过了年我进城打工，老六给我找了个活儿，在木器厂干操作工，按月拿工资，比干建筑强，现在工程难干，老板都结不到款，当工人的更吃不上饭。”

李可健的摩托梦就这样被扼杀在萌芽阶段，他在班组群里发了一组抓狂的表情来表达自己的失落和痛苦。

王一晨回他一个阴险的笑容，说“等我的捷报吧”。

张宇宁班组里的小伙伴们，决定组建一个车队，休息的时候摩旅远行，各自选购自己喜欢的车型。李可健都想好了，买和张宇宁同品牌的奔达，新出的黑旗500，威猛庞大，价钱也能接受。而王一晨口气更大，说要上那必须得公升级的，要么凯旋，要么哈雷，印第安也行。

李可健知道这家伙不是开玩笑，因为车绫子的座驾就是公升级的，王一晨必须要持平，而且得在品牌和价钱上压过一头才舒心。家里底子厚就是可以这样任性，不服不行。

此刻王一晨确实在稳步推进自己的摩托计划。爷爷家宽敞的大客厅里，电视机重播着春晚，茶几上摆满零食，大人们在闲聊着琐碎，大家的心情似乎都不错。

每个家庭都有自己的主心骨，掌舵人，王一晨的母亲就是这样的角色，她坐在单人沙发上，在手机上处理着单位的业务，忽然儿子蹿到身旁，平板电脑搡到面前，给她放一段关于摩托车的视频，花里胡哨的头盔，炫目的车技，顿时就让老妈很反感排斥。

王一晨兴奋地问："妈，你看这个帅不帅，酷不酷？"

老妈瞟了一眼说："你去问问你爷爷，彭城第一批买摩托车的人，还剩下几个？"

爷爷就坐在沙发上，老人家顿时就明白了儿媳妇的用意，配合道："要想死得快，就买一脚踹。肉包铁的东西，速度那么快，出点事就伤筋动骨。乖，咱不买。"

王一晨说："我们单位女孩子都骑摩托，也没见谁出过事，我怎么就不能骑？"

老妈意识到了什么，眼镜片闪起了寒光："是谁哄着你让你买摩托的，哪个女的？王一晨你是不是谈恋爱了啊？"

王一晨也豁出去了，心一横道："是又怎么样！"

这下全家人的目光都集中过来，长子长孙的婚姻大事，岂能等闲视之。

老妈说："早就给你说过，不要找同事，你怎么不长记性。"

王一晨说："不是地铁的同事，是当警察的，蓝剑突击队，铁骑女警。"

老妈说："我不管什么突击队还是铁骑，你把女孩的基本情况给我详细说一下。"

爷爷放下报纸，侧耳倾听，爸爸、姑姑和姑父也都聚精会神起来。

听儿子把车绫子的详细情况说完，老妈的脸阴沉下来，她明确表示反对：“首先，这女孩不是正式编制，只是一个辅警……”

王一晨气不过：“辅警怎么了！”

老妈眼一瞪：“我说话的时候不要打断！”

一家人都噤若寒蝉。

姑父说话了：“辅警是和保安公司签劳务派遣合同的合同工，不是执法人员。小晨，咱要找也得找个正式在编的警察。”他明显是站在老妈一边。

“她说在考编了。”王一晨替车绫子挽尊，他对家里人的态度很不满意，要说瞧不起对方的人品，那自己也认了，因为工作性质而瞧不起人家，这也太势利眼了。

“不单纯是编制的问题。”老妈注意到儿子的对抗情绪，不再一味地压制，开始以理服人，“是职业问题，当警察的有多辛苦，你姑父再清楚不过了，他二姐夫就是交警大队的，风里来雨里去，过年过节上街执勤，家里老人生病，小孩开家长会，全都缺席。找这样的对象，那不是给自己的生活找不痛快吗？”

“可我就是喜欢她。”王一晨小脖子一梗，开始耍脾气。

“就是因为这个什么铁骑，才想着买摩托车的吧？”老妈冷笑，“还没咋地呢，就开始把你往歪路上带了，摩托车那是好人骑的吗？那都是流氓阿飞骑的，穿个皮衣，开着音响，驮着女的，招摇过市。”

姑姑说道：“那叫炸街，都是些流氓痞子，咱可不干那事儿。”

奶奶最疼王一晨，喊他小名道："毛毛，听妈妈的话，咱不骑摩托，咱家又不是没车。"

王一晨悲愤无比，现在已经不是摩托车的问题了，是家庭干涉他的恋爱自由。

可他一个人面对全家人的围剿，别说反抗了，连顶嘴都没有个帮腔的。

老妈还要赶尽杀绝："小晨，咱们家讲究民主，你要买摩托车，要和辅警谈朋友，我的话你不听，那咱们就民主表决一下。"

说着横了一眼丈夫，没有存在感的中年男人反应极快："我举双手支持你妈。"老爸是副科级，老妈副处级，被天然压制，这辈子都被吃得死死的。

其余所有人，包括姑姑家上中学的表妹，都站在老妈这边，王一晨彻底绝望了。

摩旅计划，中道崩殂。

王一晨的爱情，也死在了大年初一。

第 29 章

谁没年轻过啊

三十年前，老王家的二层楼绝对是小王庄独一档的存在，碾压全村，鹤立鸡群。惜乎岁月荏苒，马赛克外墙和水磨石地面已经不再流行，但打败王家小楼的不是更新、更大、更豪华的自建楼房，而是县城和市区的商品房。

这栋房子是彼时正值壮年的王贵堂给他最小的儿子结婚预备的，王贵堂当过大队会计，是村上说一不二的角色，但这个当了大半辈子风云人物的男人，在时光面前也只能黯然褪色。风流总被雨打风吹去，昔日的小王庄头号人物，现在也不过是躺在秫秸堆里的老不死。

午饭过后，王亚军开始张罗给爷爷洗澡，这是一个浩大的工程，只有王亚军在家的时候才能实施。

镇上有澡堂，但是人家不让年纪太大的人进，怕滑倒，怕犯病，总之是怕出事赔不起，所以只能在家里洗澡。农村老人家，一年也洗不了几次澡，尤其冬天，别说洗澡了，就连脚都不洗，早上能拿毛巾擦把脸都算是讲究卫生了。

王贵堂有八个孙子，最疼的就是王亚军，王亚军也心疼爷爷，他把爷爷住的东屋门窗关上，打开电热油汀，先把室内温度升上去，热水器在努力工作，王亚军先给爷爷理发和剪指甲。

老人常年戴一顶棉帽子，帽圈都黑了，一股老人特有的腥甜脑油味扑鼻而来，王亚军索性把帽子扔了，拿出新帽子预备着。他学过理发，用电推子将爷爷的头发稍事修理，冬天不宜剪太短，不然脑袋会着凉。然后剪指甲，脚指甲也一并剪了，王亚军很耐心地做着这些事情，一边做一边和爷爷闲聊。

密闭的房间内弥漫着老人味，爷爷独居多年，陈设从没变过，墙上钉着奖状、照片和主席像，王亚军上小学时的三好学生奖状依然保存完好。还有就是爷爷的藏书，老人家识字，最喜欢看武侠小说，家里一度收藏大量金庸作品，可惜后来被儿媳妇当废纸卖掉了。

但东屋里最扎眼的，当属一口棺材，乡下管这玩意儿叫“活”，这口“活”是爷爷七十岁时给自己预备的，柏木打造，油光锃亮，寿衣也折叠齐整地在柜子里放着，那是一套灰色的中山装。全家都在耐心等待爷爷驾鹤西去的那一天，尤其王贵堂本人，他近乎圆满的人生就差一个盛大的葬礼了。

王亚军小时候经常在东屋里玩，橱柜里的一个合页本勾起了他的童年记忆，泛黄的信笺纸，苍劲的钢笔字，是爷爷临摹的散文与诗歌，也正是这些文字，触动了他少年的文学梦。王亚军上高中时痴迷文学，想当个作家，最终这个梦被王永超夫妻俩联手扯得稀碎，丢在了风中。

俱往矣，王亚军收回思绪，放回合页本，热水烧好了，他和父亲协力将热水盆抬进来，伺候爷爷洗澡。

外面传来零散的炮仗声，村里的顽童们喜欢用拆散的鞭炮炸狗屎，炸狗盆，炸一切，王亚军小时候也这样干过。

李可健就在炸自家黄狗的饭盆，这是一个本就千疮百孔的铁皮盆子，被火药气体一次次抛向高空，小主人乐在其中，黄狗趴在一旁，眼神哀怨。

是李更生的出现拯救了黄狗的唯一家当，他喊儿子一起上街转转，买点东西明天去姥娘家。

一家三口穿戴整齐，骑着电动三轮来到镇上，大年初一热闹非常，卖什么的都有，还有玩套圈的、打气球的、摆上音响公放五元一首歌的露天KTV，李更生笑着说这叫卡拉OK。

老妈怂恿道:“招牌上写唱得好免费，你上去唱一个。”

李更生说:“我才不丢那个人。”

这时一个熟人拿起麦克风开唱，唱的是《向天再借五百年》，那音准、那声调简直一言难尽。

被倒彩声搞得有些下不来台的熟人看见了李更生，跑过来硬生生把他拉上去，麦克风塞在他手里，李更生无奈，只好帮着他把半首歌唱完。这是李可健第一次听老爸唱歌，他甚至怀疑是在放原声，唱得有点太好了吧。

一曲终了，掌声雷动，李更生腼腆笑笑，正要下台，突然音响开始放节奏明快的乐曲，李更生仿佛收到了指令一般，停下脚步，身体开始配合节拍抖动，接下来一首居然是粤语歌，李克勤原唱的《护花使者》。台上的李更生不再是李可健眼中那个木讷世俗的父亲，而是化身香港歌手，无论是粤语发音还是舞步，都是绝对的技压全场！

一首歌还不够，摊子老板好像知道李更生的实力非同一般，又放了一首难度更高的《难念的经》，李更生依然轻松演绎，赢得满场喝彩，露天 KTV 里三层外三层，成为新年大集的热点，而李更生则是整条街最靓的仔。

最后老板出来给李更生献花，当然没收钱，这是个风韵犹存的娘们儿，穿着红色羽绒服和过膝麂皮长筒靴，李更生就觉得媳妇的表情有些不自然了。

“早知道是她开的，打死也不让你上去现眼。”回去的路上，媳妇恨恨道。

李更生笑笑：“我也不知道，知道就不唱了。”

李可健说：“爸，你唱歌在哪儿学的？还有跳舞，是不是有名师指导，我咋不知道你会这些。”

李更生说：“哪有什么名师啊，小时候跟着电视学的，现在叫街舞，以前叫‘柔姿霹雳舞太空步’。你有个表大爷叫二勇的，跳舞可好了，唱歌也不孬，我跟他一比，啥也不是。”

老妈说：“我知道这人，确实是个人物。”

李可健说：“二勇大爷现在搁哪儿了？”

李更生说：“1996 年严打枪毙了。”

……

王一晨觉得自己抑郁了。

家里人，尤其是老妈对他的压制，已经达到临界点，他就要爆发了，新仇旧恨涌上心头。高中时期的王一晨其实是个学霸，各项成绩都不差，唯一的缺点是心理素质不够强，平时小测验能考满分，关键考试就掉链子。

曾几何时，王一晨的理想是当名医生，救死扶伤搞科研，白大褂里面衬衫领带打扮齐整，金丝眼镜戴着，儒雅随和，令人仰视。本来这个梦想也不是空中楼阁，只要发挥正常，他是能考上医学院的。

但是那年高考，自己发挥失常，本也能上个二本的，可家里连尝试的机会都没给他留，当时老妈得到内部消息，说是彭城要建设地铁，会有大量工作岗位，但是机会也只留给有准备的人，地铁招人优先考虑的一定是相关专业的应届生。

所以优等生王一晨没报名牌大学，而是报了合肥一所交通职业技术学院，连本科都不是，上了两年半，果真就进了地铁工作，离家近，业余时间充裕，就是收入低，郁郁不得志。

昔日那些高中同学，甚至有些成绩不如王一晨的，都上了本科院校，毕业后在北上广深工作，年薪大几十万的都有，同学群里聊的天都高级，王一晨插不上嘴，在人家面前也不免自惭形秽。为此，他总怨恨家里人。

父母也和他谈过，说你别眼热那些在大城市发展的同学，几万一平米的房价，掏空六个钱包不说，还要背负几十年的贷款，万一失业，家庭就维持不下去，还不如安安稳稳在家乡国企端个铁饭碗，虽然收入不如人家高，但生活质量相比来看是不低的。

王一晨也曾被这些话蒙蔽过，现在想来，不过是父母为了养儿防老，怕老了身边没人照顾而已。他们干涉自己的恋爱就最能说明问题，压根就不在乎自己的感情感受，自私！

这些挫折，王一晨没敢告诉车绫子，事实上两人也没走到谈婚论嫁的地步，只停留在互相有好感，等待一方戳破窗户纸的阶段。

心事重重的王一晨在工作时出现了纰漏，接发车漏报信息，被巡查至此的刘婕站长发现，她没有声张，而是等王一晨换岗的时候，把他叫到了站长办公室。

“王一晨，你有什么心事？”刘婕不绕弯子，开门见山。

王一晨也不矫情，一股脑将自己的负面情绪倾倒给了刘站。站长平易近人，年龄不大，不存在什么代沟，平时大家相处得就像兄弟姐妹一样，没有啥不能说的话。

“是上次那个女孩吧？醉酒老头的孙女，你们是不打不相识啊。”刘婕一语中的，王一晨有些不好意思地承认了。

“你告诉姐，你喜欢她什么？”刘婕开启了思想工作模式。

王一晨不假思索道：“我喜欢她的大长腿，小虎牙，头盔后面的马尾巴，还有骑摩托时的飒爽英姿，还有她的正直善良，干脆利落，还有……”

“你喜欢的是她这个人，而不是她的职业、她的光环滤镜，对吧？”

王一晨点点头，又摇头：“滤镜也有一点点。”

“没考虑以后吗？结婚不是两个人的事情，是两个家庭的整合，衣食住行、孩子抚育、入托上学，没有双方家庭的协助配合，很难维持。”刘婕说的是大实话，王一晨再次点头，说自己想过，再难也比那些在大城市打拼的外地夫妻强吧，至少自家的房子没贷款。

“我最失望的是，家里人对她的职业不满意，辅警怎么了，辅警就不配结婚吗？”王一晨想到母亲对车绫子的蔑视，心里就滴血。

刘婕拍拍他的肩膀："你的遭遇和我有点类似，你姐夫是什么职业你知道吧？"

王一晨懵懂摇头，刘站已婚已育，但是从来不见她老公出现，她一个人拉扯孩子，还要照顾娘家，伺候公婆，还要管理一个上百人的大站，这份辛苦，那个背后的姐夫难道不心疼吗？

"我和你一样，也是看中他的外形，带着职业滤镜，你姐夫一米八二的大高个，但是一点都不胖，长得也帅，我给你看照片。"说着刘站拿出钱包里的合影，这是一张三口人在摄影棚拍的全家福。姐夫穿军礼服，手捧军帽，金色绶带，胸前挂着军功章，赫然是一名陆军上尉。

刘站说："帅不能当饭吃，你姐夫在边疆驻守，一整年都回不来一次，经常要去没有手机信号的地方巡岗，你能想象有多苦。所以我再苦再累，想想他比我还苦还累，就平衡了。"

"刘站，你真不容易。"王一晨由衷钦佩。

"你妈妈的出发点是为你好，但她毕竟不能代替你，配偶必须自己选，就像鞋子要亲自试穿一样。"刘站说，"我没办法直接告诉你该怎么选择，我只能送你四个字，'落子无悔'。"

王一晨神情凝重地点点头，其实这番话没让他真正彻悟什么，但是气氛已经烘托到这儿了，多少得表示一下。

"你去吧。"刘站打发了王一晨，拿出一张申报单位优秀站长的表格来，作为为数不多的女站长，如果再加上军嫂的加持，胜算更大。

但她就是不愿意用军嫂这个名头给自己做加持。

第 30 章

沧浪之水

乖孩子往往怀着一颗叛逆的心。

王一晨决定反抗母亲魏主任的霸权暴政，但又不敢直接对抗，只能悄悄地搞些小动作，他决定用自己积攒多年的零花钱采购一辆摩托车，此刻摩托车已经不仅仅是一辆交通工具或者兴趣爱好的载体，而是象征着自己独立自由的萌芽。

他和李可健密谋了此事，他出资购买，李可健代持，为确保秘密不会泄露，行驶证上的名字也要登记成李可健的。

对于车型的选择，两个男生进行了一番探讨，必须是新车，必须是国际大牌，必须公升级，不然在女生们面前拿不出手，显不出水平。在这三个前提条件下，可选项少得可怜，王一晨的财力捉襟见肘，只能退而求其次，买辆二手车，只要擦得亮，新旧根本看不出来。

李可健问要不要和张宇宁她们商量一下再做决定，王一晨手一挥，说：“不用，我就是要给她们一个惊喜。”

最终王一晨在某摩托车 app 上找到了卖二手车的上家，一位厌倦了跨骑，准备置换踏板的大叔。在一个风和日丽的午后，买卖双方在约定地点碰头，上家骑来一辆漂亮的仿赛，王一晨围着车转了两圈，各种数据倒背如流：宝马 S1000，四冲程直列四缸水冷发动机，百公里加速 2.9 秒，急速三百公里。买家见他说得头头是道，俨然行家里手，直接把钥匙递过来，王一晨也没客气，直接跨上战马，动作娴熟而潇洒。

李可健隐隐感到不安，王一晨到底会不会骑，这公升级大排量摩托可不是新手能驾驭得了的。

正在李可健犹豫要不要出言阻止之际，灾难已经发生。公升级巨兽驮着王一晨咆哮着冲出去，当场失控摔倒，擦出一路火花闪电，栽进了路边沟里。

得亏王一晨戴了头盔，至少性命无虞，但衣服稀碎，身上多处擦伤，小伙儿惊魂未定，话都说不出来了。

摩托车计划宣告破灭，车买不成不说，还得赔偿人家修理费。何况王一晨连 E 照还没增驾呢，属于无证驾驶，人家没追究他法律责任就是好的了。

这一身伤是瞒不住的，尤其膝盖伤可见骨，起码十几天病假免不了。

第二天王一晨的母亲就找到站里来了，在刘站的办公室里谈了半个钟头才走，然后刘站把李可健叫过去谈话，问他有没有撺掇王一晨买摩托。

李可健觉得这事儿挺可笑的，王一晨妈妈的工作单位是学校啊，动辄来告状。刘站也真是，居然还配合调查，成年人做事难道不该自己承担责任吗？

“你们都是成年人，按理说在工作之外的事情，我这个做站长的不该插手，但是你们又都是刚离开校园的大孩子，和真正的成年人还有一点区别，老一辈人进厂子，都有师傅带着，既教手艺，也教做人……”刘站絮叨着，李可健这耳朵进那耳朵出，神游天外。

“你去吧。”刘站终于念完了经，李可健如蒙大赦，快步离开站长室。正好值班员发来指令，上游站通知有个行动不便的旅客在彭城广场站下车，需要轮椅配合，李可健便拿了钥匙去站务员室推轮椅。

在月台上，李可健碰到了徐良，徐叔大约又喝大了，一个人落寞地坐在长椅上，这一幕似曾相识，李可健没太在意，直到他进入站务员室。

……

“秀哥儿，秀哥儿！”

黑幕缓缓开启，世界回到彭秀章的视角。

他记得前一幕场景是在崇文路的电信局门口，先是有个戴鸭舌帽的汉子问自己要美元，然后四散奔逃的黄牛将彭秀章撞翻在地，少年当即昏迷过去。

环顾四周，场景陌生，这是一间颇有中古工业感的房间，身下是帆布行军床，旁边是老式办公桌，桌上摆着竹篾壳的暖水壶，搪瓷茶缸，墙上贴着手工书写的表格，挂着工具包。

身边呼唤自己的人，正是早上的鸭舌帽汉子，他手捧饭盒，笑眯眯地看着彭秀章，一脸的如释重负：“可吓死我了，如果出了人命大老周不得要我的命啊！”

“你是？”李可健挣扎着起身，就觉得头疼欲裂。

这时外面传来汽车引擎轰鸣声，有人喊：“车师傅，过来一趟。”

鸭舌帽汉子将饭盒放在李可健面前就出去干活了，饭盒里放着两个热腾腾的肉包子。

李可健努力爬起来，透过窗户看到外面的情形，这似乎是一家汽车修理厂，到处是拆解下来的汽车部件，夜幕下工人们打开引擎盖，修理着绿色涂装的卡车，车门上涂着青天白日徽，看这长鼻子的造型，很像影视剧里的美式道奇十轮卡。

不一会儿车师傅回来了，从门背后挂钩上拿了条毛巾擦拭着手上的油污，吹嘘道："老子一出手就没有解决不了的故障，这帮学徒，手艺怕是师娘教的。"

"车师傅，我躺了多久？"李可健问道。

"从大早上躺到现在。"车师傅打开马扎子坐下，点起一支美国骆驼烟，呛人的烟雾弥漫在室内，"你摔晕过去了，俺们把你送到同仁医院看病。对了，是那个当兵的把你背过来的，还有个小大姐一路哭哭啼啼的。"

那是成丰和徐招娣，李可健赶忙问这俩人现在搁哪儿呢。

"各回各家，各找各娘，大夫说你一时半会儿死不了，用不着住院，我就把你拉厂里值班室躺着了。没事，你继续躺着，今天我值夜班。"车师傅指了指饭盒，"给你拿的俩包子，趁热吃。"

这位车师傅是个古道热肠的人，也是个话痨，李可健问他一句，他能回答十句。车师傅先说："你不用着急，澡堂子那边我帮你打过招呼了，两三天不去，屁事没有。"李可健脑子都要宕机了，自己不是全兴楼的跑堂兼外卖员嘛，怎么人设突然就变了？于是就问车师傅，老车上前摸摸他的额头，咂舌说："这孩子摔一跤怕是把脑子摔坏了，你还记得我不？"

回答是："当然记得，您是车师傅。"这点情商李可健还是有的。

车师傅指指点点："你小子，还算有点良心渣，还记得我，那你还记得大老周不？"

李可健点头如捣蒜："我记得，就是在澡堂子的，这一咕噜怎么都想不起来了。"

车师傅又摸出一支烟来，在桌上磕了磕道："你这是把三魂七魄摔掉了一点。魂魄应该还没走远，我和你拉拉呱，看看能不能勾回来一点。"

李可健拿起桌上的火柴，帮车师傅点燃香烟，洗耳恭听。

缭绕的烟雾中，故事慢慢展开。

俗话说，秫秸捆竖在澡堂子门口，三天都能学会说话。

彭城有四大名池，沧浪池、浴德池、同春池、阳春池，都是经营多年的老字号，其中沧浪池位于中正街上，用自家的土造锅炉烧水，高高的铁烟囱耸立半空，黑烟滚滚，离得老远就能看到。一入了冬季，浴池迎来旺季，宾朋满座，日进斗金，就连邀客送信跑腿的都能赚得荷包鼓鼓，盆满钵满。

去年立冬那天，彭秀章被大老周介绍到沧浪池干跑腿儿。跑腿儿不是浴池正式员工，只能算是外围人员，收入全靠小费，眼头活泛，嘴甜，腿勤快，就能站得住脚。

彭秀章在全兴楼历练了几个月，待人接物有了很大长进，年轻又识字，很快就得到澡堂一众人等的认可，不管是账房、茶房、搓背的、修脚的、看门的，都说这小子将来肯定有出息。

彭城驻扎着几十万军队，人多了，消费行业就发达。每到冬季，浴池异常热闹，这儿锅炉烧得旺，温暖如春，洗个热水澡出来，泡杯热茶，切盘青萝卜，一边修着脚一边谈事情，别提多舒坦了。连上流社会的人们都喜欢在浴池请客会面，遇到熟人，少不得互相候账。有时候大人物现身，会有好几个人为其候账，茶房在巅峰时期，一天能赚两袋子面粉的钱。

腊月里，再平常不过的一天，军用汽车修理厂的高级技工老车照例去沧浪池洗澡，这年月能在大澡堂里消费的，除了军政商界人士，就是这些有技术傍身的人了。

老车一进门就有相熟的茶房上前招呼落座，茶房从柜台上端来茶叶、茶壶和一把竹签子。这些签子是用来搓背修脚的筹码，红绿黑色不同，下面刻着豁口，写着一二三等的字样。老车拿毛巾包着签子，下大池子美美泡了一会儿，爬上来搓个背，回到铺位上修脚。

浴客分三六九等，普通客人是没有储存衣物的柜子的，茶房给你个竹筐随便把衣服脱了装着就行，条件稍微好一点的花钱租一格柜子，再好一点的就有属于自己的床铺，可坐可躺，床尾有个带锁的柜子，客人自行保管贵重物品，钥匙挂在手腕上寸步不离。

老车就是这类贵宾，他坐在自己铺位上，刚点了一碟青萝卜，修脚师傅还没来呢，就听到楼上雅座有人吵架，动静惊人，便上前围观。原来是剿总警卫团一个少校和战车团的上尉为了抢包房干起来，两边都动了枪，剑拔弩张的，看了半天热闹回来，就被邻铺的客人污蔑说自己偷了他东西。

车师傅不是贼，他是响当当的技师，怎能受得了这份折辱，当即和那人吵吵起来，那人居然掏枪，原来这位爷也是个当兵的，还是个中校。好汉不吃眼前亏，车师傅当场认孬种，可那中校不依不饶，还上升到了抓共谍的层次，一副非要置车师傅于死地的架势。

一个大发雷霆的、挥舞着手枪的军官，旁人都不敢劝，只有秀哥儿站出来帮着车师傅说话，说刚才有个人鬼鬼祟祟，大概那人才是真贼，又说最近澡堂子经常失窃，大约是“燕子飞”又出现了。

中校就问秀哥儿那人长什么样，往哪里去了，秀哥儿说：“我回来的时候看见他往中枢街去了，白净面皮，中等身材，毡帽加灰布长衫，提着红褐色的皮包。”

“对对对，就是我的包。”中校急得直跺脚，那里面装的可都是重要的东西。

茶房说话了，如果是洗皮子的贼，拿了钱会把皮包丢了，现在寻过去，兴许能找到皮包。盗亦有道，贼一般只拿钱，不会拿别的物件。

那就找吧，一时间沧浪池的跑腿儿全都撒出去，往中枢街方向寻找，还真被人找着了，红褐色带锁公文包，锁已经被撬开，中校检查了包里的东西，如释重负地走了。

这件事之后，车师傅就和秀哥儿成了朋友。有跑腿买东西送信的活儿都找他，小费更是给得足。车师傅有个好朋友姓马，是铁路上开火车头的司机大哥，老马有个朋友叫王波，是货栈搬运队的苦力，王波有个结拜的仁兄弟叫小包，这四个人经常相约沧浪池，洗澡喝茶吃青萝卜，是无话不谈的好朋友。

故事讲完，烟雾散尽，车师傅端起搪瓷茶缸喝了一口浓茶，往里吐了一嘴茶叶，说道：“秀哥儿，你说那‘燕子飞’还能抓到吗？”

李可健不语，陈维剧本杀中的“燕子飞”果然是存在的，可是这个人到底扮演的是什么角色？案情至此变得更加扑朔迷离，云山雾罩。

忽听外面有人喊：“秀哥儿是在这儿吗？”

车师傅披衣出去查看，门外站着一个少年，说陈司长有请秀哥儿到沧浪池二楼雅座一叙。

顶替了彭秀章身份的李可健强撑着下床，车师傅给他戴上一顶棉帽子护住头，传信儿的跑腿小哥搀扶着他出了汽修厂，往南望去，沧浪池的黑烟囱就在马路对过偏西的位置。

“秀哥儿，你真是好命，攀上了大官。”跑腿儿少年不无羡慕地说道。

李可健不认识他，怕露馅只能哼哼哈哈敷衍着，来到沧浪池，一掀皮门帘，一股热浪劈面而来，满眼都是赤条条的人影，有躺在铺上睡大觉的，有吃萝卜放屁的，有聚在一起推牌九的，茶房来往穿梭，客人互相打着招呼，李可健恍惚起来，这一幕场景似曾相识，无比熟稔。

二楼雅座是高级贵宾休息之处，需提前预订，一般人不敢上楼，更消费不起。李可健站在包间门口，轻轻叩门，开门的是腰间围着毛巾的成丰，屋里坐着的，是正在修面的陈庭晖将军。

上午拍电报求援，晚上人就自由了，也不知道是陈夫人的能量大，还是陈将军据理力争，自证了清白。

第 31 章

夜审三界

澡堂有澡堂的气质，衣帽整齐的人在这儿属于异类，不但扎眼，也不舒服，所以李可健进门就把棉袄脱了，只穿着贴身小褂，和环境顺理成章融为一体。

陈庭晖刚洗了澡，头发还是湿的，他端坐在椅子上，脚下踩着木屐，胸前围着剃头巾，脸上涂着肥皂沫，理发师傅正拿着剃刀仔仔细细地修面，刮两刀就在皮条上杠两下再继续刮。

“沧浪之水，清可濯缨，浊可濯足，可是却不能洗清一个人的冤屈。”陈庭晖在说话，影响了理发师傅的动作，理发师傅放下剃刀，静静等将军发完感慨。

陈庭晖挥挥手让师傅走人，自己拿了毛巾擦干净脸上的泡沫，露出一张英俊的面孔，倒和他亲孙子陈维有几分形似。

“没想到是你救了我。”陈庭晖说，“听说你还识几个字，以后跟我当勤务兵吧。”

这人也太霸总了吧，二话不说就给人安排了工作，李可健当即拒绝："我不当兵。"废话，淮海战役在即，穿上这身黄皮是嫌死得不够快吗。

"跟着陈司长是不用上前线打仗的。"成丰善意提醒道，"以后回南京国防部，风不打头雨不打脸。"

李可健瞥一眼这位智商时而在线的搭档，心说你也就这点出息了。

陈庭晖也不勉强，他修完了面，在勤务兵的伺候下更衣，一点也不避讳李可健，这很正常，澡堂子全是赤身裸体的大老爷们。有过从军经历的男人更是没法避免这种赤膊相见的场景，按照南方人进北方澡堂的扭捏做法，是会被人瞧不起的。

陈庭晖穿上白色背心，外罩卡其色军便服衬衫，下面一条宽松的卡其军裤，钢头帆布腰带，衣服崭新得能看见折痕，成丰将两枚金色的五角星别在衬衫领子上。

茶房前来禀告，说李局长到了，在下面候着呢。

"让他等着。"陈庭晖手一挥，不屑一顾。

茶房躬身退下，李可健站的位置距离门口近，瞄了一眼楼下，来的是两个警察，局长带着副官。澡堂子里热气腾腾，李局长将大衣脱下交给副官拿着，却还穿着笔挺的呢料警服，事关体统，大衣可脱，制服是万万脱不得的。

陈庭晖继续和李可健攀谈，问他上过几年学，会写多少字，李可健哪里知道彭秀章的底细，穿越者的心态上身，信口胡诌起来，说自学成才，不但能写字，还会说英文哩。

"哦？那你写几个字我瞧瞧。"陈庭晖蛮有兴致，让茶房拿了纸笔来，李可健看着毛边纸和毛笔犯了难，说写字，没说练书法啊。他勉强拿起毛笔，生疏的姿势就让陈将军为之发笑。

“你写，‘来何汹涌须挥剑，去尚缠绵可付箫’。”陈庭晖信口吟道，李可健顿时头大，课本里没学过，课外也没听过，他抓耳挠腮一阵，好歹写了出来。

陈庭晖看了大笑，成丰也跟着笑，李可健丈二和尚摸不着头脑，那么可笑么？这几个毛笔字虽然很丑，但是自己确实不是文盲啊。

忽然他回过味来，字是写出来了，却是简体字，在陈庭晖眼里可不就是不伦不类鬼画符一般瞎写的。

解释也没用，他只能讪笑一下，不就是文盲么，我认了。

陈庭晖并不是在面试，他只是无聊打发时间，晾一下楼下的李局长而已，看看差不多了，便让成丰把茶房叫来，吩咐茶房带客上楼。层层通传，把个小小的澡堂演绎出了大内深宫的气派。

李局长早已等得汗流浃背，紫红色的大脸往下滴着汗，听到通传噔噔噔上楼，在包间门口拱手行礼：“陈司长，卑职来迟了。”

陈庭晖使了个眼色，成丰拉着李可健出门回避，两人在门口低声闲聊起来。

“还是夫人有办法。”李可健说。

“兴许是吧，反正是化险为夷了。”成丰憋了好多话，滔滔不绝起来，“我见到司长的时候，他的军装都被扯破了，还满身的泥水，这衣服不换都不行，新军装是联勤司令部送来的，美援军剩物资，黑市上一套不少钱呢，你知道在领子上别星星是啥意思吗？那是美国兵挂军衔的法儿，和国军不一样……”

包间里传来拍桌子的声音，是陈庭晖在发飙。

“等着瞧吧，有好戏看了。”成丰幸灾乐祸，“这帮警察不知道马王爷几只眼，招惹了我家司长，这是嫌命长啊。”

茶房端着两碟青萝卜上来，满脸堆笑：“老总，秀哥儿，尝尝，新拔的萝卜。”

两人嘎吱嘎吱啃着萝卜时，门帘子掀起，李局长狼狈而走，和他俩擦身而过，下楼的时候差点摔了一跤。

接着来的是宪兵，先前去花园饭店提人的宪兵少校，在他的上校长官陪伴下前来赔罪，这俩人倒是学聪明了，进澡堂就把军装外套脱了，只穿着陈司长同款军剩物资衬衣，隔着包间门帘子脚跟一并，镶了铁掌的军靴发出脆响，大声喊一声：“报告！”

这俩人在包间里待了片刻后离开，这时成丰和李可健已经坐上了马扎子，喝上了茉莉花茶，看他们军衬衣后背湿了一大片，成丰得意道：“宪兵又有多大能耐？宪兵也得受监察官管。”

宪兵挨训的时候，楼下又到了一帮军官，全部是校官，高矮胖瘦不等，有戴金丝眼镜的，有大腹便便的，呢子军装大棉袄，美式风衣皮夹克，军服都能穿得五花八门，唯一相同的是这群人都在不停擦着头上的汗。

成丰悄悄说：“都是各司令部的军需官前来过堂，你不觉得陈司长像是衣锦还乡的八府巡按吗？”

李可健点头：“有点那个意思。”

这么多人挨训怕是需要些时间，两人索性下池子去泡着了，反正今晚有人候账，不花自己的钱，尽情享受就是。他们甚至连看热闹都不必亲自去，茶房来送搓背修脚的签子时告知楼上最新进展，银行界的大人物们也来过堂了。

“段登岳也来了。”茶房挤眉弄眼道。

今晚陈庭晖沧浪池夜审彭城军政商三界势必成为一段传奇，而李可健就是这场传奇的见证者和参与者。等段登岳和其他银行家们陆续离开，他又回到包间里，长椅上摆着一套军便服和一双帆布胶鞋，不知道啥时候送过来的。

“穿上这身衣服，就吃上粮了。”陈庭晖说，理发师给他梳理了时髦的飞机头，前倾的发型用发蜡固定着，恐怕一时间不适合戴帽子了。

李可健当然再次拒绝，但成丰狡黠一笑：“说你的破棉袄已经扔了，想穿衣服，就只有这一套。”

这不跟牛郎趁织女洗澡盗窃人家衣服强行逼婚一样的性质么！招数虽然龌龊，确实好使，李可健一点办法都没有，只能穿上军装，这套衣服大概是军需部门为了巴结陈庭晖特地选的高级货色，是暖和挺括的毛呢质地，就是尺寸有点大，裤脚挽起两圈，袖子卷两道，外面再罩上一件斜纹布的二尺半，一个大头兵的形象就出来了。

陈庭晖面前的烟灰缸里满是烟蒂，他又点起一支香烟，像是吩咐，又像是自言自语道：“回头咱们搬到剿总去办公，刘司令长官给我们两间办公室，宪兵司令部再派一个排协助工作，我就不信整顿不好！”

李可健系不上军装的风纪扣，便仰起脖子来让成丰帮自己扣上，抬头的一刹那，看到了屋顶上的一个洞眼，小小的、圆圆的，洞眼似乎在旋转，在放大，在形成黑洞将他吸进去……

时间回到十个月前，同样天寒地冻的季节，也是沧浪池的这间包房里，迎来一群特殊的客人。

客人皆是身着军装的壮年，他们的军装和普通部队迥异，一水的美式 1941 野战夹克，头上戴的是拆掉钢箍呈现软塌塌形象的大檐帽。他们闹哄哄地进来，脱了衣服拿了毛巾，纷纷下池子去也。

楼下也来了两位客人，一个是军用汽车修理厂的车师傅，一个是剿总司令部的参谋，呢子军装肩章上两朵梅花。两人同时进来，分配在相邻的两张铺位，车师傅还跟人套近乎，问参谋认不认识司令部的某某人，中校懒得和他多说，打开床尾的箱盖，先将红褐色的公文包放进去，然后慢条斯理地脱下衣服，叠好，依次压在公文包上，锁上箱盖，钥匙套在手上，下池泡澡。

澡堂跑腿彭秀章坐在角落，默默看着氤氲中移动的白花花赤条条们。

来澡堂享受的不仅仅是热水的抚慰，更重要的是泡完后，全身毛孔打开，舒爽轻快，再就着一壶略带涩意的茉莉花茶，敲背，修脚，聊天，无限畅快。

包间客人从大池子爬出来，擦干身体上楼，茶房点头带着茶壶茶包伺候着。领头的是个上尉，今天他做东，又是安排跑腿儿邀客，又是打电话订酒菜，正忙乎着，另一伙人一挑门帘子进来了。

新来的这伙人也是吃粮当兵的，为首是个少校，进来便厉声喝问茶房为何把预留的包间给别人。茶房叫苦不迭，他就是一高级跑堂的，哪有把贵客往外推的道理，再说这都是带枪的老总，也不敢往外推啊。

先来的上尉说话了："先来后到你懂不懂？"

少校说："你他妈见了长官怎么不敬礼，给我立正说话。"

上尉说："老子是战车团的，敬礼？你配吗！"

少校说："老子是剿总司令部的，你说配不配！"

这一吵吵，把其他客人惊动了，纷纷上前看热闹，有人纳闷了，都是中央军，和尚不亲帽子亲，怎么还杠上了呢。有懂行的就在一旁解释，战车团可不是一般的中央军，那是嫡系中的嫡系，吃的是美国罐头，穿的是美国皮靴，战车团的长官更加了不得，那是蒋家二公子。

而后到的是剿总司令部警卫团的一位少校连长，这位爷身份更不简单，表面上只是区区一个连长，实际上是陆军总司令顾祝同上将的本家侄子，有了这层关系，又深得彭城剿总刘司令长官的信赖，出入长官们的官邸如履平地，在彭城地界上，没人敢不买顾少校的面子。

况且顾少校是提前预约了的，还能被人截和，大大被拂了面子，就免不得要大发雷霆。

两边都是豪横惯了的角色，狗咬狗一嘴毛，这种热闹平时可看不着，中校和车师傅前后脚从池子出来，也上楼观战。

所有人的目光都盯着楼上，角落里的跑腿儿彭秀章快速上前，走到中校铺位旁蹲下，环顾四周，没人注意自己。他从小褂兜里拿出一根钢丝，捣进锁眼，大概是头一次干梁上君子的活儿，他的手颤抖得厉害，额上的汗水滴下来糊住了眼睛。

在澡堂里偷客人东西被发现后果非常严重，被暴打一顿是轻的，更恐怖的是从此以后身败名裂，再没哪家店铺敢用你，只有隐姓埋名远走他乡一条路可走。

锁是寻常的挂锁，用得久了磨损严重，轻而易举就能打开，盖子掀起一半，楼上乱哄哄一阵聒噪，惊得彭秀章猛然将盖子合上，不小心砸到手指，顿时一片瘀紫，钻心地疼。

楼上的冲突还在继续，俗话说看热闹的不嫌事大，劝架的不多，拱火的不少。车师傅就是撺掇干架的，而中校参谋则竭力劝阻两边不要大动干戈，他是认识顾姓少校的，也和战车团的人相熟，绝不能坐视同室操戈。两边人也都认他，让他评理说公道话，一时间中校成了调停人，一时半会儿下不了楼。

彭秀章抓紧时间，以身体做掩护，掀开盖子，在叠放整齐的衣服中一阵掏，先摸到了一个手感像是皮包的东西，但大小不同，这层牛皮包裹着冷硬的钢铁，原来是个枪套，再往下摸索，终于摸到下方的公文包，把包慢慢抽出来，正欲打开，却发现公文包也是上锁的。

正准备继续开锁，忽听有人呼唤自己：“秀哥儿！”

顿时吓得他三魂七魄丢了一半，还以为被发现，可是只听声音不见人，原来是账房上喊自己，于是迅速合上盖子，拎着公文包先藏到角落里，再去账房听招呼。

争吵惊动了老板，为了平息事态，须得派人联系住在府署街孙家小楼的蒋二公子出面，一封手令就能让双方偃旗息鼓，电话打不通，老板只好让秀哥儿跑一趟。

跑腿儿的就是专门干这个活的。彭秀章责无旁贷，拿了老板写的书信，回去穿了棉袄，将公文包藏在胸前，低着头弯着腰出了沧浪池。

刚出门就听到身后一声枪响，不知道是顾少校开的枪，还是战车团的上尉搂的火。彭秀章身子僵硬了一下，继续前行。

阴暗的街角，彭秀章用钢丝勾开了公文包的锁，交给早就等在沧浪池门口的接头人，那人从包里掏出一沓文件和美钞，对钞票视若无物，专挑文件快速阅读，他要找的是一份内容简短的电文，阅读之后原物放回，依旧还给彭秀章。

要是能够趁乱把公包物归原主，瞒天过海无人知晓，那简直堪称完美，但是世间哪有这么多如你所愿？等彭秀章走到门口时就听到中校和车师傅的争执，一个说对方偷了包，一个坚称没有。

彭秀章略一思忖，回头就走，将公文包里的美钞取出，皮包丢弃在街角旮旯，再回到沧浪池，先向账房交差，气喘吁吁地说没找到二公子，这个解释是说得通的，二公子何等尊贵之人，一个澡堂跑腿儿岂能想见就见。再者说了，老板也无法验证此言的真伪。

“没事儿，已经劝和了。”老板摆摆手让彭秀章下去。

这时中校已经掏出手枪来，顶着车师傅的脑袋瓜说：“你怕是个共谍吧，信不信我当场执行了你。”

没人敢劝，谁都看得出楼上抢包房动家伙是虚张声势，这位爷掏枪是来真的。

唯有彭秀章上前劝说，三言两语将责任推到子虚乌有的“燕子飞”头上，什么灰长衫白净面皮，说得有鼻子有眼的，由不得人不信。

沧浪池的跑腿儿全被撒出去，最终公文包被人找到，钱丢了，但重要的东西没丢，中校没再纠缠，拎着包悻悻去了。

车师傅向彭秀章拱手：“秀哥儿，我姓车，以后咱就是朋友了。”

天花板上的弹孔是战车团上尉用点四五口径的大眼撸子打出来的，开枪没有加剧冲突，反而让双方冷静下来，最终握手言和成了朋友。为了纪念他们的不打不成交，顾少校吩咐老板别把弹孔堵上，就原样留着，算是一段佳话。

风纪扣系上了，李可健仰着的脑袋归位，依旧心潮澎湃，不能自已。

他以第一视角重温了十个月前的惊险片段，彭秀章果然身份不简单，这并不意外，那么自己的使命又是什么呢？

第 32 章

乱世好人

沧浪池门口蹲着一头钢铁巨兽。

狞厉的长鼻子，镀铬的钢牙铁嘴，蓄势待发的后腿充满力量感，漆黑锃亮的毛皮铺满全身，圆睁双瞳射出的光芒和澡堂子门口的电石灯相比，犹如皓月对萤火。

刚出门的陈庭晖当即就被迷住了，围着“巨兽”绕了三圈，啧啧连声，赞叹不已。

车上跳下来一个陆军上士，向长官敬礼报告：“这是联勤司令部为陈司长预备的专车，我是您的专职司机。”

见长官不作声，上士继续介绍：“这是 1947 款的奥兹莫比尔 455 小轿车，上个月才从马尼拉运过来的，八缸引擎，三挡自动变速箱，全频段收音机，黑色小牛皮内饰……”

陈庭晖颔首道：“Very nice.”

耳边一个声音响起：“455 是不是排量 4.5 升的意思？”

是新收的勤务兵在问东问西，陈将军头也不回地说道：“是 455 立方英寸的意思，折合成公升大约是 7.5 升。”

“乖乖，那百公里不得三十几个油。”李可健咂舌，他印象中的轿车最大排量也就是2.0而已，7.5升！简直太不环保了。

成丰说话了：“能开得起这车的人还在乎几个油钱吗。”

陈庭晖冷哼一声，问那上士：“这车是联勤司令部的配车吗？民脂民膏就是这么用的吗？”

那上士是个老兵，在少将司长面前游刃有余，他解释说这车虽然挂着军牌，但并不是军车，是彭城本地财主家的车，特意贡献出来供长官代步的。

陈庭晖终究还是抵抗不了大溜背鱼雷造型双门跑车的诱惑，他把上士和成丰赶到第二排坐着，让李可健坐上副驾驶位置，自己则上了驾驶座。

车内果然豪华，使用了大量的镀铬件和小牛皮，暗夜中闪闪发光。两盏白炽大灯照射下，道路纤毫毕现。陈庭晖仔细熟悉了一番，拧动钥匙发动，徐徐开到中山街上，一踩油门，三位乘客齐刷刷后仰，这加速度，这大马力，无敌了！

深夜的中正街上是没有车辆的，空旷的马路，昏黄的路灯，流线型的“双门跑”风驰电掣，带起一路烟尘，急转弯，急刹车，轮胎在柏油路上摩擦着，扬起一股橡胶烧煳的味道。

“长官车技绝了！”上士紧抓着扶手，不忘大拍马屁。

“以前在驻印军时，我连飞机都开过。”陈庭晖面色冷峻，动作流畅，驾驶大排量跑车的男人果然是最帅的。

短短的中正街用来撒野是不够的，陈庭晖过了济众桥右转上复兴路，再左转进入建国路，通过南天桥穿越津浦铁路，上了铜山路之后，路况就差了许多，夯土铺着碎石的公路和低底盘跑车的调性是不符合的，于是陈庭晖调头回了花园饭店。

把车停稳后，陈庭晖将车钥匙交给上士，说：“这车我不能用，也不敢用，谁的车还给谁去。”

上士“啪”的一个立正敬礼，接了车钥匙，依然原地待命。

成丰弯腰狂吐，刚才的飙车让他晕头转向，翻江倒海，李可健却和没事人一样。陈庭晖也不予理睬，径直上楼，俩勤务兵赶紧跟上，306 房间门上的宪兵司令部封条早被扯下，而一位上校军官早已等候多时。

“老同学，好久不见了。”那上校满面风霜，看起来比陈庭晖苍老三分，军装还是老式的，军衔挂在领子上。两人寒暄握手，正要进屋叙话，随着暗香袭来，一位披着狐狸皮披肩的旗袍女子进入视线，高跟鞋，尼龙丝袜，身材凹凸有致，掏出钥匙，打开对面 307 房门走了进去。

这边 306 的房门也打开了，陈庭晖收回目光，将上校请进门。

上一次在 306，李可健还是全兴楼的小伙计，今天就成了将军的勤务兵，带有全兴楼标记的食盒和杯盘碗碟还在此处，菜肴放了几天都馊了。他先倒掉剩饭剩菜，又打了一壶开水回来，正式履行起勤务兵的职责，跟着成丰端茶递水，完事儿就躲在角落里听候差遣。

“我看你很欢喜开车的。”成丰小声说道，“咱家司长想培养你，以后专门给他开车。”

李可健支棱着耳朵，只顾听陈庭晖和上校的对话内容。

烟雾缭绕中，两位国军将领正在讨论当下时局。

“傅作义五十万大军困守北平，怕是凶多吉少……”

“白崇禧是黄鹤楼上看翻船啊，如果张淦、宋希濂兵团能果断东进，张黄宋对共军中野反包围，歼灭其主力大部，华野侧翼失去掩护，将不得不撤退……”

“宋兵团远在鄂西，远水解不了近渴啊……”

“不管怎么样，彭城周围七个兵团加上剿总直属部队，绥靖区和交通警察地方保安队，起码八十万大军，双方旗鼓相当。实在不济，也可将主力撤退到淮河南岸，形成新的对峙局面，虽不能转败为胜，至少能苟且几年……”

听起来两位军人对当前的局势还抱有侥幸心理，李可健犹豫着要不要告诉他们真相，又怕说出来被打。

紧跟着话锋一转，上校终于提及来意，他果然是来做说客的，帮各部队军需官和彭城银行界的人说情，劝陈庭晖别把事情做得太绝。

陈庭晖拍案而起，痛心疾首：“老同学，你怎么也为虎作伥，试问如此天文数字的军款流入民间，造成通货膨胀，民不聊生，势必不战自败呀！”

上校叹一口气：“谁说不是呢，但是你说通货膨胀是军款流入民间造成的，我不敢苟同。通货膨胀是因为国府滥发货币，民不聊生是因为苛捐杂税，内战不休不止，从国共谈判破裂到现在打了几年了，越打越没希望，这艘大船快要倾覆了，给自己留条后路吧。”

陈庭晖沉默了一阵，徐徐说道：“至少把军饷发了吧，前线的兵饿着肚子怎么卖命？”

上校跷着二郎腿，三节头皮鞋抖动着：“反正当兵的总要战死的，发不发的有什么所谓。”

陈庭晖不怒反笑：“对门的美妇，也是你们安排的吧？”

上校笑道：“乱世之中，寻常人能苟活都已经很难了，别看这些中将上将司令官高高在上，手握重兵，真打起来谁又能保证自己能看见明天的日出？文卿啊，人间太苦，唯有香车美人不可辜负。”

陈庭晖道：“及时行乐，也对，不过似乎还少了些什么吧？”

上校一副“我早就在这儿等着你”的表情，默默掏出信封推过来，在工人发薪水都要用小车推钞票的当下，信封里势必装的不会是金圆券，一定是美元，而且是大面额的。

“那我就恭敬不如从命了。”出乎预料的是，陈庭晖公然收下了贿赂，起身送上校出门。两人勾肩搭背，握手话别，待送出门来，上校指了指307房门，猥琐一笑，尽在不言中。

送走了说客，房门一关，陈庭晖的神情大变，拿起电话机：“给我接剿总刘司令公馆，立刻，马上！我是谁？我是国防部监察司陈庭晖！”

大半夜把电话直接打到司令官那里，陈庭晖的底气可见一斑。电话很快接通，他先是坐着通话，脸色阴沉，说着说着就站起来，语气亢奋：“感谢刘司令，为党国尽忠是我辈职责！是，是，我一定秉公处理，再次感谢，再见。”

打完这通电话，陈庭晖奋笔疾书，写报告，拟电文稿子，将装着美元的信封用档案袋密封起来。

李可健暗暗叹息，这位陈将军是个忠臣，可惜性子太直了，站在大多数人的对立面，岂能有他的好果子吃！不过他的人品值得尊敬，如果国军这边都是陈庭晖这样的将领，那这个仗就难打了。

做完手上的事情，陈庭晖终于开始关心新收的勤务兵，他坐到沙发上问话，这样比坐在办公桌后能减轻给下属的威压感。

“籍贯哪里，岁数多大，家里还有什么人？”都是常规问题，李可健却答不出，他并没有共享彭秀章的记忆，又不能闭口不答，只能一通胡扯，说自己是乡下人，十五六岁吧也不敢肯定，穷人家谁会专门记孩子的生日啊，家里……

突然一道闪电在脑海中划过，病卧在床的母亲，气若游丝，努力伸着手想抚摸儿子的头发，终究还是撒手人寰。乱坟岗上白幡飘舞，只剩孤儿鳏夫相看泪眼。转眼，父亲倒在血泊中，肢体扭曲，死不瞑目。

豆大的泪珠滚出眼眶，李可健感受到了载体的悲痛欲绝，他哽咽着说：“我家里没人了，只剩下我自己了。”

“乱世中，能活着就很难了。”陈庭晖不再问询，让李可健跟成丰挤挤，早点睡觉。

他看到桌上的餐具，又吩咐道：“明天把那东西送回全兴楼，顺便辞工，以后跟着我吧。”

“是！”李可健答应一声，将空食盒提过来，把洗干净的杯盘碗筷往里放，在他提空盒子的一瞬间，感觉手感不大对劲，食盒是竹子框架加竹篾编制而成，空盒子不该这么重啊，但他未动声色，装好后提到门口仔细检查，果然在最下层发现不起眼的暗格。

打开暗格，里面藏着一把做工精良的手枪，枪身圆润，瓦蓝的钢色，核桃木握把护板上有个圆形金色标志，嘴咬标枪的腾跃小马，上面四个字母：COLT。

第 33 章

拔枪四顾

手枪沉甸甸，压得李可健喘不过气来，他不知道彭秀章究竟在之前干了什么事，又有着怎样的筹划，但这把枪切切实实给自己带来了无尽的压力，是留着备用还是找个机会丢到奎河里去，他彷徨无措。

成丰走过来："我帮你收拾。"

吓得李可健直往后缩，连连摆手，成丰面露狐疑："有啥不能让我看的？"

少年不像成年人那般有界限感，成丰非要看个究竟，手枪必定露馅，正当李可健不知如何解围时，电话铃响了。

将军是不会亲自接电话的，成丰跑到办公桌前接了电话，对陈庭晖说："南京长途，夫人打来的，总机问要不要接进来。"

陈庭晖接过话筒，摆摆手，成丰拉着李可健回避了。

回避到门口依然能听到陈庭晖用浙江方言和夫人通话，李可健一头雾水，成丰却能听懂，他低声告诉李可健，这回多亏夫人动用了家里的关系才帮司长脱困。

“那为啥看起来他不大高兴？”李可健问道。

“这年头托人办事哪有不花钱的，夫人估计砸锅卖铁倾家荡产了。”成丰撇撇嘴道。

“托的谁？”李可健很好奇。

“扬子公司的谁……”成丰说，“听说很有势力。”

李可健愕然，臭名昭著的扬子公司，连太子爷都奈何不得的超级大老虎，假如是扬子公司总经理孔令侃亲自给彭城剿总打电话要求放人，那么今晚沧浪池的这一幕大戏就更加令人玩味了，贪官抓了清官，又被全国最大的贪腐头子收了贿赂后打招呼释放，到底谁清谁浊，已然分不清楚了。

电话打完了，陈庭晖在召唤成丰，让他跑一趟马市街，把林小姐叫来，这里有许多文案卷宗需要连夜整理。

“这么晚了……”成丰嗫嚅道。

然后李可健就看到了陈庭晖的另一面，温文尔雅的将军忽然暴怒，抓起墙上挂的马鞭抽过去，成丰的棉袄绽裂一道口子，吓得他连滚带爬地去了，陈庭晖的命令在身后追来：“开车去接，要快。”

李可健噤若寒蝉，悄悄向门口挪动，却被陈庭晖一声断喝叫回来，让他把柜子里的洋酒拿出来，再洗两个杯子。

酒是张裕白兰地，杯是圆形直口玻璃杯，用白瓷茶杯肯定是不行的，勤务兵要拿着白餐巾在旁边伺候着。

楼下传来奥兹莫比尔455跑车的咆哮声，林小姐这么快就接来了。李可健不禁腹诽，这位将军还真是食言而肥，刚说过不用这辆车，话音未落就拿来接女朋友，清官就是这样式儿的？闹呢。

林小姐在成丰的陪伴下走了进来，看得出虽然时间仓促了点，还是略施粉黛，还好这个年代的人相对克制，没有一见面就拥抱在一起让旁人尴尬，他们只是深情凝望对方，尽在不言中。

白兰地倒上，没有菜干喝，陈庭晖酒量很大，一杯杯地往肚子里灌，林然只是端起杯子象征性地抿一下，她劝将军：“抽刀断水水更流，借酒消愁愁更愁，少喝一点吧。”

陈庭晖说：“你不懂，我心里苦，我想为国家做点事情，难道我有错吗！为什么每个人都想着拆船板，而不是同舟共济？把船底的漏洞堵上，国家亡了，他们就能有好果子吃吗？”

李可健咕哝了一句：“国家不会亡，灭亡的只有腐败的政权。”得亏陈庭晖正在直抒胸臆，没注意勤务兵的碎碎念。

大半瓶酒下肚，酒入愁肠愁更愁，陈庭晖趴在桌子上人事不省，林然指挥两个勤务兵把将军抬到床上，脱了皮鞋和外衣，盖上被子，三人出来，相对无言。

“他很不容易。”林然叹了一口气。

“堂堂少将，想正常查案子都这么难，这世道算完了。”李可健附和道。

“少将不值钱的，你知道彭城有多少个少将？光陆军医院就有一大群，内外科的主任都挂少将衔。他一个光杆监察官，手底下没有兵，简直是寸步难行。说来也怪我，如果不是我帮他，也不会有这些事了。”林然坐在沙发上，成丰给她倒了杯水，托着腮帮子往旁边一坐，俨然是要听故事了。

林然真的是满肚子的故事无人诉说，经过这一番折腾，对两个年轻勤务兵的印象极好，索性说出来图个轻快。

原来陈庭晖早就想整顿军款私存的积弊，既能解决士兵的温饱，又能改善金融环境，但是来了彭城之后处处受阻，各部队军需官阳奉阴违，他虽是监察官，拿不到证据也没法办人，所以只能另辟蹊径，从银行界入手，拿到账本就是铁证。无奈徐州各银行同气连枝，严防死守，一筹莫展之际，身边的女秘书给他指明了方向。

林然说得隐晦，但李可健明白，是这个年方二九的女生情窦初开，春心萌动，为了爱情出卖了自家老爸。千防万防，家贼难防，林泽源是银行襄理，经常把账本带回家，林然偷偷记录了信息，转交给陈庭晖，于是铁证在手的陈司长就拿大中银行做了儆猴的鸡。

“银行被查，只好尽力收款，可是放出去的款子岂是三言两语就能收回来的，就只能先催收那些中小商户，想尽办法让他们还钱，徐宏昌从银行贷了一笔款子还不上了，就只能拿命来抵。”林然幽幽道出真相。

李可健似乎明白了手枪为何出现在食盒暗格里，但他不死心，追问一句：“钱一天比一天贬值，按理说以前贷的款，应该很轻易就能还上啊。”

林然说：“大家都懂的事情，又岂会让人钻漏洞，贷款的时候是阴阳合同，明面上是贷法币多少多少，暗地里是以折合银圆数目计算本金和利息的，银行永远是不会吃亏的。”

李可健终于明白，徐宏昌被银行逼迫太甚，走投无路，只能选择以死相谏。

彭秀章是徐宏昌的义子，又有机会接触到陈庭晖，他听义父诉说了被骗的惨痛经历，将灾难归罪于陈庭晖，盗了他的手枪试图报复，但是枪明明在这儿没动，杀死徐宏昌的又是哪一把枪呢？

内室传来醉鬼的呼唤："水，水！"

成丰刚起身就被林然按住："我来吧。"说着拿起水壶走进内室，少顷便听到水壶落地和挣扎的声音，林然在喊"不要不要"，李可健下意识就要推门进去，成丰拉住他，表情古怪。

李可健也不是傻子，仔细再听，林然的呼救并不是那么坚决，更像是欲拒还迎，果然喊了两声就不再喊了，取而代之的是暧昧的喘息声。

"不是说叫来处理公文的吗？"李可健自言自语，扭头一看，成丰正竖起耳朵倾听，便一把将他拽走，非礼勿听是勤务兵的职业素养。

大门外，李可健问成丰："他们俩经常这样吗？"成丰点点头，又说林秘书没来之前，司长都是从金谷里叫娘儿们来过夜的。

一个留学美利坚，文明新潮的年轻将军形象在李可健心中轰然倒塌。

成丰打了个哈欠，传染得李可健也犯困，可是内室那二位还在鏖战，勤务兵怎么可以先睡觉呢？万一里面要端茶倒水拿个卫生纸咋办。

"咱俩轮值，我先眯一会儿。"成丰倒在沙发上就睡了，李可健悄悄走到卧室门前倾听，里面没动静，想必是两人交颈而眠了。

他回到办公桌前，四下踅摸，漫漫长夜，找点卷宗档案杀杀时间也好。忽然电话铃响起，赶紧拿起来，生怕吵到正在安寝的情侣，这一瞬间他脑海中百转千回，考虑了无数种应对陈夫人的说辞。

但是打来的并不是南京长途，而是花园门店的传达室，门岗说有个男人来找陈将军，自称姓林。

八成是林泽源来寻女儿了，李可健说：“好的知道了，我这就下楼去接人。”

电话挂断，李可健从食盒暗格里拿出马牌撸子，心脏怦怦乱跳，他从小就乖，没干过出格的事情，但这不代表老实人就没有一颗冒险的心，既然命运把自己带到这里，那就把案子查清楚。

李可健若无其事地来到门口，果然见到一脸担忧的林泽源，他说“你跟我来吧”，将林泽源带到三楼，却没往306方向走，而是走向楼梯尽头的楼层厕所。深夜，厕所里空无一人，李可健亮出了手枪，让林泽源说出真相。

“说说你们是怎么逼死徐宏昌的！”

“真的和我没干系。”林泽源一介文弱书生，连自己的女儿都看不住，面对手枪岂能不怕？他告诉李可健，之前放款业务确实是自己经手的，也确实签了阴阳合同，偿还本金时要用银圆等硬通货才行，这也是情势所迫，没有办法。

林泽源说：“坏就坏在老徐求全责备，一点亏不愿意吃，他是在外面借了别家的款子来过桥。本来呢，银行也是想等过了风头就把款子再放给他，无奈姓陈的催逼得紧，银行头寸不够，四处拆借尚且应付不及，又怎么会放款给他，他是被高利贷逼死的，不是被银行逼死的。”

这个版本比林然的版本更精确，也更合理，似乎谁都有罪，又似乎谁都是无辜的。

“小兄弟，我就是一个记账的先生。”林泽源轻轻将枪口挪开，“请问我女儿在哪里，我来带她回家。”

“令嫒在陈司长卧室里，他们已经睡了。”李可健干巴巴地回答。

林泽源脸色变得煞白，他猛地推开李可健，冲出厕所大喊女儿的名字，先是成丰揉着惺忪睡眼出来，继而是匆匆穿上衣服的林小姐，父女四目相对，尴尬非常。当爹的执意要带女儿走，女儿却扒着门框不愿意离开，对门的风尘女子不知道啥时候出来了，叼着烟看热闹，一双丹凤眼含着笑。

“吵什么吵！”陈庭晖终于出来了，披着军装，醉眼蒙眬。

林泽源大怒：“你坏我女儿清白！”扬手欲打。

不用勤务兵出马，林然护住了陈庭晖，哭道：“要打您就打我吧，是我自愿的。”

狂怒的林泽源依旧苦口婆心：“且不说此人乃有妇之夫，光是贪杯好色，草菅人命，就绝非良缘佳配啊！他只敢拿我们这种小银行开刀，怎么不去查四行两局一库，他开车撞死百姓，可曾有过悔意？这样的人哪里值得你以身相许！”

林然只是哭着摇头不说话。

听到开车撞死百姓这句话时，李可健脑袋里轰的一下，彭秀章的父亲倒在血泊中的画面再次出现。

原来报仇不仅是为了义父，更是为了亲爹！

李可健渐渐感觉到自己的肢体不受控制，准确地说是原来的主人回来了，他的右手缓缓伸到棉袄下面，握住了枪柄。

第 34 章

交通员

枪声响起的瞬间，彭秀章彻底回来了，海量的信息如同宇宙爆炸、星河坠落，在脑海中激荡弥漫。李可健刹那就读取了载体的全部记忆。

童年是五彩缤纷的：雨后郁郁葱葱的麦田，老黄牛慢慢走过油菜花灿烂的田埂，村落安宁，炊烟袅袅，顽童坐在高耸的厕楼上拉屎，下面几头猪嗷嗷待喂。

随着一面膏药旗的出现，乡村不再宁静，顽童紧紧扯着大人的衣襟在夜色中赶路，年幼的孩子尚不懂什么叫“跑日本反”，丧事却一场接着一场：爷爷被日本人杀害，奶奶追随而去，大伯和小叔参加新四军抗日牺牲，顽童披麻戴孝打着幡，乌鸦围绕着坟头聒噪。父亲在地契上按着手印，家里的花瓶、字画被人搬走，唯有藏书无人问津，但是冬日的一把火，这些书付之一炬。

日本人走了，洪水来了，家徒四壁，无以为继，只能举家逃到了彭城，栖身在太平洼的窝棚中，顽童长成少年，手拿国文课本书声琅琅。

为了一口饭，昔日的小少爷当了饭馆跑堂，母亲帮人缝缝补补，父亲支了个摊子修锁，一家三口都在努力地生活，眼见着日子渐渐有了起色。

深夜的全兴楼，少年彭秀章向党宣誓，成为一名地下交通员。

真正的情报工作往往是朴实无华的，彭秀章被组织安排到沧浪池做跑腿，没有具体的工作安排，只需细心观察客人们之间的人际关系，一举一动都要留神，大老周告诉他，任何看似没什么价值的信息，其实都有可能在将来某一天派上用场。

沧浪池是彭城最大最豪华的浴池，也是上流社会的社交场，没人会在意一个年纪不大的跑腿儿，却会对这个嘴甜勤快的秀哥儿信任有加，经常差遣他跑腿送信，打酒买烟。没多久秀哥儿就能叫得出常客们的姓氏和官衔，对他们的喜好也了如指掌，因为送信的缘故也熟知不少客人的府邸位置，连剿总司令部门口的卫兵都认得秀哥儿了。

彭秀章执行的第一个具体的任务是窃取剿总司令部电讯处朱参谋皮包里的电文，朱参谋不大合群，唯一的爱好就是泡澡，他的习惯彭秀章掌握得一清二楚，不进雅座，不在柜台寄存贵重物品，从来都是独来独往，泡个澡修个脚，吃一块澡堂打的葱油小烧饼，洗澡的时长也控制在四十分钟之内。

首次干特务的活儿，彭秀章进行了好一番心理建设。首先他告诉自己，这不是偷鸡摸狗的龌龊勾当，而是正义伟大的事业，帮天下穷苦老百姓做的事，但实际操作中还是紧张到手抖，好在最终靠着跟父亲学的修锁手艺和处变不惊的机智，在完成任务的同时，还结识到了汽车修理工车师傅。

多个朋友多条路，在车师傅的引见下，秀哥儿认识了火车司机老马，火车站货栈搬运队的头儿王波，蹬三轮的工人小包等。

彭秀章只是一个半大孩子，和这些叔伯辈的汉子不能同辈论交，于是又把这些朋友介绍给大老周。大家伙儿经常在全兴楼喝酒发牢骚，其实火车司机已经是收入颇丰的群体，依然对当局极度不满，老马说起剿总军事运输处的一帮人就咬牙切齿。

后来老马干了一件大事，彭秀章作为地下交通员也有所参与。

麦收之后，澡堂子进入淡季，沧浪池的地锅子停火修炉，铲除水垢，工人便都歇业回家，彭秀章则回到全兴楼干跑堂的。

6 月的一天中午，老车、老马和老王在店里喝闲酒，聊到暗门子，老车眉飞色舞，说顺河街、天桥南、花园后、老营盘都有自己的窝子，比金谷里的娘们便宜，还干净。老马闷哼一声说那都是四乡里活不下去的人才干这一行，谁家老爷们愿意自家媳妇闺女出去卖。老车讪讪道："我也是照顾她们生意，不然更没法活。"

王波一拍桌子，杯盘碗筷都跟着震，他瓮声瓮气嚷道："喝酒！"大家就都缄口不言，默默举杯。大老周端着一盘蒜爆鲤鱼上来，被老马拉着非得落座陪上三杯。大老周干了一杯，问火车站最近有什么动静没有。

老马前段时间调岗，从火车司机升级成调度员，彭城火车站所有客货运输、车皮调配都得过他的手，他说最近确实有大动静，早上自己从车站出来的时候，一批当兵的和卡车大炮正在进站，可能要连夜北上。

大老周就问能不能给狗日的拖延一下时间，顺便再把兵员装备的数量搞清楚。

老马本来举到嘴边的酒杯停住了，其他人也都停了筷子，默默看着大老周，这个豪迈的汉子微笑着和他们对视，过了半晌，老马再次端起杯子说："多大事儿啊，看我的吧。"

不需要太多的语言，大老周到底是干啥的，大家伙儿心知肚明，心照不宣。

这场闲酒戛然而止，老马说："事不宜迟，我现在就回站上，蒜爆鲤鱼给我留着，明天再吃。"大老周说："这样，我让秀哥儿三更天给你送去当夜宵。"老马说也行。

老马起身回去上班，其他人也各自散去。老马回到调度室，让当班的调度员回去，说："你老娘不是生病嘛，回去照顾吧，这边我顶着。"同事千恩万谢地去了，然后老马拿起电话机开始调度，让调车机把站内的列车分散编组，甩满车，占满线，二十多股道全都占上，军列想沿着津浦线北上先得把道腾出来才行。

果然，很快就有一个上校军官来到调度室，大吵大嚷，说怎么全都乱套了，安排给他们的闷罐子车和平板车怎么都调走了。老马端起搪瓷茶缸，悠闲地吹拂着漂在上层的茶叶末，说没有计划申请单，自己不能给他们调配车皮。

上校说不知道什么计划申请单，老马就递给他一沓表格，说详详细细地填，多少人数，多少卡车吉普车、多少门炮、多少吨的辎重都得一五一十地填，填好之后马上调配。

上校犯了难，这可都是机密的军事情报啊。

老马喝了口茶，说：“长官你别介意，我也知道这是军事机密，可我们这个工作成天就是和军事机密打交道，别说你们了，就是邱兵团的详细情况，我都了如指掌，那又怎么样了，我还能靠这些发财咋地？”

上校无奈，只好拿出笔来填写，老马还贴心地将自己的椅子让给他坐，给他一张蓝色的复写纸在下面垫着，申请单要一式三联呢。

计划申请单填好，老马打发上校回去，然后慢吞吞调配车皮，各种磨洋工，各种小差错不断，一直到了半夜时分，部队也没装车完毕，这时候彭秀章拎着食盒给老马送来了夜宵。除了大老周之前答应的蒜爆鲤鱼，还加了油淋臀尖、凤尾虾和粉丝丸子汤。老马喜笑颜开，打内线电话招呼调车机操作员放下手头的活儿，来吃夜宵。出了门，将一沓复写的计划申请单塞给彭秀章，又将一支圆珠笔给他，故意大声说：“秀哥儿我就不留你了，赶紧回去吧。”

彭秀章在暗处将情报藏进食盒的暗格中，拎着空盒子往外走，前面有一道铁门，来时还没加岗哨，现在却上了双岗，两个挎着美式冲锋枪的卫兵喝令彭秀章站住，要搜查他。

彭秀章的心提到了嗓子眼，以他的聪慧能意识到这一道门岗加得蹊跷，应该是军队对火车站的低效率做出的回应，你磨洋工，那我就给你找点不痛快。

所以这两个岗哨是冲着挑刺来的，没毛病都能挑出毛病来，遑论食盒里珍藏着要命的东西。人一紧张，身体就不自然，两个兵都是老兵油子，察觉到不对劲，一个兵绕到彭秀章身后，封锁他的退路，另一个兵勒令他把衣服脱下来检查。

彭秀章的手下意识地攥紧了衣服上的兜子，想跑，两个兵如同猫抓老鼠一般戏弄他，拿枪托打他，最后将其踢翻在地，按住手脚，终于从兜里掏出了少年死死保护的东西：一支圆珠笔。

圆珠笔是只有美国才能造出来的，和毛笔、铅笔、钢笔都不一样，这玩意儿特别神奇，不用蘸墨水，细细的管子里藏着笔油，黄铜做的笔头精细无比，最前面那个能滚动的小钢珠也就是比头发粗了一点。一支圆珠笔要卖到一块银圆，少年如此稀罕是有道理的。

“妈的，再搜，看看鞋底藏东西没有。”两个不会写字的兵痞将圆珠笔没收，还不肯善罢甘休，彭秀章也豁出去了，死死抱住大兵的腿纠缠不放，他的目的是将注意力转移到自己身上，哪怕挨揍，也不管多狠多重，只要能保住食盒里的情报就值得。

这时一群装卸工路过，为首的正是王波，他大吼一声制止两个兵痞的动作，将彭秀章拉起来拍打着身上的尘土说：“你们怎么欺负人？”

“我们是正常检查，不但要查他，连你们也要检查。”两个兵拿着鸡毛当令箭，丝毫不把王波放在眼里。

小包打圆场，掏出香烟来敬上，王波却拦住他，对两个兵说：“行啊，我让你查个够，我还让我全部兄弟都过来让你查，今晚上咱啥也不干了，就陪你俩玩。”

两个兵被他的气势吓到了，王波是装卸工的头儿，往平板车上装载汽车大炮，这都是专业活儿，普通步兵干不好，得专业人员来，万一激起车站工人罢工，这俩小兵吃不了兜着走。

于是一场危机化解，彭秀章拎起食盒，跟着大伙儿顺利走出车站。午夜的路灯下，王波披着白布褂子，肩膀上搭着毛巾，腰间束着板带，身影被拉得长长的，伟岸得像座山。

情报送到全兴楼后，大老周立即进行誊抄密写，派其他交通员送出城去。火车站这边的工作还在继续，饱餐夜宵后的老马又在想办法，怎么能再把时间往后拖一拖，思来想去，一条妙计出炉了，他把北上的机车司机都叫到调度室，叮嘱他们一定要小心，因为八路在前面埋了地雷。

没人询问消息从哪儿来，确切不确切，火车司机们一时间炸了锅，说啥也不愿意出车了。

本来部队都装运完毕了，就等着发车，上面军令一道道催促得紧，可是火车就是没动静，还是上回那个上校军官，带着一帮持枪的士兵冲进调度室，质问为什么还不发车。

老马振振有词："铁道上埋了雷，还不是一般的雷，几百斤的炸药炸起来，铁轨变形，桥梁倒塌，整列车都得倾覆。长官你要是不信也行，你到车头上和司机一起坐着，要死大家一起死，谁不发车谁是小娘养的孬种！"

见他说得嘴响，上校也不敢冒险，带着兵灰溜溜撤了。

此时墙上挂钟的指针已经指向两点钟。

又过了一个钟头，剿总军事运输处的处长带着站长和东区宪兵队的队长来到调度室，歇斯底里，大发雷霆，严令必须开车。

处长敲着桌子说："军令如山啊，南京国防部都打电话来催了，再不发车我都得掉脑袋！"

老马见火候差不多了，就说发车也不是不行，得先排雷，保证安全之后再动，不然铁轨桥梁炸了，没十天半个月修不好。

处长觉得这话没毛病，就调了一个排的工兵到前面去排雷，当兵的根本不知道哪儿有雷，老马自告奋勇说我带大伙儿去，于是工兵们跟着他乘坐机车头沿着津浦线向北开了几十里地，来到北道沟扳道口，老马挥舞着手电问扳道员："哎，我是老马，地雷起走了吗？"

扳道员睡得迷迷糊糊的，哪里知道什么地雷不地雷，但他知道老马是调度，是好哥们，就顺着他的话答应："刚才来了几个工兵把地雷起走了。"

一问一答，地雷就这么消失了，没人关心地雷的消息从何而来，又是哪个部队的工兵起走了地雷，大家都是混事情，多一事不如少一事。

老马继续往北走，他得把沿途的地雷威胁全都解决了才行，就这样一遍遍地表演着，到后面索性演都懒得演了，拿出半条香烟招呼工兵们抽着，在外面晃荡了许久才回去，整整拖延了北上部队十二个小时。

这次的任务胜利完成，彭秀章受到了上级的表扬，大老周说："组织上已经批准你的申请，现在你是一名光荣的预备党员了！"

彭秀章的世界，霎时间充满了光明。他每天都早早醒来，生怕多睡一会儿浪费了光阴，他到处跑，见谁都热情，他去义父徐宏昌家里帮忙，他和徐招娣一起逛书店，爬云龙山，招娣说她们学校有个佟老师是进步人士，发展我们几个女同学秘密加入了共产主义青年团。

云龙山上放鹤亭，天高地阔，远处是波光粼粼的湖面倒映着夕阳。此刻彭秀章多想告诉招娣，自己是党的地下交通员，还是一名预备党员，我们是真正的同路人啊！

第 35 章

真正的凶手

好景永远只是暂时的。

先是母亲积劳成疾，一病不起。父亲曾经读过几本医书，尝试着自己给母亲把脉抓药治病，反而耽误了病情，等到拖不起的时候才送去看大夫。中医看了几息之后，提笔就开了温补的方子，说回去静养吧，私下里却对父亲说，没得治了，病人想吃点啥就吃点啥吧。

父亲不死心，借了平板车把母亲拉到外国人开的基督医院。这年头穷人家得了病是活不起的，看中医已经耗尽了微薄的积蓄，看西医是徐宏昌拿的钱。母亲住进医院，依旧气若游丝，她说："咱不看了，回去吧。"可是除了太平洼里那个肮脏潮湿黑暗的窝棚又能去哪里呢？彭秀章哭了，母亲伸手想抚摸儿子，却连这点力气都没有。

在打了一针盘尼西林后，母亲似乎恢复了一点力气，她说想吃冰糖葫芦。彭秀章赶紧出去买，可是糖葫芦只有冬天才有啊，跑遍了全城也只找到一些干山楂，等他气喘吁吁赶回基督医院，母亲已经走了。

父子俩拉着板车把母亲拉到乱葬岗，钱都用尽了，实在买不起棺材，就用草席卷了埋葬。父子俩在坟前枯坐许久，乱葬岗一带凄惶极了，草草埋葬着许多难民，但凡可以下肚的野菜都被尽数拔走，连杂草都没有什么精神头，只有来回盘旋的乌鸦偶尔发出一些声响。黄昏时二人才准备回程，回去的路上，精神恍惚的父亲来不及闪避，被一辆高速行驶的吉普车撞飞，他走得比母亲要利索得多，连一句话都没留下。

肇事者是国防部的将军，事情不了了之。

一天之内，彭秀章就变成了孤儿。

好在他还有徐宏昌这个义父，还有招娣，还有大老周，还有党。

厄运似乎能传染人，徐宏昌的蜡烛厂很快也维持不下去了，彭秀章不敢思量这是不是因为义父将周转资金用来给自家母亲看病所导致。他总想着天无绝人之路，好人就应该有好报。想法很天真，命运很残忍，一个月后，他的义父徐宏昌也死了。

徐宏昌是被逼死的，为了红灯蜡烛厂能够苟延残喘，维持一家人的生计，他借了银行的贷款。阴阳合同，明面的合同是借的法币，暗的合同签的是现大洋的数目。别管外面流通的是法币、军票、中储券还是北海币中州币鲁西南银行币，银圆和金条永远是锚定物，是硬通货。

这笔银圆贷款，本来是计划用来购买石蜡、棉线、煤炭等原料的，但是金圆券的横空出世改变了一切。

政府说这种新货币只发行二十亿元，多一分都不会超发，所以绝不会像法币那般贬值，一元金圆券兑换法币三百万元，关金券十五万元。用一两黄金可以兑换二百元金圆券，两枚银圆兑换一元金圆券，民间不得私藏金银外汇，违者全部没收。

为了给金圆券保驾护航，国府还颁布了“8·19”禁令，即要求所有物价必须维持在八月十九日这一天的水平，谁敢私自涨价就严办谁。

徐宏昌做了多年生意，岂会被这些花招哄骗，国民政府哪还有半点信誉可言，所谓和美元挂钩纯粹就是哄孩子玩的。

要怪只能怪徐宏昌命不好，他被人举报非法持有大批银圆，这是重罪。在没收和兑换金圆券的选项之间，他只能选择后者，拿一吹嗡嗡响的银圆换了一堆印刷精美的纸。

不出所料，金圆券推出没几天就崩盘了，“8·19”禁令形同虚设，商户囤积居奇，不愿出售，物价依旧飞涨，徐宏昌拿着金圆券买不到原料，眼睁睁看着钱日渐贬值。

恰在此时，放贷银行因为陈庭晖严查军款私存，不得不收回贷款。徐宏昌哪有钱还贷款，只能借了高利息的过桥资金先把账堵上，然后重新贷款，没想到他被银行摆了一道，不但全部身家洗劫一空，还倒欠了高利贷一屁股债。

他想不明白这到底是怎么一回事，似乎自己并未做错什么，为何忽然厄运临头，本来就处在崩溃的临界点，家中最小的女儿又突发高烧，没钱就医，折腾了一整夜之后，小女儿夭折了。徐宏昌埋葬了女儿后，走上了不归路。

父母双双离世后，彭秀章一门心思想着报仇，他做事不再小心谨慎，变得肆意大胆，他通过朋友查到了撞死父亲的人叫陈庭晖，住在花园饭店，每天都叫饭馆的盒菜吃，复仇计划由此而生。

彭秀章制订了一个计划，他先拎着全兴楼的菜肴装作送错地方故意走进306，陈庭晖果然中计。百无聊赖的监察司长让他打开食盒看了看，果然对精细的羊方藏鱼颇感兴趣，从此便开始订全兴楼的饭。

第二次送饭，彭秀章就抓到了机会，去收餐具时陈庭晖不在，成丰也有事临时出去，他拿出钢丝投开办公桌的抽屉，一个冰冷的铁家伙躺在里面，是枪！手指一扣就能要人性命的手枪。

彭秀章没有任何犹豫就拿出手枪藏在身上，他今天就要手刃仇人，但是很不巧，陈庭晖开会不知道什么时候才能回来，他只能离开。走后却惴惴不安，盗枪很快就会被发现，届时如何应对，他真没想过。

失魂落魄的彭秀章引起了大老周的留意，大叔和他谈心，彭秀章忍不住将自己的计划和盘托出，说要杀了陈庭晖为父报仇，为国家除害。

大老周眉头一皱，他不能否认陈庭晖犯下的恶行，但是为了报一己私仇导致党的秘密联络点被暴露，是极端不负责任的行为，会导致地下工作的重大损失，但他没有斥责这个可怜的孩子，只是语重心长地开导他。

“行，叔支持你，你去杀了他，然后全兴楼上下全都撤离徐州，那些和咱们来往密切的哥们儿少不得要被宪兵抓去问话。”

“再说了，陈庭晖只是一个监察司派驻彭城剿总的官儿，留他一条命还能兴风作浪，在敌人中制造矛盾，杀他对战局一毛钱的价值都没用。”

彭秀章这才意识到自己的鲁莽，但是他还不死心，说：“要不然这样，我先杀了陈庭晖，再去剿总司令部把刘峙干掉，这下总有价值了吧。

“我留最后一颗子弹自杀，不会连累大家。”彭秀章毅然决然道。

大老周哑然失笑，将烟袋锅子在鞋底上敲了敲说：“后生可畏，你这胆气和赵子龙差不多了，可是这刘峙啊，还是留着对咱们作用更大，真想动他，他有九条命也没了。”

这也不行，那也不行，到底如何是好，少年陷入迷茫。

大老周重新叼起烟袋，目光投向远方：“你知道我最想干什么吗？”

这是一个不需要答案的问题。彭秀章并不知道大老周的过往和心结。

“我今年五十岁了，从我十六岁起就在冯玉祥手底下当兵，打了半辈子的仗，打仗拼的是人命和辎重给养，但情报更重要。有时候，一个情报能救成千上万人的命；相反，情报不准，战场上成团成师的兵一天就能全报销，赌桌上的钱都不叫钱，战场的命都不是命啊。

“彭城周边的大会战避无可避，今天还活着的人，年底就未必在了，你想报仇也不必急于一时，有时候人算不如天算，等等看吧。对了，我要是你，就把手枪悄悄还回去。”

“这玩意儿偷出来还能还回去？”彭秀章不解。

“姓陈的不是行军打仗的将军，十天半个月都不会碰配枪，恐怕到现在他都没发现枪丢了。”

“你还没说最想干啥呢？”

“我最想回家种地，中国的仗啊，该打完了。”大老周磕磕烟灰，走了。

彭秀章在原地站了许久才离去。

他没去还枪，而是去了风化巷义父家里，在巷头遇见了徐宏昌，义父看起来心事重重的样子，对彭秀章说：“你是来找招娣的吧，家去吧，以后多照顾招娣。”

这话有些不对味，彭秀章也知道义父家里遭了难，还不上钱，心说他老人家不会想不开吧，心中一沉，尾随而去。他担心的是徐宏昌跳河自杀，没想到徐宏昌径直去了中大银行，这个时间点柜台已经停业，他走的是办公室的后门。

彭秀章放心不下，就在门口守着。过了一会儿，忽然听到里面传出凄厉的惨叫声，破门而入，就看到一个火人在地上翻滚，是他的义父徐宏昌自焚了！

彭秀章在沧浪池做跑腿时，听装甲兵讲过驻印军在勐腊打日本人的故事，他们用美国人提供的火焰喷射器烧坑道里的鬼子兵，那叫一个痛快，鬼子也最恨喷火兵。背着火油瓶的喷火兵一旦中弹，救无可救，自己人唯一能做的就是帮他解脱。

死都死了，何苦再受罪，那个军官这样说，听他的口气，似乎帮战友解脱过。

此时彭秀章就面临着要不要帮义父解脱的抉择，有时候遇到关乎命运的大事，人会纠结几天几夜想不出结果，有时候不到一秒钟就能做出决断。

义父是往身上倒了煤油才烧得这么旺，油火很难扑灭，就算扑灭，人还存着一口气，没钱送医院，白白承受痛苦，让家人悲伤，有何意义？

彭秀章拔枪噬噬两响，义父便不动弹了，火焰依旧在熊熊燃烧，少年转身就走，泪水满眶。

林泽源拎着水桶跑过来时已经晚了，一桶水浇上去无济于事。等煤油烧完，人也焦了。很快大中银行总裁段登岳赶到，命人封锁现场，商量对策，他本来被陈庭晖催逼得焦头烂额，看到地上的焦尸却豁然开朗，对林泽源耳语一番。

“这样不好吧。”林泽源说。

“不是不好，是正好。”段登岳说。

“这事儿没这么简单，我听见两声枪响，可是没看见人。”林泽源提出疑虑。

“你想多了，咱说是谁干的，那就是谁干的，不管是公安局还是宪兵队，那都是自家人。”

段登岳一锤定音：“就辛苦你了，先蛰伏一段时间，等风声过去，我把你调到广州去。”

彭秀章不知道是怎么走回全兴楼的，他亲手杀死了义父，整个人处于浑浑噩噩的状态。

大老周将食盒交在彭秀章手上，说：“花园饭店306又点饭了，你去送，顺便把枪还了。”

深秋的夜，外面下起了冰粒子，彭秀章失魂落魄地走着，快走到花园饭店时，一辆吉普车疾驰而来，将他剐倒在地，重新爬起来的人，就是李可健了。

李可健并不知道食盒暗格里藏着枪，更不知道此行的重任，他甚至被花园饭店门口的卫兵吓到，把食盒里的饭菜杯盘都摔了，大老周一直在暗中保驾护航，这就是李可健遇到的那位孔武有力的中年人。

后面的故事，李可健都参与了。

……

现在这具身躯里有两个人，彭秀章是主导者，李可健是旁观者，马牌撸子在手，杀父仇人就在面前，彭秀章哪有放过机会的道理？他举枪就射，千钧一发之际，拿枪的胳膊被对门的风尘女子一把托起，子弹射向天花板。

成丰扑过来，缴了彭秀章的枪。

住客们被枪声吵醒，谩骂声不绝于耳，警卫连也赶过来查问情况，陈庭晖倒也冷静，只说是手枪意外走火打发了警卫，让所有人都进屋说话，连对门的女人也一并拉了进来。

“为什么要杀我？”陈庭晖把玩着差点打死自己的马牌撸子，这是自己丢失的配枪，据说杀了林泽源，没想到出现在这里。这个救了自己，甚至当上自己勤务兵的少年，突然掏枪企图暗杀自己，这里面的弯弯绕绕，他怎么都想不明白。

彭秀章拒绝回答，他抱定了死志，本来就不想活了，任杀任剐随便吧。

但李可健愿意配合，他迫切想让每个人都知道这个曲折悲惨的故事，旁观者取代了主导者，将来龙去脉娓娓道来。

故事讲完，每个人都沉默不语。

风尘女子幽幽道：“唉，这世道……今日有缘与诸位相识，我叫张小红，从小长在扬州，后来来到彭城，你们说的段登岳是我的恩客，他金屋藏娇，把我纳为姨太太，我本以为是一番真情，没想到其实他把我当个物件送来送去，安排我住在对门，就是想勾引陈将军。”

果不其然，每个人都在局中。

第 36 章

老相册

不出意外地，存盘点到了。李可健满眼漆黑，伸手不见五指，仿佛坠入了宇宙深渊，但他丝毫不惧。因为空气中有他久违了的味道，这是密闭空间内墙皮潮湿发霉的味道，他知道自己回来了，摸索到墙壁，找到开关，灯亮了，果然是站务员室。

这次穿越和以往几次截然不同，没有冒险后肾上腺素的疯狂分泌和大脑皮层的高度活跃，反而有一种完成了历史使命的如释重负感，和混杂了彭秀章记忆的悲怆与不舍。

他甚至有些分不清自己到底是谁，是李可健穿越到了 1948 年？还是彭秀章穿越到了现在？

轮椅就在面前，任务好像是在八十年前下达的那般遥远，彭城广场站有下车旅客需要轮椅。李可健推着轮椅出了站务员室，有种重见天日或者从墓地里爬出来的感觉，连同事都察觉到他的沧桑与衰老，惊讶地问他哪儿不舒服。

李可健将轮椅交给同事，缓缓走到长椅旁坐下，问身边的徐良：“徐叔，您能联系上大姑的后人吗？”

徐良睡得很浅，鼾声戛然而止，茫然问道：“什么，啥事？哎呀不好意思，又在地铁站睡着了。”

李可健又问了一遍，徐良才说道：“我大姑没有留下后人，二姑三姑都有孩子，但是我们之间联系不多。”

“我想看看咱们家的老照片。”李可健说。

虽然搞不懂大侄子为何突然提出这个要求，徐良还是应承下来。

徐叔联系亲戚需要时间，而李可健已经等不了了，他迫切地需要将刚才的经历与他人分享，和徐叔说不着，只有陈维才关心这段历史剧情。

……

深夜，马市街。

陈维的剧本杀工作室灯火通明，李可健推门进来，所有人都扭头看他，这些玩家都是新面孔，依然是皇后局，一个娃娃脸的女孩子加一群小伙子，陈维点点头，示意李可健落座。

剧本杀已经进入尾声，玩家们进行最后的陈述，从他们的破案分析可以听出剧本经过了大幅度改动，加入了上次李可健描述的新情节和人物，但大家的分析结论依然不得要领，看来现实永远比想象来得更精彩离奇。

所有人讲完之后，陈维没急着说谜底，而是示意李可健发言。

这正是李可健来此的目的，趁着记忆的热乎劲，他将案件真实的来龙去脉讲述了一遍，大家听得唏嘘不已。历史已经久远，只凭剧本杀描述的背景资料，难以深刻理解当事人的真实心路历程，做不出真实的解析也是正常的。

这次游戏结束了，大家还等着陈维请宵夜呢，调度长却意兴阑珊，摆摆手说："大家散了吧，小李你留下。"

室内只剩下两个人，陈维表情严肃："我现在真的相信你了，因为这真的是编不出来的，但这个案子并不重要，我想知道的是，我祖父的下落。"

李可健正要说话，陈维又说："既然你具备穿越的能力，那么请你帮我调查陈庭晖的下落，他去了哪儿，死了没，如果死了埋在哪里，拜托了。"

……

徐良有三个姑姑，大姑姑叫徐招娣，二姑姑叫徐引娣，三姑姑叫徐来娣，据说还有一个夭折的小姑姑叫徐盼娣，四个姑姑的名字彰显了爷爷徐宏昌对儿子的期盼，最终真的等来了一个能传宗接代的儿子，也就是徐良的父亲徐锦程，可惜徐宏昌已经不在人世了。

徐良六亲缘浅，大姑姑终生未嫁，五十岁就去世了，二姑姑和三姑姑也只活到六十多岁，徐良的父母也早早离开，老一辈人走了，下一辈人的来往就少了，徐良和两个姑姑家的孩子来往很少，连联系方式都没有。

李可健想看的老照片，徐良家里没有，他知道二姑家有个旧相册，于是试着联系二姑的儿子。

二姑在五十年代嫁给徐宏昌老朋友张云龙的次子，两人的儿子，也就是徐良姑舅亲的大表哥应该还活着。徐良翻箱倒柜，找出二十多年前的通讯录，大表哥发达得早，用的是1390号段的全球通，时隔多年，不知道能不能打通。

徐良试着拨打号码，是个年轻女孩接的电话，果然，号码早就被移动公司收回重新发放了，女孩问他找谁，徐良本来想说不好意思打错了，忽然鬼使神差地问了一句："这是张明森的号码吧？"

"你打错了。"电话挂断。

徐良苦笑着摇摇头。但是电话紧接着就响了，女孩打过来了："你怎么认识我爷爷？"

"张明森是表哥，我是徐引娣的侄子徐良。"

"哦哦哦，那你应该是我的……表爷爷吧，表爷爷您好，我爷爷去年去世了，你有什么事吗？我可以把我爸爸的号码给你。"

女孩很有礼貌，通完电话就将一个新号码用短信发了过来，于是徐良就联系上了自己的表侄子张建。这是一个典型的七十年代出生的城市男孩的名字，张建比徐良大几岁，但交集并不多，接到表叔的电话，张建并没有表现得太热情，只说自己在外地出差，有什么事情找他媳妇或者女儿都能解决。

徐良又转回来用手机号加上侄孙女的微信"钢管批发你张哥"，表示自己想看一下家里的老照片，"我记得你爷爷当年很喜欢拍照，家里有双反120相机，还会自己洗照片，相册肯定不少。"

侄孙女的回答让徐良心凉了半截，她说爷爷去世后，那些老古董太占地方，全都处理了。

正当徐良扼腕叹息时，侄孙女又说："按照爷爷的遗嘱，把他的收藏品全都送给我外爷爷了，他俩是同事也是好朋友，反正最后都会传给我，放在谁那儿都一样。"

"太好了，咱们约个时间吧。"徐良说。

第二天，当徐良带着李可健来到奎山农贸市场门口时，看到的竟然是张宇宁。

"怎么是你？"李可健和张宇宁异口同声，然后都感慨彭城实在是太小了，太容易遇到熟人。

来到外爷爷家里，退休老人对于陌生访客特别热情，又是烟又是茶地招呼着，抱出一摞老相册，说自己和张明森都是单位的宣传干事，就喜欢摄影，那年月摄影老费钱了，一卷胶卷就三十六张，哪像现在的数码相机，能拍几千张。

最老的一本相册里，第一张是一群风华正茂的年轻人站在古老建筑前的大合影。外爷爷指着相片上的少男少女说："这是你大姑，这是你二姑，这是你二姑夫，后面这个楼叫霸王楼，位置在老市委机关北院，也就是现在的彭城壹号。霸王楼是道光二十八年建的，1952年拆的，又是彭城五大名楼之一……我考考你们，谁能说出五大名楼？"

老人家兴趣盎然，大家也都积极配合，唯有李可健的目光凝滞在相片上，青年学生们沿着霸王楼右侧陡峭的楼梯站立，在最后一排末尾，有张熟悉的面孔，正是彭秀章。

"爷爷，这个人您认识不？"李可健打断五大名楼的介绍，指着相片上的彭秀章问道。

"这个人……好像……不大记得了。"外爷爷上年纪了，记不清幼时非关键人物很正常，但一些特殊的历史时期他却记得相当清晰，时隔多年依然恍如昨日。

他说，彭城是 1948 年 12 月 1 日解放的，那时候他还是个小孩子，头两天国民党的部队机关就都跟着杜聿明南逃了，到处都是空房子。到了 30 日晚上九点，市中心发射了三颗红色信号弹，又过了几个小时，解放军的渤海纵队就进城了……是从铜沛路开进来的，大冬天的，部队就在外面打地铺，那真是秋毫无犯，军纪严明，也就是那天晚上，徐家的小弟弟降生了。

这个新生儿就是徐良的父亲，徐宏昌的遗腹子。

“你爸爸叫徐锦程，名字是谁取的我忘记了，取的是进城的谐音，很有意义。”外爷爷对徐良说。

徐良点点头，这个典故他们家里都知道，父亲是最小的孩子，上面三个姐姐都是宠弟狂魔，没让弟弟吃过苦。父亲是 1968 届的高中毕业生，正赶上上山下乡，去的也是彭城周边的农村小王庄，骑自行车就能回家的距离，比起下放到新疆石河子的三姑姑，实在是幸福多了。

也正是在小王庄插队期间，徐锦程认识了同为知青的徐良妈妈，二人结为夫妇，在七十年代末诞下徐家的第三代，也就是徐良。八十年代初他们全家回到城市，每年暑假都要回小王庄探亲，徐良和李更生的友谊就是在那个时期建立的。

“彭城真是太小，走哪儿都能遇到熟人。”大家再次感慨。

时光随着相册的翻动在流淌，徐招娣从棉袍少女变成列宁装姑娘，又变成蓝布工装成熟女性，最后定格为穿着白色的确良短袖衫的中年妇女。

“大姑奶奶为什么没嫁给彭秀章？”李可健问道，但他问错人了，眼前这位老爷爷并不认识彭秀章，甚至连这个名字都没听过，至于徐招娣的婚姻问题，在那年月老姑娘属于异类，大家都不乐意与之为伍的，怎么可能知道人家的隐私。

最后外爷爷答应将与徐良家人有关的照片翻拍后集中成一册送给他，徐良收获颇丰，李可健却没能得到他想要的答案，也就是彭秀章的结局。

从外爷爷家出来，徐良很有眼力见儿地先走了，将空间留给两位年轻人。张宇宁又带着李可健去奎山菜市场谢大姐的摊子上吃凉皮，吃完还打包，说是给王一晨带的。

“咱去瞧病人就带这个？”李可健咂舌。

值班站长和同事登门探望，把王一晨感动得不行，这会儿他家里没人，全都上班去了，偌大的房子只有三个年轻人，李可健震惊于王一晨家房子的豪华，他想起上次去张宇宁家时，大家都在调侃自嘲，王一晨说自家是狗窝，当时没在意，现在看来他真是擅长扮猪吃老虎。

“这是我爸妈的家，我的房子在另外一个小区，装修好了正在散味儿。”王一晨说，“我爷爷奶奶住同一栋楼的一层，大家距离近，互相都能照顾到。”

简简单单一句话，让李可健羡慕到无话可说，自家为了买一套房倾尽全力都不够，王一晨却坐拥三套房，这上哪儿说理去。

仿佛嗅到李可健心里的酸味一般，王一晨又解释说：“我爷爷是老铁路职工，原来就有福利分房，我爸妈也都是公务员，看似稳定，其实是稳定的贫穷，这么多年也就是积累了几套房子而已。”

“你爷爷是铁路职工，他老人家多大岁数了？”李可健忽然想起一位故人，曾经保护过自己的火车站装卸工队长王波。

“我爷爷四八年生，你自己算算多大，我们家是老铁路了，从我曾祖父到我爸爸都是，到了我这一辈也不算违背祖宗的决定，依然属于轨道交通，我带你们看看我家的历史。”王一晨拄着拐杖，走进自家的书房。

书房也是王家的荣誉室，书架上没几本书，大多是奖杯奖章证书，还有镶在镜框里的剪报，发黄的故纸展示着王家几代人的艰辛付出和牺牲。

王一晨停在一个镜框前，说：“这是彭城市委1950年颁发给我曾祖父的烈士证书，他老人家是地下党交通员，解放前夕为保护铁路固定资产不被国民党特务破坏，英勇牺牲了。”

“我曾祖父牺牲的时候，我爷爷还在襁褓中，他是作为烈士子女成长起来的，入少先队、入共青团、入党都是第一批次，十八岁特招进入铁路技术学校，毕业成为一名光荣的火车司机，驾驶最新型的机车，后来一步一个脚印，成长为彭城铁路分局的领导。我爸就差了点意思，不求进步，到现在只是副科级，比我妈低了两级。我就更不争气了，到现在连值班员都没考上。”

李可健忽然明白了一件事，王一晨的优渥生活并不是大风刮来的，而是源自父辈和祖辈的长期积累，他的曾祖父用生命换来的不仅是新中国的铁路固定资产，还有子孙后代的福荫。

烈士证书上的名字，叫王波！

第 37 章

春暖花开时

年轻人总是爱攀比的。

平日里，王一晨并没有炫耀过自己的家庭条件，这是因为母亲一再叮嘱，在单位一定要低调谦虚，要夹起尾巴做人。今天同事来家里探望自己，王一晨终究还是没忍住，把王家的光辉历史炫了一个遍。

李可健没啥可比的，默默无言。张宇宁就不一样了：“现在谁家没有几套房子啊，我们家四套等着我继承呢。我妈妈是二院护士长，老资格那种，连院长她都敢训。我爸爸是正处级，不过是国企的正处，没啥可吹的。”

接下来就进入了攀比较劲的阶段，王一晨和张宇宁两位选手从幼儿园阶段开始比，机关一幼 VS 铁路幼儿园，青年路小学 VS 铁路小学，撷秀中学 VS 铁路中学，最终到了大学阶段，大家殊途同归，上的都是大专类的交通职业技术学院。

“我本来能上一本的。”王一晨叹息道，“我家里就怕我在北上广深扎根，毕竟他们就我一根独苗。”

本来还在较劲的张宇宁立刻附和："没错，大人就是自私，要不然我早就去大城市创业了。"

李可健默然无语，人家上交通职业技术学院是屈尊降贵，勉为其难，自己上却是中了大奖，祖坟冒青烟。人家不屑于做站务员的工作，来这儿上班只是家人的安排，图个清闲而已，自己却为国企员工的身份沾沾自喜，每次回到小王庄都不自觉地挺起腰杆，顾盼自雄。

他不禁胡思乱想起来，如果自己的祖辈不是老实巴交土里刨食的农民，而是在风起云涌的大时代投身革命的老资格，比如像彭秀章那样，那么想必自己现在也能和张王二位一较长短吧。

"晚上一起吃饭吧。"王一晨说，"楼下有一家小馆子很不错。"

"今天不行，我有约了。"张宇宁说，"你放心，饶不了你一顿饭。"

探望病人的活动到此结束，王一晨拄着拐把他们送下楼，眼馋地看着张宇宁发动摩托车，说："这辈子我怕是和摩托无缘了，可健你还有机会，加油。"

"我努力吧。"李可健笑笑，一辆国产摩托车不过两三万而已，对王一晨来说是压岁钱就能解决的，对自己来说，却是天上的星星，看得到摘不到。

"我先走了。"张宇宁骑着摩托一溜烟去了，李可健也步行去地铁站，路过公交站的时候突发奇想，打算看看城市的街景，于是选择了公交车。在茫茫车流中他看到了张宇宁的摩托就在前方，想打招呼，无奈公交车的车窗是封死的。

摩托车见缝插针溜得快，公交车体形庞大每站必停，很快就拉开了距离。二十分钟后，李可健下了车，步行在闹市区，忽然瞥见那辆金吉拉就在路边停着，看车牌号码正是张宇宁的座驾。

难不成张宇宁就在附近约会？那么是和谁约会呢？好奇心涌上来就止不住，李可健开始四下踅摸，还真被他看到了：一家西餐厅靠窗的位置，值班站长和调度长相对而坐，张宇宁脸上的笑容和眼中的柔情蜜意，是他从来没有见过的，也许这就是爱情吧。

李可健转身离去，心情很平静甚至有些替张宇宁开心，这么优秀的女孩子，当然要找更优秀的男孩子了，调度长年纪虽然稍大一点，但也不过三十来岁，郎才女貌天造地设的……唉，哪里又轮得到自己来评头论足的。

他心乱如麻，地铁站入口都走岔了。

路上接到李更生发来的微信，爸爸进城打工了，工厂在城西，暂时住在老六家里。

回到住处，李可健直接把自己放倒在床上，晚饭都没吃。晚上拿着手机漫无目的地刷着闲鱼，忽然看到一台在售的二手佳能单反相机，快门次数不算多，价格适中。也不知道哪里来的魄力，他和卖家交谈了几句就毅然拿下。

指望不上祖辈父辈，就自己努力吧。

李更生也在努力，他在为儿子的婚房拼命工作。现如今房地产行业不行了，有经验的工人都找不到活儿，幸亏他还有手艺，还有兄弟帮衬。老六李荣雄帮他介绍了一份工厂里的活儿，不是什么大厂，私人小作坊，操作砂轮切割机，干活的时候火花碎屑满天飞，噪声也很大，但比起工地的艰辛，这点苦真不算什么。

为了庆祝找到新工作，李更生请老六喝酒，这是一场兄弟间的对饮，没有第三个人。李荣雄生意失败，房子已经被银行收走，现在能住的只有郊区这间办公室，用电磁炉和电饭锅自己做饭，比吃外卖节约。

办公室里摆酒席，酒是杂牌子抵账酒，菜是自己做的，盐豆子炒鸡蛋、拌皮蛋、拍个黄瓜，再油煎午餐肉，香烟、打火机桌上一放，兄弟俩有滋有味地喝起来。

一边喝一边互相倒苦水，一瓶白酒不够，再来一瓶，最终两个人都喝大了，横七竖八倒下鼾声大作。

得亏春天到了，不然肯定感冒。

……

春暖花开的季节适合出游，早上，徐良接了韩轩，简单吃了口午饭，便带着孩子出门了，这段时间他一直在研究自闭症的治疗，自己花钱买了个很贵的降噪耳机。韩轩戴着降噪耳机坐地铁，坐公交车，能够避免过度的感官刺激，又能适度激活稳定大脑机制，探索体验生活乐趣，反正不管什么方法，积极尝试总没错。

这次他们没进城，直接向着太阳升起的地方进发，公交车和出租车接力运输，最终来到大运河畔。

徐良记起他作为李茂时，曾在大运河畔将徐徵拉回家，四百年过去了，早已换了人间，唯有大运河依旧逶迤流淌。河边绿草茵茵，野花绽放，徐良仿佛又看到了水次仓，漕船上的红旗，仗义出手的虬髯大汉，长河落日，古渡昏鸦，还有那个倔强的少年。

“韩轩，我给你讲个故事。”运河畔的草地上，徐良对唯一的听众讲起了李茂和六娘的故事，他明白韩轩根本听不懂，这并不重要，他是在讲给自己听。

一艘货船经过，装满煤炭的平底船几乎和水面平行，柴油机突突地响着，韩轩突然对这一场景极感兴趣，站起来又蹦又跳，挥舞手臂。徐良见他如此兴奋，便带着韩轩向前走，走出老远，果然见到一艘靠岸的船，和船老大商量能不能上船参观，那位船主狐疑地看着这对父子。徐良拿出香烟来递上，解释说孩子患有自闭症，需要各种新奇事物刺激，对缓解病情有帮助。

“上来吧。”船老大很豪爽，将两人接上船来参观，船上和陆上的生活差不多，船舱内一应生活设施俱全，船老大的媳妇正在炒菜，热情邀请父子俩共进午餐。

船老大拿出白酒来说哥俩喝点，徐良面露难色，说：“您这不算酒驾吗？”船老大哈哈一笑：“说没关系，有你嫂子在呢。”

徐良本就是见酒走不动道的，此情此景，岂能忍住？于是推杯换盏喝了起来，也不知道喝了多少，反正是喝晕了，直到听见有人惊呼孩子落水！

一个激灵，徐良就彻底清醒了，连滚带爬冲出船舱，果然看到韩轩在水中挣扎。船还在向前走，船老大的媳妇正将救生圈往水里扔。

徐良一个猛子扎进水里，抓住救生圈游向韩轩，可惜他的游泳水平不高，等把人拖上来，韩轩已经失去了呼吸。

这会儿没有时间悲伤，徐良疯狂做着人工呼吸，按压，吹气，不休不止，纹丝不动的韩轩终于有了反应，吐出一股浊水。

徐良心力交瘁，坐在甲板上喘着粗气，他刚才闪过一个念头，如果韩轩救不活，自己也不想继续留在人世间了。

出了这么一档子事儿，船老大夫妻非常愧疚，靠岸停船，找出干净衣服给他们父子俩换上，徐良的手机进水死机，无法联系韩霓，只能带着孩子登岸，想办法回去。

让人费解的是，经历一场生死磨难的韩轩，依然平静如常。

韩霓总觉得右眼皮在跳，但她没往儿子出事方向想，她在进行一项重大的投资，孟庆元有个不错的项目，给了她一点份额参投，老孟说了，成了给她分红，亏了自己担着。这个男人是靠谱的，韩霓决定拿房子去抵押贷款，人生能有几回搏，为了给儿子的将来预备钱，值得拼一把。

全天都在跑贷款，韩霓连个微信都没给徐良发过。比起老孟，她更信任徐良，凭着女人独有的敏锐，她能感觉徐良真的是把韩轩当亲儿子一般照顾的，所以又能出什么意外呢。

傍晚时分，韩霓还是给徐良发了微信，没回复，这有点不正常，徐良总是秒回的。于是拨打语音电话，依然得不到回应。这下韩霓有些慌了，打电话，对方关机。

韩霓对孟庆元说，孩子可能出事了。

今天是周末，交通特别拥堵，一辆巴腾堡格纹涂装的莫里尼公务 ADV 摩托车在车流中穿梭，蓝剑突击队的女辅警车绫子正在执勤，她心里有点不舒坦，原本谈得挺好的异性忽然就不联系了，还好有充实的工作填补内心。

她不知道的是，其实那个不联系的家伙就在车流之中，王一晨自己打车去医院换药。

南下的高铁列车上，乘务员马明歌拿着无线交换终端机查票，工作很枯燥，每天面对的都是不一样的乘客和窗外一样的风景，这样的日子啥时候是个头啊。

李可健拿到了单反相机，因为是贵重物品，他选择了同城交易。卖家是个中年光头男人，交易过程很顺利，验过机器，付款，握手道别。

忽然李可健的手机响了，是老爸打来的，可是接听之后却不是李更生的声音，而是一个陌生男子焦急万分的喊声："可健，你爸爸出事了！"

时间回到二十分钟前。李更生正在厂里操作机器，昨天这场酒喝得有点大，他也不再是当年的小青年，身体代谢跟不上，一个白天头都是蒙的，再加上中午赶工没吃饭，这会儿有点低血糖。

按说这些因素也不会出事，关键是机器太老了，现在人家都用冷切锯了，厂里还在用老式的砂轮切割机，也不知道哪个零件松了，高速运转的砂轮带着火花崩出来，正打在李更生右臂上，胳膊当场被切断了！

还好厂里有其他同事，有人帮忙包扎，有人打电话叫救护车，还有人打电话给李荣雄，毕竟李师傅是他介绍过来的。李荣雄恰巧就在附近，开车杀过来，看到情况危急，当机立断说："不等救护车了，我开车送医院，把胳膊带着！"

李更生并没有昏迷，他依然保持着清醒，还问李荣雄：

“我这条胳膊能不能接上？接上了能不能干活？”

“能，肯定能！”李荣雄拿起血迹斑斑的胳膊放进车里，擦了一把眼泪。

今天堵车太严重了，汽车在车流中寸步难行，李荣雄气得一个劲儿地鸣笛，忽然他看到路边的铁骑女警，急忙降下车窗请求帮助。

车绫子看到车里的断臂和面色苍白的伤员，只说了一句“跟我走”，拉响警笛在前面开路，同时用对讲机报告上级，协调前方同事配合。

在铁骑女警的护送下，李荣雄的车开进了二院，伤员进入急诊室，外科医生检查，清理创口，将断臂冷藏处理，给伤员挂上血浆和葡萄糖。

李荣雄刚给李可健打完电话，医生就找他谈：“伤员情况不是很理想，创口太脏太乱了，灰尘骨头渣子血管筋脉都糊在一起。恰好我们最擅长断肢再植的专家出差开会去了，我们这边是能手术，但是想达到理想的效果，怕是很难。”

“那咱们彭城其他医院呢？”李荣雄问。

医生摇摇头：“他们是一起去的。”

见李荣雄痛苦地抓头发，医生献策道：“其实去南京的医院做手术，效果会更好，但是最好能在五个小时之内到。”

李荣雄说：“那行啊，赶紧派救护车吧。”

医生说：“救护车可能来不及，今天的路太堵了，光是穿过市区就得花几个小时，再走高速去南京，怎么也得四个多小时，有点危险。”

“那怎么办？医生你说个法子，花多少钱都无所谓。”李荣雄更焦躁了。

“通常用医疗直升机比较保险。”然后医生报了一个让对方哑口无言的价格。

飞一趟的代价，比农民工的一条胳膊还贵。

这时李可健跑进医院，居然在这里遇到了一瘸一拐的王一晨。两人一起来到急诊室，了解情况后，李可健并没有失措，反而极其冷静，他提出一个混合方案，先用地铁运输伤员，穿过市区，到不堵车的东区再用救护车运往南京。

王一晨说：“都到东区了，还用什么救护车，直接上高铁，一个小时就能到南京。”

第 38 章

地铁高铁联运

在城市交通领域，乘坐地铁大概是最快的方式；在城际交通领域，高铁无疑是王者，双铁合璧，天下无敌。

事不宜迟，确定方案之后立刻实施。王一晨说：“我来协调地铁和高铁，你去陪着叔叔就行。”李可健知道王一晨的实力，便放心地去看父亲的伤势。

李更生真是一条硬汉，胳膊断了都没喊几声疼，刚打过麻醉剂和镇静剂，状态好多了，躺在病床上的他脸色苍白，毫无血色，看见儿子来了，还试图坐起来强力维持父亲伟岸的形象。“爸没事，小伤，死不了。”李更生反过来安慰儿子道。

李可健的眼泪唰的一下就出来了。

那边王一晨大显神通，他给魏主任打了个电话：“老妈我有件事请你必须帮忙。”魏主任说：“有啥事回家再说吧，我在路上了。”王一晨说：“我同事的父亲胳膊断了需要乘坐高铁去南京就医，咱们客运段能帮着协调一下吗？”

“我现在就回单位，保持联系。”魏主任二话不说，调转车头回去。

王一晨又给刘站打电话，用最简洁的语言描述发生的事情，刘站也不含糊，马上开始安排工作：先让二院站的站长戚小珍派人在进站口等候，伤员一到，立刻送到月台上。又让值班站长通报指挥大厅这个特殊情况。

今天不是张宇宁的班，她是替其他值班站长带班的，接到指令后立刻拿起内线电话，联系值班调度长。

今天的调度长是陈维。

急诊室内，医生和护士给李更生处理完伤口，扶上轮椅，李荣雄拿着装断臂的冰桶，李可健推起轮椅。为了防止转院过程中出现意外，医院还派了一名有经验的外科护士随行，王一晨看着腿上的石膏说：“我就不去了，你们一路顺风。”

一行人出了二院，面前的淮海路依旧堵成一锅粥，无论向东向西，都是一望无际的红色尾灯，就算交警开道，救护车也很难开出去，大家顿时为正确的决策庆幸。

几个穿着地铁制服的人迎了上来，带头的是小珍姐，没有多余的语言，电梯等在地面层，下到乘车层之后，开启绿色通道，不用刷票进站，直接通过最边侧的宽闸机，此时对讲机传来报告，路窝方向过来的列车已经进站。

“这一趟来不及了。”李可健说。

小珍姐说别急，一切都有安排，她拿起对讲机告诉本站车控室，伤员已经进站，车控室值班站长拿起内线电话报告指挥大厅，调度长发出指令，本趟列车等候本站车控室信号后再行出发。

一直等到轮椅上了车，列车才起步，小珍姐等人在月台上挥手送别，李可健又抹了一把眼泪。

“下一站是哪儿？”打了镇静剂的李更生有些迷糊了。

“下一站彭城广场，咱们到终点下车。”李可健说。

列车内响起广播声，不是那种录音播报，而是有人在即时讲话，是个熟悉的男声，他告诉全体乘客，这趟列车上有一位断臂伤者，急着赶往高铁站，为了节约时间，本次列车只在彭城广场站停一次，乘客们可以下车转乘其他列车，希望大家理解支持。

应该是陈维的声音。

李可健有些心虚，有些羞臊，他不愿意因为自家的事情耽误大众的行程，但是周围的旅客并没有拿异样的眼神看他们，反而是表达了极大的善意。

“小伙子，这边有座位。”一个大爷说。

“大家离远一点，人太多空气都不流畅了，影响伤员呼吸。”一个年轻人提议道。

本来高峰期拥堵的车厢竟然瞬间腾出一大片空间来。

李可健唯有连连表示感谢。

彭城广场站到了，车门打开，大部分旅客在本站下车，外面候车的乘客也接到通知，只有一些同样去往高铁站的乘客登车，李可健看到车窗外是自己的同事在接发车，一时间眼眶湿润，便向那同事敬了个礼。

同事立正回礼。

地铁大厦调度指挥大厅，调度长陈维通过 CCTV 系统亲眼看着李可健一行人登车，以及在车厢内的情况，他再次发出指令，从彭城广场发车后，信号系统设置车辆越站，沿途不再停车。

列车呼啸而过，穿越每一个站点。

在地铁终点站是高铁站，站务员严阵以待，他们将会以最高的效率将伤员送出站，交给高铁的同志们。

彭城高铁站是路局直属的特等站，占地颇广，从地铁站到候车层颇有些距离，走常规路线的话可能会耽误时间，现在时间就是生命，京沪线上的列车虽多，但下一站就是南京的并不多，五分钟后的某次列车是最合适的，如果错过，下一班合适车次就要四十分钟以后了。

高铁是不可能等人的，所以只能靠大家加快接力进程，这边是一群穿着地铁制服的站务员几乎是抬着轮椅在冲刺，那边是一群穿着铁路制服的值班员冲过来迎接，接到之后走内部通道，免除安检流程直奔站台。

列车进站了，马明歌捂着嘴打了个哈欠，这一趟车的终点站是上海虹桥，中间只有一站是南京南，跑完这一趟今天的工作就结束了，终于可以休息了。

对讲机里传来列车长的指令，让小马迎接去南京看病的队伍，一行四五个人，都没买票，需要安排在八号车厢，也就是餐车位置。

马明歌打起精神，等到列车停稳，自动门开启，轮椅队伍刚刚好赶到，小马帮着将轮椅架上车，大家把气喘匀了，才连声感谢。

列车长过来询问情况，并且给大家办理了补票手续，随后的一个小时，李可健的心态就稳了，他拿出手机自拍了一张，发给王一晨。

然后王一晨就拉他进了一个群，群里有小珍姐、张宇宁、刘站、陈维、二院的医生，还有许多不认识的人，看头像有些是铁路方面的工作人员。

群里消息不断，都是和转运伤员相关的信息，南京南站也已经接到通报，会打开特殊通道，让救护车开到站台上接人。

张宇宁提出异议，说彭城是周末拥堵，南京也会拥堵，而且会更加严重，不然还是继续采用地铁转运吧。

经过一番商讨，决定双管齐下，两个方案互为备用。

群里还在陆续加新人，南京地铁的工作人员和相关医院的外科医生纷纷加入进来，直接在群里开始制定转运方案和会诊。

李更生的伤情并不乐观，创口断面不整齐，有污染，离断部位的肌肉骨骼也被搅得很糟糕，好在伤员正值壮年，生命体征稳定，即便接不上也不会有生命危险。

李可健看了医生们的发言，心里直打鼓，他可不敢告诉父亲手术的胜算不高。

大概是麻醉剂的药劲散得差不多了，李更生脸上呈现出痛苦，随行护士也没办法，只能不停安慰，到了南京上了救护车就好了。

列车员凑了过来，拿出一颗糖给李可健："你给他吃个糖吧。"

李可健觉得今天自己的眼眶特别浅，特别容易流泪，这个年轻的女列车员年纪和自己相仿，善良又天真，真好。

列车员胸牌上的名字叫马明歌。

一小时转眼过去，列车停靠南京南，离得老远就看到救护车的蓝色灯光闪耀，列车稳稳停下，大家抬着轮椅下车，不落地直接抬上救护车。

不出所料，南京这边的交通情况也不容乐观，所以采取了联运方式，先用救护车把伤员拉到最近最合适的地铁站点，然后乘地铁直达医院大门。

这一段旅程就少了许多惊心动魄，相当之顺利，半小时的时间就抵达了医院，担架在医院门口等候，李更生被抬上担架，直入手术室。

整个过程只用了两个小时！

签署了一系列手续包括病危通知书之后，李可健瘫坐在手术室门口的长椅上。虽然只有两小时，对他来说就像是一个世纪般漫长。

“你爸命好，遇上这么多好人。”六叔李荣雄摸了摸口袋，“我出去抽支烟，你去不？”

李可健摇摇头，他不抽烟，他要看群聊。

没想到的是，群里正在发起群收款，原来是刘站考虑到李可健身上没带钱，断臂再植手术起码几万块，这个钱不能拖，大家给垫上，以后再说怎么还。

李可健唯有感谢，再感谢。

李荣雄去外面并不是抽烟，而是打电话筹钱，更生胳膊断了，仁兄弟们得帮衬一把，还有工厂主那边，出了这么个事儿，怎么着也得赔几万块钱。

仁兄弟们没得说，有钱出钱，有人出人，工厂主却拒接电话，李荣雄打给厂里其他人，得知工厂已经连夜关门。

“妈的！”李荣雄骂了一句，打开自己的微信余额，一咬牙说了声“不过了！”

漫长的手术终于结束，伤员转入普通病房，主刀医生告诉李可健，因为送医及时，断肢再植手术很成功，动脉静脉主神经还有骨头筋腱都完美缝合。但也不能掉以轻心，术后绝对卧床三天，等三个月骨质可以愈合，等六个月就能恢复正常。

李可健已经记不得今天说了多少声谢谢。

大事已定，他终于敢给妈妈报信了。还有群里的兄弟姐妹们，得第一时间把手术成功的喜讯同步给他们。

果然，得知大家的努力有了成果，群里沸腾了，疯狂的红包雨落下，点都来不及。

王一晨还在二院大厅里坐着，他不想回家，一直在这参与群聊，关注事件进展，现在终于到了庆祝的时刻，小手指戳屏幕戳个不停。忽然他停下手，目光停在一双黑色皮靴上，慢慢上移，黑色紧身马裤裹着修长的腿，巴腾堡格纹绿色荧光警用夹克，三分之二头盔，一张俏丽又嗔怒的面孔。

“你怎么找到我的？”王一晨有些心虚。

“我送崴脚的老太太来医院，真巧啊，你的脚也崴了吗？”车绫子讥讽道。

“其实我……”王一晨挠挠头，想着怎么狡辩。

“我知道你是骑摩托摔的，我只是想问你，为什么不理我？”女铁骑不作不闹，单刀直入，就想讨一个说法。

“我妈不让。”不善于撒谎的王一晨回答得也很干脆。

车绫子怒极反笑："好，再见。"

此刻王一晨百爪挠心，他明白车绫子的暴脾气，这次说再见，可能代表着永不再见。凭自己的个人条件和家庭背景，找个漂亮的、有稳定工作的女朋友不难，难的是找自己真心喜欢的人，这个世界只有一个车绫子。

"你别走啊。"王一晨追出去，忘了自己脚上的石膏，吧唧一下摔在地上，脆生。

车绫子回头看见这一幕，顿时一副恨铁不成钢的样子，上前将他扶起，转身又要走。

"我会努力做一个独立的男子汉，不再做妈宝男。"王一晨赌咒发誓，"你相信我吧。"

车绫子没回头，只停顿了下脚步，挥了挥手。

这是还有机会的意思，王一晨咧嘴笑了。转手就在群里发了个红包。

张宇宁点开红包，手气不错，居然有五块二，这是好兆头。下班时间快到了，她联系陈维，约好共进晚餐，庆祝联运伤员行动圆满成功。

妈妈发来微信消息共享新闻："今天医院来了个断臂伤员，听说是你们地铁给运到高铁站的。"末尾来了个点赞的表情。

张宇宁回复："对，我也参与了。"

与此同时，列车员马明歌下榻在虹桥附近的高铁公寓，她吃着晚餐，刷着手机，想到今天的特殊旅客，忍不住发了一条朋友圈，当然把当事人的照片打了码，瞬间收获许多点赞。

也许这就是枯燥工作存在的意义吧。

……

当搭乘伤员的专线地铁抵达高铁站时，徐良也带着韩轩历经波折回到了这里，转乘地铁回到家里，先把手机 SIM 卡取出来，插在备用机里，给韩霓打电话报平安。

很快韩霓就赶来了，看到儿子穿着别人的衣服，顿感不对劲，徐良解释说是掉水里了。韩霓问为什么会落水，徐良实话实说，说带孩子在运河边玩，上了一艘船，自己不小心喝醉了没照顾到韩轩，是自己的错。

“你……”韩霓欲言又止，她知道徐良是好人，就是偶尔控制不住对酒精的依赖，他自己喝醉没关系，儿子可是时刻少不了照顾的特殊孩子啊。

“算了，你好好休息吧。”韩霓拉起儿子匆匆走了。

第二天早上，韩霓没有像往常那样带韩轩过来，徐良发信息询问，韩霓说这两天外爷爷想孙子了，韩轩会在醒狮小区住一段时间。

徐良懊悔，自己真不该喝酒，不但差点导致韩轩出意外，还失去了韩霓的信任，以后怕是都不会把孩子交给自己带了。

坚决要戒酒！

可是到了中午，他一个人孤寂难耐，还是打开了一瓶白酒，用酒精将麻醉的自己送到六娘身边。

第 39 章

彭城陷落

明末的彭城，风声鹤唳，草木皆兵。

盗贼群起，遍地烽烟，朝廷大规模的漕运被迫停止，民间商旅也几乎断绝，城内存粮告急，市集空荡，家家户户囤积粮食，惶惶不可终日。

据说附近起了一伙贼人，有十余万之众，领头的叫程继孟，绰号银鼠，武举人出身，有万夫不当之勇，麾下更有七员大将，战无不胜攻无不克，这支大军已经拿下了萧县城，正奔着彭城而来。

李茂作为一个走南闯北的小炉匠，对局势有着敏锐的预判，他提前一个月就建议六娘不再磨豆腐出售，而是将所有积蓄换成粗粮存起来，万一贼军围城三五个月，靠这些粮食和井水也不至于饿死。

徐徵对这一切都漠不关心，再次被抓回来之后，他更加坚定地放弃了读书的念头。不知从哪里搞了个石锁，天天在家里举石锁练臂力，大概少年心里也是清楚的，当下乱世，书本不如白刃有用。

彭城陷落得非常突然，这一天清晨，李茂起来挑水，走在北门大街上，不经意间瞄了一眼城门楼子，旗帜蔫巴巴低垂着，本该关闭的城门大开，他放下水桶跑过去查看，只见城门旁的军营空空如也，军队竟然在一夜之间逃亡。

再来到州衙外，同样人去楼空，知州大人带着家眷全跑了。

偌大的彭城竟然完全不设防。

李茂直奔南门，这边同样空无一人，登上城墙向南望去，瞬间汗流浃背，远处尘烟四起，一支大军黑压压而来。

逃是来不及了，李茂急忙回到北门大街家里，敲响对门六娘家的柴门，对六娘和徐徵说贼军即刻进城，军队进城肯定要洗劫一番，只要躲过这一波，后面就好过了。

“往哪儿躲？”六娘问道。

“我倒要看看贼军有何能耐。”徐徵卷起袖子，露出瘦弱白皙的臂膀，举了几天石锁的效果完全可以忽略。

“我找好地方了，带上东西随我来。”李茂回屋拿了干粮和水瓢麻绳，带着六娘母子来到一处无人居住的院落，这儿有一口水井，因为是枯水井，平日里没人来打水，倒也清静。

李茂将麻绳绑在井辘轳上，另一头绑在徐徵腰间，让他先下去，徐徵抵抗了一番，终究架不住母亲的催促，还是下井去了。

接着李茂又把六娘也放下去，自己最后才下去。

躲在井底似乎不是什么好对策，但这口井与众不同，下到底部居然能看到房檐瓦片和木质的房梁，井壁侧面被掏出一个大洞，正好能容纳三个人藏身。

六娘纳闷儿："你是如何找到这个所在的？"

李茂解释，这本是十几年前张举人家的宅子，天启四年发大水，全城都淹了，原来的房舍就在地底下，只要往下挖就能找到。这口井恰好打在旧宅子上，又是枯水井，就被人放弃了，自己听说之后就起了心思，万一哪天有事，就躲在此处，可保平安。

外面传来急促的马蹄声，紧跟着是山呼海啸的欢呼声和密集杂乱的脚步声，贼军进城了！六娘瑟瑟发抖，徐徵默默无语，李茂在计算口粮，凭着口袋里的粗粮饼子，能支撑三天。

外面人喊马嘶的，贼军挨家挨户地洗劫，见到年轻貌美的女子便要拉回去享用，一时间彭城沦为炼狱。

其间也有贼军士兵进入这座荒废的院子，三人能听到男人粗野的笑声，一个人站在井口向下看，倒影是个穿着用铜钱做成盔甲的汉子，面目狰狞，刀光闪亮，好在他只是看了一眼就离去了。

入夜，井底方寸之地更加难熬，三人只能蜷缩着身体休息。李茂见不是事儿，便拿出铁铲挖土，想把洞窟挖得更大一些，徐徵看了一会儿，也默默加入进来。

挖着挖着，李茂挖到一个奇怪的东西，好像是金属，却无法确定究竟是金银铜铁锡的哪一种，沉甸甸的一块，借着月光能看到上面遍布着纵横交错极其规律的纹路，这肯定不是人工刻出来的，而是出自老天的手笔。

李茂和六娘都不认识这是何物，徐徵读过的书终于派上用场，他说这是陨铁，是天上掉下来的。

“值钱吗？”李茂问。

“用陨铁打造出的兵器能削铁如泥，当然值钱，只是这块未免太小了。”徐徵答道，继而继续挖，妄图挖到更多的陨铁，这自然是徒劳无功。

藏在井底固然可以保命，由此带来的尴尬也很多，首先是便溺问题，毕竟三人不是一家人，又男女有别，让六娘当着外面男人和自家儿子的面方便自是不妥当，于是只能等到深夜悄悄爬出来。

三人同时出来目标太大，最好一个个来，可是当徐徵出来方便时，他没再回来。六娘担心儿子安危，央求李茂出去寻找，李茂爬出水井，走出院落，看到大街上空荡荡，随便走进一户敞着的门，只看到满眼血腥，男的被杀，女的上吊。

贼军似乎是撤走了，来得快去得也快，如同蝗虫过境，把能抢走的都抢走了，金银、绸缎、布匹、粮食、牲畜，还有人口，正是靠着不断裹挟人口，贼军才能滚雪球一般迅速扩充到十几万人。

李茂回到井边，将六娘拽上来，两人回到家中，也没发现徐徵的人影。

此时百姓纷纷从藏身处出来，为亲人收尸埋葬，李茂满城到处寻找徐徵，寻到南城时，听到有人敲锣聚众，过去围观才发现是天启年间的户部分司主事，现已致仕的张璇张大人在招募壮丁守城。

这位张大人在彭城颇有名望，正是他预测了洪水的到来，提前将户部分司搬迁到南城山上，从此这座山得名户部山。现在他站出来招募民壮，自然是一呼百应，很快就募集了五百多人，只可惜官府军械库被贼人洗劫一空，这些壮丁只能用菜刀锄头棍棒武装自己，弓弩火铳全无。

张大人安慰大家说：“贼人虽众，但缺乏攻坚能力，只要我们将四门紧闭，吊桥悬起，城头上多布旌旗，贼兵自不敢来攻。”

李茂没有应征壮丁，他承诺了六娘要把徐徵找到。经过到处打听，还真有了结果，一个人告诉他，看到徐徵被贼军头目绑在马上带走了。

回到豆腐坊，李茂将这个残酷的真相告诉了六娘，六娘听了回屋洗了把脸，重新走出来对李茂下拜道：“李郎，如你能把徵儿带回来，妾身便嫁与你。”

李茂点点头，当即收拾行李，带上锔锅补碗的家伙，还有那块陨铁，他誓要将徐徵从乱军中解救出来。

他知道此去极有可能会死无葬身之地，但他还是义无反顾地踏上旅途。六娘倚着门目送他，愁容满面，发丝颓唐地垂在脸上，她也明白，她可能会失去儿子，也失去这个男人。

此时南门吊桥已经悬起，李茂说了许多好话，才央得团练开门放自己出城，城外一片萧瑟，路边的死马腐烂生蛆，白骨暴露于野，官道被大军踩踏得一片泥泞，踪迹倒也好寻。

李茂就顺着这些新鲜的足迹前行，他知道军队开拔的速度并不快，即便是精锐军队一天也就是能走个三十里，贼军这种乌合之众，一天能走十五里就不错了。

但是不懂军事的李茂却忘了另一件事，大军行进，前后左右都是有斥候的，这些骑马的侦察兵会放出去十几里外，探查地形敌情，捕捉敌方细作探子。

李茂被贼军殿后的斥候发现了，三个骑兵一起来追他，吓得他丢了担子掉头就跑，可是两条腿怎么跑得过六条腿，很快就被追上，一刀落在他后背上，他感觉自己被劈成了两半。

斥候的战马围着李茂转圈，打着响鼻，白色的口沫横飞，骑兵喝令李茂爬起来，别装死，原来刚才那一刀是带着刀鞘劈下的，疼归疼，人不会死。

李茂爬起来，交代自己的来历："我是彭城人士姓李名茂，是个锔锅补碗的小炉匠，出来混口饭吃的。"

斥候检查了李茂的担子，果然只有些工具，并无兵刃文牒之类，再检查他的手指和肩膀，手上确实是有些老茧，但并不是拿刀握枪导致的，肩膀上的痕迹也是挑担子留下，而非扛火铳的印迹。

"既然有手艺，就跟我们走吧。"斥候说。

李茂没救到徐徵，自己也成了贼军裹挟的人口之一。

贼军大营，一片乱七八糟，虽然银鼠是武举人出身，读过几本兵书，但也无法将一支素质低下的民军在短时间内打造成令行禁止的精锐。除了派出的斥候有点专业性之外，大营扎得毫无章法，连栅栏墙和排水壕都没有，更别说集体茅厕了。

李茂被带到军营中人尽其才，头目丢给他十几口损毁的铁锅，说是明天之前锔好，不然军法处置。

这点活对小炉匠来说不算什么，李茂用了一夜时间修补好了铁锅，得到头目的奖赏：一马勺玉蜀黍糊。

大军人吃马嚼，每天消耗粮草极多，再不打下几个堡垒做补充，军粮就得断了。这几年天灾人祸不断，北方颗粒无收，饥民遍地，中原也好不到哪里去，不然也不会起兵造反了。

乡下的大地主们为了自保，往往以宗族为单位，建造堡垒以抗拒贼人。这些堡子兵精粮足，有充足水源，装备三眼铳和佛朗机，易守难攻得很，但是一旦拿下，能吃得满嘴流油。

第二天上午，银鼠程继孟升帐议事，随着一阵阵鼓声，大小头目们抛下被窝中的娘们，顶盔掼甲，佩带兵器，向着中军大帐而来。

李茂是没资格觐见大头领的，他只能远远地遥望银鼠大王的威风。

距离太远，看不真切，只能望见大帐后面竖着各色旌旗，帐前两旁亲兵列队，这些都是银鼠军中的核心力量，人人佩戴制式的布面罩甲，钵盂尖顶盔。程继孟端坐中军帐，远远看不清面目，只看到他头戴缠棕大帽，穿一身银色战袍，威风凛凛，杀气腾腾。

那些头目就逊色许多，连甲胄都不全，至于大营内的其他人就更五花八门了，有穿僧道袍服袈裟的，有穿女人比甲裙衫的，总之是乌烟瘴气。

今天议事结果出来了，银鼠军将出兵攻打附近一个堡子。

大军开拔，地动山摇，将一座孤零零的堡子团团围住，先礼后兵，程继孟派出一人驰马来到堡下劝降，才说了几句，墙上一箭射来，劝降之人中箭坠马。

程继孟大怒，擂鼓进军，第一波冲上去的全是炮灰，这些兵甚至连武器都没有，扛着云梯往上冲，一波波地被火铳弓弩打死在堡下。慢慢地，堡子的火药、铅弹、箭矢越来越少，打到太阳西沉时，堡子被攻破了。

银鼠大王下令，鸡犬不留。

李茂亲眼见证了一场小规模的屠城，堡垒内全部男丁战死，女眷不是投井就是上吊，房梁上挂满人的景象并没有让李茂多么惊慌失措，倒是让通过李茂观察世界的徐良难以接受。

拿下了堡子，却没占到便宜，在堡垒被攻破的那一刻，人家自己放了一把火将粮仓烧了，一粒粮食都不留给你。

但程继孟没觉得这笔买卖亏了，他除掉了上千个吃粮的累赘，还抢到一批金银财宝，算下来还是划算的。

尸体的衣物鞋子被剥下，发给活着的人，李茂领到了一件沾血的袍子，一双布鞋，一个年长的贼兵告诉他，千里行军，鞋最重要，一定要多准备几双鞋袜，以后要走的路长着呢。

李茂问他："咱们要去哪儿。"

老贼兵指了指北方说："去京师。"

但是大军并没有发动北伐的意思，只在附近打转，找些好欺负的堡子村落下手，遇到依托地利建造的大型堡垒，程继孟就敲诈一笔金银后绕行。

这天斥候带了一个人过来，丢进李茂所在的工匠队。这个新来的家伙只穿着单薄的白色中衣，他说自己是个商人，绸缎袍子和帽子靴子都被剥了，央求李茂给他双鞋子穿。

李茂心好，便将自己分来的袍子布鞋给了他。

此人操着一口河南话千恩万谢，但他的相貌却不似中原人士，高鼻凹目像个西域人。这也不奇怪，许多来自西域的色目人就在中原定居，他们信奉自己的宗教，从不与外族通婚，几百年仍能保持外貌的独特性，未被汉人同化。

李茂问他是不是回族，此人摇头，说："我姓哈，叫哈米伽，属于住在开封的jews。"

哈米伽是个银匠，所以被分配到工匠队，上面会将抢来的银首饰拢在一起熔化铸成银锭方便携带使用，哈米伽就干这个活儿。白天行军打仗，晚上工匠们睡在一个帐篷里，毫无个人秘密可言。

李茂身上唯一值钱的东西，就是那块陨铁，他将陨铁藏在枕头下面，上完茅房回来，看到哈米伽躲避的眼神，顿觉不妙，一摸枕头底下果然没了。李茂冲上去拳打脚踢，在贼军中混的时间久了，他也带了满身的野性戾气。

"别打我，我花钱买你的。"哈米伽哀求道，"这东西放在你手里也没用。"

第 40 章

六芒星

李茂可不是三岁小孩，哈米伽对陨铁如此上心，就能说明其贵重程度，不过话又说回来，留着这玩意儿不就是为了变现么，于是他问哈米伽能出多少钱。

“大不了把下一顿饭给你。”哈米伽狡黠得很，他才不愿意上来就出高价。

“那我不卖了。”李茂抢回陨铁，塞进怀里，“就值一顿糊糊，带着又重，我还不如把它扔河里呢。”

“别别别，这东西有大用。”哈米伽赶忙劝阻，“不瞒你说，我在本族古籍羊皮卷上看到过相应记载，找到有这种纹路的陨铁，做成六芒星，錾刻上符咒，就能穿越时空。”

李茂愣了一会儿，问他穿越时空是什么意思。

“就是能回到天启年，或者到五十年后、四百年后这样。”哈米伽两手一摊，“不过事先声明，这只是记录，没有人真的实践过。”

李茂的大脑在迅速运转，想了片刻后问哈米伽：“羊皮卷上说六芒星多大尺寸了吗？”

哈米伽也是个聪明人，一点就透：“你是说做两个，咱们俩一人一个，这个办法好，公平！”

工匠队里不缺家什，哈米伽利用银匠的身份，每逢大军扎营就生火起炉，将那块陨铁烧得通红，用铁锤大斧分成两半，再反复捶打，一点一星地修形，历经几个月，才打造出两个一模一样的六芒星。

两人看着闪耀着妖异光芒的陨铁六芒星陷入沉思，那有规律的纵横交错纹路就像深邃的宇宙星河，能把人吸进去一般。

“这东西真能回到天启年？”李茂问。

“我只是打个比方，保不齐把你带到汉朝、唐朝也有可能。”哈米伽说，“再说我还没錾刻符咒呢。”

在坚硬的金属上錾刻也是个技术活，因为没有比陨铁质地更坚硬的工具。直到有一次贼军攻破一座县城，抢到许多好钢，才解决了这个难题。

春去秋来，不知不觉李茂在银鼠军中已经大半年了，他没见过徐徵，也没办法逃离，只能一天天挨着过日子。

大军再次开拔，李茂注意到周边的山川树木都很熟悉，这说明贼军一直在彭城周边打转，并未北上南下，随着环境越来越熟悉，他意识到银鼠大军的进攻方向就是彭城！

他不由得紧张起来，彭城经不起第二次劫掠了，自己要不要连夜出逃去报信呢，这没什么可犹豫的。深夜时分，他悄悄穿上鞋子，站起身来，身边的哈米伽说话了：“我赌一两银子，逃不出一里路，你就会被抓到砍头。”李茂叹口气，颓然坐下。

大军行进在山水之间，右边是连绵不断的山坡，左边是一片汪洋水泽，遥远的前方是青灰色烟雨间的古城，李茂猜得没错，银鼠大军再次扑向彭城。

探马来报，彭城旌旗招展，严阵以待。程继孟下令在山脚下扎营，又问左右，此处如何。

亲兵抓来一个本地老者，老者说这儿叫黄猫岗。

身旁谋士劝道："大王，此地不祥啊。"

程继孟绰号银鼠，老鼠到了黄猫的地盘上哪能有好结局。但程继孟不信邪，他冷哼一声，不为所动。

晚上，哈米伽继续錾刻着穿越神器，小锤敲敲打打，在陨铁六芒星上留下世人看不懂的符号与文字。

李茂帮不上忙，他只能将自己的食物省出来一点给哈米伽吃，两人在军营中互相照拂，友谊在一点点加深。

"第一块就要完工了。"哈米伽如释重负。在油灯黯淡的光芒下，六芒星来自宇宙深空的格纹与人类神秘的文字实现了完美的融合。

"这一块我留着，下一个给你。"哈米伽说。

忽然有人闯进帐篷，是个手扶着佩刀的亲兵，他问李茂："你就是小炉匠，带着你的家伙什儿跟我走。"

李茂收拾起工具，跟着亲兵来到中军帐，这是他第一次如此接近贼寇首领，心中不免惴惴。

大帐内灯火通明，牛油大蜡毕毕剥剥燃烧着，满眼都是绫罗绸缎，金银珠翠，连残羹剩饭都是猪牛羊的骨头。银鼠大王坐在铺着虎皮的椅子上，大氅敞开，露出黑漆漆的护心毛，他身后坐着一个唇红齿白的少年，脸上涂着胭脂，正是徐徵。

徐徵也认出了李茂，顿时低垂眼帘，不敢相认，堂堂一个读书人，沦为贼人的娈童，情何以堪，情何以堪啊！

银鼠大王发话了："小炉匠，你且看这夜光杯还能补好？"

地上有个碎裂的玉杯，李茂捡起碎片看了看说："这么好的夜光杯，用老百姓锔锅补碗的手艺补不合适，得用金缮之术才配得上此杯。"

银鼠大王不懂，问啥意思，李茂说就是用黄金来填充修补缺失的部分，这样修补出来的杯子就是金镶玉，比原来还值钱。

"好好好，就这样补。"银鼠大王挥挥手，让李茂退下了。

亲兵拿了几枚金钗给李茂，当作金缮的原材料，但李茂哪有心思搞这个，他满心都是如何救走徐徵。

"你有心事。"哈米伽说。

"找到我儿子了。"李茂说，"我该走了，走不成就是死，那也是我的命。"

哈米伽不语。

深夜时分，李茂还在油灯下琢磨怎么修复玉杯，他一个小炉匠怎么可能会金缮之术呢，再说这点金子也不够用啊，他征求哈米伽的意见，毕竟这家伙是个银匠，多少懂一点，可是哈米伽接过金钗掂了一下说："分量不对，这不是金子，是银镀金。"

李茂一辈子都没接触过黄金，根本辨不出真假，人家哈米伽是商贾世家，上手就知道成色好坏，他说不是真金，那就不是真金。

“我找他去！”李茂急眼了，不顾哈米伽的劝说，拿着假金钗就去找那名亲兵，有银鼠大王的差事在身上，倒也顺利找到了亲兵，可是此人眼皮一翻，根本不承认调包。

“分明是你私藏了金钗，还想诬陷老子！”亲兵恼羞成怒，杀人灭口，他一脚踢翻李茂，拔出腰刀高高举起。

李茂知道下一秒自己就要死了，压抑了多年的愤懑突然爆发出来，他长啸一声，这一声如同头狼的啸叫，顿时引得满营呼应，凄厉的叫声此起彼伏，大批士兵赤着身子拿着兵器从帐篷里杀出来，红着眼睛见人就砍。

这就是传说中的营啸，居然被李茂触发了。

李茂一头撞在亲兵下颌上，巨大的动能将其顶晕过去，紧接着李茂用随身小刀连刺亲兵几十刀，一直到他死透为止，亲兵怀中跌落几枚金钗指环，这回是真的了。

中军大帐内，银鼠程继孟被营啸吵醒，伸手摸刀，却摸了个空，抬眼望去，身边侍寝的小厮正手持利刃，满眼仇恨。

“你……”叱咤一时的银鼠大王连一句话都没说完，就被捅了个透心凉。

营啸造成的杀伤力是极其恐怖的。全营集体失控，互相杀戮，一直杀到天明时分才渐渐恢复理智，侥幸没死的士兵拎着缺口的刀在尸山血海间蹒跚而行。

工匠帐篷里，李茂和哈米伽藏在炉子下面苟且偷生，营啸发生后，李茂趁乱冲到中军大帐，却只看到银鼠大王死不瞑目的脸，没能找到徐徵。到处都是发疯的士兵，都是无意识的杀戮，实在太危险了，他连滚带爬回到哈米伽身边，两人躲了一夜，直到黎明来临。

“你听，是什么声音？”哈米伽说。

大地在颤抖，这是无数马蹄敲击地面的效果，一支骑兵队伍正在迅速接近中。这年头遍地都是草头王，互相吞并是常事，你这边发生营啸，闹那么大动静，我不过来趁火打劫一下都对不起老天爷。

“跑吧，咱们后会有期。”李茂意识到离别的时刻到了。

哈米伽点点头，将刻好的六芒星交到李茂手中。

天空开始飘雪，雪花落在凌乱残破、尸横遍野的大营里，掩盖了血腥，掩盖了罪恶。

哈米伽跑了，李茂却没走，他要找到徐徵，活要见人，死要见尸。

来的是义军袁时中部的骑兵，他们冲进大营，发现根本不需要他们动手了，银鼠大军自相残杀掉一多半人，剩下的也都木讷痴傻，完全没有战斗力。

李茂作为健全的人员，被袁时中部收编了，第一个工作就是埋尸体，李茂将几千具尸体一个个看过来，确定徐徵不在其中。

徐徵那么聪明，也许趁乱跑了吧。

离家那么近，李茂也想回去，但是他没有自由，只能随着军队开拔，在大雪中回望彭城故里。

袁时中与闯王李自成合营，后又脱离李自成，意欲投靠朝廷，结果袁时中被李过杀了，部队或逃或被收编，李茂被一伙人裹挟着投入明军黄得功部。

此时清军已经入关，黄得功战死在芜湖。南明弘光朝廷覆灭，李茂等一帮残兵南下投靠福州的隆武帝。其间还随着国姓爷发起一波反攻，打到南京城下，可惜最终还是败了。

顺治三年，清军克浦城，隆武帝出走江西被俘绝食而亡。李茂等人奔赴广西梧州，转投永历帝。

康熙元年，永历帝被吴三桂绞死在云南。

此时的李茂，已经不再是当年的小炉匠，而是一名久经战争沧桑的老兵，他负过伤，杀过人，擅使鸟铳。他厌倦了战争和杀戮，只想着回家。

这些年，每到一处，李茂都要打听徐徵的下落，他也知道茫茫人海，这样找根本不是办法，但寻找徐徵已经成为他生命中的一部分，不死不休。

战争结束了，昆明街头，李茂心如止水，接受了改朝换代的事实，他让剃头匠把自己的头发剃了，编成一条发辫，从此做大清的子民。

摸摸光溜溜的额头，李茂叹了口气，扛着小炉匠的家什，踏上归途。

回家的路坎坷无比，李茂走走停停，帮人锔锅补碗，换取口粮，积攒路费。有时候遇到山洪暴发，大雪封路，一停就是几个月，他从康熙元年一直走到康熙四年，才走到江南省的安庆府。

李茂住在客栈中，看屋檐上的落雨点点滴滴，忽然大发感慨，却又无从说起，就听到门外有人吟诵道："少年听雨歌楼上，红烛昏罗帐。壮年听雨客舟中，江阔云低，断雁叫西风。而今听雨僧庐下，鬓已星星也。悲欢离合总无情，一任阶前，点滴到天明。"

熟悉的乡音！李茂冲了出去，看到檐下趴着一个人，面前摆着碗，双腿已经不在了，再看五官相貌，虽然胡子拉碴，却依稀还能找到徐徵的影子。

“你是徐徵吧？”李茂不敢相认，对方看看他，也认不出。

“我是李茂，对门的炉匠。”李茂从对方的眼神中确认了徐徵的身份，当即放声大哭，涕泪满面。

细雨中，安庆府街头，来来往往的行人看着李茂痛哭，他们不会知道这个男人这些年经历了什么。

断腿的乞丐确实就是徐徵，当日营啸之后，他被一股乱兵裹走，同样经历了许多。在战争中他失去了双腿，为了生活沿街乞讨，好在这个没腿的人会代写文书家信，不然还真活不到今天。

一晃二十多年过去了，彼此都还活着，就已经赢了大多数人。

“我带你回家。”李茂说，坚定无比。

回家又用了一年时间，毕竟带着一个没腿的人太难了，没钱雇车，只能靠自己背，总之历经千辛万苦，李茂终于带着徐徵回到了彭城。

当年的北门大街豆腐坊还在，院子里杂草丛生，李茂喊了声六娘，没人回应，走进院落，柴门大开，屋里灰尘很厚，俨然许久没有人住了。

邻居小孩跑过来，歪着头问他们找谁。

李茂说自己原本住在这里，要找徐六娘。

小孩不认识徐六娘，飞奔回家，片刻后他们家老人来了，认出了李茂和徐徵，不禁老泪纵横，说六娘早就没了，康熙元年下葬的。死前六娘一再叮嘱，帮她看好家，万一儿子回来别找不到门。

徐徵号啕大哭，邻居不解这个没腿的男人为何哭泣。

李茂清理了杂草，背着徐徵去六娘坟前烧了纸，他说："六娘，我把你儿子带回来了，你泉下有知，也该瞑目了。你答应我的事是做不到了，咱们下辈子再做夫妻吧。"

青烟袅袅，直上云霄，一只翠鸟跃上枝头叽叽喳喳，宛如六娘当年的青衫回眸。

第 41 章

重　来

祭拜完六娘，李茂背着徐徵回到家里。两个男人对坐无言，都不知从何说起，一个五十多岁的老人，一个年近四十的残疾人，以后靠什么谋生并不是最重要的，首先得找到支撑他们活下去的信念。

最终还是李茂先开口，他说：“我继续干炉匠的营生，帮你在北门大街上支个摊子测字加代写家信，咱们爷儿俩得好好活着呀。”

徐徵点点头，当年那个少年早被生活摧残得失去了光芒。

李茂收拾了床铺，将徐徵抱到床上，自己也在邻屋躺下，他久久不能入睡，想这些年的经历，想六娘，想当年。

外面淅淅沥沥下起了雨，年久失修的屋顶到处漏水，李茂也懒得管，在雨声中沉沉睡去。

暗夜中，他胸前的六芒星闪耀着光芒。

李茂惊忙坐起，披衣起床，出门眺望，只见黑暗中大队人马正在北门大街上疾走，有在本地驻军的队伍，有州衙官署的官吏和家眷，奇怪的是他们都身着前朝服饰，竟然是大明的军队和官员。

再看周围的建筑物，熟悉又陌生，李茂忽然明白过来，哈米伽给自己的宝物起作用了，他狂奔回家，用颤抖的手推开了对门的柴门，喊了一声六娘。

真的有人应声，六娘掌灯出来，依然是三十岁的年纪，依然是记忆中的六娘，蛾眉淡扫，荆钗布裙。

“贼军要进城了，叫醒徐徵随我躲藏。”李茂说。

徐徵不用叫就起来了，他的步履有些蹒跚，似乎不太适应双腿的存在，少年目光中不再有倔强桀骜，取而代之的是同样的迷惘和百感交集。

“你们娘俩带上干粮麻绳，去邻院水井下藏身，三天之内千万别出来。”李茂交代一声，回身就走。

“你干啥去？”六娘急切问道。

“我去找张璇张主事。”李茂说，上一次让贼军长驱直入，奸淫掳掠，这一次李茂不允许同样的历史重演。

“我跟你去！”少年挺身而出。

李茂看看他，徐徵坚定地点点头，眼神成熟得令人心疼。

爷儿俩直奔南城而去，沿途大声疾呼，贼人要进城了！家家户户掌灯出来观看，却麻木无比，无人应声。

来到张主事府上，李茂把大门砸得山响，很快下人出来询问，他将官军弃城而逃贼军兵临城下的消息一说，张璇即刻接见，派人去兵营官署验证李茂所言不虚后，敲响铜锣聚众招兵。

张璇很有号召力，在短时间内就召集了三百余名民壮，以自家的家丁为核心组成团练，刀枪剑戟斧钺钩叉的倒也全乎，又撕开绸缎绑在竹竿上制作旌旗，插在城头上做出有兵防守的假象。

原本的历史中，贼军是凌晨时分进城的，这一次被李茂改写。银鼠大王的军队来到南门下，看到吊桥悬起，大门紧闭，城头上旌旗招展，士兵来往巡逻，倒也不敢轻举妄动。

南门敌楼上，张璇心惊肉跳，他只是一介文官，哪里干过守城的行当，团练中也缺乏有行伍老革，好在有个胆大包天的小炉匠。

李茂二十年征战沙场的经历派上了用场，他毛遂自荐，愿单枪匹马出城与贼首谈判，不战而屈人之兵。

张璇大惊，他说："你不是北门大街的小炉匠么，哪里来的胆魄？你难道不怕死吗？"

李茂笑笑，说为了全城父老，死又何妨。

张璇亲自斟了一大碗酒，给李茂壮胆，李茂说："且放一放，等我回来再饮不迟。"

城外是黑压压乌泱泱的贼军大队，铺天盖地全是人，兵器在阳光下寒光闪闪，人喊马嘶，风卷战旗，一面大纛下，旗牌官来往穿梭，想必那就是银鼠大王所在的位置。

城头上是一群胆战心惊的团练，徐徵也在其中，他看到一些熟悉的面孔，赶驴的车大叔，被裁撤的驿卒老马大爷，还有水次仓见过的那位虬髯大汉，大家伙儿都握着兵器，同仇敌忾。

李茂在更衣，大家给他凑了一身行头，缠棕大帽，窄袖直裰，外罩布面甲，腰间一口秋水雁翎刀，再加上一匹黄骠马，乍一看哪是什么小炉匠，分明是一名老行伍。

城门缓缓打开，吊桥放下，城外的贼军不明所以，不敢轻易动作，只见城门内出来一骑，高声喊道:“吾乃彭城李茂，银鼠大王何在？”

被点到名字的银鼠大王程继孟一提缰绳上前，亲兵们想跟随左右，被他斥退，对方一个人来，自己就得一个人去，不然万马军前丢了面子可不行。

李茂和银鼠大王对视着，互相评估着对方的实力，李茂看银鼠如同无物，银鼠看李茂却怎么都看不透，此人年岁不大，却异常沉稳，像是打了半辈子仗一般。

“程将军请了。”李茂一抱拳，“不知道贵军来我彭城，有何指教？”

客套说辞谁不会，就算是土匪也不会直说我是来抢劫你们的，而是要文绉绉地表达自己经济状况堪忧，不得不过来打点秋风。程继孟也是这样说的，他搞不清彭城的防御能力，这么坚厚的城池，真打起来颇为费力，如果能不动刀兵敲诈一笔金银女子倒也不孬。

可是李茂当即回绝，他说彭城有一万精兵，三万民壮，有粮仓水井，十万斤火药，十万箭矢，更有满城大好男儿，将军若是不信，尽可以来攻，说着一摆手，城头上的团练根据约定摇旗呐喊，声势震天。

程继孟还真被吓住了，他要无赖说自己这么多弟兄，不可能白来一趟，好歹打发点。

李茂要的就是这个效果，他说等他回去和知州大人商量一下，于是策马回城，向张璇禀告。张璇问计于李茂，李茂说破财是免不了的，城中大户出些金银，贼兵就能退走，总之钱财和人命，只能保一头。

张璇深以为然，他自己就是大户，首先拿出千两白银作为表率，其他大户也都捐了些银两绸缎。钱财玉帛可以给，但兵器粮草一点都不能给，这才是乱世保命的根本。

城下，银鼠大王的军队渐渐开始骚动，他们等不及了。

但李茂坚持再等等，不能让他们得到得太顺利，不然欲壑难填，同时他巡视城头所有的火器，大炮沉重，军队逃走时不能带走，现在派上用场，装填了火药和铅子，万一真打起来，大炮的效用比弓箭强多了。

守在炮位上的竟然是徐徵，李茂拍拍他的肩膀，徐徵笑了笑，其实他也是经历过战阵的人啊。

爷儿俩的轻松态度影响了其他人，城头上气氛欢快，笑声不断，进而影响到城下贼军的心绪，银鼠大王判断，彭城不可强攻。

又过了半个时辰，李茂终于带着银两出城了，他给银鼠大王送来一万两白银，一百匹绸缎，足够他犒军用了。程继孟很满意，笑纳了这批钱帛，引兵南退。

不知道是意外，还是刻意为之，贼军中有人放了一箭，破空声响起，李茂来不及躲闪，背上吃疼，顿时城上城下一片哗然。李茂强忍住疼痛，伸手将箭矢拔了出来，放声大笑："银鼠大王，这就是你给我的临别赠礼吗？"

丢了面子的银鼠大王命人将误放弓箭的贼兵拉出来当场剁了，城墙上的徐徵手拿着火把，始终没有点燃大炮的火捻，他知道一旦开炮，战争就无可避免，李茂也会白白牺牲。

最终双方的克制终于化解了一场危机。

贼军缓缓南撤，李茂故作轻松，站在原地目送了一阵子才回城。来到敌楼上，接过张璇端上来的酒碗一饮而尽，坐下说道："张大人，我死后请帮我照顾六娘和徐徵。"

张璇大惊："李壮士，这是从何说起？"

李茂说："箭镞有毒，我活不了几天了。"

张璇找来郎中给李茂看伤，郎中说伤者背上看似普通创口，但是随着时间的推移会发炎肿胀，感染中毒，最终全身僵硬而亡。

郎中还说，若是伤在臂膀，尚可截肢保全性命，伤在背脊，就算华佗再世也救不了。

张璇能做的只是帮李茂上奏朝廷请功讨封，可是南北交通早已断绝，写了奏折都没有驿站传递。

李茂躺在病榻上，忽听一阵喧哗。原来是徐徵带着张璇等一众父老进来，少年作揖道："我请诸君来，为的是做个见证，我徐徵感激李先生保全全城人的性命，愿拜他为父，从此改姓李。"

众皆哗然，背弃祖宗改投他人族谱，这是欺师灭祖的，不过想想又觉得无伤大雅，反正徐家也不是什么高门大户，寻常孤儿寡母罢了，就当是改嫁带的孩子跟继父的姓吧，大家都愿意做个见证。

但徐徵后面还有话，他把母亲六娘单独择出去，自己拜李茂为父，不等于六娘改嫁，两码事，而且自己也要对得起姓徐的祖宗，所以改姓李是有时间限制的。

“我徐徵的后人，姓李两百年后徐李分流。”

众人再次被他的操作搞得连连颔首，以姓李两百年来报答李茂的恩情，够用了，也对得起徐家祖先，有里有面，全不耽误，到底是读书人，想得真周全。

病榻上的李茂显然对这个结果也是满意的，他坦然接受了徐徵的叩头，在父老们的见证下，他李茂有后了。

李徵送父老们出去，回来床前侍奉爹爹，两人进行了一番男人间的对话。

李茂说：“你还记得没腿的日子吧？”李徵点点头。李茂又说：“我没几天日子了，给你一个忠告，咱们是大明子民，所以不能做清朝的官。但是你的后人是生在大清的，应该好好读书可以求取功名和好前程。”

李徵说：“儿子记住了。”

李茂又活了三天，六娘衣不解带地照顾他，弥留之际时，六娘在他耳畔低语：“李郎，咱们来世再续姻缘。”

本来已经陷入昏迷的李茂忽然睁开了眼睛，深情地看了一眼六娘，随即溘然长逝。

彭城，全城戴孝，极尽哀荣，李徵披麻戴孝埋葬了父亲，遵照遗嘱将李茂脖子上挂的六芒星投入了邻院的水井中。

或许是有了李茂在天之灵的庇佑，彭城在接下来的乱世中没有遭遇兵灾。清军南下，守将不战而降。

顺治七年，李徵娶了张璇的侄女为妻，次年诞下一子。

康熙十二年，此子高中进士，授官翰林院修撰。

从此李家开枝散叶，子孙兴旺。

两百年后，道光二十三年，彭城李氏举办盛大仪式，完成了对李茂的承诺，认祖归宗，改姓回徐。

而迁到外地的一个支脉，依旧保留李姓。

时光荏苒，沧海桑田，姓李的这家人早已忘记了祖上为什么姓李，他们住在一个叫小王庄的地方，父亲叫李更生，儿子叫李可健。李可健在彭城地铁上班，是一名普普通通的站务员。

……

徐良终于从一场大梦中醒来，发觉自己置身医院。邻床病人看见他苏醒，急忙按铃叫护士，护士带着医生前来给他检查身体，医生说你已经昏迷了七天。

“我还以为昏迷了二十年呢。”徐良长吁一口气，他经历了李茂跌宕起伏的后半生，其中艰辛滋味，岂是时间能衡量的。

医生叫来了徐良的家属，竟然是韩霓和韩轩。

韩霓坐在病床前给徐良削着水果，将原委道来：原来第二天韩轩就跑了，从醒狮小区的家里一直跑到民富园徐良家里。韩霓发现后追过来，注意到徐良家门紧闭，电话打不通，猜测可能发生意外，报警处理，警察破门而入，果然发现醉死在地上的徐良。

徐良在医院躺了七天，什么招数都用上了，就是无法唤醒他，但是生命体征各方面又很稳定，不需要上什么呼吸机之类的，用医生的话说，从技术层面来说就是一场旷日持久的大醉。

“我把这辈子的醉都攒在一起过了。”徐良说，“以后滴酒不沾。”

“我信你个鬼。”韩霓白了他一眼，嗔怒又关切的眼神让徐良想到了六娘。

“六娘，你答应过我，来世再续姻缘的。”

第 42 章

彭城七里

徐良出院了。

在他住院的日子里，韩霓帮他照顾那盆袖珍椰子，每天都喷水保湿，家里也打扫得干干净净，甚至帮他把年久失修的厨房台盆给换了，又把马桶换成了智能喷水的。

徐良坐在电脑前查找陨铁的资料，那块带着李茂穿越的六芒星徽章来源于井底的陨铁，根据花纹分析，这种陨铁含有镍铁成分，在初始的大爆炸后，极高温度的陨铁在茫茫宇宙中漂泊，内部以每百万年下降 1—10 摄氏度的速率冷却，铁纹石在镍纹石的晶格间扩散生长，形成的纹路叫作维斯台登纹。

原来这是来自浩瀚宇宙的馈赠，至于哈米伽加工的六芒星形状和錾刻的符文，徐良觉得那不是关键所在。

可惜陨铁六芒星已经被丢在井底了，不然或许还能带着自己遨游历史。

忽然徐良回过味来，城下城博物馆里不就有一口水井！

他当即搭乘地铁来到彭城广场站旁的城下城博物馆，隔着玻璃墙久久凝望那口水井。解说牌上说这口井建于汉代，是口不折不扣的古井，但徐良知道，这就是自己和六娘、徐徵藏身的那口井，就是埋藏着六芒星的那口井。

最终他明白，六芒星不必佩戴在身，也能发挥效能，一切都是上苍最好的安排。

从此他不再与烈酒为伴，也不再梦回明朝。

韩霓仍每天把儿子送过来，交予徐良照管，据说为此她和孟庆元还吵了架。不管怎么说，日子总要继续，孟老板的新生意风生水起，韩霓的投资很快见了回报，第一个月就拿到了三万元，据说下个月会更多。

生活如果一直这样平静，也挺好。

……

李可健已经很久没在地铁站见到喝醉的徐叔了，他父亲李更生的断臂再植手术很成功，现已回到家中休养，据说半年后能恢复八成的劳动力。

父亲的手术和康复花了很多钱，家底子都被掏空了，这还是在亲朋同事捐赠了一部分的情况下。工厂主一分钱没赔，人也跑了，六叔李荣雄倒是出了两万块，可他还欠着自家五万多呢。

买房子的事儿，家里没人再提。

李可健买了一辆二手的电动自行车，休息的时候就带着单反相机去拍摄，他发现自己具备寻找美的天赋，用相机将城市最美好的一面定格在瞬间。

春雨连绵的日子里，难得一天阳光灿烂。李可健背着相机包，从古黄河畔的黄楼公园开始一天的拍摄，他在文旅局的公众号上看到关于“彭城七里”的概念，便产生了一个想法，从北拍到南，发在自己的抖音账号上，做一个摄影大V。

这个想法是室友姜展顺提供的，他说：“当下什么事儿都离不开网络，你把账号经营好了，粉丝多了，找你拍照拍视频的人就多了，以后光是每个月跟拍婚礼就能赚几千块，还有喜烟和喜糖。”

最先拍的是五省通衢的牌坊，这会儿没什么游客，李可健各个角度拍了个够，然后向南来到壹捌壹捌美食广场，彭城壹号，这儿平日里打卡的外地游客挺多的，夜景比白天的景致更好看，可以晚上再来。

城下城博物馆是经常去的，老实说里面没啥可看的，读懂那段历史需要很强大的想象力，嗯，徐叔喝醉了经常穿越到明末，他肯定可以的。

但李可健还是拍摄了一组照片，大水淹没的豆腐坊和铁匠铺，还有一口据说是汉朝时就有的水井。

接着是文庙街区、回龙窝、户部山，中途李可健来到老公安局大院，这里有彭城的老城隍庙遗址，巧合的是，居然在这儿遇到了卖他相机的光头大叔。

光头大叔兴致盎然，问李可健可知道彭城的城隍是谁。

李可健懵懂不知，说城隍不就是城隍嘛，难道还有具体的名字不成。

“没错，咱们彭城最早的城隍老爷叫纪信，是最早跟随刘邦起兵的大将，屡立战功，死后被逐步封为赞化灵公徐州府城隍。”

李可健说受教了。

光头大叔意犹未尽，说其实彭城还有另一个城隍，是康熙皇帝封的，只是知名度没那么高而已，这个人叫李茂，在崇祯末年单枪匹马喝退十万兵，周全了彭城父老。此人去世后，灵位就摆在城隍庙中享受香火，后来他孙子当了大官，请皇帝下旨封自己的祖父为城隍。

李可健说："谢谢您，今天长知识了。"

继续一路向南，刚来到博物馆，好天气就变了，一场春雨袭来，李可健躲在路边便利店里，寻找着拍摄的素材，忽然他看到路边交警雨棚下的动人一幕：女铁骑交警、外卖员小哥，还有个环卫工大爷，三个人正一起吃着午饭，女交警还把自己饭盒里的大肥肉挑给环卫大爷。

快门闪动，将这一幕记录下来。

巧的是，这三个人里，李可健就认识俩，女铁骑是车绫子，外卖员是自己的老乡王亚军。

他没过去打扰他们。

春雨淅淅沥沥地下，敲击着交警岗亭的雨棚，那声音听起来让人特别安心。

王亚军本来趁着送外卖的空当想吃口饭来着，他把电动车停在花坛边，刚打开盒饭，雨就下来了，不远处雨棚下的女交警招呼他过去，还把王亚军吓了一跳，以为自己违章了，没想到人家是喊他去避雨的。

一同被女交警喊进来的还有个穿橙色马甲的环卫工大爷，更有趣的是，三个人居然一起吃起了午饭。王亚军很久没写诗了，今天突然来了灵感，他在手机上赋诗一首，抒发此时此刻的感情。

每隔一段时间，王亚军会把自己创作的诗歌汇集起来，投给出版社和报社，偶尔报社会刊登一两首，但大多数是没有回音的。王亚军能理解，现在谁还看诗歌啊，那些有名的诗人都卖不出几十本，遑论自己这个小小的外卖员。

雨停了，环卫大爷继续打扫卫生，王亚军跨上电动车，女交警跨上铁骑，三人互相打个招呼，各自踏上征程。

结束一天的工作后，王亚军拖着疲惫的身躯回到家里，妻子刘淑娴还在拐老太家里工作，现在他们夫妻俩暗地里已经不再称人家为拐老太，而是改叫林老师。

刘淑娴发信息过来，说林老师家里的灯坏了，让他过去修一下。

王亚军二话不说就过去了，他们住得近，步行三分钟就到。修好了台灯，门铃响了，这很奇怪，林老师无儿无女，也没什么亲戚朋友，平日里很少有人登门拜访。

“可能是社区的工作人员。”刘淑娴说着前去开门，通过猫眼查看，外面是个年轻男子，手里拎着水果篮和鲜花，便打开门询问对方找谁。

“请问林老师住在这儿吗？”那人彬彬有礼，自报家门，“我姓陈，叫陈维，是林老师故人的孙子，来找林老师咨询一些事情。”

刘淑娴回头喊道：“林老师，有人找，说是您故人的孙子。”

林老师说快请。

王亚军刚想说家里有客人自己先撤了，刘淑娴以眼神示意他留下，毕竟是陌生男子拜访，万一是坏人咋办，于是王亚军就不再提走的事儿，也在客厅沙发上坐下。

陈维说：“林老师您好，真是费尽千辛万苦才找到您。”

林老师说：“你是谁的孙子？”

陈维说：“您还记得‘陈庭晖’这个名字吗？”

林老师如遭雷击，她怎么会不记得呢，那是她一生的挚爱，也是导致她半辈子受尽折磨的元凶。

“林老师，我想知道我爷爷的下落，这对我和我们家很重要，拜托了。”陈维起身，深深一躬。

林老师陷入深深的回忆中，此刻她成了林然，那个银行襄理的女儿，十八岁的女学生，国军少将的秘书。

“陈将军在彭城没做成事情，受了很大的刺激，本来他可以回南京的，可是却选择了另一条路。”林然回忆着当年的情景。

陈庭晖差点遭遇刺杀，想杀他的人是刚收的勤务兵彭秀章，事后陈庭晖并没有惩处刺客，反而颓唐万分。他是监察司官员，却管不了军队的贪污腐败，他自认为是正义的化身，却做了那么多罪恶的事情，他是军人，却不能血洒疆场，保家卫国。

那天晚上，陈庭晖做了一个出乎所有人预料的决定，他放了彭秀章，当夜就带着勤务兵成丰出城向东而去，径直去投第七兵团。

临行前，陈庭晖和林然吻别，发誓会给她写信，会带她远走高飞，给她最好的爱情，但是在这之前，他必须以身许国。

后来，就没有后来了。

众所周知，黄百韬的第七兵团四个军七个师被我方解放军华东野战军十一个纵队包围在碾庄地区，并全数歼灭。

陈庭晖，一个不属于第七兵团编制的少将军官，并未出现在国军的阵亡名册里，也不在解放军的俘虏名单内，他就这样无声无息地消失在历史长河中。

一个简短的故事，却是陈家人用了半个世纪来寻求的真相。他们猜测了许多结果，比如隐姓埋名住在某地，改名换姓去了香港，总之君子不立危墙之下。谁都无法想象，陈庭晖会在明知道必败的情况下还奔赴前线。

陈维得到了想要的答案，唏嘘不已，告辞离开。

客人走后，林老师仿佛被抽去了精气神，整个人的状态很不好，刘淑娴见状非常担心，主动提出今晚住在这儿，权当住家保姆了，林老师点点头同意了。

深夜，刘淑娴总是睡得不踏实，她几次悄悄起来，推开主卧的门缝观察情况，还真被她猜中了，亮着小夜灯的主卧床上，林老师表情痛苦却又无力挣扎。刘淑娴急忙上前询问，林老师口不能言，嘴角歪斜，俨然是中风了。

救护车连夜将林老师拉走，因为抢救得及时，没有造成太坏的结果，但老人家毕竟年事已高，血管脆弱，再想恢复如常怕是不可能了。

这次刘淑娴想不做住家保姆都不行了，她索性辞了其他活儿，一门心思伺候林老师，其实算下来工资也没增加多少，就图能全方位照顾老人别出岔子。

林老师坐上了轮椅，她对刘淑娴说，自己有个想法，等百年之后，把所有的财产都捐给落后地区的学校，给孩子们加餐、买书、置办体育器材。

刘淑娴说：“太好了，我在抖音上看那些山区的孩子过得可苦了，能吃上肉菜都不得了，您老这是大善举，不过您可不止能活一百岁，估计得奔着一百二去的。”

林老师就笑，说：“小刘你就是嘴甜。”过了一会儿又说，“你帮我联系一个律师吧。”

刘淑娴这才知道老人是认真的。

第 43 章

将军之死

其实陈维在调查祖父下落这个事儿上一直没怎么花心思，用剧本杀查真相更是形同儿戏，但是当他听李可健讲述当年的真实故事后，收起了戏谑之心，打起十二分精神全力以赴。

一旦找准方向，以现在的技术条件想找什么人并不难，陈维调动了自己全部社会关系，从新中国成立前的大中银行入手，全力调查。

1948 年冬，解放军进入彭城成立军管会，接管彭城原有的官办、官商合办和私人银行十九家，对于中央银行等官办银行一律收为国有；对官商合办银行中的私人资本，原则上发还本人；对面目不清的私人银行，宣布予以保护的同时，令其提供银行账目资料，查明后处理；对于各银行留在本地的工作人员，愿意参加革命的，安排工作，想返回原籍的，发放路费。

大中银行属于私人银行，但出于众所周知的原因，银行资本家早已南逃，所以大中银行的结局同样是充公。不管人员去或留，都留下了相应的档案，陈维看到了这份档案，并且从其中的蛛丝马迹找到了林泽源的下落。

林泽源假死，这是不能翻案的，而此事又是因公而起，所以他必须采用化名继续在大中银行领取薪水，结合这两个月来的大中银行人员名单就能看出，在1948年11月突然增加了一名襄理级员工，名叫林本喜，想必这位就是林泽源本人了。

林泽源改头换面，在新中国成立后的人民银行工作，将百姓手中的金圆券兑换成解放区的北海币。他兢兢业业，任劳任怨，一直没出岔子，大概是内心常怀愧疚忏悔导致郁郁寡欢，林泽源于1956年病逝。

和“林本喜”同一个户口簿的是个女性，叫林焕珍，新中国成立后在某小学教书，根据年龄判断，应该就是林泽源的女儿林然。

林焕珍这一辈子很苦，1957年被打成右派，之后的几十年岁月里她受尽了政治上的折磨，其中有五年在劳改农场度过，1980年平反后继续在学校教书，直到退休。林焕珍一生未嫁，很长寿，一直活到今天，户籍所在地是嘉禾小区，陈维就是在这里找到了祖父当年的女秘书。

林老师说陈庭晖去了碾庄前线，这让陈维很是感慨。陈维一直在揣摩祖父的心路历程，别人总觉得祖父是江浙大户人家的公子，是娇生惯养的纨绔，参军只是为了好玩，为了镀金。但陈维觉得，祖父骨子里是个穿军装的诗人，浪漫悲情，和唐代那些边塞诗人是一样的，在某些特定时刻，他是会走上战场的，哪怕是赴死，这就是诗人生逢乱世的宿命。

七十多年前的碾庄战场已经无迹可寻，不知祖父埋骨何处。陈维一番感慨，索性按照这套方法，根据李可健说的那几个人物继续调查。

他先查的人是李可健口中军用汽车修理厂的车师傅，发现这个吊儿郎当的美军黄牛，居然在彭城解放后成了英雄人物!

车师傅叫车二根，十五岁当学徒，跟着师傅学修车，干着干着自己就成了手艺最好的师傅，他是汽修厂的大拿，拿耳朵一听就知道引擎哪儿不好。1948 年 12 月 1 日彭城解放后，淮海战役仍在进行，车师傅开着大卡车加入支前行动，运送粮食被服弹药支援前线，帮着我军接收维修战场上缴获的各种车辆，立下汗马功劳。

后来，车师傅一直在彭城市运输公司工作，于八十年代初去世，他的后代继承了父亲的衣钵，也在运输公司和公交公司工作，现在也都是退休老人了。

还有拖延了国民党军队北上的火车调度老马，陈维也对上了号。此人叫马大山，火车司机出身，李可健说的那次行动，根据时间推测应该是豫东战役的前奏期，粟裕率领华野外线兵团南渡黄河，进入鲁西南菏泽地区，南京国防部急令彭城的军队沿津浦线北上增援，企图围歼我华野外线兵团。

老马拖延了国民党军北上时间长达十几个小时，为豫东战役的胜利贡献了一份力量。彭城解放后，老马入了党，继续为铁路事业服务多年，他的后代同样子承父业，当了一辈子铁路人。

陈维再次前往嘉禾小区，他想向林老师讨要祖父留下的遗物或者书信之类，也好做个念想。可是林老师家没人，邻居告诉他林老师住院了。

于是陈维找到医院里，却被正在照顾病人的王亚军挡驾，直接把他拦在病房门外。

“你怎么还来，你把老人家害成什么样了！”王亚军责怪道。林老师脑出血，他和妻子轮流照看，连外卖都没法送了。

“抱歉抱歉，我真的不知道会这样。”陈维满心愧疚，他不是没有共情能力的人，当听到林焕珍坎坷的一生经历后，他是感同身受的，但是这么多年过去了，总该释怀了吧。

“人啊，一辈子其实爱不了几个人，做不了几件事。”王亚军叹了口气说道，当日他是坐在客厅里旁听了整个过程的，很受触动。

陈维觉得诧异，这么有哲理的话，居然是从一个穿着外卖员冲锋衣的男人嘴里说出来，多少有些违和感。

“我真的不知道会给林老师带来这么大的刺激。”陈维说，“我以为，我祖父在她记忆中只是一个符号而已，毕竟人早就不在了。”

王亚军说：“她只知道陈庭晖一去不返，又怎么知道人是死是活？也许在她心中，陈庭晖逃离了战场回到南京全家团圆，后来去了台湾，也许是更名换姓，娶妻生子，隐居他处……这都是有可能的，唯独她不愿意去设想自己深爱的人在短短几天后便死了，你明白吗？”

陈维恍然大悟，原来林老师惦记了陈庭晖一辈子。直到老人家孙子找上门来，说爷爷失踪了七十多年，也就反向证明了她的猜测是错的，陈庭晖最大的可能就是死在碾庄了。

"好吧，谢谢，帮我向林老师问好，咱们加个微信，有事联系。"陈维加了王亚军的微信便回去了，坐在地铁上百无聊赖，顺手打开外卖员的朋友圈，不由得卧槽一声，看不出来啊，这位竟然是个隐藏民间的诗人，还别说，这些诗充满了对生活的深刻观察和灵动想象，朴实无华，又充满情感的力量。

高手在民间啊。

陈维是个执着的人，做事情必须有始有终，对祖父下落的调查工作一旦开启就停不下来，他尝试着寻找尚在人世的、参加过淮海战役的华野老战士，而且范围集中在参与了歼灭黄百韬兵团的几个纵队老兵上，有的放矢，效率更高。

趁着休息日，陈维搭乘飞机前往厦门，他去当地干休所探望一位原三十一军离休的老干部。在当地朋友的陪伴下，陈维在干休所花园里见到了这位精神矍铄的老兵。

老兵叫师海量，山东招远人，十五岁参军，参加过豫东战役、淮海战役、渡江战役，从胶东半岛一直打到厦门，历经大小战斗百余次，1955 年授衔上尉，是一名不折不扣的百战老兵。

师老展示了自己的各种奖章勋章，对于部队的光辉历史更是如数家珍，但是当客人问起当年打碾庄的细节时，老人家忽然挥挥手，表示不谈了。

陈维没放弃努力，来之前他是做过功课的，他将老人隶属部队的光辉历史娓娓道来，最后说："这个军至今仍是我军最擅长海上作战的陆军部队。"

师老被他打动了，说："小伙子你为什么要打听那段往事啊，我是真的不愿意回忆，太惨了，太惨了，胶东出来的老兵几乎全倒在碾庄，多少营连都打光了，我因为年纪小，跟在首长身边当通信员，不然早就牺牲了。”

陈维没有隐瞒事实，他说：“我祖父当年就在碾庄，所以我想知道到底发生了什么，也想找些线索，搜寻他老人家的葬身之所。”

师老说：“你爷爷是黄百韬的兵啊，哪个军的？二十五军还是六十四军？”陈维说都不是，自己爷爷是个文官，误入战场，从此音讯全无。

于是师老开始回忆往事，老人家年纪大了，脑子运转得速度慢，说说停停，陈维打开录音笔静静听着，随着老人的叙述步入了历史。

淮海战场，杀机四伏。

原本黄百韬的第七兵团驻扎在海州新安镇一线，接到彭城剿总命令后，全军向彭城方向机动，只因为在碾庄耽误了一天，就被我华东野战军包围，直至消灭。

这一仗相当难啃，我军判断第七兵团非老蒋嫡系，也没有全员美械装备，应属战斗力不强的二线部队，结果打起来才知道这些广东云贵兵的顽强，交换比太大，以至于粟裕将军禁止部队报告伤亡数字，最终华野花了极大的代价才歼灭了第七兵团的十二万大军。

“碾庄之战胜利后，咱们也补充了不少俘虏兵，经过教育后，这些官兵的素质不比咱们胶东老兵差，我就认识一个人，原来是国民党的勤务兵，车开得好，作战勇敢，他和碾庄其他俘虏不一样，是个浙江人。”

陈维赶忙问这个人叫什么名字。

"老周，周成丰，我们一个干休所。"师老说。

周成丰，比成丰多了一个周字，莫非就是同一人？真是踏破铁鞋无觅处，陈维极力克制兴奋之情，提出想见一下这位周老爷子。

"不太凑巧。"师老说。

陈维心一沉，心想周成丰莫不是已经去世了。

"老周住院呢，吸氧，雾化。你知道的，话都说不出来了，老咯。"师老唏嘘道，"对了，他曾孙媳妇就是你们彭城人。"

陈维见到了耄耋之年的周成丰，他一眼就认出此人便是爷爷的勤务兵成丰，一个人面貌再怎么改变，五官的神韵不会变。而成丰也觉察到这个年轻人的来历不简单，他努力从回忆中搜索可能对应的人和事，终于想起来了，颤抖的手指着陈维说："你是陈家的后人。"

真相大白。

据成丰回忆，当时陈庭晖在心灰意冷之下，带着自己驱车东进，在碾庄与第七兵团司令部会合。黄百韬热烈欢迎陈庭晖的到来，还开了个高级军官会议鼓舞士气，说："你们看看，国防部的将军都来了，总统没忘记我们。我知道有些人总盯着我的青天白日勋章，见死不救，咱们决不能让他们看笑话。"

"'有些人'指的是邱清泉，他们两个人互相看不顺眼。"师老在旁解说。

后来就如同历史发展的那样，第七兵团被团团围住，每向前一华里都要付出上千人伤亡的代价，恰好老蒋又下令让黄百韬就地坚守，妄图与邱李兵团反包围我华野部队，可惜随着国民党军第三绥靖区的起义，计划变成了泡影，第七兵团被全歼，黄百韬战死。

成丰回忆那段岁月，他和陈庭晖被安排到二十五军守卫的小王庄，住在茅草土墙的民宅里，外面建有半永久工事，地堡群，交叉火力网，整天炮声不断。起初还能和其他军官一起吃炒菜和白面馒头，后来就只有美国罐头和压缩饼干了，那些说广东话的士兵，每天都少一批人。

被包围的日子里，陈庭晖没有像其他军官那样暴躁易怒，酗酒发泄，他非常平静，每天除了写信就是作诗，在农家灶台上铺开信笺纸，不管头顶掉落的尘土，也不管越来越近的炮声，只顾着用一支派克笔写啊写。

11 月 21 日傍晚，碾庄圩主阵地传来巨大的爆炸声，小王庄的守军人心惶惶，都说守不住了，跑吧。成丰也劝陈将军早做打算，并且为他预备了一身二等兵的旧军装。

但陈庭晖不为所动，反而用装着热水的茶缸子把呢子军装熨烫了一下，系上风纪扣，戴上大檐帽，擦亮黑皮鞋，慢条斯理地戴上白手套，披上呢子大衣。成丰以为他要举枪自戕，目不转睛地等着出手制止，可是陈庭晖却淡淡道："突围。"

穿着这一身刺眼的将军服突围，等于找死，也许这就是陈庭晖的本意吧。他和成丰跟随败兵一起向外冲，小王庄外面炮火连天，机关枪点射声不绝于耳，前面是一片收割过的庄稼地，半个排的广东兵猫着腰冲过去安然无恙，于是陈庭晖也向前冲。

一个长点射打来，陈庭晖仰面朝天倒下，藏在大衣兜里的信笺如天女散花般落了一地。

成丰想上去救护，却被一支步枪顶住脑门，他回头望去，只见残阳如血，将军倒卧在昏黄色的田野上。

这是成丰最后一次看到陈庭晖。

随后他就成了俘虏，被带到俘虏营教育改造，因为年纪小很快就被编入部队，又因为摸过汽车当了辎重兵，跟着部队一路打到厦门。

之所以改姓周，是因为当时俘虏他的班长姓周。

之所以从来没回过浙江老家，是因为家里本就没什么亲人，无牵无挂，孑然一身的共产主义战士，部队就是他的家。

第 44 章

所有风景都沉默

陈维终于确定了祖父的下落，但距离找到遗骸的目标还很遥远。战场混乱不堪，时间过去太久，当事人大多离开人世，而碾庄当地的建筑村落也天翻地覆，一场大战死伤数以万计，不可能给每一具尸体都甄别身份，妥善埋葬。

但也不必灰心丧气，或许还有机会呢。

陈维辞别了两位老革命，从厦门飞虹桥，在虹桥枢纽转乘高铁二十分钟到苏州园区站下，再乘坐地铁十一号线来到金鸡湖畔某个小区，输入密码开门，从冰箱里拿出食材动手做晚饭。

六点钟，女人带着孩子回来了，一家三口共进晚餐，其乐融融。女人是陈维的前妻，孩子还在上幼儿园，两人离婚后保持着友好的关系，陈维每个月都会回来探望女儿几次。

“今天的鱼烧得不错，有北方风味。”女人说。

“彭城名菜蒜爆鲤鱼，我用鲫鱼平替的，我还会做地锅鸡呢，下次做给你们尝尝。”陈维说。

“今晚不走了吧？”女人问。

陈维犹豫了一下，点点头。

第二天一早，陈维便乘坐高铁返回彭城，假期还剩下一天，他驱车去了碾庄，自然是无功而返。傍晚，调度长在自己的单身公寓吃了晚饭，开车前往地铁大厦调度指挥中心，开始上夜班。

今天张宇宁过生日，她特地调休，一大早就爬起来，对着镜子化妆，老妈见状调侃道：“我们家宝贝女儿终于谈恋爱了。”

张宇宁反驳说：“古人云女为悦己者容，但现在的女孩子打扮都是为了自己。”

老妈说：“给妈说说男孩子是干什么的，多大岁数。”

张宇宁说真的没有，可老妈岂是那么好哄的。威逼利诱带套话，终于让女儿说了实话：“还没正式开始呢，是我们单位的，年龄可能大了点，但是职务也高，是调度长，一米八二的大高个，长得还行。”

老妈喜笑颜开：“不错不错，我女儿有眼光，今天是要约会吗？”

张宇宁说：“今天约了同事们吃饭，他不一定有时间，不过我预测他今晚可能要向我表白，老妈你说我应该怎么回应？是矜持一下，还是立刻答应呢？”

老妈说：“傻孩子，这么好的男孩子你还矜持什么，再晚一步就被人抢走了。”

张宇宁往脸上涂着粉底霜，满不在乎道：“是我的，谁也抢不走。不是我的，我也留不住。”

“我女儿是最优秀的，加油。”老妈喜滋滋地去了。

张宇宁打扮停当，拎着头盔下楼，楼下小花园里几个邻居正在议论拐老太的病情，说这回怕是凶多吉少，拐老太一旦走了，这房子不知道便宜了谁……

摩托车的轰鸣声打断了邻居们的八卦，大家齐刷刷看向张宇宁，等她驶离，又开始八卦她：“这孩子整天骑个大摩托炸街，当心嫁不出去。”

张宇宁先去外爷爷家吃午饭，老人家喜欢热闹，外孙女每周都要去个两三趟。每次照例都要点两份谢大姐凉皮，吃一份，打包一份，这次外奶奶竟然没给她预备，看来岁数大了记忆力真的会减退。

可是外奶奶却告诉张宇宁，以后再也吃不到谢大姐的凉皮了。

“为什么，她搬家了？还是中了彩票？”张宇宁随口问道。

“昨天派出所民警去她家，把人带走了，到现在没回来，听说这个女人是个潜逃很久的杀人犯。”外奶奶压低声音说，“真吓人，天知道她的凉皮里放了什么东西。”

“有可能放了大烟壳子，能让人上瘾。”看报纸的外爷爷说道。

张宇宁沉默了，她还记得谢大姐温和的笑容，还有她的儿子，那个正值高三毕业季的少年。

外奶奶还在絮叨：“谢大姐的男人比她大十几岁，听说在澡堂子帮人搓澡，孩子今年十八岁，算下来她杀人之后逃到咱们这才二十来岁，胡乱找了个年纪大的男人嫁了。人这一辈子啊，一步错步步错，回不了头。”

外爷爷扶了扶老花镜：“天网恢恢，疏而不漏。”

中午饭时，张宇宁胃口很差，外奶奶往她碗里夹了很多菜，她都味同嚼蜡。

下午三点半，张宇宁骑上摩托出发，她要去找陈维，给他一个惊喜。

陈维住在地铁集团的单身公寓，他的车就停在楼下，张宇宁蹦蹦跳跳上楼，不忘拿出小镜子看看妆容，嗯，美若天仙。

她按响了门铃，然后躲在门边，想着等陈维出来吓他一下。

门开了，出来的是个穿着男式衬衣的女孩，个子不高，也就一米六左右，185 规格的衬衣套在身上像是睡袍，两条腿是裸着的，趿拉着拖鞋，张宇宁当场就傻了，抬眼看看门牌号，没错啊。

一定是陈维把房间借给单身男同事用了。

可是室内传来陈维的声音：“谁啊？”

女孩看到了张宇宁，娃娃脸上没有任何表情，回头道：“你自己出来看。”

张宇宁扭头就走，她才不愿意看到不堪的一幕，狂奔下楼，跨上摩托发动，后视镜中惊现阳台上赤膊的陈维。

摩托车发出一阵轰鸣，掩盖了女孩的哽咽，她一路疾驰，一路洒泪，恨自己眼瞎，恨自己不争气，居然还会为渣男哭泣。

事到如今，一个好端端的生日宴也糟蹋了，张宇宁没有任何心情吃蛋糕唱歌，她在群里发通知，今晚活动取消，但又另外约了车绫子。

夜晚，嘉禾小区附近的小酒馆里，两个女孩相对而坐，桌上杯盘狼藉，桌下啤酒瓶成山，车绫子说："要我说，约他一场云龙湖对掏，看我不掏死他。"

张宇宁没说话，收拢两腿像只猫般蹲在椅子上，吸了吸鼻子开始唱歌："不是因为寂寞才想你～只是因为想你才寂寞～当泪落下的时候～所有风景都沉默～"

起初车绫子只是拿起筷子敲打着碗沿伴奏，渐渐加入进来，两只醉猫荒腔走板地唱着，酣畅淋漓地发泄着情绪。

……

韩轩落水事件后，在是否继续把孩子交给徐良照管的问题上，韩霓和孟庆元发生了争执，孟老板的意思是宁愿花大价钱找专业机构做康复训练，也别把孩子交到一个不靠谱的酒鬼手里。道理是这个道理，但韩霓总觉得徐良并非不靠谱之人，相反，他比任何人都可靠，女人的直觉和男人的理智发生了冲突，原本密切的关系出现了一丝裂痕。

最终孟庆元从善如流，不再坚持自己的看法，还赞同韩霓直接把儿子放在徐良家过夜的决定，这样就省了来回接送的麻烦，能把更多精力投入到工作中。

相处几个月下来，韩霓已经成为老孟生意上的助手，每月孟老板给她开五千块的工资，还交社保，据说这都是可以抵扣成本少交企业所得税的。

以前韩霓总是借别人的车开，奥迪、宝马换得目不暇接，没一辆是自己的。确定关系后，老孟出手给韩霓配了一辆宝马三系，零首付，每月还款走老孟的账。

两人同居了，住在老孟一套一百七十平米的房子里，不用韩霓打扫卫生。孟庆元有洁癖，家里安装了扫拖一体机器人还不够，每天还要用拖把亲自拖一遍。不论是家具还是地面，总是保持着闪闪发光的状态。最难得的是厨房，经常做饭却丝毫不见烟火气，手指划过不锈钢灶台，一点油腻都不沾。

老孟是个好男人，看似粗俗的外表下是一颗细腻的心，他知冷知热会疼人，能算出韩霓的生理期，能做一手好菜，三不五时就变戏法一般拿出小礼物，至于鲜花，更是每天一束从不间断。

有时候韩霓会想，这么优质的男人，为什么前妻会舍得放弃，她半开玩笑地问过老孟，得到的答案是越好的男人越不被珍惜。

清晨，韩霓还在酣睡中，迷迷瞪瞪发觉老孟翻身爬了上来，熟门熟路地折腾了二十分钟后，点燃一支烟靠在床头发呆，似乎有什么心事。

“工程不顺吗？”韩霓问道。

“没有，下个月就能结第一笔款子了，不过事先得打点一下，你也知道，那几个领导胃口都不小。”这个男人确实有些心神恍惚了，现在才想起来从床头柜上纸巾盒里抽了几张纸帮韩霓擦拭。

老孟在外地中了个标，标的一千多万，利润可观，只是需要垫资。韩霓跟他去过工地，彩旗飘飘，挖掘机轰鸣，还有个盛大的奠基仪式，当地领导都去剪彩。就是为了这个项目，韩霓把房子都抵押了。

这会儿又要钱打点。韩霓不作声，孟庆元也不再说什么，掐灭烟蒂起身冲澡，然后做早饭。

“要不，我爸妈那还有点积蓄，我借来用一下。”韩霓穿着印花睡衣，站在厨房外面说。

“也行，我给他们八分的利息。”孟庆元头也不回地回答，语气轻松。

韩霓只是在试探而已。

早饭很丰盛，孟庆元喜欢研究美食，他最推崇英式早餐，烤肠、煎蛋、焗豆吐司面包，配培根口蘑、小西红柿，还有橙汁和牛奶，吃了早上一顿，中午都不带饿的。

“我今天去工地，你在家休息吧，帮我把那几份合同过一下，还有那几张承兑也处理一下。”孟庆元胃口很好，吃得极快，吃完擦擦嘴说，“咱爸妈的养老钱就别动了，我知道一个理财项目，更适合他们。”

韩霓低头吃着焗豆：“也行吧。”

“碗放着，我回来刷，先走了。”孟庆元起身拿起皮包和车钥匙换鞋出门，韩霓在门口和他吻别。

这一走，孟庆元就没再回来。

中午发信息还好好的，到了晚上，孟庆元就失联了，所有的联系方式都试过了，依然杳无音信，韩霓问他们共同认识的朋友，也都说不知道老孟的下落。

韩霓想报警，可她又不是孟庆元的直系亲属，去派出所报警都没资格，她只能等。

等来的是催款的电话，人家找不到孟庆元，就来找韩霓，谁让她是孟老板的女人呢，欠工人的工资，欠材料商的款子，欠房东的租金，甚至还有欠小卖部的烟钱！

林林总总，两三百万！

这还不是大头，渐渐地那些共同认识的朋友都来找韩霓，说老孟融了他们的资，给高利息，现在找不到头了，只能来问她老孟的去向，是不是卷款跑了？

韩霓感到大难临头，这些借款加起来有五六百万之巨，其中就包括自己抵押房子贷出来的一百万。

这个绝望的女人，只能抱着儿子哭泣。

"咱娘俩真的没活路了。"韩霓也不管儿子听不听得懂，将满腹辛酸倾倒而出。她这辈子总是在吃男人的苦，被骗了一次还不够，人到中年重蹈覆辙，自己都没法原谅自己。

某一个瞬间，韩霓真的产生了轻生的念头，可是看到儿子天真无邪的脸，她又退却了，自己死了，父母老了，谁来照管儿子，难道真的丢给人家徐良吗？

老孟遗留下的祸端还不止这些，韩霓总感觉哪里不对劲，去药店买了验孕棒试了一下：清晰的两道杠。

有人说，孤独的最高等级是一个人住院，那么一个人去做引产手术又算什么呢。初夏季节，满眼都是葱绿，妇产医院走廊里，韩霓面色惨白，手中拿着一个小玻璃瓶，里面装的是韩轩未成形的弟弟或妹妹。

短短一星期，韩霓瘦了十斤，把跟着老孟养出来的膘都减下去了，算得上是唯一的因祸得福。

再次见到她时，徐良很震惊，问韩霓发生了什么剧变，怎么看起来如此憔悴。

“世事无常。”韩霓摇摇头说，“都会过去的。对了，我们要搬家了，以后不住东区这边了，回醒狮小区我爸妈那边住。”

徐良就问为什么，韩霓实话实说，房子要被银行收走了，自己实在还不上账。

“差多少，我来想办法。”徐良说，看样子不是在虚张声势。

韩霓鼻子一酸，她知道徐良是个善良的男人，可这种男人往往没什么本事，他充其量能拿出来几千块吧，杯水车薪，毫无意义。

“谢了，心意领了。”韩霓还是落下了眼泪，此刻她只想拉着儿子赶快逃离这个男人真诚的目光。

第 45 章

徐良的三百万稿费

徐良已经很久没和老同学一起吃饭了。

今天晚饭钟勇请客，喊上徐良和张小斌，傍晚时分，三人在丰储街桥头碰面。这条街烟火气浓郁，饭店小吃多如牛毛，三人都自诩老饕，口味刁钻得很，这也不吃，那也不尝，溜溜达达拐到沿着奎河的兴隆街，钟勇指着一处门头说就这家吧，最近网上挺火的。

门头上印着一个女人的头像，后面是“老拾手擀面烧烤·原庆云桥老店”。才刚下午五点半，店里已坐满了人，门口等位的凳子也坐满了，一排带着拉杆箱的年轻人低头刷着手机等待叫号。

“到处都是特种兵，比咱本地人还会吃。”张小斌说，“抖音上铺天盖地都是彭城美食，有不少别说吃过了，我听都没听说过。”

钟勇说：“这就是网络的放大作用，咱彭城也算得上网红城市了，还是美食序列。”

张小斌嘴毒："咱这儿的美食全是红肉和碳水，重油重辣，天天吃顿顿吃，好好的人过来，带着脂肪肝回去。"

正聊着，一个中年妇女路过，脖子上巨大的金饰挂件夸张而耀眼，她看见钟勇当即上前握手："钟主任，你最近咋样，有日子没见了，是来吃饭吗？没有位子？我安排。"

于是三人就越过所有排队食客，优先得到一张桌子。张小斌问那娘儿们是谁，钟勇淡淡说那就是老拾的老板王姐。张小斌恍然大悟："就是门上那个女人。"

烤串转眼就上来了，张小斌点了一支烟，左右踅摸，满耳朵都是普通话，可见本地顾客不多，他再次感叹，万万没想到彭城能成为旅游城市，不知道得带动多少 GDP。

"带动不了多少，都是穷游，吃完了打车就去高铁站了，你没看都拖着行李箱嘛。"钟勇动作娴熟地在小炉子上加热着肉串，撒着孜然粉，"旅游本来链条就短，无非吃喝、住宿、打车、门票，对 GDP 的贡献真没那么大，但是对彭城文化历史的弘扬传播是有着极大作用的。"

张小斌说："到底是当干部的人，出口成章，一套一套的。"他转向徐良："你怎么连酒都戒了？你要能戒得了酒，我跟你姓。"

徐良面前摆着一瓶矿泉水，他是真的不再喝酒了，不是因为那一场长达七天的大醉，而是突然觉得喝酒没意思了。

"今天高低喝一杯，不喝白的喝啤的总行吧。"张小斌拿出自带的两瓶尖庄大曲，又喊服务员搬一箱啤酒过来，别管酒量如何，就问气势够不够。

"真不喝了。"徐良摆手。张小斌不管那个，强行倒了一杯白酒摆在徐良面前，又给钟勇和自己也满上，严肃道:“双喜临门，必须庆祝一下，今天这场，我安排。”

钟勇说:“太阳从西边出来了，你能有啥喜事，说说看。”

张小斌说:“第一喜，我儿子期末考试全年级第一名，你就说值不值得庆祝吧。”

钟勇说:“那必须值得，张梓轩比你强。”

以世俗的眼光来看，张小斌是失败者，他们两口子一直没有稳定工作，住的还是二十年前的老房子，家具装修依然保持着结婚时的原貌，更别谈什么事业了。唯独生了一个儿子智商逆天地高，属于那种考试前临时抱佛脚就能考满分的存在。也是张小斌唯一的骄傲。

“都说穷不过三代，富不过三代，我们老张家早年阔气过，到了我爸和我这一辈不行了，但是我儿子将来肯定行。”张小斌又开始吹嘘祖上的荣光，什么彭城段家后裔，淮海路半条街，连他的祖母都是出身扬州名门世家。

“穷不过三代的意思是，穷人找不到配偶延续后代，自然没法将贫穷的基因往下延续了。”钟勇的话永远是那么地一针见血。

“第二喜，是我编写的剧本《脑瘫老爸喜当爹》即将被改编，我现在也是一个编剧了。”张小斌将杯子拿起来，“两位，为我在影视圈即将大红大紫干杯吧。”

三人碰杯，徐良象征性地抿了一口，问张小斌:“你上次不是说要写网文嘛，怎么改做编剧了？”

“网文这个赛道太拥堵了，短视频赛道才是当下资本最青睐的宠儿，咱要干就干当下最热门的，没听那谁说吗，在风口上，猪都能上天。”张小斌的理论一套套的，“我现在同时拿三家小说网站的低保，还拿着国家发的低保，四份低保傍身，你就说羡慕不羡慕吧。”

“你这属于不鸣则已一鸣惊人。”钟勇故意捧他，大家相处多年，谁还不清楚谁的底细啊。

张小斌没听出嘲讽的意味，继续滔滔不绝地吹嘘，网络小说和短视频的各种术语行话他朗朗上口，什么读完率，投流、算法，听得钟勇一头雾水。

“我想把房子卖了。”趁着张小斌停嘴的空当，徐良突然抛出重磅炸弹。

两位老同学大惊，得知徐良卖房子的真实原因竟然是想变现帮助一个非亲非故的女人后，简直是捶胸顿足，怒其不争。

“你啥时候能改改这恋爱脑的毛病，上学那会儿就这样，几十年过去了还这样！”钟勇劝道，“房子卖了，你住哪儿，再说人家领你的情吗，这年头捞女可不少。”

“兄弟听我一句劝，我知道你身边没个女人难受，可是也犯不上下这么大本钱啊。实在不行，你去按摩也行啊。”张小斌也跟着附和。

徐良不由自主地端起了酒杯，他不是幼稚冲动的少年，他坚信韩霓就是六娘的转世投胎。六娘和徐徵遇到事情了，李茂会袖手旁观吗？当然老同学说得也有道理，这套房子是父母留下的，是自己唯一的财产，真卖掉连个栖身的地方都没了，人家韩霓也未必接受。

酒杯不知不觉到了嘴边，却又放了下来，徐良主动结束这个话题，说：“其实我也在写网文，上次听你说得天花乱坠的，我寻思闲着也是闲着，到现在写了也有一百多万字了。”

张小斌顿时来了兴趣：“你发在哪个网站？收入如何？你咋不早说呢，我可以帮你策划一下，能拿全勤低保，每个月混千把块钱不在话下。

徐良说没拿到过稿费，自己纯粹就是想把自己梦中的经历写出来而已，能有人看，我就挺满足的。

“书名叫什么？”张小斌拿起手机准备搜索，表情也变得严肃起来，难得碰到他的专业领域，还不得好好教育一下老同学。

和熟人朋友谈起自己的作品，徐良还有点羞耻感，最终还是扛不住张小斌的死缠烂打，告诉他书名叫《李茂与六娘》，笔名叫“不更”，这是一个双关词，表示作者对连载更新的疲沓，也是秦朝爵位第四等级。

张小斌顿时没了兴趣，他教育徐良说：“这个书名不行，得换。笔名也不行，我给你改改，叫‘不更不舒服司机’，这样多好，有网感，还风趣幽默。你都写了一百多万字了，估计应该是有一点稿费的，但不会太多，大概几千块吧，苍蝇腿也是肉，你上后台看一眼。”

王姐的出现打断了对话，门头上的女人端着啤酒杯，腋下夹着一条烟过来了。她和钟勇是老熟人，十几年前一个人从安徽六安来到彭城做小买卖时，受过当时还是办事处科员的钟勇的照顾，滴水之恩她一直记着。

老板娘一开口都是社会嗑，谈起这些年的事业发展更是如数家珍。钟勇说：“你这个店说日进斗金都不算夸张，比起刚来彭城时，可算是苦尽甘来了。”

“多亏了钟主任照顾扶持，我干一个，你随意。”王姐敬钟勇一杯酒，坐下帮他们翻转烤炉上的羊肉串。这时一个矮壮的车轴汉子也加入进来。他是个啤酒批发商，想给“老拾”供货，说起来和钟勇也是熟人，于是话题就转移了，大家趁着酒酣耳热开始提共同认识的人，说来说去彭城就这么小，聊起来都是自己人。

最后除了徐良都喝多了，在等网约车的时候，张小斌又说：“得空你把小说链接发给我，我给你指导一下，保管能签约能拿低保。”说着抢过徐良的手机，强行帮他下载了作家助手 app。

回到家里，徐良打开了后台，其实他什么都懂，就是没有勇气去看数据，他这辈子失败过太多次，已经对自己失去了信心。他只是日复一日地将在明末的经历，对六娘的感情，和徐徵的冲突拉扯，全都倾吐在文字上，因为来自真情实感，所以不必挖空心思想象，日更万字只道是寻常。

有了张小斌的蛊惑，徐良忍不住想看看自己这一百多万字的成绩，为了不让自己心理落差太大，他先定了一个最低标准，如果收入能有一百元，就聊以自慰。如果能到一千元以上，明天就请客吃饭，普天同庆。

他打开了作家助手 app，研究一番之后找到了提现中心，点了进去，只看到一长串数字。

3521288.63 元。

徐良数了好几遍，确认这个数字代表的是三百五十二万一千二百八十八元六角三分人民币。

按照每月一万的高薪来算，也要二十九年半才能挣够这些钱，这基本上就是一个人一辈子的收入啊，而自己用了几个月的时间就挣到了。

徐良尝试着点了提现按钮，余额清零的同时也收到了银行发来的短信提示，到账 3521288.63 元。他有种不真实的感觉，仿佛置身梦境中，抑或是自己酒精中毒昏迷不醒，此刻是弥留前大脑的自我麻醉。

三百多万，应该怎么花呢？帮六娘，不对，是韩霓。帮韩霓还债之后，是不是先把用了五年的旧手机换了？似乎有些奢侈了，家里房子也没必要换更大更新的，车也没必要买，坐地铁加电动车就够用了。想来想去，徐良都想不出怎么使用这三百五十二万带零头的巨款。

张小斌喝大了，回到家里往沙发上一歪，就开始骂人，他骂读者不识货，骂编辑不爱才，骂当官的都是贪污犯，骂社会浮躁、戾气太重，骂着骂着就哭起来，一把鼻涕一把泪的。

儿子张梓轩嫌烦，把自己房间的门重重关上，老婆也反锁上卧室的门，张小斌哭着哭着，渐渐睡着了，过了二十分钟，老婆从卧室出来，往他身上丢了一条毛毯。

……

嘉禾小区，张宇宁的床上铺满了零食。

不知道为什么，她的食欲变得特别旺盛，食量也变得极大。今天晚饭她点了椒麻鸡、米线、把子肉、米饭和一份麦当劳套餐，全部吃下去之后，到卫生间抠喉咙全吐出来。接着又下单买了一大堆零食，铺在床上阅兵，想吃哪个吃哪个，似乎只有进食才能给她带来安全感。

一墙之隔，初三学生杜子涵站在窗口，风从十层楼的窗口吹进来，卷起书桌上放着的遗书。

杜子涵卧室兼书房的墙上，贴着各种名人名言、数理化公式，最多的是妈妈为他写的豪言壮语："做一万道题，你就是学霸！""不做第一，只做一流！""一中，清华，麻省理工！""志之所趋，无弗远届"。

除了学习和补习，杜子涵的世界没有其他色彩，他有手机，但仅限于打电话；家里有电脑，也仅限于上网课。当然家长也重视孩子的课外生活，钢琴、击剑、编程这些昂贵又高级的课程也没少报，但他们却不知道，这些课程对杜子涵来说毫无乐趣可言，徒增课外压力罢了。

杜子涵只想养一只小猫咪，他振振有词说做完作业吸猫可以减压。这个诉求毫不意外地被妈妈否决了。

一周前，放学路上，杜子涵捡到了一只被猫妈妈遗弃的小奶猫，他将小猫偷偷带回家，取个名字叫杜小白，养在自己的书房里，这七天是杜子涵十五年生命里最幸福的时光，他用零花钱买了羊奶、冻干、猫粮、逗猫棒、猫砂盆。杜小白很乖，白天不会发出声音，晚上陪着杜子涵做作业，困了就躺在书桌上打瞌睡，每到这时候，杜子涵的心都融化了。

前天，杜子涵回到家，发现杜小白不见了，他找遍了全家每个角落，妈妈冷冷地说别找了，已经处理掉了。杜子涵冲下楼哭着到处喊杜小白的名字，却永远找不回陪他做作业的小伙伴了。

昨天，摸底考试的题目太过刁钻，杜子涵大失水准，孩子自己明白，平日维持高分靠的是大量的课外辅导和刷题，和那些真正高智商的同学比起来，自己算不上什么。

很不幸，自己班上就有一位高智商同学，他叫张梓轩，家境一般，父母都是普通工人，穿不起高档运动鞋，没出国旅游过，家里也没有汽车，但人家就是智商高，平时吊儿郎当，考试前临阵磨枪，分数也比杜子涵高出一大截来。

为此杜子涵被妈妈狠狠批评了一顿。妈妈是个要强且执着的女人，从怀孕胎教时期就投入大量的时间精力，想让杜子涵补偿自己的遗憾，上名牌大学，最好是北大清华，然后出国留学，光宗耀祖，自己和他爸爸吃再多的苦也值了。

可惜儿子扛不住了，杜子涵的遗书上没写太多内容，只有短短一句话：我太累了，我去找小白了。

十五岁的少年爬上窗台，没有一丝犹豫就跃了下去。

第 46 章

人死账消

身处隔壁的张宇宁听得真切，先是一连串“噗噗噗”的声音，然后是重物落地的“砰”的一声，继而是汽车被震动所发出的凄厉的警报声。

张宇宁探头张望，她第一反应是谁向楼下扔东西了，还挺重的一个东西，真没公德心，砸着人咋办，这事儿不报警都不行。

她什么都看不见，嘉禾小区树木繁茂，楼下是郁郁葱葱的洋槐树，遮住了路灯的光辉，再加上每层住户的遮阳篷，视线全被遮挡。当人群越聚越多，张宇宁意识到掉下去的可能不是东西，而是人，住在这栋楼上的人。

这年头大家压力都大，大到一定程度，就只能用跳楼来解压了。张宇宁还记得有一年世界杯，嘉禾小区就有一个男的跳楼了，据说是赌球欠了几千万，唉，真不知道赌球有什么好玩的，最终搞到家破人亡。

救护车和警车的警报声和警灯闪烁的颜色是有区别的，

看楼下的状况，警车、救护车都到场了，忙乎了好一阵才慢慢安静下来。

张宇宁不爱凑热闹，这时候才趿拉着拖鞋下楼去倒垃圾，顺便走到跳楼现场看了一眼，汽车顶棚都被砸瘪了，想必自杀者凶多吉少。她溜溜达达回来，刚进电梯，就看到隔壁大姐拎着两只活鸡风风火火跑过来，赶忙按住电梯门开门键，大姐进了电梯说了声谢谢。

两只鸡在挣扎，电梯里一股家禽的味道，大姐解释说这是托人从乡下买的散养母鸡，比养鸡场的速生鸡有营养，还挺贵的。

“我家儿子马上中考，炖鸡汤给他补补。”大姐说。

可怜天下父母心，张宇宁说杜子涵成绩挺好的，一定能考上重点高中。

“他平时还行，就是偶尔粗心，丢三落四的。”大姐对儿子的成绩还是颇为骄傲的。

“男孩子嘛，粗心是正常的。”张宇宁希望电梯快点上升，赶紧结束尬聊。

终于到了自家楼层，张宇宁见大姐手忙脚乱找不到钥匙，便帮她拎着两只鸡，大姐掏出钥匙开了门，张宇宁拎着鸡进来，这是她第一次进邻居家，装修风格简约不简单，彰显着主人的审美和经济实力。

大姐换上拖鞋，喊了声杜子涵，没有得到回应。儿子房间的门敞开着，窗子大开，一股凉风吹进来，大姐预感到不妙，跑进儿子房间，看到了桌上的遗书，拿起来瞄了一眼，发疯一般到处找儿子。主卧、洗手间、厨房、大衣柜床底下也看了，边找边说："杜子涵你赶快出来，别吓唬妈妈！"声音都在颤抖。

张宇宁意识到了什么，但她什么都不敢说。

大姐终于走向窗户，探出半个身子，应该看到了楼下被砸瘪的汽车，她后退两步，双手薅着头发，歇斯底里地哀号起来。

这是张宇宁这辈子听过的最绝望、最无助、最撕心裂肺的呐喊。

大姐哭号了几声，突然停下来，一言不发往窗台上爬。张宇宁飞扑上前，用尽全身力气把大姐拽住，得亏她年轻，力气大，否则很难挽留一个真心赴死的人。

"我看见救护车拉走的，应该正在抢救，你要是死了，杜子涵醒过来就没妈妈了！"张宇宁一句话比什么都管用，大姐不再寻死觅活，当着张宇宁的面翻箱倒柜，拿出藏在大衣柜夹层里的银行卡和一摞现金，还把一些金首饰也揣进兜里，风风火火往外走，鞋都忘了穿。

还是张宇宁帮大姐拿了房门钥匙，提溜着两只鞋，至于那两只乡下来的走地鸡，谁还顾得上。

杜子涵是被救护车就近拉到二院来抢救的，张宇宁的妈妈在这里工作，所以她熟门熟路。找到急诊科的当值医生询问，医生说刚收了一个跳楼的孩子，正在抢救。

那就是还有希望了，大姐悬着的心放下一半，终于恢复了部分理智，想给丈夫打电话，这才发现手机忘在家里了。张宇宁把自己的手机借给她联系家人，杜子涵的爸爸最先赶到，亲戚们陆续也到了，一个个默默无言，等待着最终判决。

医生拿着病危通知书来让家属签字，杜子涵的爸爸独自去沟通，不停地点着头，张宇宁能猜到他们在说什么，医生表示尽力抢救，但是家属不要抱太大希望……

张宇宁不知道自己是怎么回到家里的，坐在床边久久没有动作，她不明白为什么这个世界突然变得不好了。

满床的零食失去了魅力，张宇宁将它们统统扫到了地上。

第二天妈妈下夜班回来，告诉女儿杜子涵被救回来了，孩子体重不足百斤，下坠的过程中被七八九层的雨棚延缓了速度，又被洋槐树的枝叶挡了一下，最终落在薄薄的车顶棚上吸收了能量，这才保住一条命。

光是听这个过程都觉得疼。

妈妈又说，这孩子虽然没死，但严重骨折，内脏也有损伤，最主要的是脑部受到重创，现在处于植物人状态。

“植物人苏醒的概率是极低的，就算醒过来，智力也会大幅度退后，和三五岁的孩子没啥区别。”无须时间验证，妈妈就可以预测杜子涵的最终结局。

什么北大清华，出国留学，光宗耀祖，传宗接代，统统成了泡影，只有病榻上的痴儿，吃喝拉撒，年复一年。

张宇宁觉得嗓子眼有一口气憋着，她下楼透气，今天的天很蓝，鸟儿在树梢鸣叫，一只小白猫在冬青丛中探头探脑，张宇宁认识这只猫，在小区里流浪有一段时间了。

小白猫走出灌木丛，尾巴后面紧跟着一只眼生的小黑猫，一白一黑两只猫在花园凉亭外的阳光下撒欢打滚，追逐嬉戏。

一幕奇景出现了，两只芦花鸡溜溜达达加入了游戏的队伍，在小猫们身旁悠闲地啄食着地上的草籽，张宇宁记得这两位本是隔壁大姐买给杜子涵煲汤的食材，没想到人类的灾难，却成就了动物的自由。

韩霓洗了把脸，镜中的自己脸色蜡黄且消瘦，与光洁明亮的卫浴设施形成鲜明的对比。

回到餐桌旁，韩霓按着计算器算账。当初孟庆元先帮韩霓把剩余贷款还清，然后以房子总价的七成从银行抵押借款一百万投资生意，又给韩霓贷款买了一辆高配的宝马三系，这一通骚操作下来，等于韩霓自带干粮贴钱又贴人，正应了那句话，你图人家的利息，人家图你的本金。

手机在振动，每天能有上百个电话打进来，一半是催债，一半是问孟庆元的下落。因为韩霓此前一直以孟庆元的合伙人身份出现，这些人找不到孟庆元就只能来纠缠她。

韩霓从来不拒接电话，因为她能理解那些人的急躁和愤怒，她接到声音嘶哑还是继续接电话，她要让每个人知道，自己也是受害者，她用真诚和柔弱打动了绝大多数债主，大家一起想办法查找孟庆元的下落。

孟庆元依然杳无音信，有人说他去了缅甸，有人说他换了身份藏在外地，唯一确定的是，这家伙起码欠了上亿！足以让人销声匿迹的数字。

前两天那辆卡宴车的 GPS 信号在西部某省份闪现，租车行的人当即组队前往收车，这辆车是孟庆元租的，跑路前低价把车处理了。租车行的老板还是他的哥们，可见孟老板坑人无分亲疏远近，只要和他有经济往来就得伤筋动骨。

接完电话，韩霓的嗓子已经完全说不出话，她含了片润喉糖，打量着自己精心设计装潢的房子，斜阳从窗帘缝隙射进来，将一层金色铺在地板上，光是选地板颜色就花了她三天时间，现在这房子怕是保不住了……

韩霓是个要强的人，不到最后关头不会轻言放弃。她已经把宝马车挂在二手车商那里抛售，并计划向银行申请展期，咬咬牙用五年时间还清贷款，无论如何要给儿子留下栖身之所。

结局比预想的来得要快，手机再度响起，朋友急切地告诉韩霓，找到孟庆元了！

韩霓立刻打车过去。一条烟火气浓郁的街上，两边都是九十年代的居民楼，路边停着警车和救护车，警戒线外围满了人。韩霓奋力挤到前排，眼前是卷帘门低垂的门面房，陈旧的门头上写着“孟记熟食”，穿着白大褂的法医在里面忙碌着。

这是孟庆元发家的地方，他和老婆白手起家，靠卤猪下水赚到第一桶金，不足十平方米的这爿小门面作为福地一直保留着，也成了他的归宿。

人是自缢而亡，死了一周以上了，有味道弥漫才被邻居发觉报警，救护车没派上用场，现场在等殡仪馆拉尸体的车。韩霓眼睁睁看着担架抬出来，白布下蒙着熟悉的面孔，那个一度被她认为是真命天子的男人就这样悄无声息地死去，谁也不知道他将自己套进绞索时在想什么。

韩霓内心一片空洞，人死账销，这档子事算是告一段落了。

张小斌又来找徐良喝酒。

徐良依然处于戒酒状态，把老同学整得很无语："你玩真的啊，酒那么好的东西，说不喝就不喝，网上可说了，戒烟戒酒的人不可深交。"

"我可是差点喝死的。"徐良寸步不让。

"死有啥可怕的，谁也不知道能活到哪一天，我儿子班上一个小男孩前几天跳楼了。啧啧，才上初三啊，咱都活四十多奔五了，还怕死吗？"张小斌自有他的一套歪理邪说，逻辑自洽。

徐良从冰箱里拿出下酒菜招待张小斌。他克制住了炫耀自己成绩的欲望，虽然账户里有七位数的存款，但徐良的生活质量没有丝毫提升，依然保持着穷困单身汉的日常。

于是两人以酒对茶，像往日那般高谈阔论。聊了一会儿，张小斌说："有个工作你有没有兴趣？我有个朋友开了个厂子，需要两个看夜的保安。钱不多，也就一千五，你闲着也是闲着，不如咱俩一起干，也好有个照应。"

徐良纳闷："你不是在写剧本么，怎么又去当保安？"

张小斌手一挥，说不写了，到底是年龄大了，脑洞跟不上年轻人，反正都是熬夜，还不如熬发工资的夜呢。

徐良说："你不是领好几份低保吗？"张小斌说："你以为那是好拿的吗？每天几千字固定的，不能断，断了就不算全勤，就没有钱。我这个岁数撑一两个月勉强还行，撑半年下来，命都保不住。"

说罢，他一阵黯然，举杯说喝酒，一醉解千愁。

敲门声传来，徐良前去开门，登门的竟然是韩霓，她一眼就看到桌上的酒菜，以及徐良杯子里的茶水，随即将韩轩拉进来，说：“我要出差一段时间，孩子还得拜托你照顾，费用该怎么算怎么算。”

徐良还没开口，张小斌先替他拒绝了：“徐良最近也挺忙的……”

“你放心去忙吧，一切有我。”徐良知道韩霓若非万不得已，是不会来麻烦自己的，八成她父亲又住院了，母亲一个人忙不过来。韩霓自己又债务缠身，分身乏术。韩轩那么特殊的一个孩子，交给其他人还真不放心。

韩霓放下孩子就匆匆走了，她要赶一个小时后的高铁去上海出差，在没见到徐良之前，她还在犹豫，看到这个男人信守诺言，滴酒不沾，她明白自己的决定是正确的。

张小斌将徐良好一通数落：“你这个人就是滥好人，这娘们儿摆明了就是讹你，你还心甘情愿，你他妈是属舔狗的吗？”

徐良也不争辩，只说自己和这孩子有缘。

“不说别的，你带着他怎么值夜班？”张小斌说。

“规定不许带孩子吗？我走哪儿都得带着他。”徐良依然坚持。

“这孩子脑子有病……”张小斌扭头看韩轩，少年自顾自地拿着蜡笔在作业本上画着什么，乱七八糟的线条涂鸦，毫无艺术美感。

“你看看，比三岁小孩都不如，你还真打算当亲儿子养吗？”张小斌就差捶胸顿足了。

徐良打开柜子，拿出一张 4K 的速写纸给韩轩用，这是他一时兴起买来准备画画的，他想用小时候在少年宫学的绘画功底，将六娘和徐徵的故事描绘出来，不过尝试了一下就放弃了，上天不可能同时给他开两扇窗。

韩轩看到更大幅的白纸，明显兴奋起来，用蜡笔在上面涂画着，很快涂满了一张，期待的眼神看向徐良，后者干脆拿出一摞速写纸来，任由他涂抹。

“钱多了烧的！”张小斌愤然，“就算我家当年坐拥半条淮海路，我都不敢这么糟蹋东西。”

第 47 章

爱情是什么

张小斌介绍的夜班工作确实轻松惬意，这是一处位于东郊的老厂房，准备改造成运动场馆使用。因为资金短缺，中途停工，老板担心材料设备失窃，就花钱请俩人来守着，啥也不用干，白天发呆，夜里睡觉即可。

徐良和张小斌轮班，时间自由安排，等于是在家之外又有了一个活动场所，而且是面积巨大的球场，这对于自闭症少年的康复训练是有益处的。

白天，徐良还是带着韩轩满城市游逛，只是不再采取抛硬币信马由缰的方式，而是有计划地走，不光走街串巷，还登高远望，乘公交坐地铁，索道缆车玩个遍。韩轩是徐良最好的听众，他把六娘和徐徵的故事，原原本本地讲给这孩子听，不求听懂，只图倾诉。

韩轩的爱好从排列铜钱到模仿写字，再到满纸涂鸦，都得到徐良的全力支持。他买了水粉、油画棒、丙烯颜料和配套的水粉纸、亚麻画布让韩轩选择，爱用哪种就哪种，总之是绝对管够。

徐良花大价钱请了专业的美术老师帮韩轩提升一下，然后他就看到美术老师对牛弹琴半个小时，韩轩坐在地上自顾自地一张张涂鸦，头都不带抬的，老师放弃了努力。临走时徐良问他这孩子有没有美术天赋，老师推了推眼镜说：“说实话，这孩子的艺术细胞等于零。”

可是谁又在乎呢。

……

李可健在上班路上遇到一个女孩，女孩站在他对面，虽然戴着口罩，低头看手机，但他还是从轮廓以及铁路制服裤子和发髻认出，这就是那天高铁上给父亲糖吃的列车员。

“马明歌。”他轻轻喊了一声，这名字他记得很牢，只是没想到能再次邂逅。

女孩抬眼，歪着头看李可健：“你是？”

“高铁，断臂伤员，那是我爸爸，谢谢你了。”李可健说。

“不用谢，那是我的工作。”马明歌淡淡应了一句，继续低头看手机。

一块红白包装的小孩酥糖递到了马明歌面前，她再次抬头，不明所以。

“我也习惯随身带几块糖，万一有小孩哭闹或者低血糖的乘客，都能用得上。”李可健说。

“你也是铁路的？”马明歌收起手机，从包里也拿出一块相同的小孩酥来，都是本地产黑猫牌。

“我是地铁的职工，我们的服务对象叫乘客，你们的服务对象叫旅客。”李可健说，都说恋爱中的男人最聪明，此言不虚，李可健觉得自己表现得大方得体，妙语连珠，这个开局不错。

“加个微信吧。”李可健接着说，他能感受到自己的脸在发烫，大概已经呈现紫红色了，但无所谓，脸皮厚才能追到女孩子。

马明歌没理由拒绝，于是两人加了微信，聊了一路，直到李可健抵达彭城广场站。

在更衣室换制服的时候，李可健哼着歌，兴奋莫名，刚出门就看到张宇宁也从女更衣室走出来，耷拉着脸，不太开心的样子。

“谁惹你生气了？”李可健问，他已经放弃对张宇宁的追求，准确地说是知难而退，但张值站依然是他的好哥们儿。

“我没事。”张宇宁咕哝了一句，灯光下，脸上的泪痕将她出卖。

“到底怎么了！”李可健收起调侃的语气，“是不是那个谁，我找他算账去！”

“不是他。”张宇宁知道李可健指的是谁，她叹了口气说，“我最爱吃的凉皮再也吃不到了，邻居小孩跳楼摔成植物人，今天我妈对我说，她要和我爸离婚，已经谈妥条件了。”

李可健哑口无言，他一度认为张宇宁是世界上最幸福的人，没想到也会痛苦、伤心、失落。

“值班员考试报名快开始了，你抓紧吧。”张宇宁拍拍李可健的肩膀，走了。

李可健把手机交到车控室，下月台立岗接发车，他已经很久没穿越了，可彭秀章的故事并未结束啊，他尝试着进入值班员室，进进出出好几遍，毫无动静。

张宇宁借着巡站排解心中苦闷，光洁的地面，不锈钢护栏，穿梭的人流，她想融入这熟悉的一切，可痛苦却总是泛起。

我真傻啊，爸爸长期出差不着家，我竟丝毫没有察觉到异样，也许早点发现尚能挽回吧。张宇宁懊丧悔恨，假如有时间机器能返回过去多好啊。

这会儿没车进出站，张宇宁看到在站务员室门口反复进出的李可健，这小子有几次神神道道说自己能穿越，何不问问他。张宇宁走上前去，没等开口，李可健向她摊开手掌，掌心躺着一块小孩酥糖。

“吃个糖，心里就不苦了。”李可健说。

“我小时候也最喜欢小孩酥。”张宇宁接过糖，小时候才是真幸福啊，每天无忧无虑，脸上挂着笑，兜里揣着糖，爸爸妈妈形影不离，举案齐眉。

小孩子吃块糖就能开心起来，可大人呢。

张宇宁心有千千结，第一个释怀的是她没开始就终结的爱情。

次日上午集团有个会议，在会议休息的间隙，张宇宁和陈维冤家路窄，在会议室外面偶遇。调度长有些尴尬，他对张宇宁说：“我想我还是解释一下比较好。”

“没什么好解释的，咱们俩本来就没什么。”张宇宁面无表情，在这方面她比较拿得起放得下，但心里总是还有根小刺。

“我是离过婚的。”陈维说，“女儿五岁了，和她妈妈在苏州住。”

张宇宁不动声色。

“那天你见到的女孩，是我以前资助过的贵州女学生，她为了我，考上彭城大学的研究生……”陈维第二句话让张宇宁暴躁起来，这就是个渣男嘛。

“还有呢？”张宇宁睥睨着渣男，恶意满满地问道。

“我就是解释一下，以免误会，毕竟一个单位的，我从来不吃窝边草。”陈维说完便大步流星地离去，丝毫没有忏悔之意。

张宇宁愣在原地，其实陈维没必要向自己解释的，人家自始至终也没表达过爱意，是自己剃头挑子一头热，又是送礼物又是约饭的，脑补了一出出浪漫大戏，仿佛已经热恋许久，连孩子取什么名字都想好了，再回想交往期间的种种细节，调度长还真没暧昧过撩骚过。

哎呀，算了算了。

……

徐良考虑买套房子。

账上有钱，说干就干，徐良找了一家房产中介，询问有没有合适的二手房，他之所以不选择新房，是因为懒得装修，而且想立刻入住，所以最好是那种房龄不算久远，装修完毕，设施齐备的，最好是能拎包入住的。

现如今彭城的房地产市场整体不好，中介店里门可罗雀，一个小哥接待了徐良，张口闭口哥长哥短，了解完客户需求后，开车带着他和韩轩连续看了东区橡树湾、云龙华府、和平壹号、提香湾等几个小区，这几个小区的房子有些年头了，符合徐良需求的房源挺多。

“哥，咱需不需要贷款？”中介小哥殷勤问道。

“哦，全款。”徐良随口答道，他是挑花了眼的，觉得每套都不错，选择障碍症都快犯了，他只留意韩轩的举动，看这孩子喜欢哪套房子，不出意料的是，韩轩没有任何情绪反馈。

当天看的最后一套是香榭兰庭的一处房源，据说房主急售，送全屋家电家具还有车位，就是交易流程稍微复杂一点。因为是背着抵押贷款的房子，但是中介这边全程协助，不会麻烦买主。

徐良就去看了这套房子，一百三十平的朝东大户型，看得出主人对房子的爱护程度，任何角落都一尘不染，墙壁和窗帘的颜色搭配得很温馨，空调冰箱电视机齐备。这都不是重点，关键在于，韩轩一进门就坐在地上了，拿出包里的铜钱开始摆，宛如回到自己家一样。

“就这套了。”徐良说。

中介小哥惊讶到无语，他从业五年来，就没见过这么爽快利落的买家，进门三分钟就下决定。

“哥，要不行再看几套对比一下？”中介小哥劝道。

“不用了，就这套。”徐良心意已决，“明天能交易吗？”

中介小哥打了几个电话，确认房主已经办妥了委托代理，随时可以交易，只是价钱不能再压了。

“没问题，就按挂牌价来。”徐良眼睛都不眨，昨天又是稿费结算日，账上进了几十万，搞得他对钱都没什么概念了，难得遇到韩轩喜欢的房子，买就是了。

“好嘞，我马上安排。”中介小哥见徐良心意已决，也不再多嘴，安安心心挣自己的中介费就好了。

回到民富园的家里，徐良开始整理行李，拎包入住不是开玩笑的，他无须兴师动众地搬家，只要把随身衣物被褥带去即可，还有藏在大衣柜里的、父母留下的一些老物件。

这是一口陈旧破损的皮箱，尘封已久。徐良将皮箱放到床上，慢慢打开来，他之所以从来不打开这口箱子，是不愿触碰关于亲人的回忆。如今打开皮箱盖，童年记忆扑面而来，父亲母亲的工作证、退休证、相册、日记本、收藏的小物件，每一件都是一段回忆。

徐良翻开了日记本，泛黄的纸上字迹娟秀，书写的日期是二十世纪五十年代，这时候父亲还是个幼儿，这不可能是他的日记。再翻回扉页，上面写着名字：徐昭迪。

徐昭迪，徐招娣，这是大姑的日记本。

徐良慢慢翻阅着大姑的日记，并不是每天都有记录，而是断断续续，连绵数年，因为是写给自己看的，所以有很多难以辨认的连笔字和语焉不详的字句。徐良看了许久，用这些陈年的记录将大姑在五十年代的人生轨迹拼凑了出来。

彭城解放后，大姑作为共青团员，进入彭城市委主办的文工团工作，每月工资等同于一百五十斤小米，足以养活一家人了。

后来，大姑作为有文化的中学生，响应上级号召，去山东沂水支教，和一帮志同道合的青年学生一道，乘着大车离开城市，前往条件艰苦的农村。而这些支教的人中，就有一个“他”。

大姑笔下的“他”，似乎是同学，似乎是恋人，似乎又只是志同道合的朋友，大姑的文字克制而温柔，点到即止的淡淡爱意，隔着七十年的时光依然能感受得到。

1952年夏天，日记空缺了三个月的内容，到了秋季才续上，大姑带着“他”的骨灰回到了彭城，关于“他”的死，只有只言片语的记录，说是党组织开了隆重的追悼会，授予了支教模范的光荣称号，被他营救的落水儿童如何如何……

再往后，大姑的日记就变成了徐锦程的练字本。

徐良怀疑，这个“他”就是李可健说的彭秀章。

上次拜访完张宇宁的外爷爷，徐良和李可健曾有过一次对话，对于别人看来荒诞不经的穿越故事，徐良是当真的，而且这个故事和徐家有关，他没办法不重视。

徐良拿起手机，联系李可健。

这是一条相当重要的线索，但是尚需查证，可大姑都去世好多年了，几乎是无从查起，于是李可健联系上张宇宁，再赴奎山小区。

外爷爷和外奶奶并不知道张宇宁父母离婚的事儿，老两口热情招待客人。听说徐良想查看大姑姑的相关遗物，外爷爷翻箱倒柜，也拿出一口老旧的藤条箱来，这是大姑去世后留给二姑保管的东西，二姑去世后辗转到了外爷爷手上，一直没打开过，交给徐家唯一的后人，也在情理之中。

徐良当着大家的面打开了藤条箱，里面确实是大姑的遗物，缀在手帕上的主席像章、一块淮海牌手表、一些证件和书籍。

在一堆证件里，徐良找到了八十年代彭城殡仪馆的骨灰保管证，蓝色塑料封皮的小证件，注明骨灰瓮存放的位置编号以及缴费日期，大姑在去世前又续了一次费用，交到了2000年。

骨灰瓮主人的名字，叫彭秀章。

第 48 章

小黄鸭和闯席

接下来的事情就顺理成章了，徐良在二姑的遗物中找到了大姑的骨灰存放证。不知道出于什么原因，大姑去世后一直没入土为安，或许冥冥之中，就等着小辈来处理这件事吧。

徐良和李可健各自的故事，拼凑出徐昭迪和彭秀章的爱情故事，没有轰轰烈烈，没有缠绵悱恻，却是那么地凄婉动人，大家听后唏嘘不已。

“我建议，让大姑和彭秀章永远在一起。”徐良作为徐家后人是有资格拍板的，其他人更无异议。

只是寻找彭秀章的骨灰瓮比较麻烦，殡仪馆又搬迁多次，这些无人祭扫又无人续费的骨灰怕是难寻踪迹。有难度的活儿交给年轻人去做，几十年都过来了，也不急于一时。

徐良忙着去办过户买房子。

资金充裕，买房就不是难事儿，房主不在本地，一切委托给中介代理。徐良也懒得亲自出面，他同样委托了中介帮自己跑流程，本人都不需要亲自到场，等着拿钥匙就行。

新买的房子配套车位，不买辆车就浪费了。既然房子都买了，索性把车一并也买了。作为一个半脱离时代的中年人，他对当下热门的电车毫无兴趣，依旧对BBA情有独钟，再加上虽有驾照却许久没摸方向盘，想着买辆二手车练着，于是在市场上选了辆只跑了一千公里的宝马三系，车贩子把这辆车吹得天花乱坠，说你走遍整个市场，也找不出比这辆车成色还好的三系。

香榭兰庭地下车库，韩霓曾经拥有的宝马车换了牌照，停回了原来的车位。

李可健那边有喜讯传来，原来二姑在2000年左右，帮大姑和彭秀章续费三十年，所以大姑的骨灰盒和彭秀章的骨灰瓮都保存完好！

要合葬就得买墓穴，徐良出资为两位长辈选了彭城公墓山顶的黑色大理石墓地。在一个细雨霏霏的上午，人们为这一对恋人送别，一切仪式从简，师傅将骨灰盒和骨灰瓮放在墓穴内，盖上大理石墓板，抹水泥封墓的时候让徐良喊三声："躲钉"，这是老辈子传下来的规矩，寓意钉棺材板时别伤着逝去的亲人。

墓板封闭了，山顶的风有些大，放眼四野，群山苍翠，雨伞下的徐良、韩轩、李可健和张宇宁四人默默肃立许久。

"大姑姑，大姑父，你们终于可以在一起了。"徐良将一束菊花放在墓碑前。墓碑上的刻字金光闪闪，镌刻着徐昭迪、彭秀章的生卒年月和立碑日期。

徐良又怎么会知道，向上追溯时光四百年，大明天启四年夏日的一天，徐六家的身怀六甲，捧着盐豆子和麦饭从屋里出来，招呼男人们用饭，彭武家的从笸箩里拿出一枚锡做的凤钗和妯娌闲扯起来，说："恁肚里的娃娃如果是女孩，咱就定个娃娃亲。"

"你说，太奶奶泉下有知，会不会很欣慰，终于可以和爱人长眠在一起了。"张宇宁脸上流淌着泪水，感情细腻的女孩子最受不了这种感人的场景。

李可健答非所问："我想的是，如果他们能活着在一起多好啊。"

是啊，对于有些人来说，活着在一起都是奢望。这一刻张宇宁是真的释然了，相比太奶奶，虽然自己遭受了一些打击创伤，但在漫长的人生面前无足挂齿。

安葬了长辈，四人下山，上了徐良新买的宝马车，徐叔车技不佳，开得慢慢腾腾的，居然被一辆红色的满载卡车给超了。

……

老包开着他心爱的红色卡车，又回到了彭城，大车司机四海为家，漂泊万里，但家乡永远是最熟悉最亲切的。

前段时间，老包专门拉鲜活农产品，走绿色通道能节省许多高速通行费，可是上次拉了满满一车线椒经过收费站时被告知线椒不属于辣椒，不能走绿通，纠缠了许久还是被迫交费通行。还有一次，老包拉了一车水果，也是过收费站的时候被要求将车厢内水果全都搬下来，查验是否混装，他据理力争无果，只能一个人花了四个小时把几百箱苹果搬下来证明，收费员瞄了一眼，轻飘飘说一句"行了你走吧"。

此后老包就不再拉鲜活农产品走“绿通”了。

这回他拉的是一车玩具，临到目的地，收货人的电话总是打不通，没办法只能在附近停车休息。老包喜欢野炊，他将三只猫放出去玩耍，自己炒菜做饭，自得其乐。有时候他也想有个知冷知热的女人陪着，可是想想自己给不了人家任何保障，还是算了吧。

等饭熟的时候，老包又给收货人打了个电话，这回终于有人接了，对方生硬回应“这批货不需要了”，老包顿时急眼，噌地站起，饭勺子都落地了，他大声质问运费怎么办。

“货我不要了，给你抵运费了。”对方挂电话，再打就是关机了。

这种事情，并不是老包第一次遇到，在卡友中也很常见，他只能自认倒霉。打开车厢，拆了一个包装，哭笑不得，纸箱里全是小黄鸭，那种浴缸里的儿童玩具，三钱不值两钱的，想变现难得很。

夜幕降临，树叶沙沙作响，远处有水流的淙淙声传来，老包穿过齐膝的野草，看到一条大河迤逦东去，月光洒在河面上，出奇地美丽。

如果李白在此，也许会赋诗一首吧，不对，没有酒，李白也难为诗。诗人有诗人的浪漫，卡车司机有卡车司机的浪漫。老包索性抱了几箱玩具过来，拆了包装将小黄鸭放生在河里。看着一群鸭子远去，他为自己离谱的举动叫绝，一不做二不休，干脆把所有的小黄鸭全都投入河中。

他不知道的是，河的下游是穿过彭城市区的黄河故道。

次日，彭城高铁站，一群背包客下了火车，乘坐地铁直奔市区。先来到彭城广场站，将行李免费寄存，这已经是网上彭城旅游攻略的一条，最早时是一些年轻人旅游时嫌带着行李箱不方便，反正里面也没啥值钱的东西，索性就放在地铁出入口附近，结果一天下来，安然无恙，网上就开始流传彭城民风淳朴路不拾遗。后来地铁方面主动开辟了一块区域供特种兵游客存放行李。

背包客们逛了城下城博物馆和文庙，向北走到黄楼公园，在五省通衢的牌坊下，一个女孩指着河面尖叫：“看！”

浩浩荡荡的小黄鸭军团，在河面上悠闲地闲逛，形成一幕奇景。

游客纷纷拍照发朋友圈，他们都感慨惊讶于彭城文旅部门的浪漫情怀，这则新闻瞬间上了热搜。

而老包已经驾驶着红色卡车再度南下，目的地贵州。

……

初夏时节，适合出游。

解开了心结的张宇宁参加了由调度长陈维组织的团建活动，这次活动的初衷是整合本单位的未婚男女，在活动中互相认识配对，参与者不限部门，只要是地铁集团的就行。

一行五辆车，二十个青年男女，带着对讲机和帐篷一路向东。阳光明媚，气候宜人，他们在对讲机上轮流唱着歌，欢声笑语不断。开到中午饭点，陈维发出指令，找个风景宜人的地方停车野餐。

李可健自告奋勇带路，这里距离小王庄一步之遥，哪里适合野餐他太清楚了。

车队离开国道，在乡村道路上行驶着，忽然听到前面鞭炮齐鸣，巨大的红色拱门立在村口，打谷场上摆满桌椅，宾朋满座，原来有婚礼在进行。

李可健突发奇想，拿起对讲机号召大家吃个“闯席”。

所谓“闯席”，是指不请自来的客人不交礼钱白吃一顿，反正农村婚宴人多，根本分不清新郎新娘家的客人。

这一提议得到大家的轰然响应，年轻人嘛，就爱玩点出格的。当然白吃白喝的事是做不出来的，他们准备凑个大份子钱交上去，正大光明地吃“闯席”。

交涉结果自然是开心且圆满的，婚礼嘛，来的都是客人，一桌二百四十元标准的大席菜，收了一千多红包，还赚了呢。

二十位同事包圆两张桌子，每桌两盒烟，两瓶白酒，上菜标准一视同仁，一共十六道菜，从凉菜到热菜再到汤依次是香葱拌牛肉、凉拌猪皮冻、五香溜达鸡、酱香肘子、四喜丸子、红烧大鲤鱼、黄瓜猪头肉、盐水大虾、排骨玉米、油炸藕合、京酱肉丝、辣炒大肠、大块红烧肉、羊肉汤、酸汤白丸、金针酸汤。

大厨露天作业，往巨大的铁锅里倾倒着食材，用铁锨炒菜，用桶倒油，案板上调配好的凉菜五彩缤纷，琳琅满目。城市里来的年轻人忙着拍照忘了吃，也没带打包的塑料袋，村里的狗们在桌底下来回穿梭，秉承着狗界的规矩，掉到地上的才是我的。

这可比野餐有意思多了。

张宇宁注意到有位老人孤零零单独坐一张桌子，旁人不停上前敬酒，但是没人和他同席，就问李可健这是怎么回事。

李可健看了一眼，老人是王亚军的爷爷王贵堂，村里辈分最长的人之一，除了那些卧床不起无法赴宴的老人家，他是唯一能坐席上吃喝的老祖宗。

陈维是个好事的，说“那咱们得去敬酒啊”，于是端了酒过去敬老人家，老头儿邀请他坐下一块儿吃，这个不懂规矩的家伙竟然真的落座，而且和老头聊了起来，一聊就收不住了。

原来陈维抱着试试看的态度询问老人对淮海战役的印象，没想到老人一番话引出了他祖父陈庭晖的最终结局。

这一版本是成丰版本的后续。

王贵堂喝了点酒，谈兴正浓，他说：“淮海战役时我还是个半大孩子，打完仗俺庄出劳力帮着打扫战场，主要是埋尸体，一个劳力给十斤小米当酬劳，我就跟着去了。到现在还记得收殓了一个将军，那将军穿一身绿呢子军装，肩膀上一颗金星，胸口花花绿绿的略章，皮鞋擦得锃亮，身旁扔的都是字纸。

“当兵的死了就死了，放一个坑里埋了，当官的不一样，尸体先放在俺庄上，搁在行军床上停了一夜，我和两个叔伯守着，怕尸体被狗祸害了。白天部队上来了几个参谋查验这将军的身份，说是打过日本人的，得厚葬。参谋花了四百五十斤小米从俺家买了口没上漆的白皮棺材，又找了一身新的呢子制服，让俺们给尸体洗脸擦身子换衣服。我记得尸体上身有七个子弹眼，应该是捷克式打的。”

陈维按捺着激动之情，询问将军墓在哪里。

“埋在庄西头的乱坟岗了，是个扔死孩子的地方，还立了个木头墓碑，五几年平地，乱坟岗都平了，现在那地方是个砖窑。”

老人的思绪沉浸在回忆中：“埋的时候，因为我小，他们都给我闹笑话，说我是孝子，给我弄了个孝帽子戴头上。”

“那个行军床还在吗？”陈维问。

“那年月穷，没人嫌弃死人躺过的行军床，被谁家拿走用到六十年代才拆了，现在已经找不到了。王贵堂答。

“那几张字纸我还留着，字写得是真好看。”老头说。

“我想看一下！”陈维的呼吸急促起来。

大席结束后，王贵堂领陈维到家里，从东屋橱柜里找出一摞纸来，泛黄的纸，苍劲的字，确实和祖父陈庭晖的笔迹接近，但这却不是陈庭晖的手笔，而是王贵堂临摹的。真迹是夹在合页本里的，是写给家人的信、写给情人的诗、写给那个时代的挽歌。

陈维当场就跪下来，央求老人将这些字纸卖给自己，无论多少钱都行。

王贵堂仔细看了看陈维，说：“不卖，你想要就送给你。”

“将军的后人找来了，这叫物归原主，怎么能卖钱。”老人说。

第 49 章

家

正所谓踏破铁鞋无觅处，得来全不费功夫，临时起意的吃“闯席”，竟然找到了陈庭晖的遗骸埋葬地，只能说这是冥冥中的天注定。

旧砖窑是村集体土地性质，经过小王庄村委会批准就能拆，可是要拆的不仅是旧砖窑，还有疯女人一砖一瓦垒起来的城堡。

没人在乎一个外乡流浪者建造的家，就像没人在乎老鼠洞、马蜂窝一样，只要上级部门发话，说拆就拆。

拆旧砖窑那天，彩旗招展，锣鼓喧天，挖掘机进场，跟着是几十名扛着铁锨的民工，拆旧砖窑和城堡是机器的活儿，挖坟是人工的活儿。不然挖掘机一铲子下去，把埋在地下的骷髅铲成碎片就不好了。

李更生做过断臂再植手术后就没再上过班，一直在家休养。此刻他站在人群中围观旧砖窑的拆除，听说这片土地下面埋着一个大人物，人家的子孙找上门了，还是王贵堂帮着确认的地点。

挖掘机的巨大铲斗下，旧砖窑轰然倒塌，烟尘四起。疯女人的城堡更加不堪一击，铲斗轻轻一推就倒了，满地碎砖头破瓦块，围观群众都说，幸亏推倒了，不然就是危房，迟早会出人命。

疯女人就站在人群中静静看着自己的家被拆掉，她不是没抗争过，毕竟胳膊扭不过大腿。村干部帮她把私人物品清理出来，又给了她五百块钱的安置费，算是厚道，再坚持就不识抬举了。

城堡塌了，女人一言不发，掉头就走，李更生跟过去问她："去哪儿？"

"向高处去。"女人头也不回。

废墟上，褪色的小风车迎风转动。

挖掘机将瓦砾清理完毕后，民工进场，在划定范围内掘地三尺，寻找陈庭晖的遗骸。这个工作费时费力，但大家不在乎，因为陈家出了钱，每人每天两百块人工费，哪天挖到哪天算完。

可是问题很快出现，不是挖不到，而是太多了，这块地本来就是乱坟岗，下面的尸骸不计其数，时间久了，棺木早就腐朽，尸体上的衣服也和泥土融为一体，根本分不出来哪一具是他们要找的。

陈维并不着急，他有的是技术手段来甄别尸骸，祖父身材高大，在当时的人中算是罕见的，以此为标准挑选出符合条件的，再做颅骨复原术，在电脑上呈现出死者的面容来，自然水落石出。

饭要一口口吃，事要一件件做，陈维有足够的时间和资金处理这件事。祖母去世前留下遗嘱，在遗产中划出一大笔钱来对儿孙们悬赏，谁能找到陈庭晖的遗骸完成合葬，就是能获得这笔钱，现在看来，陈维已经完成了祖母的遗愿。

祖父留下的诗作和文章，该烧给祖母的就烧给她老人家，该留存纪念的就好生保管起来，写给林然的，还是交给本人比较好，但陈维又怕再次刺激到老太太，万一闹出人命可承担不起。

嘉禾小区，陈维前来拜访祖父的女友林焕珍女士。灾星登门，刘淑娴挡驾，不让他见卧床的林老师。

陈维表示理解，他说自己并不是一定要面见林老师，但这祖父写给林老师的信，于情于理都该交付本人。

“七十多年了，这封迟到的信总算抵达了目的地。”陈维郑重地将信封交给刘淑娴，“请您帮我代转，等林老师身体好些的时候给她，我知道，您是她最信任的人，交给您我放心。”

陈维转身要走，正遇到刚回来的王亚军，他问妻子发生了什么事，刘淑娴将信封递过来让他自己看。王亚军抽出信封内用塑料薄膜保护着的陈旧信笺，吃了一惊。

“这不是我家东屋橱柜里的字纸吗？”

陈维更惊讶：“王贵堂是你什么人？”

“是我爷爷。”王亚军说。

卧室传来林老师的呼唤：“小刘，有客人来吗？”

刘淑娴答应一声，说是社区工作人员送温暖，同时示意两个男人小声些。

王亚军干脆拉陈维出来询问详情，陈维简单叙述了一下原委，王亚军脸色古怪，忽然说道：“这个世界是环环相扣的。”

陈维表示不解，王亚军说：“我爷爷埋葬了你爷爷，等于是给他在地下安一个家。林老师立了遗嘱，百年之后她的房子留给我们两口子，等于是给了我们一个家。”

这算是林老师以情人身份帮陈庭晖报答王家吗？抑或是单纯的巧合。

只有天知道。

……

韩霓在北京租了一间次卧，快四十岁的人和几个北漂年轻人合租其实不太体面，但为了省钱她只能这样做。

北京有朋友给她介绍了工作，待遇不算低，月薪两万加提成，干的是韩霓最擅长的销售。每星期要喝十几场大酒，有一次喝到了胃出血，但韩霓从不叫苦，她也没人可以倾诉，在孟庆元之后，她不再相信任何男人。

唯一让她开心的是香榭兰庭的房子终于出手，价钱很满意。此前她是想保住房子的，后来被现实打败，终于还是委托中介挂牌代卖。她离开彭城时就将除了家具家电之外的东西，都打包送到醒狮小区去了，不亲自交易也是怕自己难过。

买家很爽快，给钱利索，韩霓请银行的朋友处理了抵押贷款，还清贷款的那一刻真心轻松。紧接着好运又来了，挂在二手车市场的宝马车也顺利出掉。

总算是回血了，韩霓看到银行账户上的数字，心中大定，睡眠质量都提高了许多，不再有无尽的失眠和梦魇。

清晨，手机在振动，韩霓睡眼惺忪抓过手机瞄了一眼，是徐良发来的信息，说中午带着韩轩抵京。

韩霓顿时清醒，徐良这是干吗？不提前打招呼就突然袭击，她不是不思念儿子，但是这一居室也没法儿招待人啊，短暂的惊愕错乱后，她问徐良来京要办什么事见什么人。

徐良回复，出公差，住在某某酒店。韩霓知道这家酒店，是位于三环内的高端酒店，住一宿要几千块。

“我中午带你们去吃北京小吃。”韩霓回道。今天安排了不少业务，包括中午的商务宴会，这下全泡汤了。她心一横，儿子来一次北京不容易，绝不能因为工作扫兴。

徐良回复：别耽误你工作，我会照顾好韩轩，咱们晚上再见。然后发了一个地址，说他们的活动下午两点半在这里召开，她有空的话可以来捧场。

这是一个书店的地址。

……

中午，韩霓照常参加商务宴会，事情谈得很顺利。下午，她在回公司的路上，忽然想到书店就在附近，犹豫了一下，还是下了地铁，走到书店门口就看到了印着徐良半身像的海报，介绍说是著名作家“不更”先生的历史作品论坛。

韩霓走进书店，只见乌压压一片人头，空地上几乎坐满了人。台上，徐良正和三位嘉宾侃侃而谈，每个人面前都摆着姓名牌，大屏幕上播放着嘉宾简介：一个是北大历史系教授，一个是著名文学评论人，还有一个是声名显赫的作家。徐良和他们坐在一起，不但毫不逊色，简直是出类拔萃，他妙语连珠，引经据典，场上时不时响起笑声和掌声。

这不是韩霓认识的徐良，这是眼睛里闪着光彩，头顶带着光环的男人。

韩霓也看到了儿子，静静坐在前排聆听着徐叔叔的发言。

她拿出手机给老板发信息请假。

下午五点，活动终于结束，读者粉丝们依旧不愿散去，纷纷上前找徐良求签名合影。徐良忙得不亦乐乎，一抬头看见不远处韩霓正微笑着面对自己。

“什么时候成名人了？”韩霓笑道。

“沾了时代的红利。”徐良答道，“写了本小说，一不留神就红了。”

“那我可得好好拜读大作。”韩霓说。

徐良正想再说点什么，有工作人员喊他过去，说是晚上安排了宴会，如果有家人可以一起。

“把韩轩交给我，你放心去吧。”韩霓永远是那么善解人意。

“可能需要喝酒。”徐良说，“盛情难却，机会难得。”

“人生得意须尽欢，这时候不喝，啥时候喝啊。”韩霓一双眼睛笑成了弯月牙。这男人啊，有时候真轴，还惦记着答应自己的戒酒承诺呢。

“那我去了。”徐良说。

“去吧，尽兴。”韩霓目送他离去，叹一口气，带着儿子回去了。

夜里十点钟，韩霓突然接到徐良的电话，但是打电话的是一个陌生人，问道：“是徐良老师的家属吧，徐老师喝多了，能不能来接一下？”

儿子已经睡下，韩霓把空调温度调高一点，拎起包出门，打车来到酒店门口，就看到几个男人陪着人事不省的徐良，这家伙真实诚，让他尽兴，他真就玩命喝啊。

那些人见韩霓来了，连忙一番道歉，将徐良交托给她，帮着叫了车，送两人上车，挥手道别。

来到酒店，韩霓叫服务生帮忙，用行李车把徐良送进房间。这是一个豪华套间，俯瞰北京三环夜景，陌生的城市，熟悉又陌生的人，让韩霓有种恍如隔世的感觉。

桌上放着一本样书，是徐良的大作《李茂与六娘》。

韩霓好奇地翻看起来，就再也停不下来，她本是情感丰富之人，最受不了这样的虐恋故事，直看到泪眼婆娑，哽咽不止。

躺在床上的徐良似乎醒来了，呻吟着要喝水，韩霓拿了一瓶矿泉水走过去，刚凑近，徐良忽然坐直了，一双眼睛直勾勾盯着自己，低沉地喊了一声“六娘”。

被小说剧情感染到极致的韩霓竟然应了一声：“我在。”

徐良一把抱住了韩霓……

不知道过了多久，韩霓悄悄起身，穿上衣服拎起包回家了。

徐良依旧在沉睡。

凌晨的街头，韩霓在二十四小时营业的药店买了紧急避孕药服下。

徐良从醉梦中醒来，喝的是好酒，没有宿醉头疼的感觉，反而身心舒泰，宛如重生，他不记得是怎么回到酒店的，但是记得做了一个春梦。

拿起手机联系韩霓，说已经订好今天中午的车票，这就要带韩轩回彭城了。韩霓回复说正好是周末，自己也回一趟家，大家同路走。

北京到彭城，两个半小时的车程，两人似乎有说不完的话，徐良说自己买了套房子，还买了车。韩霓说恭喜，以后不敢麻烦大作家帮自己带孩子了，自己得重新找人。

徐良说："我可不是什么大作家，我还上班呢，老同学给我介绍的夜班保安干得别提多开心了。"

正聊着，徐良手机响了，他接完电话神情有些不对，韩霓问他怎么了，徐良说是前女友打来的电话，她在网上看了论坛直播，考虑了一天才给自己打电话祝贺。

"人家是想复合了。"韩霓心里酸酸的。

"是有这个意思，她在上海过得不太如意。"徐良叹了口气。

高铁抵达彭城，韩霓本来想坐地铁回去，徐良说自己的车就停在高铁站停车场，不如开车回去，于是韩霓就看到了那辆熟悉的宝马三系。虽然牌照换了，她还是能从一些改装件上辨认出这就是自己出售的那辆。

韩霓就问徐良，为什么选择这辆车，徐良说随便选的，没什么特别含义，反正是二手车拿来练手无所谓。

徐良驾车来到香榭兰庭，把车停在原来的车位上时，韩霓就明白了，连自己的房子都是被徐良买了去的。果不其然，上楼开门，轻车熟路，韩霓又回到自己精心打造的小窝。

没有人能受得了这种老天爷亲自下场做局套路你的强烈心理冲击，韩霓认定一切都是天注定，徐良就是李茂，自己就是六娘，儿子就是徐徵，一家三口这一世重逢了。

她激动地告诉徐良，这套房子就是自己出售的，室内所有的装修装潢，都是自己亲手设计打造。

“怪不得韩轩一进门就跟进自己家一样，所以我就买了。”徐良说道。

韩霓不知道该说什么了，千言万语都憋在心头，曾几何时，两个人的生态位是女高男低，韩霓从未看上过徐良。没想到造化弄人，这才多久啊，两个人的位置就颠倒过来，徐良成了自己高攀不上的男人。

眼前这个男人绝对是世间罕有的奇男子，徐良拎起自己的行李说：“房子给你住了，我还有地方住。”

一百四十万的房子，说送人就送人。

第 50 章

心有千千结

韩霓想说三室两厅的房子完全够住，话到嘴边又停下，她想看看这个男人的态度。

徐良拎着行李径直出门，向韩轩挥手道别，就好像顺路来做客的朋友一样，走得那么自然，那么洒脱，那么心无旁骛。

韩霓想追出去，胸中有千言万语，却只是倚在门框旁说了一句“你慢点”。

回到屋里，她发现徐良连车钥匙都没拿，摆明了连车都留下给自己用了。

徐良走了。这个男人简单干净，活得像个孩子，这一点韩霓早就心知肚明，单纯善良的男人配上一事无成，那就是妥妥的废物，女人避之不及的屌丝男，但是配上事业有成，那就是最稀罕的钻石王老五。

儿子开始哼唧，这是饿了要吃饭的意思，心猿意马的韩霓才想起来，居然没留人家徐良吃晚饭！自己居然能犯这种低级错误，简直不可原谅。她赶紧在app上下单买菜，给徐良发信息邀请他回来吃饭。不出意料的是，徐良拒绝了，搞得韩霓心里七上八下，这男人怕不是回去和前女友煲电话粥再续前缘了吧，结果切菜的时候就把手指给切出一道口子。

吃完饭，韩霓打电话辞职，委托同事将自己的行李打包快递回来，既然经济危机解除，北漂的工作自然无须再忍。她也得替人家徐良考虑考虑了，哪能让堂堂大作家帮自己带孩子。

入夜，韩霓睡不着，她有点后悔吃紧急避孕药，用一个崭新的小生命套住钻石王老五简直是上天的恩赐。但她既怕又生出一个自闭症患儿，又怕新成员分走他们对韩轩的爱。

忽然一股羞耻心袭来，自己这样设计徐良，也太没良心了吧。人家虽然年龄大点，还是未婚状态，身家可观，声名鹊起，找个二十来岁小姑娘都不是难事，凭啥在自己这棵树上吊死。

如果自己年轻未婚时遇到的不是渣男，而是徐良，那该多好啊。韩霓想起自己十八岁的时候，那真是校园中最靓丽的风景，只可惜面对好男孩的示爱她从不在意，却和校外的混混爱得死去活来。

假如真的在十八岁时遇到徐良，自己绝不会拿正眼看他的，这一点韩霓可以确定。

翻来覆去睡不着，她干脆爬起来，上网去看徐良的小说。

……

徐良没回民富园的家，而是去了值夜班的地方，张小斌正躺在床上刷手机，看到他来，一个鲤鱼打挺蹦起来说：“直播我全程看了，老同学你可以啊，相当有派！吃了吗？一起尅点？”

张小斌叫了外卖，值班室茶几上摆满了快餐盒，附近开了一家把子肉很地道，肥瘦相间的大肉片、素鸡青菜百叶结、海带花干红辣椒，配上香喷喷的蒸米饭和啤酒，看着就有食欲。

“大事已成，可以开戒了吧？”张小斌用起子打开啤酒瓶盖，放在徐良面前。

“开戒了。”徐良说，对于戒酒这件事，他看得很透彻，需要戒断的并不是酒本身，而是对酒精的依赖，现在他收放自如，想喝就喝，不像以前那般缺了酒就跟少了魂一般。

两人对饮起来，聊一些男人间的话题，张小斌建议徐良别太着急找对象，多挑挑，千万别找二婚带孩子的，现如今咱配得上黄花大闺女。

“前女友联系我了。”徐良说，“她还单着，一个人苦苦支撑。”

“好马不吃回头草。”张小斌吃着把子肉，“叨吃，叨吃，肥而不腻，入口即化。”

窗外传来雨声，张小斌搁下筷子出了值班室，五分钟后回来，抱怨说场馆屋顶没做防雨涂层，一下雨就漏水。

徐良想起韩轩的画作，赶忙跑去查看。韩轩是个高产画家，他涂鸦一张 50mm × 50mm 的亚麻画布只需要几分钟，如今画作已经堆积如山，张小斌曾经建议拿去卖废品，徐良坚决不同意，他知道这些画没价值，还是一张都舍不得扔。

雨不大，漏水不严重，徐良找来苫布将这堆一钱不值的画作全都罩了起来。

……

李可健沿着彭城七里轴心拍摄的照片入选了文旅局举办的摄影大赛，张贴在彭城所有地铁站里。

五省通衢、文庙、城下城博物馆、城隍庙、回龙窝、云龙山……一幅幅风景中蕴含着烟火气息。李可健并不是专业摄影家，但他对光影和生活有着特殊的理解，静静端详，这些作品似乎能带人穿越古今。

一位穿着摄影马甲，头戴渔夫帽的男人站在镜框前久久凝视。照片中，城下城博物馆里，从残缺石碑上方的天窗望出去，可以看到苏宁广场高耸入云的建筑，历史和现实在这一刻完成奇妙的共存。

巡站的李可健忍不住上前询问："您觉得拍得咋样？"

男人回头，竟然是熟人，这不是卖给自己单反相机，又在城隍庙遇到的光头大叔么！

"原来是你拍的，真不错，后生可畏。"光头大叔赞道。

"我瞎拍的。"李可健得意扬扬。

"你在这儿上班？"光头大叔看了看李可健的站务员肩章。

李可健点点头，他没参加集团组织的值班员考试，就想做个清闲摆烂的站务员，每天机械地接发车、巡站、售票，反正靠工作上的努力是永远追不上王一晨和张宇宁的，还不如节省精力，在副业方面发展一下。

"有没有兴趣调到我们这儿工作？"光头大叔递过名片，上面印着彭城地铁传媒有限公司董事长佟大杰的名字。

“我……我……我得考虑一下。”李可健张口结舌，世界变化太快，地铁传媒是集团下属子公司，是穿便装在集团大厦朝九晚五的存在，事业前途比站务员要远大多了。

但是一想到离开亲爱的同事们，李可健就有些退缩。

“不急，你考虑几天回复我。”佟大杰拍拍李可健的肩膀走了。

中午吃饭的时候，腿伤痊愈回来上班的王一晨神秘兮兮地说要宣布一件大事。

“今天是我最后一次以站务员的身份和大家相处，明天我就是一名实习司机了。”

这货不声不响地竟然考上了司机岗。

大家都向王一晨表示了祝贺，也有人说做司机太寂寞，整天一个人面对空洞的隧道，时间长了会抑郁。王一晨笑而不语。只有李可健从他的笑容中看出来这家伙野心不在于此，他的最终目标一定是做调度长！

咦，张宇宁在哪儿？这个场合领导不得说两句激励的话吗？李可健左顾右盼看不到值班站长。

张宇宁乘坐地铁去二院找妈妈一起吃午饭。父母离婚已成定局，只是民政局规定有一个强制冷静期，所以暂时还没领证。张宇宁觉得马上爸妈都会各自建立新家庭，自己就成孤儿了，所以她总是趁着中午来和妈妈吃饭，至少在心理上能找点安全感。

二院站距离彭城广场站一步之遥，这也是个繁忙的站点，因为就设在三甲医院门口，病人家属来往穿梭。时值炎夏，地铁站内凉爽适宜，很多来自郊县的病人家属无处可去，就守在站内乘凉休憩，他们或蹲或坐，角落里人满为患。

这是此前的情形，今天大有不同，不但增设了长椅，还加装了饮水机和便民服务台，设了志愿者服务这些病人和家属。

小珍姐干得真不赖。张宇宁真心赞道，她向车控室内的同事们挥了挥手，快步出站，去医院找到妈妈一起吃午饭。

妈妈依旧碎碎念，念叨不听话的病人，念叨没良心的负心汉，念叨女儿的婚姻大事。张宇宁左耳朵进右耳朵出，只当没听见。

被护士长唠叨的、不听话的病人是老车。

老车得了前列腺癌。

得亏发现得早，单位体检时察觉不对就进一步检查，结果查出这个大病来，立刻住院治疗，放射性粒子植入、前列腺切除、外放射治疗全套方案都用上。医生让老车放心，前列腺癌的死亡率在癌症中算是很低的。

但病人可不这样想，老车的天都塌了，唯一让他安心的是，这个病虽然具有一定遗传因素，但孙女车绫子不长前列腺，自然遗传不着。

老车有点想念老马。自打上次赌气以来，两人许久未见，倒不是说谁拉不下面子，而是都病了，听说老马病得更重些，都上呼吸机插管了。

如果说上次见面就是人生最后一面，老车能后悔死。

……

日子在继续，韩霓在彭城重新找了工作，徐良依旧负责照看韩轩，白天逛街，晚上值夜班时一边陪孩子画画一边写小说。

韩霓经常邀请徐良共进晚餐，三口人逛超市买食材，溜溜达达，商商量量，一起洗菜做饭，一起用餐，就像真正的一家人那样。

有时候韩霓有种错觉，她和徐良的关系不需要做任何努力就能水到渠成，因为这是四百年的缘分，上天的安排。

可有一天徐良告诉她，自己要去上海了，去见前女友。

“恭喜，这是要复合了。”韩霓故作轻松道。

“看情况吧，毕竟谈了十年。”徐良有些意兴阑珊。这是一个好男人，也是一个滥好人，不想辜负任何人的结局就是辜负所有人。

“买好票了吗？我送你去车站。”韩霓挤出笑容，毕竟人家恋爱长跑十年之久，自己算什么，难道真的厚着脸皮说自己是六娘转世吗？

“大后天的高铁。”徐良说。

此后的两天，韩霓心神恍惚，开车时撞到了路边花坛，气囊都弹开了，还好人没事，车必须送去修理了。

……

贵州境内，柏油公路逶迤缠绕着山峦，高海拔山区清冷多雨，红色卡车的风挡玻璃上一层细密的雨雾。老包打开雨刮器，视野瞬间变得清晰，三只猫在安静地睡觉，路上自驾游的车辆稀少了许多。

傍晚时分，能见度差了许多，老包打了个哈欠。可是这荒山野岭的没法停车，老包决定再开一段距离停车做饭。

空荡荡的路让人生出一种虚无的错觉，漫长的下坡路，制动器的效能在减弱，困倦的老包精神恍惚，在一个转角处他似乎看到人影闪过，下意识地一打方向盘，红色卡车翻入山沟。

不知道过了多久，老包从昏迷中醒来，外面一片漆黑，他先检查身上有没有受伤。老天庇佑，没有骨折和太严重的外伤，但是他唯一的资产，也是他流动的家，这辆还背着贷款的卡车彻底报废了。更让他痛心的是，小橘、三花和大白不见了，三只相依为命的猫受了惊吓仓皇逃窜，永远消失在群山中了。

苍茫群山，鸦雀无声，老包不但没了家，也失去了最后的亲人。

第 51 章

生　死

老包在山沟下面待了一整晚。

夜色太黑，盘山公路上时而有车辆驶过，老包不想找人求助，他就静静坐在卡车残骸旁，一边抽烟一边等三只猫回来。

烟头的微弱火星时明时暗，直到黎明的曙光照亮群山，老包才发现山沟旁边就是平地，三只猫始终没回来，他不再等，背起搜罗到的家当，沿着盘山公路向前走，他不知道自己要去向何方。

走了许久，满天朝霞下，公路的转角出现一爿小店，依山而建，简陋无比，门前两棵大树被细雨洗刷得郁郁葱葱。

一个妇人在劈柴，老包走上前去讨碗水喝，妇人抬头擦拭着额上的汗珠，对这个胡子拉碴的陌生男人各种打量端详，随后问道：“你从哪儿来？”

老包说：“我从北方来。”

女人的口音也带着北方味道，她又问：“你去过彭城吗？”

老包说:“我就是彭城人。”

女人说:“大哥，你当过兵吧？”

老包说:“我当过汽车兵。”

女人说:“大哥，你还记得我不？”

老包茫然。

“二十年前，韩庄，104国道上，你把我送到了彭城，忘啦？”女人提醒道。

老包终于想起来，那是他的一次善举，没放在心上。万万没想到，时隔二十年在千里之遥的贵州大山里又遇到了当年的女孩。

“进屋，我给你做饭吃。”女人扔下斧头说。

腊肉、糌粑、折耳根、酸汤鱼，女人倾尽所能招待恩人。老包吃饭的时候，她就在一旁絮絮叨叨，讲述自己这二十年来的经历。

她先是在彭城打工，后来南下广州在流水线上班，辗转又去了广西，二十八岁时嫁给一个贵州男人，男人领她回家，在公路旁开了小饭店。男人爱喝酒爱抽烟爱打人，两人没有孩子，日子磕磕绊绊，没有指望，没有未来。

女人老了，眼角有了鱼尾纹，看得出她早已对命运折腰，不再有任何期盼和梦想。

“你男人呢？”老包停下筷子问。

女人一指外面:“去年得病死了，埋在那儿。”

老包眺望窗外，远处坟头上盖着新土，一只白猫探出头来，继而是小橘和三花。

……

徐良要走的那天，雨下得很大。

韩霓坚持要送行，她带着儿子冒雨来到民富园，见到了整装待发的徐良，行李箱很大，配电箱水表都停掉了，墙上的全家福蒙上了纱布，预示着主人可能要很久很久才会归来。

但徐良却将曾视为唯一陪伴的盆栽留在窗台上，人类太忙，都不曾留意袖珍椰子开花，一串串黄色小球晶莹透亮，悄然成熟。

“我给你带了早饭，吃点吧。”韩霓拿出热腾腾的包子和饨汤，说这是两来风的早点，自己特地买的。

徐良没胃口不想吃，离愁别绪浓得化不开，却没人先开口。

“不早了，走吧。”还是韩霓先起身，车在修理，只能打车，但是这会儿下雨很难叫到车，还不如直接坐地铁。

于是三人冒雨从民富园北门出来，穿越和平路，在路北面的黄山垄地铁站上了一号线列车。

等车的时候，韩霓注意到一个人有些面熟，那人眼神空洞，拎着帆布购物袋，孤零零站在月台尽头。

列车进站了，这辆车是由实习司机王一晨驾驶的。

在列车门关闭的前一秒，疾奔而来的李可健登上列车，他也要去高铁站，不过并不是远行，而是去接女朋友马明歌。

是他自己认为的女朋友，而不是女方承认的女朋友，这是室友姜展顺教他的战术策略，说什么表白是胜利的锣鼓，而不是进攻的号角，只要人家女孩愿意和你聊天就代表不讨厌你，就是接受你了。

早晨的地铁车厢里乘客不多，稀稀拉拉的，每个人都有座位。

在徐良他们相邻的车厢里，坐着马明歌的爷爷老马，前段时间他患了一场大病，原本的胖老头变成了瘦老头，痊愈之后第一件事就是去二院探望得了癌症的老车，但是没见到人，明明床位上的姓名牌还在，人就是硬生生找不着，护士打电话就是关机。

老马很沮丧，他以为老车还在生自己的气，便乘车回家了。

他不知道的是老车其实就在另一节车厢里，这老头一大早吃了药就关上手机溜号了，为的就是去探望老马。

老车身旁坐着的是王亚军，业余诗人的脚旁放着乳胶漆桶和尿素袋子，亲戚给介绍了个外地的活儿，工资丰厚，总跑外卖来钱太慢不是个法儿，他想去闯闯。

李可健低头发信息，他和马明歌聊得挺投机的，但是从没约出来过，今天给她一个惊喜，兴许能收到奇效。

马明歌对李可健的信息不能说是秒回吧，至少从不来什么“呵呵”“我去洗澡了”之类应付舔狗的套话，女孩子挺真诚的，也比张宇宁更平凡一些。事实上李可健并不清楚自己到底爱谁，或许从未谈过恋爱的他，喜欢的是恋爱本身的感觉。

从聊天界面退出来，再刷朋友圈，马明歌一分钟前发了一条配图文案，图是坐在轿车副驾驶位子上，看方向盘上的LOGO是国产电车，二十来万的那种，文案是“下雨天有人接真幸福”。

李可健的心，瞬间拔凉拔凉的。

韩霓终于想起那人是谁，是个被孟庆元骗光了财产的倒霉蛋，据说损失几百万，儿子结婚都没钱办，老婆孩子都不理他，这人受了巨大的刺激，被送进了精神卫生中心治疗。

“我觉得那人不大对劲。”韩霓说。

话音刚落，那人从包里掏出一个1.25升的饮料瓶拧开盖子开始往周围泼洒液体，强烈的煤油味道充斥着车厢。

紧接着摸出来的是打火机，没等他点燃，反应迅疾的徐良已经冲了过去，一把将打火机打落在地。

遗憾的是这只煤油打火机已经擦着了火，火苗接触到地板上流淌的煤油，瞬间燃了起来。

车厢内的烟雾报警器当即响应，司机室内的王一晨拿起电话向行车调度员报告情况。他的声音在颤抖，虽然教程上有关于此类突发状况的应对方案，但真摊上事儿还是会紧张。

地铁大厦，调度指挥大厅，警报声响起，行车调度员发出指令，扣停开往乔家湖金龙湖区间的列车。设备调度员调整通风方向，避免火借风势进一步扩大。

当班的调度长陈维亲自联系上司机王一晨，向他发出指令，用客室广播引导乘客使用车厢内的灭火器灭火，如果火势可控，尽量维持列车前进，进站处理。

车厢内，浓烟四起，乘客们惊骇万分，纷纷朝着火焰的反方向躲避，只有李可健逆行前进，找到灭火器试图灭火，很快他就发现，一个灭火器无异于杯水车薪。

火太大了，被困在驾驶室内的王一晨按照紧急预案果断停车，他不能将燃烧着熊熊大火的列车开进下一个站点。

列车停在隧道中，全部车门打开，广播在继续，王一晨急促的声音不断呼喊着，让乘客们下车，撤到隧道旁的疏散平台上去。

还好该区间不是一号线最繁忙的地方，列车上的乘客不算多，面对突发情况，所有人都表现得冷静高效，没有吵闹和拥堵，有条不紊地撤出列车，甚至有人还不忘自拍。

老马看到了老车，老朋友心照不宣，默默拥抱，互相拍打着后背，一切隔阂误会都在此刻化解。

王亚军提着桶，背着装着被褥的尿素袋子，打量着隧道内的环境，他曾经是一名地铁建设者，参与过彭城一号线工程。

徐良丢弃了行李箱，一手拉着韩霓，一手拽着韩轩。正如当年拉着六娘和徐徽躲避战乱的李茂。

现场群龙无首乱作一团，李可健站了出来，大声说道："我是地铁工作人员，大家听我指挥！打开手机照明，跟着我向后走。"

有地铁员工在，乘客们心神大定，听从李可健的指挥向车辆后方撤退。

"咱这是在哪儿？"有人问。

"是在乔家湖和金龙湖站之间。"王亚军回答，"隧道位于金龙湖底下。"

"湖底？咱头上就是金龙湖，不会漏水吧？"提问的人摸了一把隧道壁，满手湿漉漉的。

他们开始慌了。

此时外面的雨越下越大，这是一场突如其来的特大暴雨，降水量远超预期，虽然各个站点预先做了防涝处理，但迅速上升的水位还是冲过了沙袋的防守，沿着楼梯向站内泄洪。

姜展顺在乔家湖站做站务员，此刻他正和同事们一起挥汗如雨地扛沙袋筑起更高的防波堤。忽然对讲机响起，值班站长说区间列车着火，需要立刻派人进入隧道救助。

“我去！”姜展顺自告奋勇。

调度指挥大厅，综合调度员通知运营公司所有维护检修人员带齐工具，出动抢险车赶赴区间现场。调度长陈维立刻向集团领导、交通局、公安局、消防以及市委市政府都做了报告。

鉴于特大暴雨可能造成的严重后果，市领导做出决策，所有地铁站点停止运营，就地下客，只许出不许进。

最繁忙的莫过于彭城广场站，这里是一二号线交会点，客流量最大的所在。今天雨大，市民不愿自驾也打不到车，便选择地铁出行，殊不知大雨天气下，地铁也不安全，到处雨水倒灌，站厅地面水淹没到脚脖子。

所有工作人员都在奋力抗洪，刘站身先士卒，声嘶力竭，张宇宁搀扶孕妇时一不留神倒在水中，制服湿透，抹一把脸继续上。

乔家湖金龙湖区间，狭窄的疏散通道上，逃难队伍在艰难前行，每个人都在试图打电话联系家人，但是信号全无。当人们发现失去和外界的联系后，情绪逐渐失控，有人开始哭，有人在大骂，抱怨为什么救援还没到。

水位在上升，已经快没到小腿了。王亚军发现水从乔家湖站涌来，按照涨水的速度看，也许走不到地方就会淹到齐胸的高度，老幼体弱者就面临生命危险。

他大声疾呼：“走反了，得往东走，从金龙湖站出去才能活命。”

是的，活命，现在已经到了生与死的边缘。

队伍中其他保持着理智的人也看出水势凶猛，朝着来水方向很可能出不去，只能掉头走。可是隧道被燃烧的列车阻挡，根本过不去。

半小时前，这个世界一切如常，而现在，这些人不得不提前直面死亡。恐惧的阴霾弥漫在隧道中，往日无数次乘车穿行的隧道，今天也许就会成为每个人的坟墓。

徐良感觉攥着的手冰冷无比，他看一眼韩霓，想宽慰两句，对方却抢先说了：“没事不用怕，救援马上就会到的。”

老车对老马说：“没想到啊，咱兄弟俩不能同年同月同日生，却做到了同年同月同日死。”

老马说：“呸呸呸，你不怕死，我还怕呢，赶紧从这儿出去，晚上我把那瓶二十年的茅台开了请你喝。”

李可健怀中抱着一个孩子，黑暗中这孩子不哭不闹，因为嘴里含着叔叔给的糖。

作为一名交通技术学院出来的学生，又是经过各种培训的地铁员工，李可健比其他人更冷静，他想到轨行区内断电了，手机失去作用，但隧道内的应急电话是有线的，依然能使用，于是找到了挂在墙上的应急电话，拿起来不用拨号，直通调度指挥大厅。

调度长亲自和李可健通话。“救援队伍在路上，但你们要积极自救，不能干等。”听筒里传来陈维的声音。

“前面是火，后面是水，进退两难。”李可健说。

“走两条隧道间的联络通道，往金龙湖方向，那边地势高。”陈维也给出了相同的指令。

此时王亚军正在向众人解释，有办法，这条隧道走不通，可以走相邻的隧道，走区间泵房就能穿过去。“我认识路，我带你们去。”

于是，二十三岁的李可健和二十六岁的王亚军将这几十号人的生命安全扛在了肩上。

大家在王亚军的带领下找到了区间泵房，通过这里可以转到对向的隧道内，依旧走隧道边缘狭窄的疏散通道。李可健在前面开路，向东走了一段距离，终于看到了拿着手电迎面而来的姜展顺。

渐渐地，更多的地铁检修工程人员出现了，还有消防员和民警，大家扶老携幼，将乘客们从隧道中带了出来，登上了金龙湖站。

站内水流湍急，但总归不必担心淹死在隧道中了。

信号恢复，每个人都忙着打电话，喂喂喂的声音响彻月台。

李可健自拍了几张，想发条朋友圈，打开就看到马明歌十分钟前的新朋友圈内容，原来坐在主驾驶位子上的是个妹子。

他正欣慰呢，一拳打来，回头看去，是同样灰头土脸逃出生天的王一晨，生死之交紧紧拥抱在一起。

老车的手机响了，是管床护士打来的，将他一通骂，老车不但不生气，还哈哈大笑。

王亚军没给刘淑娴打电话，他经历过的大风大浪多了去了，这点小事还不值得大惊小怪，他只是做了一个决定，不去外地了。

韩霓看着徐良，说："你的行李丢了。"

"没事，证件都在身上。"徐良说。

"刚才你在想什么？"韩霓又问，"是不是觉得要死在这里了？"

"死是每个人必然的结局，上一世李茂是带着遗憾走的。"徐良说，"但这一次不会了。"

韩霓就笑了，她明白了男人的心意。

"咱们回家。"她说。

"回家。"他说。

尾 声

雨停了，七色彩虹挂在云端。

出事列车的所有乘客安然无恙，全部获救。彭城地铁的工作人员仍然坚守岗位，对所有列车逐一进行检查和维修，排水检修工作完成后，经历了一场危机大考的彭城地铁将再度如常运行。

徐良带着韩霓和韩轩来到平时值夜班的地方，场馆漏雨严重，张小斌将罩在亚麻画布上的苫布拿去盖设备了，导致大批画布淋雨。徐良和韩霓将画布统统搬出来晾晒，在场馆的地上铺开，得亏徐良给韩轩准备的都是顶好的丙烯颜料，不怕水，不然都得淋坏。

他们在前面铺，韩轩就跟在后面重新摆放顺序。天愈发放晴了，阳光穿透薄薄的云层打在韩轩身上，照着他柔顺的黑发，恬静如天使。徐良发现这孩子似乎是在玩拼图游戏，慢条斯理，不疾不徐。难道这些色彩线条组成的涂鸦还有什么玄机不成？慢慢地，大人们停下了手上的动作，看韩轩一个人拼图。

阳光下，一幅巨大的彭城全景古今大写意图呈现出来：现代彭城的高楼大厦赫然在目，细细看去，车如流水马如龙，彭城的繁华雀跃和勃勃生机直逼人眼，更让人拍案叫绝的是，彭城的山川草木、河流湖泊都纵横捭阖地铺陈开来；顺着这些历经了沧海桑田的自然风物看开去，画卷的下方是另一个四百年前的彭城，城郭内鳞次栉比地分布着官署、民宅、庙宇种种。整幅图卷磅礴壮观，浑然天成！

徐良和韩霓沉浸在无边的震撼中，失去了语言的能力，倒是张小斌来了一句："老天爷，这是上帝之手画出来的吧！"

……

雨过天晴，贵州大山深处，泥土地被青翠欲滴的青苔覆盖，清涧汩汩，水花飞溅，不知名的鸟儿在山林间放声欢唱。女人锁上路边小店的门。她有一辆用来进货的小面包车，此时车门大开，里面塞满了包袱、水壶、干粮、锅碗瓢盆。三只猫一点不认生，跳上车，各自找个舒服的角落睡觉，车里有它们熟悉的人和感觉，只不过是红色货车的缩小版而已。

"咱们去哪儿？"老包启动引擎，松开手刹，手握方向盘，下山的柏油公路一马平川。

"去哪儿都行。"女人系上了安全带，翻下副驾驶遮光板的镜子，扎起头发，拿出尘封多年的口红涂了起来。

……

嘉禾小区，张宇宁躺在床上吃着零食刷着新闻。

纵火案查明了，纵火者是个精神病人，无力承担法律责任，现在已经送进医院严加看管。

冷静期过去了，父母果然冷静了许多，都决定再给对方一次机会，暂时不离婚了。张宇宁很开心，更让她高兴的是，杜子涵醒过来了，状态没想象的那么差，甚至可以说好得像一个奇迹——他已经可以说话，可以下地走路了！

故事版本有很多，有人说是请了北京大医院的专家会诊，有人说是找了乡下能通灵的神妈妈把魂儿叫回来的。但张宇宁更相信另外一种版本。

杜子涵成为植物人之后，他妈妈辞了职专心照顾孩子，或许是为了弥补对孩子的亏欠，做母亲的把扔出去的小白猫又捡了回来，正式作为家庭成员，小白猫陪伴了杜子涵没多久，人就苏醒了。

吊诡的是，从杜子涵醒来的那天起，另一只小黑猫就再没出现过。

而两只走地鸡，居然成了小区的公共宠物，每天大摇大摆四处溜达，东家喂把小黄米，西家再给点清水，鸡冠更红，羽毛更亮。

还有个让人欣慰的消息，上回去奎山外奶奶家吃饭，听说凉皮谢大姐的儿子考上了名牌大学。

许久没聊天的相亲男“风轻云淡”的朋友圈也晒起了结婚照。

一切都很美好，除了张宇宁的终身大事依然没着没落。

……

小王庄外，夕阳西下，旧砖窑和疯女人的城堡消失不见，取而代之的是一座小型的淮海战役烈士陵园。陵园入口处种了一排挺拔的青松，其中一棵青松树梢上绑着一架小风车，风一吹，溜溜地转。

李可健在试驾自己花了八千块钱买的二手摩托，这是一辆250排量的国产车，他总是油门离合控制得不好，起步就熄火，搞得无比窝火。

李更生披着褂子叼着烟在一旁看儿子练车，这孩子的生疏笨拙劲儿让当爹的有些干着急。他活动一下失而复得的胳膊，抖搂褂子，说："恁爹给你打个样。"接过摩托车把，右手轰着油门，左手感受着半离合啮合的分寸，摩托车稳稳地起步，加速换挡，在路上娴熟地画着8字。

兴头上来，李更生老夫聊发少年狂了一把，摩托车在行进中翘起前轮，宛如大将阵前横刀立马。

并行的311国道上，一支摩托车队路过此处，尽是些大金翼、哈雷、印第安之类的大排量豪车，车载低音炮歌声震天："……像红日之火，燃点真的我，结伴行，千山也定能踏过……"

摩托车手们注意到了乡间公路上练车的父子俩，鸣笛声此起彼伏，这是车手之间的致意。

……

在家休息的刘婕站长听到敲门声，打开家门，站在外面的是一个穿着军装的汉子，一双虎目泪光闪烁，戴着陆军少校肩章，名牌上的姓名是成翔。

"我回来了，没打招呼，就想给你们娘儿俩一个惊喜。"汉子"啪"的一个立正敬礼，脸上有旧伤，胸口挂着勋章。

刘婕知道，不久前，西部边陲发生严重冲突，我军有人牺牲有人受伤，而丈夫正在那里服役。

刘婕的眼泪瞬间喷涌而出，默流不语，女儿扑过来抱住了爸爸的腿，再也不肯撒开了。

“辛苦你了，这几天我任你差遣。”成翔擦干妻子脸上的泪，铁血硬汉也难免动容。

“我什么也不要你干，就穿着这身军装，戴着勋章，陪我们娘儿俩出去转一圈。”刘站已经泣不成声。

成翔当即抱起孩子，拉着妻子走到阳台上，向小区里呐喊：“我回来了！”

……

王亚军穿着蓝色冲锋衣，骑着电动车去取外卖，路过一家婚纱店，王一晨和车绫子正在店里挑选婚纱。

“你的快递。”顺丰小哥偶遇王亚军，将包裹丢给他，王亚军拆开快递，这是一本诗集样书，他写的诗终于被出版社相中，结集成册出版了。

嗅着墨香，手颤抖着，忍不住一遍遍抚摸书脊，这柔软的纸张乖觉如小动物……王亚军陶醉了，将诗集揣入怀中，骑着电动车贴地飞行。

……

红日初升，刘淑娴推着轮椅上的林焕珍老人，在小区里漫步。

慢车道上，上班族的电动车成群结队，朝着朝霞前进。

郊外，高架桥上车流飞奔，高铁在疾驰，一群年轻人驾驶着摩托车风驰电掣。

云龙山峰峦叠翠，十里杏花。

云龙湖碧波荡漾，快艇犁出雪白的浪花。

地铁驶入彭城广场站，年轻的站务员笔直地挺立着。

阳光下，彭城全景图中的金鹰商厦、苏宁广场、文庙街区、城下城博物馆内，游人如织，摩肩接踵，人潮人海中，有你有我。

完

图书在版编目（CIP）数据

下一站，彭城广场 / 骁骑校著；-- 北京：作家出版社，2025.4. -- ISBN 978-7-5212-3271-4

Ⅰ. I247.5

中国国家版本馆 CIP 数据核字第 2025CS6193 号

下一站，彭城广场

作　　者：骁骑校
责任编辑：向　萍　陈亚利
装帧设计：杜　江　周　侠
出版发行：作家出版社有限公司
社　　址：北京农展馆南里 10 号　　**邮　　编：**100125
电话传真：86-10-65067186（发行中心）
86-10-65004079（总编室）
E-mail:zuojia @ zuojia.net.cn
http://www.zuojiachubanshe.com
印　　刷：唐山嘉德印刷有限公司
成品尺寸：145 × 210
字　　数：291 千
印　　张：13.625
版　　次：2025 年 4 月第 1 版
印　　次：2025 年 4 月第 1 次印刷
ISBN　978-7-5212-3271-4
定　　价：58.00 元
